檐　上　的　月　亮

처마에 걸린 달

檐上的月亮
by 阿微木依萝

처마에 걸린 달

阿　微　木　依　萝

아웨이무이뤄 저
이영남 역

문학들

나는 문학창작을 어둠 속에서 끊임없이 자신의 그림자를 그려내는 과정이라고 생각한다. 그래서인지 나의 글 속에 등장하는 인물 속에는 다양한 성격을 가진 또 다른 나의 모습들이 투영된다.

내 작품 속 주인공들은 예민하고 슬픔에 잠겨 있거나 신경질적이며, 조금은 나쁜 면이 있기도 하지만 그렇다고 아주 사악하지는 않다. 뭔가를 얻고도 만족을 모르기도 하지만, 대부분은 얻고 싶은 것을 생각한 대로 얻을 수 없으니 하염없이 눈물을 흘리다가도 곧 다시 환하게 웃는다. 작품 속에 등장하는 이런 인물들은 현실 속 어딘가에 존재하는 사람처럼 느껴진다. 그래서 나는 내 자신의 그림자를 그리고 있는 이 창작 과정이 바로, 세상 어딘가에 살고 있을 법한 '나'를 끊임없이 찾아가는 과정이라고 생각한다. 이러한 신비로움은 글을 쓰는 사람들만이 느낄 수 있는 '자유'인 것이다.

산간의 오지인 산등성이에서 태어나 휘파람을 불며 어린 시절을 보낸 나는 자유를 갈망했었다. 당시 내가 생각할 수 있었던 자유란 가고 싶은 곳이라면 어디든 마음껏 갈 수 있는 것이었다. 하지만 어른이 되고 나서 자유를 누리면서 산다는 게 얼마나 어려운 일인지 깨닫게 되었다. 인생은 마치 이 산에서 저 산으로 넘어가는 여정과 같아서 영원히 다른 곳으로 빠져나갈 여력이 없다. 때문에 자유도 그저 동경에 지나지 않는다.

다행스러운 것은 창작과 독서가 이러한 '한계'를 극복하게 만든다는 것이다. 미국에 가지 못해도 미국 작가의 글을 읽을 수 있고, 독일에 가지 못했어도 독일 사람이 쓴 책을 읽을 수 있으며 한국에 가지 못해도 한국 작가가 쓴 글을 읽을 수 있기 때문이다. 이처럼 문학은 우리가 새로운 세상을 알 수 있고 타향의 삶을 느낄 수 있게 한다. 이렇게 자유는 문자라는 날개를 달고 먼 곳으로 날아간다.

내가 글을 쓰는 목적 또한 바로 자유를 갈망하는 나의 소원을 이루기 위해서이다.

외국의 독자들이 나의 글을 통해 이곳의 삶을 알아가고 함께 정신적인 교감을 나눌 수 있다면 얼마나 좋을까! 내가 글을 쓰는 이유도 바로 나를 억누르는 흙모래를 쏟아내고 넓은 초원에서 나의 '양 떼'를 위해 더 좋은 풀과 물을 찾아주기 위한 데 있을 것이다.

끝으로, 내 마음속 '자유'를 현실로 만들어 준 한국 출판사와 번역자, 그리고 나의 글에 해설을 달아주신 선생님께 깊이 감사드린다.

2025년 12월 29일
후난성 동정호 호숫가에서
아웨이무이뤄(阿微木依夢)

처마에 걸린 달
(檐上的月亮)

머리카락(发)

할머니는 옛집 아래에 곤약(구약나물의 땅속줄기를 가루내어 곤약을 만든다[*])을 심었는데 키가 큰 것도 있고 작은 것도 있었다. 곤약의 줄기는 뱀같이 생겼다. 할아버지는 당귤나무 아래서 담뱃대를 든 채 말했다. "네 할머니와 곤약은 갈라놓을 수 없을 것 같구나. 하루 종일 곤약밭에 있거나 밭두렁에서 일만 하니 말이다."

할아버지 말처럼 할머니는 날마다 곤약밭에서 바쁘게 보내신다. 곤약이 한창 자랄 때면 비료를 주고 김을 매 주었고, 곤약이 다 자라면 남은 뿌리와 썩은 잎을 치우곤 했다. 하지만 할머니는 우리가 자신의 곤약 밭에 가는 걸 절대 허락하지 않았다.

---

[*] 이하 ( )안의 설명은 모두 역자에 의해 붙여진 것이다.

곰보 아주머니의 말로는, 할머니는 젊었을 때 머리가 검고 윤기가 흘렀지만 후에는 할머니 머리카락을 다시는 본 적이 없다고 했다.

할머니 머리카락은 전부 푸른색 머릿수건 속에 싸여 있었다. 수건은 이미 낡아서 머리를 감고 나면 별로 곱지 않은 매듭이 생기곤 했는데 매듭의 모양은 곤약 같았다. 나는 곰보 아주머니와 말다툼을 한 적이 있는데, 그때 그녀는 나에게 늙은 비구니의 손녀라고 꾸짖었다. 시간이 많이 흘러서야 나는 곰보 아주머니가 할머니 머리칼에 빗대어 욕했다는 걸 알게 되었다. 나는 곰보 아주머니를 찾아가서 또 한바탕 싸웠는데 그녀의 뒤를 따라다니며 계속해서 욕을 퍼부었다.

곰보 아주머니는 물을 긷는 멜대를 내려놓자마자 몸을 돌려 고함쳤다. "꺼져!"

사실 나도 할머니의 머리카락을 보고 싶었으나 기회가 없었다. 왜냐하면 할머니는 예전부터 우리 앞에서 머릿수건을 벗은 적이 없었기 때문이다.

어느 날 나는 할머니의 귀밑머리 몇 가닥이 흘러내린 것을 발견했다. 희끗희끗한 머리카락 몇 가닥이 머릿수건에서 삐져나왔는데 실바람에 날리는 하얀 비 같았다. 나는 참지 못하고 물었다. "머리카락이 아직 남아 있네요?"

할머니는 잠시 멍해졌다가 입을 열었다. "누가 너더러 이런 걸 물어보라고 했어?"

나는 고개를 숙인 채 감히 대답하지 못했다.

우리 집 뒷마당에는 산초나무 몇 그루와 이름을 알 수 없는 나무 한 그루가 심겨 있었다. 그 이름 모를 나무줄기를 타고 자란 덩굴이 제법 무성했다. 그 덩굴과 잎을 돼지들이 잘 먹었다. 봄이면 잎사귀가 파릇파릇 돋아나고 여름이면 하얗고 작은 꽃들이 만발했다. 할머니는 이 나무를 보물처럼 아꼈다. 누구도 나무를 휘감고 자란 덩굴에 손을 대지 못하게 했다. 심지어는 나무 둘레에 대나무로 울바자까지 쳐 놓았다.

술래잡기 놀이를 할 때면 나는 가끔 그 나무를 타고 올라가 덩굴 속에 몸을 숨기곤 했다. 얼기설기 에워싼 덩굴 사이로 내려다보면 나무 밑에서 바느질하는 할머니 정수리가 그대로 보인다. 할머니가 머리에 싸맨 연두색 홑겹 수건을 뚫고 하얀 머리카락이 눈에 띈다. 정수리에 난 흰 머리카락은 귀밑머리에서 자란 것보다 더 많다. 게다가 머리에 두른 홑겹 연두색 수건과 대조를 이루면서 더 확연하게 느껴졌다.

할머니는 누군가 나무를 타고 올라가서 자기 머리카락을 볼 거라고 전혀 생각지 못하셨다. 할머니는 주변에 사람이 없는 것을 확인하고는 푸른색 머릿수건을 벗었다. 나는 할머니의 불그스름한 피부 위에 얇게 덮인 하얀 머리카락을 발견했다. 할머니는 추위를 느끼셨는지 곧바로 앞치마를 풀어서 머리를 두르셨다.

나는 나무 위에서 중얼거렸다. "머리가 다 하얗게 되셨네."

"엉?" 할머니는 놀라서 주위를 둘러보셨다. 그러다가 결국 나무 위에 숨은 나를 발견했다. 대나무 장대 하나를 들고 나를 찔러서 내려오게 했다. 그러고 나서 다시 푸른 머릿수건으로 머리카락을 다시 잘 감았다. 수건을 뚫고 나왔던 흰 머리카락도 잘 눌러 놓아서 더는 눈에 띄지 않았다.

나는 고개를 쳐들고 물었다. "머리카락이 왜 흰색이에요?"

할머니는 내 코를 콕 집어놓으며 말씀하셨다. "네 엄마처럼 말이 많구나.”

나는 곤약이야말로 할머니의 친손자라는 생각이 들었다. 할머니는 식사할 때도 밥그릇을 들고 곤약 밭으로 나가셨다. 혹시라도 곤약이 쓰러지기라도 하면 바로 밥사발을 밭두렁에 놓은 채 곤약부터 일으켜 세웠다. 반면에 내가 넘어지기라도 하면 할머니는 그냥 건성으로 “넘어져도 싸!”하고 소리칠 뿐이었다.

하루는 할머니가 외고모(舅婆, 아버지의 외숙모)랑 함께 벌통 옆에 앉아서 빗자루를 만들고 계셨는데, 두 분이 모두 나이가 드셨는지라 시력이 안 좋으셔서 만든 빗자루가 비뚤비뚤했다.

“나이가 드니까 머리카락의 소중함을 알게 되네.” 외고모는 말하면서 머리에 둘렀던 수건을 풀었다. 그녀는 다른 사람이 보는 걸 개의치 않았다. 조심스럽게 머리를 빗은 다음 검은 털실로 짠 양태머리를 머리 위에 감아 둘렀다. 머리카락보다 길어서 몇 바퀴를 더 감았다.

할머니가 말을 받았다. “그나마 흰머리조차 많지 않아 듬성하지. 난 백발이 다 되었어. 머릿수건을 벗을 용기가 안 난단 말이야. 세월이 얼마나 빠른지 몰라. 이 녀석－나를 가리켰다－들도 어제까지 젖을 빨고 있었는데 지금은 곳곳으로 뛰어다니니 말이야.”

외고모는 “그래요, 세월이 빠르기도 하지…”하고는 말을 더 잇지 않았다. 내가 계속해서 자신의 머리카락을 주시하는 걸 보고는 얼른 머릿수건을 머리에 둘렀다.

할머니의 곤약 밭은 외고모만 들어갈 수 있었다. 일을 끝내고 나서 두 사람은 밭두렁에 앉아 밭을 들락날락하는 참새들과 맞은편 산에 있는 양 떼를 구경했다. 나는 강아지마냥 이들 뒤에 쭈그리고 앉아 있었다. 두 사람은 고개를 돌려 뒤에 있는 나를 보고는 해바라기씨 한 줌을 덜어주었다. 이들은 해바라기씨를 까고 계셨다. 가끔 강아지가 이들 곁으로 뛰어가곤 했다. 두 사람은 아무 말이 없으셨고, 강아지도 짖지 않았다.

외고모는 그 뒤로 우리 앞에서 머릿수건을 벗은 적이 한 번도 없었다.

눈(眼)

큰어머니는 몸은 뚱뚱하나 눈은 아주 작았다. 집 앞에 큰 석판이 있는데 그녀는 주로 그곳에서 시간을 보냈다. 석판에 쪼그리고 앉아 하늘, 산, 그리고 집 앞을 지나가는 사람들을 바라보았다.

왕 씨네 아저씨가 종종 말하기를, 아내는 집을 지키는 문지기와 같은 일을 하니 나중에 다시 장가들 생각이면 큰어머니와 같은 여자가 좋겠다고 하였다.

반면에 큰아버지는 다음 생에는 절대 저렇게 게으른 여자와 함께 살지 않겠노라고 했다. 문 앞에 있는 석판은 큰어머니가 하도 오래 앉아 있어서 평평하게 된 것이라고 하였다.

하루는 아버지와 큰아버지가 한바탕 싸웠는데, 싸움하다가 모자를 골짜기에 떨어뜨리는 바람에 나는 고모와 함께 이틀이나 모자를 찾아 헤매야 했다. 모자는 진흙 속에 묻혀 한쪽 귀퉁이만 드러났고 그곳의 많은 띠풀과 길가의 곡식들이 쓰러진 걸 보니 곰이 뒹굴며 남긴 흔적과도 같았다. 이 모습을 본 고모가 말했다. 꼴좋다! 네 아버지와 큰아버지는 아직도 철이 들지 못한 것 같아. 게으른 큰어머니 때문에 이렇게 싸우다니. 왜 싸웠냐고 내가 묻자, 고모가 그 사정을 이야기해줬다. 네 아버지가 너의 큰어머니를 서왕모(西王母, 신화 속의 여성 권력자)에 비하면서 남편을 너무 구속하는 바람에 네 큰아버지가 집에서 방귀도 제대로 못 뀐다고 하자, 네 큰아버지가 그렇지 않다고 하면서 집에서 하고 싶은 대로 한다고 대꾸했지. 이렇게 두 사람이 언쟁이 오가더니 나중에는 서로 손찌검을 하고 말았지, 뭐야.

두 사람은 싸우고 나서 각기 자기 집에서 삼 일간을 잠만 잤다. 두 사람 다 부상을 입었다. 내가 아버지한테 모자를 가져다드리니 침상에 앉아 상심한 표정을 지으며 말하였다. 나중에 큰아버지를 만나면 너에게 말을 걸어와도 모른 척하라고 했다. 큰아버지가 이유를 굳이 묻거든, 큰아버지가 아버지의 목을 할퀴어 피가 나게 했기 때문이라고 말하라 했다.

어머니는 문가에서 엿듣다 너무 웃어서 숨이 넘어가는 줄 알았다.

그날부터 나는 큰아버지와 말하지 않기로 마음을 먹었다. 하지만 나의 결정을 어떻게든 그에게 알려줘야만 했다. 어느 날 큰아버지가 맞은 편 오솔길을 지나가는 것을 보자 나는 재빨리 그의 뒤를 따라갔다. 그가 고개를 돌려 나를 보자 나는 말할 기회를 얻었다고 생각되어 아주 기뻤다. 하지만 내가 말하고 나면 큰아버지가 나를 때릴까 봐 두렵기도 했다. 아버지의 목에 피가 난 걸 떠올리자 나는 용기를 냈다. 머리를 쳐들고 큰아버지를 쳐다보며 난 앞으로 큰아버지와 말하지 않을 거라고 했다. 그러고는 우리 아버지 목을 할퀴어 피가 나게 했기 때문이라고 이유까지 말했다. 큰아버지는 어리둥절해서 나를 쳐다보다가 얼굴이 빨개지며 한마디했다. "그럼 내 이마를 때려서 납작하게 만든 건 왜 말하지 않는데!"

큰어머니는 반달 넘게 나를 미워했다. 그녀는 작은 눈을 동그랗게 떴는데 평소보다 눈이 훨씬 더 커 보였다. 하지만 나는 전혀 두렵지 않았다. 나는 여전히 사촌 언니와 놀기 위해 큰어머니네 집에 가곤 했다.

그날도 사촌 언니를 찾아갔지만 언니는 집에 없었다. 대신 큰어머니가 석판에 앉아서 바람을 쐬고 있었다. 엉덩이에 열쇠 뭉치를 꿰찬 채 눈을 가늘게 치켜뜨고 있었는데 정말 작아 보였다.

"언니는 어디 갔어요?"하고 내가 물었다.

"시내에 갔어." 큰어머니가 대답했다.

나는 말없이 그녀의 곁에 자리를 잡았다. 하지만 그러고 나서 뭘 해야 할지 몰랐다. 바로 그때 큰어머니가 나에게 이야기를 해주었다. 참 신기했다. 하지만 이야기는 곧 재미없어졌다. 그녀는 아예 이야기를 그만두고 자신의 삶에 대해 주절주절 말하기 시작했다. 할머니를 언급할 때는 작은 눈을 더 크게 떴다. 그 눈은 나를 흘겨볼 때보다 더 컸다.

큰어머니는 말을 이었다. 할머니가 자기네 병아리를 훔쳤다고 자신을 모함했다고 한다. 그 늙은 무당……, 늙은 여편네의 병아리를 훔쳐서 뭘 할 건데. 지난달에는 자기네 쌀이 적어졌다고 하면서 처음에는 우리 엄마가 훔쳤다고 하더니 후에는 숙모가 훔쳤다고 했고 나중에는 큰어머니가 훔쳤다고 했다. 사실 큰어머니는 할머니네 호박을 딴 적은 있었다고 했다. 애호박인데 할머니가 보는 앞에서 땄으니 훔친 건 아니었다.

그러면서 다들 자신이 게으르다고 하는데 그럼 이 양식들은 다 어디서 생긴 건데? 나의 자식들은 뭘 먹고 컸는데? 자기가 땀을 흘릴 땐 다들 보지 않고 있다가 석판 위에서 휴식할 때만 보고 자기를 게으르다고 욕한다고 했다. 그녀는 몸에 고삐를 씌워야 좋은 소이고 몸에 아무것도 없이 반질반질하면 게으른 소냐고 하면서 이 석판에 계속 앉아 있을 것이며 이 석판이 부서질 때까지 떠나지 않을 거라고 했다!

나는 석판 위에서 두 번을 뛰어 보았다. 석판은 아주 단단했다.

그날 나는 큰어머니네 집에서 밥을 먹었다. 큰어머니네 집 주방은 크지 않았다. 이 때문에 뚱뚱한 큰어머니가 일하기에는 조금 비좁았다. 나는 문틀을 잡은 채 큰어머니가 솥을 씻는 모습을 구경했다. 큰어머니의 뱃살이 부뚜막에 쌓일 정도였다.

사촌 언니가 거리에서 붉은 종이 몇 장을 사서 가지고 왔다. 종이 위에는 내가 알아볼 수 없는 글자가 씌어 있었다. 사촌 언니는 빨간 옷도 한 벌을 사 왔다. 큰어머니는 매우 즐거워했다. 낮에 석판에 앉아 주절주절 말을 늘어놓을 때 커다랗게 떴던 눈이 지금은 너무 웃어서 실눈이 되었다. 큰어머니는 사촌 언니한테 앞으론 남편 단속을 잘해야 한다고 타일렀다. 그러면서 남편 단속을 잘해야만 합격점을 받는 아내가 될 수 있다고 했다. 그러면서 남자가 종일 밖에서 술을 마시고 싸움질하며 행패를 부리게 놔두는 여자는 바보라고 했다. 그러면서 자기는 평생을 '서왕모'라는 별명을 달고 산다고 해도 두렵지 않다고 했다. 이어서 이마가 납작하게 된다고 해도 무서울 게 뭐냐고 하면서 나를 힐끗 쳐다보았다. 그래도 머리는 남아 있고 이렇게 큰 집도 있으니 두려울 게 없다고 했다. 이 정도 살림이면 귤 주스를 아끼려고 이 사람 한 모금, 저 사람 한 모금 나눠 마시게 할 필요도 없다고 했다.

귤 주스라니? 기억이 난다. 한번은 아버지가 밖에서 귤 주스 한 병을 사 왔는데 내가 참지 못하고 좀 많이 마시자, 아버지는 나에게 양심이 없다고 했다. 그러면서 응당 남동생과 여동생한테 조금은 남겨줬어야 한다고 했다. 나는 이 일을 큰어머니한테 얘기했는데 그녀의 기억력이 이 정도로 좋을 줄은 몰랐다.

며칠 뒤에 사촌 언니는 그 빨간 옷을 입었고, 빈번하게 큰어머니네 집에 와서 일손을 거들던 그 오빠도 번듯하게 차려입었다. 큰어머니는 나에게 앞으론 오빠라 부르지 말고 형부라고 불러야 한다고 당부했다.

형부가 생긴 뒤로 큰어머니는 석판에 앉아 쉬는 시간이 더 많아졌다.

왕 씨네 아저씨가 큰어머니한테 지금 살을 찌우고 있는 거냐고 묻자, 큰어머니는 반쯤 실눈을 뜬 채 그렇다고 대답했다.

아버지와 큰아버지는 또 싸웠다. 이번에 아버지는 모자를 쓰지 않았고 큰아버지도 손전등을 들지 않았다.

왕 씨네 아저씨는 나에게 말했다. "너의 큰어머니 눈이 점점 커지더구나. 어쩌면 동전처럼 커다랗게 말이야. 네 형부가 그 집을 위해 돈을 많이 벌어준 모양이군. 데릴사위는 노새처럼 고생한다고 하던데."

형부는 후에 사촌 언니를 데리고 떠났다. 왕 씨네 아저씨는 매우 신이 나서 남들에게 말했다. "봐, 떠났잖아. 드디어 떠나고 말았잖아."

큰어머니는 예전과 다름없이 바쁘게 움직였고, 석판에 앉아 쉬는 시간도 점점 줄어들었다. 그녀 눈가의 잔주름이 예전보다 더 많아졌고 얼굴은 햇볕에 타서 더 까매졌다. 어느 날 큰어머니는 커다란 꼴 한 단을 메고 맞은편 산길을 걷다가 넘어졌는데, 반나절이 지나서야 겨우 일어났다. 그 뒤로 며칠 만에 개에게 다리를 물려 다치고 말았다. 큰아버지는 셋째 삼촌의 아들더러 얼른 상처에 오줌을 싸라고 했다. 그는 아이의 오줌은 약이라고 했다. 그 뒤로 큰어머니는 걸을 때마다 다리를 절룩거렸다. 그리고 예전처럼 석판에 앉아 쉬더라도 손에는 항상 일감을 들고 있었다. 옷을 꿰매지 않으면 옥수수 껍질을 벗겼고 콩에 들어간 돌을 골라내곤 했다.

왕 씨네 아저씨는 "봐, 네 큰어머니는 또 살을 찌우고 있구나."라고 말했다.

나는 이 말을 큰어머니한테 들려줬다. 큰어머니는 한창 바늘에 실을 꿰고 있다가 눈을 치켜뜨고 자수바늘과 검은 실을 들고 한참을 있더니 "왕 씨네가 오늘 저녁에 뭘 먹었니?"하고 물었다.

방금 왕 씨네 아저씨 집에서 내가 밥을 먹고 나온 걸 알아차린 듯했다.

"강낭콩을 넣고 끓인 쏸차이(酸菜, 채소를 고온 발효시켜 시큼하게 만든 재료)국을 먹었어요." 내가 대답했다.

"우린 오늘 저녁에 닭고기를 먹었단다." 큰어머니는 실웃음을 지으며 손에 들었던 바느질감을 내려놓더니 주방에 들어가 닭다리 하나를 들고나왔다.

"살을 찌우려면 그럴 만한 음식이 있어야 하지 않겠어?" 큰어머니는 내 손에 쥐여진 닭다리를 가리키며 말했다. 그러고는 다시 바느질감을 집어 들고 한쪽 눈을 지그시 감은 채 넘어가는 석양을 빌려 검은 실을 바늘귀에 꿰었다.

코(鼻)

셋째 숙모는 아침저녁으로 구리거울을 들고 나지막하게 내려앉아 쓸모없어 보이는 코를 비춰 보았다. 예전에는 구리거울을 사용하지 않았으나 지금은 매일 손에서 놓지 않았다. 며칠 전 셋째 숙모가 밀밭에서 돌아왔는데 코끝에 밀 몇 알이 붙어 있었다. 셋째 삼촌이 코에 곡식이 자란다고 말했지만 그녀는 들은 척을 하지 않았다. 지금은 그녀도 말이 많아졌다. "내 코가 쓸모없게 되었어."라고 셋째 숙모가 말했다.

이날 점심에 셋째 숙모는 또 구리거울을 들고 문 앞에 앉았다. 정신 상태가 별로 안 좋은 사람처럼 머리칼은 헝클어진 대로다. 그녀는 엄지와 식지로 두 눈 사이를 따라 아래로 문질렀다. 이 동작은 밀밭에서 씨가 맺힌 밀 이삭을 부축하여 세우는 동작과 흡사했다. 쓰러진 밀대를 그녀는 두 손가락으로 받친 다음 다른 밀 이삭과 함께 매어놓았다. 하지만 얼굴에는 코가 하나밖에 없었기에 다른 코와 함께 매어놓을 방법이 없었다. 셋째 숙모는 그냥 코를 벌겋게 될 때까지 문질렀는데, 하도 많이 문질러서 콧등에 난 검은 점까지 다 붉은색으로 변했다.

나는 당귤 껍질을 그녀의 코앞에 내밀고 물었다. 냄새를 맡을 수 있어요? 그녀는 고개를 저었다. 나는 다시 당귤 껍질을 손에 쥐고 쥐어짜기 시작했다. 껍질에서 나온 즙이 그녀의 얼굴에 흐르기 시작했다. 셋째 숙모는 심하게 재채기를 하더니 코를 힘껏 쥐었다.

나는 지금 코가 쓸모없게 되면 새로 또 자라는지 물었다. 당시에 나는 초등학교를 다녔는데, 한창 도마뱀이 꼬리를 자르고 도망가는 내용을 공부하고 있었다.

내 말을 듣던 셋째 숙모는 배를 잡고 웃었다.

비투(比土)네 엄마가 서툰 표준어로 말했다. "너희 셋째 숙모는 너희 삼촌과 네 아버지가 밖에서 훔쳐다가 삼촌의 아내로 삼은 사람이야. 봐 봐, 그러니 그 코처럼 값어치가 없단 말이지."

비투 엄마의 말에 나는 어리둥절해졌다.

그 말을 들으니 나는 셋째 삼촌이 두 사람이나 있는 듯했다. 나는 이 말을 셋째 숙모에게 그대로 들려줬다. 내 말을 들은 그녀는 세 마디의 단어를 내뱉었다.

"썩을 놈의 이족들."

셋째 숙모, 저희도 이족이에요. 나는 무서웠지만 용기를 내서 말했다.

셋째 숙모와 셋째 삼촌은 사실 도망 온 것이 맞았다. 이들은 결혼식 날, 길에서 도망쳐 온 것이다. 셋째 숙모는 셋째 삼촌과 함께 산속에 숨었다. 물론 우리 아버지와 촌민 몇 명도 함께 있었다. 삼촌은 혹시 싸움이라도 날까 봐 아버지와 기타 촌민들을 불렀다. 그때 만약 싸움이 났다면 상대방도 사람 수가 적지 않았을 것이니 그에 대비해서 셋째 삼촌 네도 많은 사람이 있어야 했다. 게다가 산속에 숨어 있어서 싸움에 더 유리했다. 이들은 순조롭게 셋째 숙모를 집으로 데려왔다. 셋째 숙모도 여러 해째 친정에 돌아가지 않다가 큰아들이 태어난 뒤에야 간신히 다녀올 수 있었다.

이처럼 값이 싼 마누라를 좋아하는 사람도 있었고 싫어하는 사람도 있었다. 몇몇 사람들은 그녀의 용기를 인정했다. 결혼식 도중에 용감하게 자기가 사랑하는 남자를 따라 도망쳤으니 말이다. 싫어하는 사람들은 그녀가 본분을 지키지 않았다고 했다. 결혼식 도중에 도망치고도 부끄러운 줄 모르니 뻔뻔스럽다고 했다. 이렇게 얻은 마누라는 진정한 '내 사람'이 될 수 없으며 언젠가는 도망갈 거라고 했다.

하지만 셋째 숙모는 도망가지 않았다.

이와 관련된 옛일은 다 할머니가 알려주신 것이다. 할머니는 이야기할 때마다 그 사람들의 몸짓과 말투를 생생하게 흉내를 냈다. 셋째 숙모의 일을 묻는 사람들도, 할머니의 흉내와 똑같이 몸짓과 말투를 따라서 했다.

지금도 셋째 숙모는 구리거울을 들고 열심히 자기 코를 손질한다. 그녀의 모습은 망가진 가구를 수리하거나 밀밭에서 이삭을 줍는 모습과 닮았다.

코가 망가지면 그러고 말지. 관둬야지. 셋째 숙모가 혼잣말했다. 해가 떨어질 무렵이 되어서야 그녀는 구리거울을 높은 창턱에 올려놓았다.

할머니는 셋째 숙모에게 있어서 가장 값진 것이 그 코라고 하셨다. 나의 고추도 셋째 숙모가 빨아주었고, 내가 싫어하는 다른 많은 일들을 셋째 숙모가 도와주었다. 코가 망가진 게 무슨 대수야? 어차피 냄새를 맡지 못하니 상관이 없지 않은가. 눈만 멀지 않으면 괜찮은데, 그것도 커다란 눈을 가졌으니 말이다.

입(嘴)

진 씨네 할머니가 벌레를 먹는 모습을 내 눈으로 보았다.

그런데 왜 막지 않았냐고 하지 말라. 나는 분명 막았거든, "진 씨 할머니, 쏸차이를 드시지 말아요. 곰팡이가 피었잖아요."라고 내가 말했으나 할머니는 "먹을 수 있어. 먹지 못할 것이 없어."라고 대답했거든.

당시 나는 할머니가 방금 벌레를 드셨다고 말할까 망설였다. 정말 역겨웠다. 나는 정말 그렇게 말했다. 그러자 할머니는 두어 번 침을 뱉는 것으로 말았다. 지금 내가 하는 것처럼 말이다.

니는 아직도 그날 일을 기억한다. 저녁 무렵이었는데 비가 많이 내리고 있었다. 할머니는 안채 가운데서 벌레가 들어 있는 쏸차이 한 그릇을 식탁에 올리고 있었다. 그의 두 눈은 이미 어두워져서 사물을 제대로 가려보지 못했다. 그 쏸차이 그릇도 손으로 더듬으면서 탁자 위에 올렸다. 그런 뒤에 할머니는 의자를 더듬어서 내왔으며 마지막에 밥공기와 젓가락을 찾아주었다. 독자들에게 말하자면, 진 씨네 할머니는 잘 보진 못했으나 손에 눈이라도 달린 듯했고 밭에 자란 잡초마저도 그녀의 손에서 벗어나지 못했다. 물론 쐐기풀이나 가시를 만질 때도 있었기 때문에 손은 거칠어졌고 못생겼으며 그때까지 아물지 않은 상처 자국이 남아 있었다.

진 씨네 할머니는 혼자서 식사할 때면 요리를 볶는 법이 없었다. 할머니는 귀찮아서 안 한다고 했다. 하지만 내가 그날 식사를 할 줄 알았다면 닭을 잡았을 거라고 했다-나중에 내가 여러 번 물었으나 그녀의 대답은 항상 똑같았다-.

우리는 식탁에 앉아 많은 이야기를 나누었다. 그중 할머니가 한 이야기가 훨씬 많았다.

할머니는 당시-할머니는 '당시'라는 표현을 사용하여 시작하기를 좋아했다-에 처음 이곳으로 이사 왔을 때 이곳의 풀은 조금밖에 자라지 않았으나 지금은 사람의 키를 넘을 정도로 높이 자랐다고 했다. 이곳은 수질이나 토양이 좋고 옥수수도 알이 굵다고 했다. 그러면서 자기 고향의 옥수수에 대해 말했는데 벌레가 옥수수보다 더 클 정도라고 했다. 그녀는 어렸을 때 옥수수 줄기에 붙은 벌레를 잡아서 볶아 먹었는데 옥수수 맛이 났다고 했다. 방금 이 벌레는 싱거워서 옥수수 벌레보다 맛이 없다고 했다. "뭐라고? 더럽다고? 못된 녀석. 사흘을 굶어 봐. 의자 다리도 다 물어뜯을걸. 사리 분별도 못하면서!"

나는 쏸차이 속에 있는 또 다른 벌레를 바라봤다. 작고 말랐는데 크기는 쌀알만큼 했다. 뱃가죽에 가느다란 발이 달렸는데 그 맛을 볼까 말까? 나는 마음속으로 스스로에게 물었다. 내가 한창 망설이고 있는데 진 씨네 할머니는 그 벌레가 들어간 채로 쏸차이국을 마셨다. 이번에는 쏸차이가 들어 있는 그릇을 입에 대고 마셨다.

나중에 또 진 씨네 할머니 댁에서 밥을 먹게 되었는데 큰 병에라도 걸린 듯 할머니는 손을 떨었다. 하도 떨어서 사발에 있는 국이 다 밖으로 흐를 정도였다. 그리고 할머니 입도 치아가 두세 대밖에 남지 않아서 입안의 음식을 그녀는 이리저리 굴리면서 씹고 있었다.

"할머니, 어디 아프세요?"

할머니는 아프다고 하셨다. 큰 병을 앓았다고 하면서 잡곡을 먹는 사람치고 병이 안 나는 사람이 없다고 했다.

진 씨네 할머니는 비록 손을 계속 떨지만 손에 달린 눈은 아주 영리했다. 그녀는 매일 밭에 나가 잡초를 뽑았다. 비록 몇 대가 안 되지만 할머니는 땅에 홀린 듯 밭에 나가는 걸 좋아했다. 손이 땅에 닿는 순간 할머니의 입가에 미소가 번지는 걸 볼 수 있었다. 그녀는 가쁜 숨을 몰아쉬며 떨리는 목소리로 말했다. 이 땅을 만지는 순간 마음이 편해진다고 했다.

진 씨네 할머니는 젊은이들처럼 바쁘게 지냈다. 두 눈으로 해를 볼 수 없었기 때문에 그녀는 손으로 땅에서 해를 찾았다. 손을 땅바닥에 대고 태양의 온도를 느끼는 것이다. 그러고는 아직은 미지근하니 이르다고 했다. 그런 다음 따뜻해지기를 기다렸다. 나중에는 차가우니 일을 끝내야겠다고 했다. 끝으로 파충벌레처럼 느릿느릿 집으로 돌아갔다.

할머니는 날마다 일을 나가기 전에는 손을 벽에 대고 해를 찾았다. 햇볕이 벽을 따뜻하게 쬐어주면 그녀는 안심하고 일하러 나갔고 비가 내리는 날이면 일하러 나가지 않았다.

전에는 이렇게 벽에서 해를 찾을 줄 몰랐다. 이전에는 남들에게 물어보곤 했다. 할머니는 오늘 해가 떴냐고 물으면 나는 떴다고 대답한다. 그러면 할머니는 녹이 슨 낫과 삼태기를 들고 집을 나서곤 했다.

어느 날, 나는 진 씨네 할머니를 찾아갔는데 그녀는 오랫동안 밭에 나가지 않았다고 했다. 할머니는 모닥불 옆에 누워서 눈을 반쯤 뜨고 있었다. 손은 전에 비해 더 떨었다. 나는 할머니를 잘 알아보지 못했다. 모닥불은 곧 꺼질 것 같다. 할머니를 불렀으나 할머니는 대답하지 않고 그냥 늙은 고양이처럼 몸을 조금 움직였다.

독자들에게 전하건대, 진 씨네 할머니는 아직 입을 움직일 힘이 남아 있었다. 하지만 이젠 일어나서 나에게 밥사발과 젓가락을 찾아주지는 못했다.

귀(耳)

어머니는 담벼락에 기대어 화를 내고 계셨다. 어젯밤에 아버지는 쥐에게 새끼발가락을 물리는 바람에 피가 족히 반 공기는 흘렀다고 했다. 그러면서 집에 쥐가 이렇게 많이 들어온 것은 다 자기 탓이라고 했다. 자신이 무능해서 쥐를 한 마리도 잡지 못했기 때문이란다. 이 일로 어머니는 오전 내내 울적해 있었다.

"식사도 안 하셨는데 배고프지 않아요?" 나는 다가가서 물었다.

어머니는 나를 노려보며 꺼지라고 했다. 그러면서 줄기가 안 좋으니 심지도 못하고, 씨종자가 안 좋아 열매도 제대로 열리지 않는다고, 그 아비를 닮아서 양심 없는 녀석이라고 나를 욕했다. 이럴 줄 알았으면 아예 낳지 말아야 했다는 말도 잊지 않았다. 평소와 다름없이 이쯤에서 엄마는 눈물을 훔쳤다.

네가 아니었으면 진즉에 나는 네 외갓집으로 가고 말았을 거야. 저 양심 없는 인간과 붙어살 필요도 없잖아. 그러면서 벽에 대고 코를 푼 손을 닦았다.

나는 여느 때처럼 앉아서 어머니의 말을 듣기 시작했다. 이때 자리를 뜨면 잡혀 와서 매를 맞았기 때문이다.

내가 어찌할 바를 모르고 있을 즈음에 큰어머니가 찾아왔다. 그녀는 우리 부모님이 싸운 뒤면 이렇게 찾아오곤 했다.

왕 씨네 아주머니는 우리 부모님이 싸우는 건 다 큰어머니 때문이라고 했다. 큰아버지와 우리 아버지가 마주 앉아서 술을 마실 때면 큰어머니는 항상 옆에서 왜 이렇게 적게 마시느냐, 마누라가 단속하기 때문이냐고 하면서 둘째 동서도 이제 무섭게 변했느냐고 하면서 약을 올리면, 아버지는 자신을 증명하기라도 하듯 집에 와서 어머니한테 트집을 잡아 싸웠다고 했다. "뭐라고? 믿지 못하겠다고? 바보 같은 녀석, 나는 네가 불쌍해서 말해주는 거란 말이야. 네 아버지가 어머니에게 손찌검을 하면 네 이머니는 아버지를 이기지 못해서 그 화를 너한테 푼단 말이야. 다 널 위한 것이니 나중에 두 사람이 싸우기라도 하면 바로 숨으란 말이야."

후에 나는 왕 씨네 아주머니가 나를 잘 대해준다는 걸 느꼈다. 나는 그 집에서 태어나지 못한 걸 한스럽게 생각했다.

큰어머니는 우리 앞에 다가오더니 바짓가랑이에 묻는 먼지를 털고는 어머니처럼 벽에 기대어 앉았다.

"왜 또 싸웠어?" 큰어머니는 흙 한 줌 잡아들더니 두 손으로 비비댔다. 두 눈을 반쯤 감고 있었는데 그 집 강아지도 따라왔다.

"그럼요. 쥐가 그 사람 발가락을 물었지 뭐예요." 어머니는 화가 나서 머리를 끄덕였다. 말투도 아주 거칠었다.

큰어머니는 껄껄 웃으며 둘째 삼촌은 왜 성질머리가 그 모양이냐고 하면서 아버지를 나무랐다. 그녀는 아버지 발냄새가 쥐를 끌어들였다고 했다. 아버지 발을 냄새나는 양말로 착각하고 굴에 가져다 놓으려다가 잘못 문 것이라고 했다. 큰어머니는 확신에 차서 말했다. 어쩌면 본인이 그 쥐라도 된 듯이 말이다. 그런 뒤에 어머니한테 새로운 소식을 전했다. 산에서 사는 백골정(백골요정, 음험하고 악랄한 여자)처럼 생긴 여자와 아버지 사이에 이상한 소문이 돈다고 했다. 그것도 확신에 차서 말이다. '백골정(白骨精)'이라는 말을 하면서 그녀는 아주 혐오스러운 표정을 지으면서 바닥에 침을 뱉었고 입으론 큰 소리로 "퉤!"하고 외쳤다.

나는 큰어머니가 왜 그 여자를 싫어하는지 알고 있다. 비록 본 기억은 없지만 어쩌면 스쳐 지나듯 만났을지도 모른다. 왕 씨네 아주머니한테서 들은 바에 따르면 그녀는 젊었을 때 정말 예뻤다고 한다. 큰아버지가 그녀를 사모했고 그녀도 아마 같은 마음이었을 것이라고 했다. 그런데 이런 얘기를 성질머리가 사나운 큰어머니가 알게 되었다고 했다. 공교롭게도 우리 할머니도 백골정을 칭찬했는데 커다란 엉덩이를 보니 자식을 여럿 낳을 상이라고 했던 일까지 알게 되었다. 그 뒤로 큰어머니는 그 여자를 볼 때마다 눈을 부릅뜨고 지켜보았다.

한번은 그 여자가 큰어머니 집에 물 마시러 왔었다. 이 일을 두고 왕 씨네 아주머니는 이렇게 말해줬다. 그녀가 큼직한 짐을 지고 산에서 내려왔는데 온몸이 땀에 흠뻑 절었다. 그녀는 큰어머니를 보고 물이 있으면 한 모금 마시게 해달라고 했다. 큰어머니는 전날 밤 그녀를 두고 큰아버지와 한바탕 싸운 뒤라 아직 화가 채 가라앉지 않아서 물 대신 바닥에 침을 뱉고는 그걸 마시라고 했다. 화가 머리끝까지 올랐지만 싸울 힘이 없었던 그녀는 머리만 연신 흔들면서 말 한마디도 못 하고 떠났다고 한다.

"백골정은 큰아버지의 여자예요."

나는 왕 씨네 아주머니가 한 말이 생각나서 긍정적인 표정을 지으며 이들을 향해 머리를 끄덕였다.

어머니와 큰어머니는 이 말을 듣자 갑자기 하던 말을 멈추고 놀란 표정을 지으며 나를 바라봤다. 그리고 서로 눈을 마주쳤다. 큰어머니는 얼굴이 빨개졌으나 이내 냉정을 되찾더니 어머니한테 기회를 찾아서 백골정을 혼내주라고 꼬드겼다. 그녀는 우리 아버지와 백골정은 꼭 부당한 관계가 있을 거라고 보증했다.

"저리 꺼지지 못해!" 어머니가 나를 쫓았다.

큰어머니는 침을 꿀꺽 삼켰다. 마치 꼭 할 말이 있는데 하지 못하고 뱃속에 삼키듯 말이다.

이들은 더 이상 할 말이 없었는지 자리에서 일어섰다. 큰어머니는 엉덩이에 묻은 흙을 털면서 나한테 말했다. "나를 따라올래? 물에 타서 마실 설탕을 줄게."

나는 놀라서 그녀를 바라보았다. 할머니가 한 이야기가 생각났다. 옛날 어떤 아이가 있었는데 아무 말이나 막 하는 바람에 독을 탄 음식을 먹고 죽었단다.

오전 내내 수다를 떨었더니 내 귀도 설탕 맛을 좀 봐야겠군-그녀는 새끼손가락으로 자기 귀를 팠다-. "함께 가거라. 좀 많이 가지고 오렴. 어차피 공짠데." 큰어머니가 멀리 가는 걸 보던 어머니는 나에게 말했다. 어머니는 화를 내지 않았다.

어머니가 그렇게 말하자 나는 따라가는 수밖에 없었다.

큰어머니의 뒤꽁무니를 따라 붉은 참죽나무(红椿树)가 있는 곳까지 이르렀을 즈음 왕 씨네 아주머니를 만났다. 그녀는 큰어머니를 보며 환하게 웃었다. 뒤에 있는 나를 전혀 발견하지 못한 듯했다. 강아지도 좋아서 껑충껑충 뛰었다. 두 사람은 흙덩이를 깔고 앉아 이야기를 나누었다. 우리 어머니에 대한 이야기였다.

……횃불을 들고 자기 스스로 찾아왔다지 아마? 한밤중에 몰래 집을 뛰쳐나왔다고 하더군. 친정집에서 다 반대하는데 혼자만 도망쳐 나왔다지 뭐야. 그날따라 비가 무척 내렸는데, 자네 시어머니가 문을 여는 순간 너무 놀라서 어쩔 줄 몰랐다더군. 눈앞에 귀신이 서 있는 줄 알았대. 하지만 지금은 완전히 딴판이란 말이야! 남편도 더는 그녀의 말을 들으려 하지 않는단 말이야. 딱 봐도 그럴 만한 재주가 없잖아. 암튼 자기 스스로 찾아 들어온 여자들은 다 제값을 못 한단 말이야!

빌어먹을! 큰어머니는 전에 개한테 물렸던 왼쪽 다리를 두드렸다. 너무 힘껏 두드렸는지 바로 다시 다리를 주무르기 시작했다.

두 사람은 한참을 웃고 떠들었다. 나중에 왕 씨네 아주머니는 이런 말까지 했다. 우리 집 여자 중 큰어머니가 제일 대단하고 큰아버지도 점점 남자답다고 했다. 집을 나설 때면 옷차림이 그럴듯하고 집에서 식사할 때면 좋은 것만 드신다고 했다. 그러면서 옛날에는 얼굴이 말랐으나 지금은 윤기가 돌아서 제법 잘 생겨 보인다고 했다. 남자들은 이마에 머리카락 숱이 적으면 늙어 보이는 게 정상이나 큰아버지는 오히려 체면이 서 보이고 남을 가르치는 선생님 같아 보인다고 했다. ……그러면서 귀도 아주 복이 있게 생겼다고 하면서 귓불이 두터우면 귀티가 흐른다고 했다.

하지만 왕 씨네 아주머니는 예전에 비투네 엄마와 얘기할 때 큰아버지의 귀는 하도 늘어나서 바로 떨어질 것 같다고 했다. 귀티는 고사하고 매일 마누라가 잡아당겨서 그렇게 된 거라고 했다.

하지만 큰어머니는 이 말을 듣고 기뻐하며 말했다. 참, 내 정신 좀 봐. 설탕 몇 근과 계란을 사려고 함께 장터로 가자고 했었는데. 내가 만든 계란프라이는 일품이란 말이에요. 그러면서 그녀는 왕 씨네 아주머니네 손을 끌며 일어섰다. 자기네 강아지도 나도 다 잊은 지 오래됐다.

두 사람이 열 걸음쯤 걸었을 때 강아지가 짖었다. 그때야 두 사람은 고개를 돌리고 강아지를 보았고 함께 서 있는 나를 발견했다.

큰어머니가 말했다. "이 녀석, 왜 그러고 있어? 아직도 집에 가지 않고 뭐해? 그러다가 엄마한테 혼나지 않겠어!"

허리(腰)

비투네 어머니는 젊었을 때 라오까오산(老高山)에서 살았다. 그곳 여자들은 모두 물을 머리에 이고 날랐는데 소처럼 머리에 멜빵 줄을 걸었고 그 뒤에 물통이 달려 있었다. 산길이 험하고 미끄러워 걸을 때면 발가락으로 땅을 꼭 잡아야 했기에 그녀의 발가락은 목수가 처마도리에 박는 고리못처럼 변형되어 있었다. 이런 비유가 적절하지 않을 수도 있다. 참, 독자들은 잘 삶은 닭발을 본 적이 있는가? 안으로 구부러져 있어, 거꾸로 선 낚싯바늘처럼 생긴 모양. 그녀의 발은 바로 그런 모양이었다.

가끔 신발에 흙모래가 들어가거나 하면 그녀는 신발을 벗고 흙모래를 털어낸다. 하지만 그녀는 무진 애를 써야만 했다. 흙모래는 신발에 들어간 게 아니라 닭발처럼 생긴 그녀의 발가락 사이에 끼어 있기 때문이다. 그럴 때면 그녀는 강아지풀로 털어내려 했다. 그녀는 물로 씻을 생각은 하지도 않았다. 산꼭대기에서는 물이 발가락보다도 더 귀하게 여겼기 때문이다.

큰어머니는 이렇게 말했다. "봤지, 그녀가 지금 저렇게 고집스럽고 이마에 큰 핏줄이 선명한 건 다 젊어서 물을 너무 많이 지고 날랐기 때문이란 말이야. 그리고 평지를 걸을 때도 왜 그렇게 힘들어 보이는지 알아? 다 습관이 되어서 그래. 그녀의 발가락은 이미 평지를 걷든 아니면 비탈길을 걷든 상관없이 발가락에 힘주며 걷는 방식에 습관이 되었기 때문이야."

비투네 어머니는 말할 때면 항상 머리를 앞으로 내밀기 좋아했다. 그 모양은 소가 땅에 머리를 가져가는 모습과 어느 정도 닮아 있었다.

하지만 그녀가 젊어서 물을 지고 날랐음을 제일 잘 보여주는 것은 허리이다. 그녀의 허리는 멜대를 세워놓은 듯 곧고 단단했다. 하지만 지금은 조금 가냘프게 보인다. "곧 끊어질 것 같지?" 그녀가 자주 하는 말이다.

한가할 때면 그녀는 우리에게 자기가 물을 지고 나르던 일을 말하기 좋아했다. 우리를 빼면 어른들은 그녀의 이야기를 계속 들어주려 하지 않았다. 왕 씨네 아주머니는 항상 물을 지고 나른 일만 말하니 귀찮아 죽겠다고 했다!

비투네 어머니는 신발을 벗으며 발가락 모양이 왜 이렇게 생기게 되었는지를 이야기해주었다. 그리고 자기 허리에 대해서도 말하며, 우리더러 손을 뻗어 만져 보라고 했다. 물통으로 짓누른 흔적이 느껴지는지 물었다. 작은 돌덩이가 허리에 새겨진 느낌이 드는지 물었다.

우리는 어리둥절해서 고개를 끄덕였다가 다시 좌우로 흔들었다.

"느낌이 들어? 안 들어?" 그녀가 다시 물었다.

우리는 있다고 했다. 손으로 커다란 맷돌을 형용하면서 그만큼 크다고 말했다. 그녀는 아주 즐거운 표정을 지으면서 "그럼, 그렇지. 나의 이 허리에는 소의 신이 붙어 있단 말이야. 마을의 여자치고 누구도 나만큼 물을 잘 지고 나르지 못했지. 이렇게……"

우리가 "이게 뭐가 돌이냐고요? 만져 보면 그냥 몇 덩이 굳은살뿐인데요" 하고 투덜거리기라도 하면, 비투네 어머니는 금세 발끈해서 이마를 쑥 내밀고 우리를 아래로 흘겨보았다. 그러면 우리는 얼른 몸을 잔뜩 움츠리곤 했다.

유 씨네 아주머니는 비투네 어머니 말을 다 믿지 말라고 했다. 그녀의 허리는 벌써 망가진 지 오래다. 지난번 그녀의 남편이 진흙탕 속에 넘어졌을 때 업고 나오지도 못했다고 했다.

우리가 이 말을 비투네 어머니한테 전하자, 그녀는 입술을 떨며 유 씨네 아주머니네 집 처마를 쏘아보았다. "늙어 빠진 암소(유 씨네 아주머니 별명)!"라고 세 마디를 중얼거렸다.

하루는 비투네 아주머니가 고무주머니를 들고 우물가로 가는 걸 보았다. 그 고무주머니는 우리도 충분히 들고 다닐 수 있다. 원래 그녀의 남편이 술을 담았던 것인데 지금은 늙어서 걷거나 술을 마실 힘도 없어서 그냥 물을 긷는 데 쓰고 있었다.

"비투네 어머니, 왜 물통을 안 써요?" 우리가 그의 이마를 가리키며 물었다. 말의 뜻은, 왜 이마로 물을 져 나르지 않느냐고 물어본 것이었다.

그녀는 커다란 바위에 몸을 기대고 얼굴에 난 땀을 닦은 다음에 자기 이마를 가리키며 말했다. "내 이마는 말이야. 지금 무척 화끈거린단 말이야. 병이 난 게 분명해."

비투네 어머니의 이마는 나을 기미가 보이지 않았다. 그 뒤로 물을 길어갈 때면 언제나 고무주머니를 사용하는 걸 볼 수 있었다.

그녀의 허리는 이마보다 더 심하게 병이 든 것 같았다. 돼지풀을 반 정도 채운 광주리도 짊어지지 못했다. 허리에 난 돌멩이와 물통에 눌린 흔적도 더는 만지지 못하게 했다. 심지어 나중에는 우리를 다 잊은 듯 했다. 우리가 그녀의 곁을 지날 때면 그녀는 항상 머리를 숙이고 걸었는데 이마에 난 황소 힘줄도 머릿수건에 가려져 보이지 않았다.

유 씨네 아주머니가 말했다. "봐, 그녀의 허리가 망가진 지 오래라고 했잖아. 아직도 못 믿겠어?"

어깨(肩)

나는 한 달째 병으로 침대에서 일어나지 못했다. 어머니가 내 옆으로 다가왔다. 어디선가 눈물 몇 방울 흘리고 왔는지 물 위에 떠다니는 듯한 목소리로 나지막하게 말했다. 그녀는 나를 목욕시켜 주겠다고 했다. 한 달 만에 처음하는 목욕이었다.

욕조는 내가 지금보다 더 어렸을 때 쓰던 것인데, 지금은 그 안에 쭈그리고 앉을 정도의 크기이다.

어머니가 말했다. "아홉 살이 다 된 애가 세 살 때 사용하던 대야에 들어갈 수 있다니 말이 되니?"

나는 우리가 사는 대나무 집을 멍하니 쳐다보았다. 내 눈에 보이는 모든 것이 다 움직이고 있다. 살아서 숨 쉬는 듯했다. 방바닥에 깔아놓은 대나무도 일어서려는 듯하다. 마치 저녁에 바람을 막기 위해 벽에 걸어놓은 얇은 비닐처럼 말이다. 사흘 연속 밤이면 바람이 불어와서 비닐은 그대로 휩싸여 가고 말았다. 세게 부는 바람을 이겨낼 자신이 없으니 날려가고 만 것이다. 이 대나무 바닥도 일어나서 문밖에 있는 대나무 숲으로 갈 것만 같다.

이때 대나무집 밖에서 유 씨네 아주머니의 목소리가 들렸다. 애한테 귀신이 들린 것 같아요. 내가 봤을 땐 틀림없어요. 그런 다음에 가버렸다. 그녀는 걸을 때면 앞으로 돌진하는 듯했다. 하늘이라도 뚫을 기세였다.

어머니는 못 본 척하더니 멀리 간 걸 확인하고는 한마디했다. "충천포(冲天炮, 하늘을 향해서 쏘는 폭죽) 같은 년!"

하지만 어머니는 유 씨네 아주머니의 말을 믿었다. 비모(毕摩, 무당)에게 부탁하여 양피 북을 두드리게 할 뿐만 아니라 고개 너머에 사는 '황신선'을 청할 생각이었다. 게다가 스스로 뭔가를 배워서 실행하기도 했는데 달걀을 내 몸에 굴린 다음 사발에 물을 담고 젓가락 세 개를 세워 놓았다. 그리고 문 뒤에 대나무 빗자루를 세워 놓았…… 그런 다음에는 하루 종일 입으로 뭔가를 중얼거렸다. 어머니가 마치 요술이라도 배운 사람처럼 신비롭게 느껴졌다. 이 모든 것을 끝내고는 다가와서는 나의 기색을 살펴보더니 좀 괜찮아졌냐고 물었다.

병이 나았는지는 모르나 좀 나아졌다고 하는 게 좋겠다고 생각했다.

어머니는 내 발을 씻겨주고 있었다. 나는 욕조에서 나와 침대에 앉았다. 어머니는 침대 앞에 쭈그리고 앉아 고개를 숙이고 있다. 그녀의 어깨는 내 눈앞에서 흔들거린다. 나는 이때까지 이 각도에서 어머니의 어깨를 본 적이 없다. 어머니의 어깨는 짧고 가느다란 멜대 같다. 하지만 그전에는 어머니 어깨를 엄청 넓다고 느꼈었다. 한동안 우리 집은 밭을 가는 소를 빌리지 못했다. 어머니는 밧줄을 어깨에 걸치고 밭을 갈자고 아버지와 상의했다. 큰어머니네 집에서 TV를 볼 때, 배를 끄는 사람들이 그렇게 일하는 걸 본 적이 있다고 했다. 밭갈이도 같은 이치라고 했다. 어머니는 자신의 어깨로 그 힘을 받아낼 수 있다고 장담했다. 아버지는 동의하지 않았다. 그런 농담은 하지도 말라고 했다.

곡비네 어머니가 말했다. "저걸 봐. 부모 말을 안 듣고 시집오면 저렇게 된단 말이야."-어머니가 끝내 밭갈이 소를 빌려서 밭을 가는 걸 보고서 했던 말이다-

유 씨네 아주머니가 곡비네 어머니 말을 이었다. "그러게 말이야. 첫애가 아들이라면 10년이 지난 뒤에 그럭저럭 일꾼으로 쓸 수 있을 텐데 말이야. 맞은편 집을 좀 봐. 사 년 동안 아들을 둘이나 낳았지 뭐야. 자기 운명인걸 어떻게 하나. 당초에 횃불을 들고 시집을 오긴 했지만 다시 횃불을 들고 친정으로 돌아가는 건 불가능하단 말이야."

그때 나는 이들 옆에서 흙장난을 하고 있었다. 아들 운운하는 말에 나는 가슴을 치면서 나도 아들이라고 자신 있게 말했다.

유 씨네 아주머니와 곡비네 엄마는 서로 보면서 한참을 웃더니 나를 보면서 말했다. "너는 방귀란 말이야."

유 씨네 아저씨는 상황을 더 잘 알고 있는 듯했다. 그는 여자들 앞에서 손사래를 치며 말했다. "개뿔도 모르면서. 그건 그 아주머니가 좋아서 한 일이란 말이야. 알아들었어? 남들이 하는 말을 못 들었는가? 그 아주머니가 친정을 뛰쳐나오면서 자기 오빠한테 그 남자의 눈만 해도 5천 위안은 넘는다고 했다지 않나!"

나도 유 씨네 아저씨한테서 듣고 나서야 아버지의 눈이 5천 위안이라는 걸 알았다.

5천 위안이라는 말이 나오니 할머니가 한 말이 생각났다. 할머니는 셋째 삼촌네 아들은 값이 1만 위안도 넘겠지만 기껏해야 나는 10전밖에 안 된다고 했다.

내가 막 어머니에게 물어보려고 했다. 10전이 비싼지 아니면 1만 위안이 더 값이 가는지를 말이다. 하지만 어머니가 먼저 말을 꺼냈다.

"우리 딸 죽지 않을 거지?" 목소리는 아주 낮았으나 그 말을 들을 수 있었다.

나는 죽음이 뭔지를 잘 몰랐다. 하지만 어머니의 손이 떨렸고 어깨도 떨리는 걸 보니 아마 뭔가를 무서워하는 것 같았다.

"저 안 죽어요." 내가 대답했다.

어머니는 고개를 들고 나를 쳐다보았다. 뭔가 큰 짐을 내려놓은 듯했다. 어깨도 더는 떨지 않았고 얼굴에는 웃음기마저 돌았다.

그날 저녁 큰어머니가 찾아왔다. 대나무집 아래층에서 사발에 반쯤 남은 해바라기씨를 까서 먹으면서 어머니와 이야기를 나누고 있었다. 나는 대나무 자리 위에 누워서 하늘에 떠 있는 반달을 멍하니 바라보았다.

두 사람은 딸을 낳고 가르치는 문제에 대해 논의하기 시작했다. 큰어머니는 두 딸을 학교에 보내지 않겠노라고 했다. 어차피 산속의 아이들은 중퇴한 애들이 대부분이었고 학교에 다니는 애라고 해 봤자 몇 명 안 되니 말이다. 그리고 학교에 다닌들 무슨 소용이 있느냐고 했다. 자기 두 딸은 3년을 공부해도 이름자도 제대로 못 쓰니 돈을 낭비할 필요가 없다고 했다. 그녀는 돈을 모았다가 나중에 아들이 공부할 재목이면 아들에게 투자하는 게 더 낫다고 했다.

하지만 어머니는 될수록 애들을 학교에 보내야 한다고 했다. 특히 여자애들은 글을 많이 읽어야 한다고 했다. 만약 어깨가 망가지지 않았다면 자기는 돈을 더 벌었을 거라고 했다. 돈을 벌어서 아들이고 딸이고를 따지지 않고 공부를 시킬 거라고 했다. 자식들이 평생 산속에 틀어박혀 살게 할 수 없다고 했다. 자기네처럼 그리고 길가에 자란 풀처럼 뽑아서 던지면 그 자리에서 진흙투성이가 되어서는 안 된다고 했다.

큰어머니는 한숨을 쉬더니 화제를 딴 데로 돌렸다. 떠날 즈음해서 큰어머니는 약주 한 병을 어머니에게 건네주면서 아침저녁으로 어깨에 바르라고 했다. 그러면 벗겨진 피부는 금방 낫는다고 했다.

큰어머니가 집으로 돌아간 다음에 어머니는 병마개를 따고 어깨에 그 약주를 발랐다. 술 냄새가 위층까지 올라왔다. 순간 나는 기운을 차렸고 침대에 엎드려서 대나무 마루 사이로 밑을 내려다보았다. 달빛이 어머니 어깨를 비추고 있었다. 어머니 어깨에는 밧줄에 눌린 검붉은 자국이 선명하게 나 있었다.

어머니 어깨는 값이 얼마나 갈까?

낙엽
(落叶)

넷째 삼촌은 아버지의 막냇동생이다. 그는 촌민들 중 처음으로 마을을 떠난 사람이다. 그것도 실종이라는 방식으로 말이다.

내가 '실종'이라고 한 것은 넷째 삼촌이 어디로 갔는지 모르기 때문이다. 그에게는 처음부터 정해진 거처가 없었다. 누군가는 여기 있다고 했고 또 누군가는 저기 있다고 했다. 누군가는 넷째 삼촌이 분신술을 쓰는 게 틀림없다고 했다. 도처에 그의 그림자가 있었으니 말이다. 직업도 다양했는데 양아치, 미장이, 비렁뱅이, 점쟁이─넷째 삼촌은 말재주가 좋아서 사기꾼을 해도 남들이 믿을 것 같다고 했다─ 등 없는 게 없었다. 또 누군가는 마약을 팔다 잡혀서 지금 어느 수용소에 수감 돼 있을 거라고 했다. 한마디로 넷째 삼촌이 떠난 뒤로 사람들은 피와 살을 덧붙여서 삼촌의 가출과 관련된 소문을 만들어 냈다. 모두가 천리안이 되어 넷째 삼촌의 궁상맞은 신세를 그대로 들여다보는 듯했다.

"분수에 맞게 농사를 짓는 게 아니라 밖에서 양아치 노릇이나 하니 망나니가 따로 없군! 어느 다리 밑에서 넝마를 주워서 살고 있는데, 정신이 이상한 여자와 함께 지낸다고 하더군."

"내가 듣기로는 다리 아래가 아닌 어느 광산이라고 하던데?"

넷째 삼촌은 소문에 의해 방랑자가 되었고 정신병자 아내를 데리고 사는 사람도 되었다.

나중에는 계속 알아볼 필요도 없다고 하면서 아예 결론을 짓고 말았다. 학력이라곤 초등학교 3학년이 전부인 넷째 삼촌은 양아치로 살고 있는 게 분명하다고 말이다. 양아치란 건달을 가리키는 말이다.

이러한 결론은 넷째 삼촌의 말재주와 연관이 있다. 많은 사람들의 인상 속에 넷째 삼촌은 말재주가 좋았기에 비렁뱅이처럼 비참하게 살 리가 없었다. 대신 그는 꼭 나쁜 사람이 되었을 거라 멋대로 추측하고 이에 따라 자신들이 내린 결론이 제일 정확하다고 믿었다.

이들은 그런 말을 할 때면 내 입장 같은 건 전혀 고려하지 않았다.

그 뒤로 나는 건달의 조카가 되고 말았다. 삼촌이 마을에서 실종된 후 내가 이들 앞에 나타나기라도 하면 이들은 건달의 자손을 심문하듯 나에게 물었다. 나는 아직 어린애였기에 이들은 나를 쉽게 대했다. 어투는 오만하고 각박했는데, "작은아버지가 밖에서 살인을 저지르지 않았니? 너 젖니를 갈지 않았으니 한 번 맞춰 볼래?"

이들은 젖니를 갈지 않은 아이에게 신비한 힘이 있어 뭐든 잘 맞춘다고 믿었다. 집에서 키우던 닭이 없어져도 아직 젖니를 갈지 않은 아이에게 물어보았다. 이들의 눈에는 그런 아이가 바로 무당이었으니 말이다. 이들에겐 나도 무당으로 여겨졌다. 당시 나는 어렸기에 어른들의 속내를 알아채지 못했다.

"아니에요." 내가 대답했다. "할머니가 작은아빠는 밖에 일하러 갔다고 했어요."

이들은 조금 불쾌한 눈치였다. 하지만 무당의 말을 믿지 않을 수 없었다. 그 뒤로 이 일을 더 묻지 않았으나 다른 일을 계속 물었다. 이런 물음은 젖니가 처음 빠질 때까지 계속되었다.

사람들은 동정보다는 웃음거리에 호기심이 더 강한 편이다. 혹시 현명한 사람이라면 조롱 뒤에는 자기반성을 하고, "세상을 탄식하며 백성을 불쌍히 여기는 듯" 동정심을 끄집어낼 것이다.

아쉽게도 웃음거리는 오래 가지 못했다. 얼마 안 돼서 넷째 삼촌이 돌아왔기 때문이다. 고향을 떠난 지 3년 만이었다.

앞에서 빼놓은 일이 있는데, 넷째 삼촌은 고향을 떠나기 전에 중매 결혼을 했다. 이후에 이혼하고 혼자서 아들을 키웠다. 넷째 삼촌이 떠난 후 한 살도 안 된 사촌 동생을 큰아빠와 셋째 삼촌 그리고 우리가 돌아가며 돌보았다.

사람들은 이 일로 여러 가지 소문을 만들어서 퍼뜨린 것이다. 이들은 넷째 삼촌 같은 인간을 받아들이려 하지 않았다. 어떻게 결혼한 사람이 이혼한단 말인가. 이건 부모님의 뜻을 거역하는 것이다. 특히 자식까지 있는 마당에 이혼한다는 건 정말 가증스러운 일이다. 그러니 이런 인간은 반드시 매도당해도 싸다고 생각했다.

부부들 대부분은 티격태격 싸우면서도 여전히 백년해로했고 슬하에 자식을 가득 두지 않은가. 이런 이유로 넷째 삼촌이 돌아오고 나서도 사람들은 그를 아니꼽게 여겼다. 이들은 그에게 이혼이 애들 장난이냐고 따져 물었다. 그리고 농사지을 땅도 없이 어린 자식을 어떻게 키울지 걱정했다. 할머니도 겨우 자급자족했기에 이들을 도와줄 형편이 못

되었다.

"다시 나갈 건가?" 나중에는 동정하는 어투로 묻기도 했다.

넷째 삼촌은 "당연하죠."라고 대답했다.

그러고는 다시 집을 떠났다. 떠나기 전에 모처럼 사촌 동생을 데리고 거리에 있는 식당에 가서 외식했다. 당시 서너 살밖에 안 된 사촌 동생은 젖을 일찍 뗐고 배불리 먹지 못했기에 외식 후에 3일이나 설사를 했다. 물론 넷째 삼촌은 이 일을 알 리가 없다. 그는 사촌 동생을 우리에게 맡긴 뒤에 바로 떠났으니 말이다.

큰아버지가 사촌 동생을 돌보게 될 무렵 친모가 와서 그를 데려갔다. 동생이 다섯 살 되던 해였다. 나중에 알게 되었는데 사촌 동생은 친모네 집에서 양치기 소년으로 살았다고 한다.

의붓아버지가 시켜서 한 일이었는데 다섯 살짜리에게 양치기 일은 많은 사람들의 눈에는 불가능한 일이다. 하지만 사촌 동생은 이 일을 잘 해냈다. 물론 양들이 사방으로 뛰어다닐 때면 발을 동동 구르며 울기도 했지만 양 한 마리도 잃어버리지 않았다. 그리고 얼마 뒤에는 양치기 소년이 갖추어야 것들을 두루 갖추게 되었다. 검고 야윈 체구에 산을 잘 탔고, 목소리가 우렁찼으며, 표정은 엄숙하고 말수가 적었다.

후에 넷째 삼촌이 사촌 동생을 데려갔다. 그 뒤로 이들은 방랑부자(放浪父子)의 삶을 살기 시작했다. 마을에는 넷째 삼촌이 농사지을 땅이 없었고 살 만한 집도 없었다.

떠나기 전에 넷째 삼촌은 마을에서 한동안 지냈는데 집을 떠날 의사를 내비치지 않았다. 그래서 다들 이들이 마을에서 계속 살 거라고 믿었다. 다른 사람이 공짜로 땅을 제공해주는 바람에 그는 우리 집에서 멀지 않은 곳의 산 중턱에 새집도 지었다. 이 집은 넷째 삼촌의 집이라기보다 할머니 집이라고 하는 게 더 맞았다. 마을의 관행에 따르면 가정을 이루지 않은 자식은 부모와 함께 지내야 했기 때문이다. 그러고 보니 집터도 할머니한테 준 것에 불과했고 넷째 삼촌은 그냥 얹혀사는 신세가 되고 말았다.

이렇게 삼촌은 송곳 꽂을 땅조차 없는 사람이 되고 말았다. 할머니는 막내아들을 특별히 아프게 여기지만 자신도 이젠 허약한 노인이 되고 말았다. 값나가는 물건이라 해 봤자 닭 몇 마리와 아직 채 크지 않은 강아지뿐이었다.

당시 나는 량산(凉山)을 떠나 바깥세상을 돌아다니는 넷째 삼촌을 아주 부러워했다. 지금도 기억나는데 당시 넷째 삼촌은 아주 예쁘게 생긴 만년필을 윗옷 주머니에 꽂고 다녔다. 겉에 드러난 만년필 뚜껑이 엄청 예뻤는데 나는 그 만년필을 아주 부러워해서 내가 그 만년필을 가지는 꿈을 여러 번 꾸었다. 하루는 넷째 삼촌네 집에 가서 만년필로 숙제하고 싶다고 겨우 입을 떼고 만년필을 빌렸는데, 넷째 삼촌은 한 주일이라는 기한으로 빌려줬다. 하지만 사흘째 되는 날 넷째 삼촌은 그 만년필을 다시 찾으러 왔다. 나는 이 일에 대해 엄청 화를 냈다. 넷째 삼촌을 깍쟁이라고 속으로 욕했다. 넷째 삼촌이 그런 나를 보고 더 좋은 만년필을 얻어주겠노라 그 자리에서 약속했다. 하지만 그는 만년필을 얻어주지 못했다. 내 나이 31살이 된 지금까지 그는 약속을 지키지 못한 상태이다. 어쨌거나 당시 약속을 나는 지금까지 기억하고 있으니. 넷째 삼촌이 나한테 만년필 한 개의 빚이 있다고 생각해 온 것이다.

넷째 삼촌이 약속을 어긴 것으로, 어른이 된 지금 나는 어린아이에게 쉽게 약속하거나 승낙해서는 안 된다는 걸 깨닫는다. 어린아이는 세상에서 가장 무서운 생물이기 때문이다.

오랜 시간이 지난 후에야 나는 넷째 삼촌이 나보다도 그 만년필을 더 좋아했다는 걸 알게 되었다. 그는 글 읽기를 좋아했기에 만년필로 서예를 훈련하는 취미를 가지고 있었다. 그 만년필은 결코 싼 것이 아니었다. 틀림없이 많은 돈을 들여 샀을 것이며, 아마도 월급의 반을 넘게 썼을지도 모른다.

그 일로 마음이 상한 나는, 사촌 동생을 데리고 넷째 삼촌이 떠나던 날 아침에 배웅하러 가지 않았다. 후에 이 일을 두고 수없이 많은 이유를 생각해 냈다. 아침에 비가 내렸는데 우산이 없어서 못 나갔다고 했고, 신발이 닳아서 맨발로 나갈 수 없다고 했으며, 이웃에 사는 진 씨네 할머니가 돼지풀을 뜯으라고 시키는 바람에 배웅하지 못했다고 했다. 그 외에도 시간이 없어 못 나갔다는 등의 핑계를 댔다.

그 외에도 많은 핑계를 댔을 것이나 지금은 대부분 기억나지 않는다. 하지만 기억난다 해도 그건 외고집을 부리던 어린아이가 만들어 낸 썰렁한 농담에 불과하다.

사람이 한 곳을 떠나면 다른 사람들의 기억 속에서 재빨리 잊힌다. 넷째 삼촌이 바로 그랬다. 처음에는 사람들이 흥미진진하게 뒷공론을 만들어 냈다. 넷째 삼촌이 아들을 팔아버렸을 거라고 했다. 그 외에도 여러 가지 소문이 있었으나 시간이 흐르면서 넷째 삼촌을 언급하는 사람은 점차 적어졌다.

넷째 삼촌은 고향을 버렸고 삼촌도 고향으로부터 버림을 받았다. 그 후 몇 년 동안을 넷째 삼촌은 사촌 동생을 데리고 고향에 오지 않았다.

둘이 어디서 어떻게 지내는지 아무도 몰랐다.

한번은 시창(西昌)에서 기차를 타고 성 외로 나갈 일이 있었는데, 시창역에서 나는 넷째 외삼촌과 우연히 마주치게 되었다. 그는 역 부근에서 일하고 있었는데 새로운 가정을 이루고 살았고 사촌 동생도 제법 소년이 되어 있었다.

반면에, 삼촌 댁은 글을 몰랐고 일자리도 없었다. 그는 전통적인 이족(彝族) 여성이었다. 이족끼리도 방언이 서로 다르면 의사소통이 힘들다. 나는 말을 알아듣는 능력이 부족해서인지 표준화된 이족어(彝语) 외에 다른 지역의 이족 말을 잘 알아듣지 못했다.

이들 가족은 넷째 삼촌의 박봉으로 연명했다. 도시 변두리에 월세 집을 얻어서 살고 있었고 집 안엔 버젓한 가구조차 없었다. 돈을 아끼기 위해 밥을 지을 때도 전기를 쓰지 않았다. 월세 집 어귀에 간이 부엌을 만들고 거기에 건초와 땔감 그리고 불을 지피는 데 쓰려고 종이박스 조각들을 쌓아두었다.

사촌 동생은 시창 지역의 말을 구사하고 있었고 모습도 꽤 유행을 따르고 있었다. 그는 확실히 농촌 소년들과는 달라 보였다. 유감이라면 공부를 못했다. 1학년만 다섯 번을 다녔고 2학년에 진급한 뒤에 바로 학교를 그만두었다. 어쩌면 3학년일 수도 있다. 내 기억이 틀릴 수도 있으니 말이다.

학교를 그만둔 다음 그는 집안일을 돕기 시작했다. 때론 땔나무나 빈 병과 깡통 같은 걸 주워 오기도 했으나 점점 게을러지고 말았다. 하지만 그는 삼촌보다 더 바쁘게 지냈다. 하루 종일 그림자도 안 보였고 집에서 밥을 먹는 횟수도 적었다.

우리가 만났을 때 사촌 동생은 양아치 같았다. 그는 시창의 다른 비행 청소년들과 함께 어울려 다녔는데 머리를 길게 기르고 목에 괴상한 목걸이를 걸고 있었다. 그는 외향적인 자폐증 환자 같았다. 어중이떠중이들과 어울려 다니면서 노래방을 드나들었고 술을 마시기 시작했으며 수준 낮은 농담을 나누었다. 이렇게 실컷 놀고 나서는 마치 침묵을 지키는 나무같이 말이 없었다. 아무튼 그는 나를 데리고 나가 자신이 평소에 하던 '다채로운' 생활 모습을 그대로 보여줬다.

"누나, 내 기억 속에 누나는 키가 요만큼 했어요." 그는 놀란 표정을 지으며 나의 키에 대해 말했다. 어렸을 적 내 키를 손시늉으로 가늠했다. 이것이 그가 나한테 건넨 첫마디였다. 비록 오랫동안 떨어져 살았으나 핏줄은 못 속인다는 말처럼 그리 낯설지 않았다.

오랜 세월을 떠돌아다니다가 처음으로 친척을 만나서인지 사촌 동생은 꽤 흥분해 있었다. 그는 나를 데리고 자기가 놀던 모든 곳으로 가고 싶어 했다.

"술 마실 줄 알아요?"

"몰라."

"난 술을 마셔요." 그는 입가에 미소를 지었다. "내 기억에 마오포(毛坡)에 키 높은 잣나무가 있었는데, 키 높은 잣나무가 맞죠? 나무에 잣송이가 많이 달렸는데, 그렇죠?"

"응, 맞아, 정확해."

"그리고 장만우지(张满屋基, 장씨 집터)도 있었는데, 맞아요?"

"응."

"그리고 등지야우지(邓家屋基, 등씨 집터)도 있고, 그곳엔 솔새풀이 많았는데. 맞아요?"

"응."

사촌 동생은 고향을 추억하는 데 신이 나 있었다. 그리고 나한테서 확인받는 걸 즐거워했다. 가련하게도 그는 너무 일찍 고향을 떠났기에 그의 기억 속에는 고향보다 양 떼가 더 큰 비중을 차지했다. 하지만 그곳은 고향이 아니었으며 마음에 아픈 상처를 준 곳이다. 그는 내 앞에서 이 사실을 한마디도 꺼내지 않았다. 때론 나쁜 애들처럼 거칠게 굴다가도 때론 아주 천진한 아이로 변했다. 특히 고향에 대한 추억을 말할 때면 그는 고향에 대한 동경으로 가득했다. 하지만 제일 많이 보인 모습은 어른처럼 성숙하고 억제된 모습이었다.

나는 넷째 삼촌네 집에서 고작 하루밖에 머물지 않았다. 그 뒤로 2, 3년 동안 우린 만나지 못했다.

다시 이들 부자를 만났을 때는 다른 성(省)에서였다. 당시 넷째 삼촌은 사촌 동생과 함께 저장성(浙江省)의 벽돌공장에서 일하고 있었다. 공장에서 일하는 사람들은 태반이 쓰촨성(四川省) 사람들이었고, 그들 대부분은 나의 친척뻘이었다. 당시 큰고모부의 동생이 공장을 임대했고 나는 부근의 방직공장에서 일하면서 한동안 벽돌공장에서 지냈다. 넷째 삼촌네도 그때 만나게 되었다.

사촌 동생의 머리는 조금 짧아졌으나 대신 콧수염을 길렀는데 아주 우스꽝스러웠다.

"시창에서는 이 녀석을 어떻게 할 수가 없었단다. 불량한 녀석들과 어울려 다니다가 사고를 칠 것 같았어." 넷째 삼촌도 어찌할 도리가 없었던 모양이다.

다행히 사촌 동생은 타향살이에 잘 적응했다. 사촌 동생은 삼촌과 함께 벽돌공장에서 힘든 일을 할 수밖에 없었다. 학력이 없었기에 평범한 전자 회사에서도 그를 받아주지 않았다.

"왜 공부를 안 했어?" 하루는 내가 물었다.

"공부하기 싫어요."

"왜 싫어?"

그가 한참을 말이 없다가 겨우 입을 열었다. "학비는 어떻게 해결하죠?" 빙그레 웃으며 나를 쳐다보았다.

나는 원래 고향을 떠난 삼촌을 원망했었다. 만약 고향에서 열심히 농사를 지었다면 사촌 동생의 공부 뒷바라지는 할 수 있지 않았을까. 하지만 내 자신의 신세를 생각하고는 침묵하고 말았다.

벽돌공장에 온 뒤로 사촌 동생은 작은 소처럼 억척같이 일했다. 그의 머리는 언제나 먼지로 가득했다. 그는 하루 중 대부분의 시간을 벽돌 찍는 작업장에서 일했다. 날마다 출근할 때면 그는 어른 같았다. 하지만 바지 뒷주머니에는 울트라맨 장난감을 넣고 다닌 것을 본 순간 나는 사촌 동생이 14살밖에 안 되는 소년이라는 생각으로 돌아왔다.

넷째 삼촌은 사촌 동생과 같은 작업장에서 일했다. 아들이 일하는 모습을 살피기 위해서였다. 사촌 동생은 일할 때면 때때로 신중하지 않았고 열성을 다하려 들지도 않았다. 그는 일도 놀이처럼 생각했고 그때까지 일에는 책임이 따른다는 걸 모르고 있었다. 그에게 있어서 일이란 뒷주머니에 넣고 다니는 울트라맨에 불과했다.

이곳 벽돌공장에 온 뒤로 삼촌댁도 일자리를 잡았는데 공장을 청소하는 일이다. 청소하는 일은 졸업장이 따로 필요가 없었다. 넷째 삼촌네는 전에 비해 더 절약했다. 이들에게는 아직 집이 없었고 땅도 없었다. 하지만 이들에게는 식구가 한 명 더 늘었다. 두 살배기 사촌 여동생이 태어난 것이다.

삼촌댁 친정 부모는 나중에 넷째 삼촌네한테 땅 한 뙈기를 줘서 집을 짓게 하겠다고 약속했다. 이들 온 가족이 일터에 나온 것은 돈을 벌어서 그 집을 짓기 위해서였다.

넷째 삼촌은 전에 비해 훨씬 늙어 보였다. 머리카락도 많이 빠졌는데 이마의 머리는 거의 다 빠지고 없었다. 그는 예전부터 직장 동료와 도박을 하지 않았고 담배도 피우지 않았다. 어쩌다 술을 마셨는데 그것은 하루의 피로를 풀기 위해서였다.

삼촌댁은 공장에서는 제일 환영받지 못하는 사람으로 낙인찍혔다. 물론 이 '환영받지 못하는 사람'이라 함은 아낙네들이 뒤에서 나누는 의견에 불과했다. 처음에 이들은 내가 넷째 삼촌의 조카라는 사실을 몰랐기에 내 앞에서 마음껏 흉을 보았다.

"그 아줌마는 싸구려 신발 솔 사는 것조차 아까워 매번 이집 저집 빌리러 다니잖아요. 쯧쯧, 단돈 1위안짜리를 아까워하다니."

"정말 그래요. 지난번에도 빨래한다고 대야를 빌려달라는 걸 거절했죠."

"참. 지금이 어떤 세월인데 아직도 땔나무를 주워서 밥을 한다는 게 말이 돼요? 이곳에서 땔감을 어떻게 구해요? 이곳이 시골인 줄 아나 봐."

"다른 건 다 괜찮은데 그 이족 사투리는 정말 알아들을 수 없단 말이에요. 표준어로 말하려고 해도 안 되니, 그녀와 이야기하는 것은 소 앞에서 거문고를 타는 격이야."

아낙네들은 하고 싶은 말을 하나도 빠뜨리지 않고 다 말했다. 뭔가 더 알고 싶었던지 흥미진진해서 나한테 물었다. "자네도 고향이 양산이라고 했지? 두 집이 멀리 떨어졌는가?"

"아주 가까워요."라고 내가 말했다.

"혹시 친척인 건 아니지?" 이들은 조금 긴장하는 눈치였다.

"지금 말하는 그 여잔 저의 넷째 삼촌댁이에요."

"엥?"

"그녀의 이름은 '엥'이 아니에요. 앞으론 우가(乌嘎)라고 불러요."

나중에 나는 그 벽돌공장을 떠났다. 내가 다니던 방직공장(작가는 주로 편직 일을 하였다)이 다른 곳으로 이전을 했기 때문이다.

넷째 삼촌네도 벽돌공장에서 일 년 정도 일하고는 그곳을 떠났다. 삼촌댁은 친정집으로 돌아가 딸을 돌보았고 넷째 삼촌과 사촌 동생은 다른 곳으로 돈벌이를 떠났다.

작년(작가의 나이 30세)에 나는 허난(河南)성에서 다시 사촌 동생을 만나게 되었다. 그는 내 여동생의 결혼식에 참석하러 톈진(天津)에서 일부러 찾아왔다. 한겨울인데도 불구하고 그는 옷을 얇게 입고 있었다. 그는 추위에 떨면서도 안 춥다고 했다.

"기공(气功)을 하면 문제없어요."라고 그가 말했다.

몇 년을 못 본 사이에 기공을 연마했다고?

나는 억지로 그를 데리고 옷 가게에 가서 할인 판매를 하는 외투를 사 입혔다. 그다지 두텁지 않은 것으로 가격은 고작 40위안이었다.

그날 우린 술을 무척 많이 마셨다. 무슨 영문인지 그는 아주 우울한 표정을 짓고 있었고 말도 특별하게 많았다. 의자에 기대어 앉은 채로 나중에는 눈물까지 흘렸다.

"누나, 나의 가장 큰 소원이 뭔지 알아요? 장국영(张国荣, 1956-2003) 처럼 단숨에 24층에서 뛰어내리는 거예요. 24층이 맞지요? 아마도 맞을걸요. 하지만 그건 무서운 공포예요. 제일 편한 것은 흰옷을 입고 긴 머리를 하얀색으로 염색을 한 다음 수면제 한 병을 단번에 삼키는 거죠. 어때요? 괜찮죠?" 그는 자신이 죽는 장면을 상상하면서 매우 즐거운 표정을 지어 보였다.

긴 대화를 나눈 뒤에야 나는 그가 자신의 진단과 같은 우울증 환자가 아님을 알게 되었다. 대신 그는 '가난'이라고 하는 병을 앓고 있다. 그는 자기네 새집에 대해 말할 땐 큰 소리로 자신의 처지를 항변했다. "난 아직 화장실조차 없는 놈이란 말이에요. 누나!"

나는 잠자코 있었다. 그냥 눈물로 얼룩져서 희미해진 그의 눈을 쳐다만 봤다. 사촌 동생의 외침은 옛날 넷째 삼촌이 자기 땅을 잃어버렸을 때 하던 탄식과 닮았다. 넷째 삼촌이 당시 품었던 포부와 출세의 꿈은 지금에 와서 사촌 동생의 몸부림과 외침으로 변했다.

"형은 그래도 집이라도 있잖아요. 화장실이 없는 게 무슨 대수예요? 내가 나중에 지어드릴게요! 알겠어요? 누나한테 물어봐요. 우린 전에 형보다 더 힘들게 지냈어요. 강가에 대충 오두막을 짓고 살았단 말이에요. 먹고 입는 게 말이 아니었죠. 누나한테 물어봐요. 사실이 아닌가." 내 남동생이 사촌 동생을 위로했다. 그러다가 자신도 눈시울이 뻘겋게 되고 말았다.

술이 깨자, 사촌 동생은 다시 기공을 연마하는 낙천적인 청년으로 돌아왔다.

올해 4월 즈음해서 넷째 삼촌으로부터 연락이 왔다. 신장(新疆)의 공사장에서 일하고 있는데 공사장 사장이 야박하게 굴어서 일하기도 힘든 데다 급식조차 부실해서 떠나려는데, 월급을 가불해주지 않으니 필요 경비를 빌려달라고 했다. 이들 부자는 지금 100위안밖에 없어서 1000위안이 필요하다고 했다.

원래 이들은 광둥(广东)에 와서 일자리를 찾으려 했다. 나도 이들이 광둥에 왔으면 좋겠다고 생각되어 전화를 받은 날 오후에 바로 일꾼을 초빙하는 회사들을 돌아보았다. 하지만 회사들 모두가 40살 미만인 일꾼만 요구했다. 넷째 삼촌은 이미 40살이 넘은 지 꽤 되었다.

설사 나이가 부합하더라도 학력이 모자랐다. 학력 문제도 걸렸고 우리가 불편해할까 봐 넷째 삼촌네는 결국 광둥에 오지 않고 양산으로 돌아갔다. 삼촌은 시창 부근에서 일거리를 찾았고 사촌 동생은 혼자서 저장성의 한 공사장으로 떠났다. 그는 올해 아직 20살 미만이다.

나는 이 글을 마무리하면서 어떤 식으로 결말을 지어야 할지 모르겠다. 어쩌면 넷째 삼촌이 마을을 떠날 때나 내가 떠나온 상황은 비슷하다. 오로지 떠날 생각만 했고, 어떻게 하면 주어진 운명에 도전할지만 고민했을 뿐, 그 결과에 대해서는 크게 고민해 본 적이 없었다.

어쩌면 사람의 선택은 낙엽과도 같아서 나무에서 떨어져 나간 다음엔 하릴없이 불어오는 바람에 맡길 수밖에 없다.

샤오마와 그의 여인
(小马哥和他的女人)

　　나는 청두(成都)에서 지낼 때 교외에 위치한 다가구 공동주택에 세 들어 살았다. 내 이웃들은 연탄을 파는 사람, 넝마를 줍는 사람, 고물상, 채소와 과일을 난전에서 파는 사람, 공장에서 일하는 사람 등 다양했다. 그중에는 결혼해서 가정을 이룬 사람도 있었고 아직 결혼하지 않고 혼자 사는 사람도 있었다.

　　샤오마는 금년에 서른다섯 살이다. 이 나이 먹도록 연애조차 해 본 적이 없다고 한다. 연애가 무엇인지, 그는 그 문제에 대해 큰 고민을 하기 싫어한다.

　　사랑이란 이렇다. 당신이 바라면 바랄수록 오지 않는다. 하지만 냉담한 무관심으로 대하다 보면 어느 순간 내 앞에 와 있다.

　　샤오마가 이곳에 이사 온 지 얼마 안 돼서 사랑이 그의 마음을 두드렸다. 그녀는 샤오마보다 늦게 이 동네로 이사를 왔다. 단발머리를 하고 있었고 샤오마보다 한 살 어렸는데 마침 샤오마네 이웃에 이사를 왔다.

　　샤오마는 고물상이다. 넝마 줍는 사람보다는 좀 더 괜찮은 삶을 살았다. 당시에 나는 사실 '고물상(收荒)'이 무슨 일을 하는 사람인지 잘 몰랐다. 그래서 여러 사람들에게 물어보았지만 아무도 나한테 알려주는 사람이 없었다. 그들은 아마 나를 바보라고 생각하는 듯했다. 샤오마는 매일 낡은 28식 자전거(1960년대 중국에서 유행하기 시작한 자전거)를 끌고 거리로 나갔다. 자전거 짐받이 양쪽에는 광주리를 각각 하나씩 걸어놓았고 그는 골목을 누비며 큰 소리로 "고물 회수~~ 헌 쇠붙이, 낡은 냉장고, 낡은 TV~~ 회수~~"를 외쳤는데 그 소리는 7층보다 높은 곳에서도 잘 들릴 정도였다.

나는 길에서 그가 외치는 소리를 듣고서야 비로소 '고물상'이 무슨 뜻인지 알 수 있었다.

이것이 샤오마의 직업이다. 즉, 청두의 제2순환도로 내에 있는 골목을 누비며 다니는 일이었다. 가끔은 '타쉐이차오(踏水桥)'나 '바리좡(八里庄)'에도 다녀오는데 멀리 갈 때면 평소보다 훨씬 먼 곳까지 다녀온다. 그렇게라도 다녀올 때면 수확이 넘친다. 광주리에 낡은 신문지가 가득한가 하면 헌 쇠붙이들을 광주리에 가득 채운다. 운이 좋으면 낡은 TV를 얻어올 때도 있었다. 물론 그럴 때면 돈을 더 벌 수 있다.

샤오마는 일을 나가지 않을 때면 집에서 수거해온 물건을 정리하곤 했다. 그는 낮에 수거해온 낡은 신문을 다시 노끈으로 잘 묶은 다음 자기가 지내는 월세방 한구석에 차곡차곡 쌓아 놓았다. 방 안에는 기물이라고 할 만한 게 별로 없었다. 탁자 하나와 그 위에 그릇 몇 개 그리고 젓가락 한 쌍이 있었고 시커멓게 그을린 프라이팬이 그릇 옆에 놓여 있을 뿐이다. 헌 쇠붙이로 만든 물건들은 너무 낡아서 재활용이 불가하거나 캔 종류로 된 것들은 발로 밟아서 납작하게 만든 다음 넝마에 넣어

쌓아놓은 낡은 신문지 옆에 놓았다. 낡은 TV나 냉장고는 어느 정도 가격을 받지 못하면 그대로 처리하지 않고 다시 수리해서 사용할 수 있게 만든 다음 중고로 팔았다. 내가 지금 사용하는 14인치짜리 흑백 TV도 샤오마가 수리해서 나한테 판 것이다. 그때 나는 25위안을 주고 샀는데 그만하면 싼 가격이었다.

그 외에 재사용이 불가능할 정도로 찌그러진 옷걸이나 부품을 교체해야 하는 자전거도 맥가이버인 샤오마는 수리해서 다시 사용할 수 있게 했다. 나는 싼 것을 좋아하기 때문에 샤오마에게 낡은 옷걸이를 많이 샀다. 그러나, 이제 다시 살 때면 절대 샤오마한테 맡겨 수리하지 않고 대신 좀 더 싸게 사서 내가 고쳐서 쓸 생각이다.

샤오마의 방은 그가 얻어온 고물이 반을 차지했다. 그러다 보니 침대는 한쪽 벽에 달라붙었고 모기장도 그 위에 뒤죽박죽으로 엉켜 있었다. 모기장은 높이 걸어 놓았는데 사용하지 않을 때도 떼어서 씻는 법이 없었다. 침대 한쪽에는 즐겨 읽는 책들이 놓여 있는데,『고사회(故事会)』잡지는 그가 애독하는 것을 증명하기라도 하듯 베개 옆에 놓여 있다.

홀몸인 샤오마는 낮이면 '고물'을 회수하러 다니고 밤이면『고사회』잡지를 손에 놓지 않았다. 그렇다고 그한테 외롭냐고 물어볼 필요도 없다. 혹시 물어보면 그는 바보 같은 표정을 지으며 외로움이 뭔지를 다시 물어볼 것이니 말이다. 샤오마는 여자를 싫어하지도, 미워하지도 않았다. 그리고 여자를 미워하거나 여자 복이 없는 것도 아니다. 사실, 그의 말솜씨는 보통 사람보다 훨씬 더 좋았다. 그는『고사회』에서 봤던 이야기를 고철이나 신문을 정리할 때면 이웃들에게 들려주곤 했다. 그의 이야기를 듣는 사람은 여자들이 다수였다.

여자들은 빨래할 때 이야기를 듣는 걸 좋아한다. 만약 이야기해주는 사람이 독신 남성이라면 더할 나위 없이 좋은 일이다. 가끔 진한 농담도 할 수 있으니 말이다. 마당에는 오래된 우물이 있었다. 하지만 물을 퍼 올리는 도르래는 없고, 기다란 밧줄에 중간 크기의 양철통이 묶여 있었다. 보통은 양철통이 우물가에 놓여 있고, 사용할 때는 먼저 양철통에 반 바가지 정도의 물을 넣었다. 그렇게 하면 중력의 작용으로 양철통을 바로 물속에 담글 수 있어 물을 긷기 편했다. 아낙네들은 정오가 되어 빨래하기를 좋아했다. 그때면 햇볕이 가장 뜨거웠기에 바로 옷을 말릴 수 있었다. 동시에 이 시간이 되면 샤오마도 고물 수집을 끝내고 집에서 쉬곤 했다. 그의 휴식이란 바로 수집해 온 고물을 정리하는 것이다. 이야기도 바로 이때부터 시작됐는데 청중들도 이 시간에 모여서 야단법석으로 떠들어대곤 했다. 그뿐만 아니라 샤오마한테 우물에서 물을 길어달라고 시키기까지 했다. 샤오마는 거절하는 법이 없이 흔쾌히 이들을 도왔다.

샤오마의 여친도 빨래하는 여인 중 한 명이었다. 당연히 그녀는 일요일에만 그 자리에 있었다. 평소에는 토요일까지 공장에서 일을 했기 때문이다. 일은 아주 고달팠다. 운반공과 비슷한 직종이었는데 내부가 채워진 커다란 드럼통을 하나씩 차에 옮기는 일이었다. 통의 무게는 50근(1근은 500g)이 넘었고, 매일 이런 통을 몇십 개씩 옮겨야 했다. 이렇게 막노동해서인지 그녀는 아주 건장해 보였다. 특히 작업복을 입고 나면 그 모습은 더욱 건실해 보였다.

퇴근한 후 빨래를 끝내면 그녀는 요염한 복장으로 갈아입었는데, 몸에 딱 붙는 기다란 치마는 녹색이거나 붉은색이었다. 타이트한 긴 치마가 굵지도 않고 가늘지도 않은 그녀의 허리를 감싸고 있는 모습이 마치 물뱀처럼 귀엽게 느껴진다. 연한 립스틱을 바르고 눈썹을 그리고 나서 산책했으나, 멀리 나가지는 않았다. 문 앞 채소밭까지 가서 이제 막 자라기 시작한 채소들을 구경할 뿐이었다. 그녀는 이혼했고 애는 남편이 차지했다. 그녀는 여가가 생기면 산책하거나 청소했다. 그리고 화장하는 데도 약간의 시간을 소모했다. 이혼한 여성들이 모두 다 그런지 모르겠으나 그녀는 한동안 미친 듯이 자신을 가꾸거나 아니면 쇼핑하고 밤 두 시가 되기까지 놀러 다녔다. 마치 자신의 청춘 시절로 되돌아가는 듯했고, 더 나아가 예전에 소유했던 아름다운 것들을 전부 되찾으려는 것처럼 보였다.

하지만 그건 불가능했다. 이미 잃어버린 청춘도, 악착같이 참고 견뎠던 혼인도 다 지나간 일이 되고 말았다. 샤오마의 여자 친구도 이혼 초기에는 흥분해서 어쩔 바를 몰랐다. 날마다 일어나면 옷을 입고 화장을 한다-출근할 때만 화장하지 않았다-. 그다음에 밖에 나가 아침밥을 사서 집에 가져와 먹은 다음 바로 마룻바닥을 닦기 시작한다. 그녀가 바닥을 닦는 방법은 남들과 달랐는데 수건 한 장을 밀걸레 삼아 닦기 시작한다. 수건을 들고 먼저 벽부터 닦기 시작하여 구석진 곳까지 순서 있게 닦는다. 그렇게 출입문이 있는 곳까지 닿는다. 같은 방법으로 다섯 번을 닦은 다음 다시 깨끗한 수건으로 다시 마무리한다. 나는 지금까지 그녀의 집에 들어가 본 적이 없다. 하도 열정적으로 초대하면 하는 수 없이 문 앞에 서서 집 안을 기웃거리기만 했다. 그녀는 형광등을 켜는 대신 알록달록한 등을 켜기 좋아했다. 한 줄은 침대 옆에 걸어놓았고 다른 한 줄은 작은 옷장 꼭대기에 매달아 놓았다. 나는 종종 그녀의 알록달록한 등을 생각하며 쓸데없는 상상까지 해 본다. 날마다 저녁이 되면 그녀는 술 한 잔을 받쳐 들고 알록달록한 등 아래에 앉아 혼잣말하겠지. 그러고는 자신에게 종잡을 수 없는 말들을 쏟아낼 것 같다. 만약에 나였다면 아마도 그렇게 했을지도 모른다.

주인아줌마는 샤오마의 여자 친구가 바닥을 닦는 걸 좋아했다. 이 뚱뚱하고 게으른 아줌마는 그녀의 부지런함에 자극을 받을 수 있었기 때문이다. 그래서 자신도 바로 밀걸레를 들고 계단을 닦곤 했다. 샤오마의 여자 친구가 이곳으로 이사를 온 뒤부터 뚱뚱한 아줌마는 뭔가 깨닫기라도 한 것처럼 청소에 열성적이었다. 여성이라면 반드시 바닥을 닦을 줄 알아야 한다고 생각했는지도 모르겠다.

청소와 관련하여 나는 아주 쉽게 자극을 받곤 했다. 이들이 산적처럼 자기 '소굴'을 정리하는 모습을 보면 끔찍하다고 생각했다. 만약 이들이 시집을 가서도 지금처럼 청소에 미친다면 이들의 남편은 반드시 날마다 다섯 번씩은 끌려가서 씻어야 할 것이며, 마지막 번은 아예 세탁기에 넣고 탈수까지 당한 뒤에 꺼내질지도 모른다.

샤오마의 여친은 이곳으로 이사 온 지 4개월이 될 무렵부터 샤오마에게 호감을 느끼게 되었다. 그건 샤오마가 해준 이야기 때문인지 아니면 샤오마의 성실함 때문인지는 알 수 없다. 그녀는 긴 치마로 갈아입은 후 더는 산책하지 않고 문 옆에 기대어 서서 샤오마가 끼어 있는 다른 세입자들과의 한담을 즐겼다. 그러는 동안 그녀는 정에 넘치는 눈길로 샤오마를 쳐다보았다. 그 눈빛[秋波] 속에 담긴 정념은 그녀 스스로를 모두 드러낸 것이었다. 오직 샤오마 혼자만 그 뜻을 눈치채지 못하고 있었다. 어쩌면 연애를 해 본 적 없어서 그렇게 둔감한지는 몰라도 샤오마는 사랑이란 걸 지금까지 해 본 적이 없다고만 했다.

방관자인 나는 이 모든 걸 깨닫고 샤오마한테 일러줬다. 샤오마는 아주 놀란 눈치였다. 그리고는 "이 녀석! 날 속이면 안 돼, 이런 농담은 너무 넘친단 말이야."하고 말했다.

그는 스스로 농담이라고 둘러댔지만 사실 농담으로 여기지 않았다. 그녀를 주의 깊게 살펴본 결과 그 눈길에는 진정 사랑이 담겨 있었다. 마음속으로 며칠간 기뻐서 어찌할 바를 모르다가 겨우 그녀에게 말을 걸었다. 말을 나누면 나눌수록 점점 더 확실하게 다가왔다. 그는 처음에는 그녀의 관문을 넘지 못할 줄로 알았는데 의외로 아주 쉽게 넘게 되었다.

샤오마와 그의 여자 친구가 연애 관계를 공개할 무렵, 이곳 공동주택 문 앞의 채소밭에 선 옥수수는 이삭이 나오기 시작했고 빨리 자란 강낭콩이 가지에 걸리기 시작했다. 샤오마의 여친이 집주인 아주머니한테서 호미를 빌려서 정성껏 김을 매었다. 물론 샤오마도 그 옆에서 함께 거들었다.

물뱀 같은 여자는 다시는 열심히 바닥을 닦지 않았다. 그녀는 밀걸레를 사서 대충 바닥을 몇 번 닦는 척하고는 머리를 빗고 세수를 한 다음 깔끔하게 차려입고 샤오마의 팔짱을 낀 채 산책하러 나가곤 했다. 그때까지 이들은 살림을 합치지 않았다. 대신 함께 살기 위해 정을 키워가는 중이었다.

이들은 저녁 무렵이면 집을 나서곤 했는데 그 시간이면 가로등이 켜지면서 주황색 불빛이 길바닥에 쏟아져 딱딱하던 길 위가 갑자기 부드럽게 느껴진다. 이런 길은 연애에 빠진 샤오마에게 안성맞춤이다.

길가에는 연못이 있었다. 어쩌면 길목마다 연못이 있다고 하는 게 더 적절한 표현이다. 연잎들은 물 위에 은근히 누워 있었고 연꽃의 향기가 사방으로 퍼졌다. 샤오마는 연꽃 한 송이를 따서 여자 친구에게 선물했다. 『고사회』를 즐겨 읽는 고물상이 이 순간 이야기 속의 인물처럼 애인에게 꽃 한 송이를 선물하는 것은 당연한 일이다. 물론 그 꽃이 굳이 장미꽃일 필요는 없다.

샤오마의 낭만은 그의 내면에 잠재된 것이다. 사랑하는 여인을 만나는 순간 그 낭만은 유유히 흘러나왔다. 이러한 그의 태도는 그의 여친을 아주 기쁘게 했다. 그녀는 샤오마를 부를 때면 그냥 "마"라고 부르기 좋아했다.

식사 때도 "마, 식사해요."라고 했는데 이웃들이 엿듣고는 음흉하게 웃으면서 "마, 어서 풀을 먹게(나이 많은 남자가 젊은 여자와 연애를 하는 것을 비유)."라고 했다. 그때마다 샤오마는 히죽이 웃으면서 자기 방에서 나와 모퉁이를 돌아서 여친의 방으로 들어갔다. 이웃의 농담에도 개의치 않았다.

샤오마와 그의 여친은 연말에 결혼식을 올렸다. 그 뒤로 두 사람은 샤오마의 고향에 가서 살았는데, 나는 그들을 다시 만나지 못했다.

샤오마와 그의 아내가 떠나간 후에도 공동주택에는 여전히 사람들이 붐비며 살고 있었다. 그중에는 넝마 장수와 연탄 장수, 채소 장수가 있었으며 공장에서 일하는 사람들도 있었다. 샤오마와 그의 아내가 살던 집은 곧바로 다른 사람이 세 들어 살았다.

남은 이웃 중, 연탄 장수에게 '메이라오칸(煤老坎)'이라고 하는 귀여운 별명이 붙었다. 이 별명은 나중에 인기 드라마 〈산성봉봉군(山城棒棒

軍)〉에서 나온 적이 있다. 물론 드라마 속 인물과 이곳 연탄 장수는 함께 놓고 비할 상대가 아니다. 채소 장수에게도 '차이와얼(菜娃儿)'이라는 별명이 붙었다. 별명이 유행하던 시절이었으니 샤오마한테도 당연히 별명이 있었다. 사람들은 그를 '마서우황(马收荒)'이라고 불렀다.

내 별명은 독자들에게 알려줄 수 없다. 하지만 당시 내가 살던 그 공동주택의 이웃이었던 '마서우황'이 연애를 했을 때, 그의 여친은 항상 그를 "마, 마."하고 불렀다. 그 말을 들을 때는 온몸에 닭살이 돋았지만 지금 다시 생각하면 지극히 행복한 일이다. 그 사랑의 주인공이 내가 아니더라도 여전히 함께 즐거워진다.

이들의 행복이 내 기억을 스치고 지나기 때문이다.

보부상 삼인
(走族 三章)

손수레를 끌거나 자전거를 타거나 짐을 짊어진 채 걸어 다니는 소상인을 보부상(走族)이라 부른다. 보부상이 파는 상품은 기껏해야 한 가지에서 세 가지 정도이다. 이들은 남녀 불문하고 어깨에 땀을 닦기 위해 흰 수건을 걸치고 있어 찻집에서 일하는 심부름꾼을 닮았다.

보부상은 해마다 신발을 다섯 켤레나 그 이상을 갈아신는다. 여자들도 예쁜 옷으로 단장하거나 머리를 꾸미는 법이 없다. 그냥 외태머리를 땋거나 한데 묶으면 그만이다. 보부상은 길거리 난전과 상품 도매시장에서 자신의 청춘을 보낸다. 그러다 보니 인생의 아름다운 찬사는 대부분 상품의 가치를 평가하는 데 바친다. 보부상 여성들은 상품을 자신의 친자식처럼 아낀다. 그래서 비가 내리거나 하면 자신은 흠뻑 젖는 한이 있어도 비옷을 상품에 내줘야 한다.

보부상은 부부가 하는 경우가 많은데 가끔은 자손들까지 물려주는 경우가 있다. 이렇게 대대로 그들의 삶을 물려주고 물려받는다. 보부상의 자손들은 어릴 때부터 장부를 볼 줄 알았고 초등학교에 입학하기 전부터 거스름돈을 주고받을 줄 알았다. 보부상은 상품을 멜대로 나르는데 혹시라도 자식이 어리면 남자가 힘들어진다. 멜대 한쪽 광주리에는 상품을 담고, 다른 쪽 광주리에는 아이가 들어앉았는데 아이는 피곤하거나 하면 북적이는 전통시장에서도 깊은 잠에 빠진다. 그때마다 부모는 빈 종이박스를 주워다가 아이를 그 안에 눕힌다. 그리고 그 자리에서 잠깐 쉬다가 아이가 깨면 다시 멜대를 메고 길을 떠난다.

이런 곳에서는 동정심 같은 것이 생기기 어렵다. 이곳 사람마다의 형편이 다 비슷하기 때문이다. 전에 청두(成都)에서 지낼 때 나는 힘들어 보이는 보부상들을 많이 보아왔다. 길거리에는 이런 보부상들로 가득했다. 당시에 나는 보부상을 동정할 만한 형편이 아니었다.

나도 전에 보부상을 한 적이 있다. 비록 짧은 한 달이었지만 보부상을 하면서 나는 희망과 포부 같은 걸 버리게 되었고, 인생에 대해 꿈꿔왔던 허다한 환상도 깨지고 말았다.

물론 가끔 억지로 정신을 차리기도 했다. 내 친구는 자전거를 끌고 천천히 거리를 돌며 호두를 팔았다. "호두요! 신선한 호두 사세요!" 그녀는 흐르는 땀을 닦으며 옆에 있는 나에게 자신의 이상을 이야기했다.

그녀는 앞으로 청두에서 가장 번화한 거리에 있는 길목에 과일가게를 열고 싶다고 했다. 그리고 자신이 지금까지 팔아왔던 과일을 가게에서 팔고 싶다고 했다.

그건 아름다운 이상이지만 불가능했다. 적어도 당시 그녀의 꾀죄죄한 모습을 봐서는 그녀의 과일가게가 번화가에 나타날 가능성이 없어 보였다. 이 상황에서 나는 절대로 정신 줄을 놓지 않기로 다짐했다.

인간은 이상을 위해 산다. 그 이상이 막연한 것이라고 해도 상관없다.

나는 전에 만났던 보부상들을 내 머릿속에 깊이 새겨두었다. 나의 지인(知人)들을 하나하나 기억하듯이 말이다.

배를 파는 샤오홍(卖梨的小红)

나는 오늘 비가 안 내릴 거라고 했다. 하지만 샤오홍(小红)은 믿지 않았다. 그녀는 고집스레 빨간 우산 하나를 자전거 앞에 매달린 광주리에 담고서야 나를 향해 익살스러운 표정을 지어 보였다.

"이렇게 일찍 나가?" 나는 그녀의 자전거 짐받이에 실은 배를 보며 물었다.

날이 채 밝지 않은 시간에, 나는 문설주에 기대어 눈을 비비고 있었다.

샤오홍은 방 안에 들어가서 병으로 앓고 있는 어머니가 드실 밥 한 그릇을 따뜻한 솥에 넣은 다음 물 한 잔을 따라서 탁자 위에 올려놓았다. 그런 후에 어머니에게 몇 마디 이야기를 한 뒤에 저울대와 마자(马扎, 접이식 의자)를 들고 나오며 정색했다. "일찍 나가야 좋은 자리가 있어." 나를 흘겨보며 독촉했다. "너도 빨리 준비하란 말이야."

나는 별로 준비할 것도 없었다. 내가 팔 물건은 자전거 뒤에서 아예 내려놓지 않았기 때문이다. 그저 광주리 안의 물건을 좀 더 보충하면 되었다.

"어제와 그제의 이틀은 마수걸이도 못했어. 아마도 내가 혼자 먹어야 할 것 같아." 나는 호두를 채워 넣으면서 원망했다.

아침의 거리는 조용하고 깨끗하다. 게다가 공기도 아주 맑았다. 하지만 나는 자전거를 타면서도 연신 졸기만 했다. 눈먼 사람처럼 느낌에 의지해서 샤오훙이 뒤를 따르고 있었고, 샤오훙은 앞에서 콧노래를 부르고 있었다. 이 노랫가락은 역시 아침에 일찍 거리에 나온 사람들의 자전거 벨 소리와 조화를 이루고 있었는데, 그 벨소리는 거의가 나 때문에 울린 것이다. 자전거를 탄 사람들은 벨을 울리며 신속하게 내 옆을 스쳐 지났고, 다시 고개를 돌리고 나를 노려보며 욕했다. "이 바보야! 죽고 싶어?"

나는 갑자기 정신이 들어 눈을 뜨고 상대를 바라보았다. 상대방의 눈은 퉁방울 같고 눈썹은 장비(张飞, 『삼국지』에 나오는 장수) 눈썹을 닮았다. 그는 두 발로 땅 위에 우뚝 서서 검지를 들어 나를 가리키며 외치고 나서야 화난 표정이 점차 누그러졌다.

"길은 이래야만 다닐 멋이 있지." 샤오훙은 남들이 나를 욕하는 소리에도 무감각해졌고, 대신 아침 길을 달리는 상쾌한 느낌을 받느라 여념이 없었다. 어쨌거나 이들은 나를 욕하기만 할 뿐 아무도 내려서 나를 때리는 일은 없을 것이니 말이다. 아침에 일찍 일어나는 사람들은 다 갈 길이 바쁜 사람들이 아닌가.

차오스지예(草市街)의 작은 시장 거리는 한산하다. 시장관리소의 문틈으로 내다보면 썰렁한 분위기가 느껴진다. 경비 아저씨는 물을 끓이고 있다. 그는 잠이 없는 노인이어서, 날마다 서너 시간만 자고도 잘 견뎌냈다.

하지만 이런 분위기는 한시적이다. 마치 좋은 극이 시작되기 전의 무대처럼 썰렁한 분위기는 조금 뒤에 찾아오는 흥성함을 위해 마련된 것 같다.

남들이 돈을 내고 맡아놓은 자리는 차지하면 안 된다. 설령 차지했다 해도 상대가 나타나면 바로 내놓아야 하기 때문이다. 이런 고정된 자리를 제외한 구석진 곳에 우리가 매일 다투어 차지해야 하는 자리가 있다.

하지만 이 구석진 자리일지라도 쉽게 보면 안 된다. 시내 여성들은 이런 곳을 찾아와 사는 것을 좋아한다. 이런 곳은 시골과도 같아서 시골처럼 신선한 채소와 과일을 싸게 살 수 있다고 생각한다.

우리 어머니도 이런 식으로 채소를 구매한 적이 있다. 광주리나 멜대, 그리고 손수레 같은 것에 채소를 담아온 사람들의 채소를 골라 사면서, 그 안에 있는 배추나 무 그리고 고구마를 보면 그런 채소들이 자랐던 땅을 보는 것 같고, 그 땅에서 채소들이 자라는 모습을 상상하게 되는 것이다.

샤오훙은 이런 사람들의 심리를 잘 파악했다. 라오쟝후(老江湖, 세상 물정에 밝은 사람)는 샤오훙과 고객들 사이에 오가는 미사여구를 들을 필요도 없이 그냥 그녀가 차지한 자리만 보고도 수준이 어느 정도인지 짐작할 수 있다. 물론 그런 자리를 차지할 때라만 그것이 가능했다.

보통 그런 자리는 쉽게 얻을 수 있었다. 설사 안 되면 기회는 만들어야 한다. 이를테면 새벽닭이 홰를 치기 전에 일어나서 20리 길을 자전거를 타고가 마음에 드는 자리를 차지하는 것이다.

"유격전을 치르는 사람이라면 아주 빨라야 해. 그렇지 않으면 네 몫은 없어."

이는 샤오훙의 경험에서 우러나온 말이다.

그녀는 고정된 자리가 없이 떠돌아다니면서 노점을 차리는 보부상을 '유격대원'이라고 부른다. 이뿐만 아니라 2년 넘게 '유격전'을 치른 경험이 있다.

지금 그녀는 구석 쪽 제일 좋은 자리를 잡은 다음 마자(马扎)를 자전거 옆에 가져다 놓고 한가롭게 시장을 바라보며 오늘 장사와 북적이는 모습을 상상하고 있다.

나도 그의 옆에 자리를 잡았다. 아무리 살펴봐도 이보다 더 좋은 자리는 없다.

"넌 다른 곳에 가 봐. 이 바보야. 만약 이 자리가 장사가 안되면 우리 둘 다 망하는 거야!" 샤오홍은 긴장한 표정을 지으며 더 좋은 자리가 없는지 주위를 두리번거리기 시작했다.

어디에 나한테 꼭 맞는 자리가 있겠는가. 나는 이 자리가 괜찮아 보였다. 명당 자리가 따로 없다. 나는 오늘 장사가 아주 잘될 것 같은 예감이 들었다.

우리 뒤에는 무료 공중화장실이 있었다. 화장실 문 앞에는 썩은 채소 잎들이 한가득 쌓였는데 사람들이 자주 밟고 다니다 보니 형태도 알아보기 힘들 정도였고 시큼한 냄새가 진동하는 통 몇 개가 놓여 있었다.

시장의 청결을 담당하고 있는 청소부가 한 손에는 커다란 빗자루를, 다른 한 손으로는 삽자루를 끌고 왔다.

"이런 몹쓸 장수들을 봤나. 두 걸음도 옮기기 싫어서 항상 이곳에 찌꺼기를 버리기만 하니, 자기 머리통이나 버리지!" 청소부는 썩은 채소 한 삽을 떠서 통 안에 넣고 삽날로 통을 한 번 두드렸다. 그때마다 "꽈당-"하는 소리가 울리며 그의 욕 소리와 조화를 이루었다. 따라서 청소부의 욕 소리가 제법 위엄이 있어 보였다.

아침의 조용하던 평화는 "쾅당-"하는 소리에 의해 깨지게 되었고, 순간 하늘도 밝아지면서 시장 안은 점차 소상인들과 이들이 가지고 온 물품들로 채워졌다. 이들은 지정된 자리가 있어 여유작작하게 시장 문을 열고 들어와서 자리에 앉아 휴식부터 취했다.

바닥을 쓸고 있던 청소부는 우리를 곁눈질했다. 그의 눈길은 자전거 뒤에 매달아 놓은 광주리에 멈췄다. 뭔가 찾다가 찾지 못했는지 조금은 실망한 빛을 띤 채 눈길을 돌렸다.

샤오훙은 그녀를 힐끗 쳐다보더니 고개를 돌리고 낮은 소리로 말했다. "청소부는 우리가 채소를 파는 장수가 아닌지 확인하려는 거야. 만약 그렇다면 썩은 채소 잎을 마구 버린 누명을 우리한테 뒤집어씌우려 했겠지."

청소부는 커다란 빗자루를 메고 자리를 떴다.

시장 안은 어느새 사람으로 꽉 찼다. 당귀, 인삼, 대추, 구기자 같은 마른 약재를 파는 장사꾼들이 많이 들어왔다. 벽 쪽에서는 어떤 남자가 커다란 종이를 펴놓고 그 위에 고약을 무더기로 쌓아놓았다. 벽에 세워 놓은 판자에 '왕신선고약(王神仙膏药)'이라고 씌어 있다.

시장관리원들이 시장 안을 돌아다니기 시작했다. 이들 손에는 영수증이 묶음째로 들려 있었는데, 5지아오(角, 1지아오는 10전)짜리, 1위안짜리, 2위안짜리 등 액면이 다양했다. 이들은 우리 같은 보부상한테서 자릿세를 받았는데 보통 오전만 받았다. 오후에는 시장에서 자릿세를 받지 않는 경우가 대다수였다.

시장관리원들은 보부상들을 찾아다니며 뭘 팔고 있는지, 그리고 상품의 양이 얼마나 되는지를 확인한 다음 그에 따라 자릿세를 받았다.

샤오훙은 자릿세로 1위안을 냈으나, 나의 호두가 샤오훙이 파는 배보다 가격이 더 비싸고 양도 많다면서 나한테서는 1.5위안을 받아 갔다.

샤오훙은 어느새 배를 다섯 개나 팔았다. 수척하고 나이 든 아주머니가 예쁘게 생긴 여자애와 함께 왔다. 그녀는 배를 고르고 3위안을 건네며 상냥한 어투로 말했다. "3마오(毛=角)를 깎아주면 안 돼? 다음에 또 와서 사 갈게." 그러다가 걸려 오는 전화를 받았다. "뭐야? 한 명이 부족해? 알았어. 바로 갈게!"

딸을 데리고 배를 든 채 부랴부랴 자리를 떴다.

샤오훙은 그 3마오를 억지로 달라고 하기가 어색했다. 어쩔 수 없이 대범한 척했으나 그 아주머니가 전화를 받고 마작하러 급히 간다는 말에 불쾌한 느낌이 들었던지, "배 몇 개 사면서 3마오도 아끼더니 마작하러 놀러 오라는 말에는 환장하는군. 기분 참 더럽군. 퉤!"

바로 그 "퉤!"라는 말이 떨어지기 바쁘게 또 다른 손님이 찾아왔다. 운이 좋을 때면 뭘 해도 다 잘된다. 주인이 얼굴을 찡그리고 있어도 고객이 찾아든다. 그렇지만 나의 경우는 달랐다. 나는 벌써 스무 명도 넘는 고객을 상대로 서른 번도 넘게 호두 가격을 설명해줬다. 하지만 진심으로 사려고 하는 사람보다 대충 가격이나 물어보려는 경우가 대부분이었다. 미소로 넘치던 내 얼굴도 점차 표정을 잃어가기 시작했다. 웃으려 해도 탄력을 잃은 얼굴 근육은 조금도 내 의지대로 움직여주지 않았다.

나는 아예 얼굴을 찡그린 채 고객을 상대하기로 했다. 또 한 명의 고객이 찾아와서는 "호두 한 근에 얼마요?"하고 묻는다.

나는 손님을 쳐다보지도 않은 채 퉁명스레 대답했다. "20위안!"

손님은 나를 쳐다보다가 다시 흘겨보면서 지나쳤다.

"내가 말했잖아. 아침에는 저울을 빌려주지 말라고. 듣지 않더니 이젠 알았지?" 샤오훙은 손님 한 명을 더 보내고 나서 동정 어린 눈길을 나한테 보냈다.

나는 확실히 아침에 마늘을 파는 노인한테 저울을 빌려주었다.

경험이 많은 샤오훙은 나에게 장사하는 사람들이 지켜야 하는 금기사항을 말해주었다. 이런 금기사항들은 과학적으로 해석하기 힘들다. 하지만 샤오훙은 이러한 금기사항을 '규칙'이라고 불렀다.

많은 '규칙'들은 아침과 연관되어 있다. 이를테면, 아침에는 저울을 남(자기와 같은 팀이 아닌 사람)에게 빌려줘서는 안 된다. 빌려줘도 자기가 마수걸이를 한 다음에야 가능하다고 한다. 그리고 아침에는 돈을 바꿔주면 안 되고, 첫 손님은 절대로 놓쳐서는 안 되며, 아침에 일어나서 옷을 입더라도 침대맡에서 얌전히 입어야지 침대 위에 서서 뛰면서 입어서는 안 된다. 그리고 옷을 말릴 때도 주의해야 할 것들이 있는데, 저고리는 바지 앞에 널고, 양말은 바지 뒤에 널어야 했다.

잠을 잘 때도 금기사항이 있었는데, 밤에 잘 때 벗은 옷을 베개 밑에 놓아두며, 바지나 양말 같은 건 침대맡에 놓으면 안 된다. 우연히 침대맡에 놓았다면 귀신을 보기라도 한 것처럼 몇 번 비명을 질러야 한다. 만약 여자 보부상이 결혼하게 되면 시어머니는 바지를 침대맡에 놓지 말라고 당부하는데, 그렇게 하면 남편의 장사가 잘 안되고 돈도 벌지 못하기 때문이란다. 그런데도 바지를 놓았다면 틀림없이 야단을 맞게 될 것이다.

그리고 보부상 남자의 머리를 여자가 마음대로 만져서는 안 된다. 남자의 머리카락도 마음대로 만질 수 없다. 내 옆자리의 보부상 부부의 경우만 봐도, 여자가 남편의 머리를 만졌다고 시어머니가 눈을 치켜뜨고 욕을 퍼부었다. "감히 남자 머리를 함부로 만지다니. 재수 없게!"

남자의 머리는 운기(运气)를 상징한다. 운기가 좋을 때 만지게 되면 운이 없어지거나 나빠진다. 이것은 라오쟝후(老江湖)의 해석적 '규칙'이다.

샤오훙이 이런 '규칙'에 대해 한바탕 연설을 하고 나니 벌써 점심시간이 지났다. 우린 아침도 먹지 않았다. 아침에 '돈이 나가면 안 된다'는 금기도 있다. '돈이 들어오지 않았는데' 어찌 먼저 돈이 나갈 수 있겠는가? 그러다 보니 지금까지 굶은 것이다.

유탸오(油条)를 파는 왕 아주머니는 손자를 데리고 시장 입구 왼쪽에 자리를 잡았다. 아주머니는 고정된 자리가 없이 자그마한 삼륜차를 끌고 이곳저곳을 돌아다니며 유탸오를 판다. 우리는 왕 아주머니를 자주 만났고, 점차 면목도 익히게 되었다.

샤오훙이 바로 뛰어가서 유탸오 두 개와 콩물 두 잔을 사 왔다.

마음씨 착한 왕 아주머니는 항상 우리에게 유탸오를 두 개씩 더 주곤 했다. 하지만 나와 샤오훙은 거절했다. 왕 아주머니의 손자가 무서웠기 때문이다. 그 녀석은 유탸오 두 개를 가지고 떠나려는 순간 매서운 눈매로 쏘아보면서 "또 더 가지고 가요! 또 가지고 가요! 부끄럽지도 않은가 봐!"하고 욕하곤 했다. 그러면서 자기 두 손가락으로 얼굴에 대고 유탸오를 흉내 냈다.

샤오훙은 이번에도 유탸오를 두 개만 가지고 왔는데 그의 얼굴은 빨

갖게 상기되어 있었다. 나는 무슨 일인지 짐작이 갔다.

오후가 되자 샤오훙을 찾는 고객도 점점 드물어졌다. 마치 뜨거운 해가 이맘때면 저물면서 땅에 그늘이 지듯이 말이다. 샤오훙의 광주리에는 배가 반 정도밖에 남지 않았지만 나는 호두를 겨우 다섯 근밖에 팔지 못했다.

고약 장수는 '왕신선고약'이라고 적힌 입간판 아래에 앉아 컵라면을 먹고 있었다. 배를 가득 실은 수레 하나가 삐걱대며 그 앞을 지나 우리 쪽으로 오고 있었다.

샤오훙의 경쟁자가 등장한 것이다. 두 사람은 눈을 마주치는 순간 자신도 모르게 적대감을 드러냈다.

손수레가 샤오훙이 맞은편에 이르자 갑자기 멈춰 섰다. 배 장수는 수건 하나를 꺼내더니 먼지가 묻은 배를 닦기 시작했다.

깨끗하게 닦은 배는 막 나무에서 딴 것처럼 신선해 보였다. 배 장수는 길가의 가로수에서 나뭇잎 몇 개를 따서 배 위에 덮었다. 순간 배가 다시 나무에 달린 듯 느껴졌고 오후의 따스한 햇빛 아래서 반짝거리며 강한 생명력을 자랑했다.

보아하니 샤오훙은 총명한 편에 속하지도 못했다. 진정한 라오쟝후는 바로 이 남자였다. 그는 신기한 마법사 같았다. 비록 얼굴에 구레나룻이 가득하고 머리도 며칠 동안 감지 않은 것처럼 볼품이 없었으나 배를 다루는 솜씨는 남달랐다. 마치 다정한 남자가 사랑하는 여자의 눈썹을 그려주듯이 섬세했는데, 그의 세심함은 거친 외모와 선명한 대조를 이루었다.

하지만 이 남자도 그저 일반적인 보부상에 불과했다. 심지어 그의 세심함과는 달리 그의 속된 눈빛은 샤오훙의 광주리 안에 있는 배를 쏘아보고 있었는데 세상에 자기 배밖에 모르는 사람 같았다.

샤오훙이 파는 배는 어느새 반점 가득한 못난 배처럼 느껴졌다. 가격을 물어보던 손님들도 광주리 안을 한참 보다가 이내 몸을 돌려 수레 쪽으로 향했다.

샤오훙과 수레의 주인은 끝내 말다툼을 벌이고 말았다. 언제부터 시작되었는지는 모르나 내가 화장실에서 나왔을 때 두 사람은 배는 팔지 않고 다투는 데만 열을 올리고 있었다.

말다툼을 좋아하는 남자는 별로 없다. 특히 말싸움으로 여자를 이기는 남자는 더욱 보기 힘들다. 하지만 구레나룻은 자신의 턱을 움씰거리며 이상하고 야릇한 말을 연신 내뱉고 있었다.

"생각 좀 해 보게. 보는 눈들이 있지 않은가. 내 것이 좋으니 부르자마자 내 쪽으로 온 게 아닌가. 만약 내 배가 안 좋았다면 내가 불러도 안 왔을 게 아닌가?"

샤오훙도 가만있지 않았다. "그런 핑계를 대지 말아요! 그 사람은 분명 나한테로 왔는데 왜 불렀죠? 이게 손님을 빼앗은 게 아니고 뭐예요?"

"손님을 빼앗다니 웬 말인가? 굳이 빼앗았다고 하면 그건 자네가 내 손님을 빼앗은 게 아닌가?" 남자는 주변 사람들에게 손을 내저어 보이며 계속 말했다. "다들 모르실 겁니다. 방금 그 손님은 분명 내 배를 보고 이쪽으로 오고 있었단 말이요. 그런데 저 아가씨가 부르는 바람에 그쪽으로 간 거랍니다."

"아저씨가 부른 다음 제가 불렀단 말이에요?" 샤오훙도 지지 않았다.

"그럼 그 고객은 누구 배를 사 갔단 말이요?" 누군가 궁금증을 참지 못하고 물었다.

"아니요. 그냥 놀라서 가버렸어요." 남자는 계면쩍게 말했다.

주변에 구경꾼들이 점점 모여들기 시작했다. 이들은 구경거리가 계속되기를 바랐다. 하지만 싸움은 멋쩍게 끝나버렸다. 샤오훙과 수레 주인은 사람들이 많이 모여들자 둘 다 쑥스러운 생각이 들어서 입을 다물고 말았다.

말다툼이 끝나자 두 사람은 더는 배를 팔 기분이 없어졌다. 좀 시간이 흐른 뒤에 우리 둘은 그곳에서 자리를 접고 다른 곳을 찾아 떠났다.

이제, 차오스(草市) 거리에는 배를 파는 사람이 한 명만 남게 되었다.

량지야샹(梁家巷, 양씨 동네)은 친정 동네라는 뜻을 가진 냥지야샹(娘家巷)이 아니건만, 나는 자꾸만 이곳을 냥지야샹으로 생각하곤 했다. 우리가 차오스거리에서 량지야샹에 도착했을 즈음 날은 거의 저물어갔다. 하늘가에 희뿌연 구름이 가득 깔린 걸 보니 비는 올 것 같지 않았다.

량지야샹이 우리 숙소에서 얼마나 떨어졌는지 계산이 안 된다. 보부상들은 대체로 곧게 난 길을 걷는 법이 없이 꼬불꼬불한 골목길을 골라서 걸었는데, 공기마저 통하지 않을 정도로 집들이 밀집된 곳일수록 보부상들은 더 좋아한다. 샤오훙과 내가 바로 그런 유형이었다. 우리가 다녔던 길을 합쳐서 곧게 펴면 고향까지 여러 번을 다녀오고도 남았을 것이다.

오후가 되면 량지야샹에는 채소를 사러 오는 손님은 별로 없다. 대신에 요강의 오물을 버리러 오는 사람이 꽤나 된다. 이 동네 사람들은 아침이 아닌 저녁에 요강의 오물을 버리는 풍습을 지키고 있다. 대신 아침에 이 거리를 거니노라면 청신한 세숫비누의 냄새를 맡을 수 있다.

량지야샹은 다른 거리와 마찬가지로 요강은 전부 여성들이 청소한다. 남자는 요강을 사용하지 않기에 청소도 하지 않는다. 독신으로 지내는 남자들은 요강을 쳐다보는 것조차 싫어한다. 하지만 상관은 없다. 이 남자들이 지금은 사용하지 않을지 모르지만 이들이 결혼하게 되면 마누라들이 사용하게 될 것이고, 설사 마누라도 사용하지 않는다 해도 이들이 자식을 낳으면 어린아이들은 꼭 사용할 것이라는 걸 동네 아낙네들은 다 알고 있다—이 일대의 집들은 화장실을 집 안에 설치하지 않았고, 공용 화장실은 좀 먼 곳에 떨어져 있다—.

여자들은 깨끗하게 닦은 요강을 화장실 앞에 한 줄로 가지런하게 놓아두었고 요강마다 그 옆에 요강을 닦을 때 사용하던 솔 하나를 놓아두었다. 그런 뒤에 잠옷을 입은 여자들이 손을 씻고 슬리퍼를 헹군 다음 자기 집 요강을 찾아들고 엉덩이를 휘저으며 집으로 돌아갔다.

오후에 량지야샹을 찾는 것은 물건을 팔기 위해서가 아니라 요강을 씻는 걸 구경하기 위해서다. 나는 요강을 닦는 걸 구경하기를 유난히 좋아했다. 샤오훙이 량지야샹에 가자고 할 때마다 나는 아주 기뻤다. 요강을 닦는 여인들을 볼 때마다 내 머릿속에는 어떤 형상이 떠오른다. 형상 속 인물들은 연한 꽃무늬 천으로 된 치파오(旗袍, 원피스 형태의 중국 전통 의상)를 입고 있었고 이쪽에서 "량 부인, 오셨어요?"라고 알은체하면 저쪽에서 "펑 씨네 둘째 마님, 오랜만이에요!"라고 인사를 한다. "송 씨네 둘째 도련님, 왜 못 본 척하세요?"라고 말하는 빨간 옷차림의 여인은 깊은 골목의 입구에 서서 미간이 땅에 닿을 정도로 몸을 낮춘다.

나는 상상의 나래를 하늘가에 닿을 정도로 마음껏 펼쳤다.

이때 "3위안이면 내가 다 사겠소. 이렇게 파는 사람이 어디 있소? 안 돼!" 샤오홍의 목소리는 하늘에서 떨어진 것 같았다. 그는 앞에서 불만을 토로하는 남자를 못마땅한 눈길로 쳐다보며 한 손으로 소매를 걷어 올린 다음 마지막으로 남은 배 몇 개를 남자의 눈앞에 흔들어 보였다. 그녀의 모습은 내 상상 속의 대갓집 규수의 모습과 비슷하게 겹쳤다. 아마도 전생에는 대갓집 규수였으나 지금은 이곳에 태어나서 보부상을 하고 있다는 생각이 들었다.

그 남자는 사지 않고 떠나버렸다. 샤오홍도 만류하지 않았다. 그리고 "송 씨네 둘째 도련님, 살펴 가세요."라는 인사도 없었다.

날이 어둑어둑해지자 요강을 닦던 여자들은 탁자를 문 앞으로 옮겨 놓았다. 가로등도 알맞게 켜지고, 반은 흰색이고 반은 녹색인 마작 쪽들이 탁자 위에 놓이고 이쪽에서 "장 씨, 빨리 나와!"라고 부르면 부엌에서 입안에 밥을 넣고 씹던 여인이 밥을 씹으며 "바로 갈게!"라고 대답한다.

샤오홍도 손이 근질근질하다. 마작 쪽들이 눈앞에서 기어다니고 뒹구는가 하면 뛰어다니다가 꿈틀대기도 한다. 샤오홍은 끝내 참지 못하고 "이 물건을 좀 봐줘. 가서 구경하고 올게."라고 말하고는 그쪽으로 달려갔다.

샤오홍은 구경하러 갔다기보다 마작을 놀 기회를 찾기 위해서 간 게 분명했다.

보부상들도 여러 명이 마작을 하기 위해 모여들었고, 길가에는 이들이 남긴 상품과 상품을 실은 자전거만 남게 되었다. 가끔 난전을 지키는 축들도 있었지만 이들도 눈길을 마작판에서 떼지 못하고 있었다. 이들은 마작 쪽이 부딪히며 내는 소리를 들으며 심신의 피로를 달래고 있었다. 낮에는 이것저것 꼬치꼬치 따지느라고 많이 힘들었지만 저녁이 되니 소매를 걷어 올리고 싱글벙글 웃으며 마작을 하면서 휴식을 취했다. 돈을 걸고 놀기도 하고 돈이 없으면 그냥 놀아도 된다. 이렇게 마작을 하다 보면 자연히 공통된 화제가 생긴다. 처음 만난 사람끼리도 마작판에 앉아 놀다가 어느새 상대방의 집안 몇 대까지 다 알게 된다.

드디어 샤오훙의 차례가 되었다. 앞에 할아버지가 허리 통증 때문에 12고 패를 돈 다음에야 샤오훙에게 자리를 내주었다.

샤오훙은 완전히 놀음에 전념할 수 있었다. 물론 이들과 잡담도 곧잘 했다. 잡담도 이야깃거리를 찾아야 하는데 샤오훙의 화제는 항상 난전과 관련된 것들이었다. 한 손으로 자기 난전을 가리키면 다른 사람들은 고개를 끄덕였고, 다른 손을 들어 손시늉을 하면서 나더러 난전의 물건을 그쪽으로 가져다주라고 했다.

나의 호두는 어느새 다 팔렸다. 그뿐만 아니라 수다하게 고맙다는 인사까지 받았다. 이들은 나더러 자기가 산 호두를 까서 마작판 위에 올려달라고 했다. 마작을 놀면서 호두도 먹으려 하기 때문이다. 물론 자기가 산 호두를 전부 함께 먹을 만큼 손이 큰 손님은 없었다.

샤오훙은 돈을 좀 땄는지 팔다 남은 배 몇 개를 대범하게 내놓았다. 그런 후에 자기 자리를 초과(草果)와 향료를 파는 보부상에게 내어주었다. 그 사람은 자리를 빼앗길까 봐 재빨리 한 손을 마작판에 올려놓으며 걸상에 엉덩이를 들이밀었다. 그런 후에야 "잘 가!"하고 인사를 건넸다.

돌아오는 길은 차도 적었고 행인도 별로 없었다. 샤오훙이 전자시계를 꺼내 보니 벌써 8시 50분이 되었다. 야시장도 반은 지날 시간이다.

"아버지가 살아 계셨을 때 이곳에서 난전을 열었는데…… 만약 병으로 돌아가시지만 않았어도 그는……" 샤오훙은 손으로 나무 한 그루를 가리켰다. 그 아래에서 어떤 여자가 사과를 팔고 있었다. 그는 여기까지 말하고 말꼬리를 흐렸다.

샤오훙은 어느새 자전거를 타고 저만치 가버렸다. 밤바람에 머리카락이 낙엽처럼 마구 흩날리고 있었다. "빨리!" 샤오훙이 나를 재촉했다. 목소리는 조금 쉬어 있다.

샤오훙이 마작을 좋아하게 된 이유는 마음속 고민을 달래기 위해서일 것이다. 그녀에게는 친구가 없었다. 나 또한 그녀의 친구는 아니었다.

나는 가로등 아래에서 몇 초 정도 멈춰 섰다. 암으로 병상에 누워 계시는 샤오훙의 어머니를 떠올렸다.

시앤위샹(咸鱼巷)

시앤위샹(咸鱼巷, 절인 생선을 파는 골목)은 닭의 내장처럼 좁고 구불구불하다. 비가 내릴 때 다니는 사람이 많거나 하면 우산을 펴기도 힘들어진다.

시앤위샹은 염장 생선을 파는 곳으로 유명했다. 하지만 지금은 절인 생선을 파는 사람은 왕 아주머니뿐이다. 시간이 지나면서 이전에 염장 생선을 팔던 사람들은 채소나 돼지고기로 품목을 바꾸었다.

당시 왕 아주머니는 60살이 다 되었는데, 그의 본명을 아는 사람은 별로 없고 다들 그저 왕 아주머니라고 불렀다. 왕 아주머니는 고대의 여인처럼 성만 있고 이름은 없다. '왕'씨 성도 친정집 성인지 아니면 남편의 성인지는 알 길이 없었다.

왕 아주머니는 방울도 울리지 않는 허름한 삼륜차를 밀고 다녔다. 기발한 생각을 떠올린 그녀는 헌 깡통 하나를 밀차 앞에 걸고 방울로 삼았다. 사람이 많은 곳에 이르면 깡통을 몇 번 울려 행인더러 길을 비켜 달라고 했다.

왕 아주머니의 밀차에는 여러 종류의 절인 물고기가 크기가 서로 다른 비닐에 담겨 있었다. 시앤위샹에 이르면 다시 비닐에 담겨 있는 염장 생선을 하나씩 펴놓곤 했다.

난전은 받침대가 따로 없었다. 그냥 페인트로 길가에 자리만 표시해 놓았다.

왕 아주머니의 난전은 가로세로의 길이가 각각 1.5미터다. 네모난 자리에 절인 물고기를 펴 놓았는데 절대 그어놓은 선을 넘지 않았다. 다시 말하면 양옆에 조금도 피해를 주지 않았고 남들도 자기 자리로 넘어오는 걸 용납하지 않았다.

내가 처음으로 시앤위샹에 왔을 무렵, 왕 아주머니 왼쪽 옆에 자리를 잡았다. 그날따라 원래 그 자리를 차지했던 보부상이 나오지 않았기에 내가 차지할 수 있었는데 나는 그녀의 비위를 맞추려고 내 난전의 절반을 비워주었다. 하지만 왕 아주머니는 보는 척도 안 하고 여전히 절인 물고기를 자기 난전에만 차곡차곡 쌓아놓았다.

당시 나는 마른미역을 팔고 있었다.

왕 아주머니는 아침 식사를 걸렀는지 점심시간이 되기도 전에 찐빵 하나를 꺼내 들고 씹기 시작했다.

오후가 되자 손님이 드물고 한산해졌다. 왕 아주머니 옆에 있던 보부상이 일찍 난전을 거두는 바람에 그 자리가 비게 되었다. 나는 서둘러 뛰어가 그 자리를 차지했다.

"자네가 그 자리에 서서 움직이지 않을 줄 알았는데 지금 보니 꽤나 영리한 편이군." 이 말은 왕 아주머니가 나한테 건넨 첫마디였다. 그녀는 여전히 웃지 않았다.

왕 아주머니는 이가 몇 개 빠졌는데, 그중에 앞니도 있었다. 그래서 입을 벌리고 말을 할 때면 문짝이 빠진 대문처럼 바람이 새어 나왔다. 어떤 음절의 음은 항상 다른 음으로 발음되니 뜻을 가늠해서 들어야 했다.

시앤위상의 장 씨는 입이 빨랐다. 그의 난전은 마침 왕 아주머니의 오른쪽에 자리 잡고 있었다. 장 씨는 말이 많았다. 하루라도 말하지 않으면 밥을 먹지 못한 것처럼 마음이 불안해지고 안색도 좋지 않았다. 어쩌면 고민을 털어놓을 데를 못 찾은 사람처럼 말이다.

옆자리의 왕 아주머니는 말이 없는 사람이었다. 한쪽에서 신나게 말을 걸어왔는데 상대방이 응해주지 않으니 멋쩍게 끝나고 말았다. 그것은 마치 화창한 봄날 아름답게 핀 꽃 한 송이가 번갯불에 타버린 것과도 같았다.

장 씨는 점차 왕 아주머니와 멀어졌다. 비록 나란히 앉아서 장사를 했지만, 그 뒤로는 서로 간에 말이 없었다. 말이 많은 장 씨도 말할 의욕을 잃어버린 것이다.

왕 아주머니가 화장실을 간 동안 장 씨가 나를 보고 하소연했다.

"왕 아주머니는 하루 종일 입을 다물고 있어. 말 몇 마디를 하는 게 그렇게 어려운가? 가끔 벙어리가 아닌가 하는 생각마저 들어. 손님과 대화하는 것을 빼면 말이야." 장 씨는 절인 생선에 묻은 먼지를 털면서 나를 바라보았다.

처음에 나는 장 씨가 엄청난 말을 털어놓을 줄 알았는데, 그냥 왕 아주머니가 자기랑 말을 나누지 않은 것 때문에 생긴 갑갑함을 하소연하고자 한 것이다.

"지난달에는 말이야. 부주의로 절인 생선 몇 개가 그어놓은 금을 조금 넘어갔지 뭐야. 그것도 꼬리 부분이 조금 넘었을 뿐인데. 세상에! 왕 아주머니는 기분이 언짢았는지 바로 생선 꼬리를 집어서 내 쪽으로 던지는 게 아닌가! 어떻게 이럴 수 있냐 말이야! 이 손바닥만 한 크기의 자리를 가지고 네 것과 내 것이 따로 있냐고? 나이를 먹을 만큼 먹은 사람이 어떻게 이 정도로 인색할 수 있어? 그저 그어놓은 금에 불과한데 무슨 법이라도 위반한 것처럼 말이야." 장 씨는 조금 흥분했는지 염장 생선을 닦던 수건마저 내팽개쳤다. "이 여잔 나이가 50살을 넘긴 것처럼 성깔도 50을 넘겼어."

"왜 말이 없어? 아가씨, 자네는 왕 아주머니를 따라 배우면 안 돼. 내가 딸이 병들어서 죽는 바람에 너무 상심해서 계속 울었다고 했더니 뭐라고 하는지 알아? 어쩜 한마디도 없을 수 있어? 이렇게 무감각한 사람은 처음이야. 남은 딸이 죽었다는데 왜 그렇게 동정심도 없는지? 눈물은 돌로 만들어졌는지 참." 장 씨는 말하면서 눈물을 억지로 참았다. 손님이 오자 자기감정을 억제한 장 씨는 눈물 대신 웃는 얼굴로 손님을 맞았다.

"정말 불쌍해요. 내 생각엔……" 내가 미처 입을 열기 전에 왕 아주머니가 화장실에서 나왔다. 장 씨는 나에게 낮은 소리로 말했다. "그만해. 왕 아주머니가 들으면……"

장 씨는 방금 판 생선 대금을 비닐봉지에 넣었다. 그것은 장 씨의 돈주머니였다. 이어서 다시 수건을 집어 들고 염장 생선을 만졌는데 아무 일도 없었던 것처럼 말이다. 안색이 갑자기 어두워졌다.

왕 아주머니는 시종 말이 없었다. 나하고도 말이 없었고, 장 씨와도 말을 섞지 않았다. 심지어는 장 씨를 쳐다보지도 않았다.

어차피 오다가다 만난 사이였고 원래 알고 지내던 사이가 아니었기에 굳이 지금 알려고 할 필요도 없었다. 오후에 난전을 거두고 나면 "안녕히!"라는 말조차 남기고 싶지 않았다.

겨울에 시앤위샹으로 이사 온 뒤로, 곧 설을 맞게 되었다. 시앤위샹의 월세는 70위안에서 90위안으로 올랐다. 하지만 내가 전에 머물던 곳보다는 그래도 싼 편이다. 내가 얻은 집은 단칸방으로 부엌이나 화장실이 따로 없었다(공용 화장실). 세입자들이 복도에 난로를 내놓고 밥을 짓다 보니 복도가 공용 부엌이 되고 말았다.

예상치 못했던 것은 왕 아주머니도 나와 같은 건물에 살고 있던 것이다. 우린 복도에서 마주쳤는데 아주머니의 눈은 평소와 달리 빛이 났다. 기쁜 일이 있을 때면 생기는 그런 눈빛이었다. 그리고는 "이곳에서 사니?"라고 물었다. 그런 다음엔 대답도 기다리지 않고 물통을 들고 지나쳐갔다.

왕 아주머니의 집은 건물에 딸려 지은 작은 사랑채였다. 건물주는 이 사랑채를 샤오팬팬(小偏偏)이라고 불렀다. 원래는 세를 줄 생각이 없었고 그냥 잡동사니나 쌓아놓을 생각이었는데 월세가 싼 바람에 왕 아주머니가 계약하게 된 것이다.

이 집은 앞뒤에 문이 있었다. 뒷문 밖은 자그마한 공지였다. 왕 아주머니는 집주인에게 부탁하여 거기에 채소를 심겠다고 했다. 그 뒤로 쓰레기가 가득 쌓였던 공지는 깔끔하게 정리된 텃밭으로 변했다.

아마 이 작은 공지가 왕 아주머니가 이 집을 계약하게 된 이유일지도 모른다. 이는 내가 왕 아주머니와 어느 정도 익숙해진 후, 왕 아주머니가 나를 데리고 뒷문 밖에 있는 텃밭으로 갔을 때 그녀의 표정에서 느낀 것이다.

왕 아주머니는 남들과 쉽게 친하지 않았다. 하지만 일단 친해지면 아주 잘 대해주었다. 혹시라도 신선한 과일이 생기면 먼저 친한 사람들부터 챙겼다. 하지만 성격이 괴팍하여 그녀를 싫어하는 이들은 가끔 왕 아주머니를 '마귀할멈'이라 불렀다.

겨우내 왕 아주머니는 난로를 피우지 않았다. "저는 추워요. 아주머닌 춥지 않으세요?"라고 물으면 문가에 앉아 있던 왕 아주머니는 두터운 솜바지를 입은 짧은 다리를 펴 보이면서 "이렇게 많이 입고 있는데 왜 춥겠니? 안 추워. 난 젊어서부터 난로를 피우지 않았어. 아직은 건강한 편이야."라고 말하면서 폈던 다리를 끌어당겼다.

왕 아주머니는 다리가 짧은 편이 아니었다. 하지만 두툼한 솜바지를 입어서인지 보기에는 상당히 짧게 느껴졌다.

왕 아주머니의 밀차가 고장 났다. 바퀴를 감고 있는 체인이 끊어진 것이다. 하지만 수리비를 아끼기 위해 수리 센터를 찾지 않았다. 날이 밝기 전, 나는 화장실에 가기 위해 팬팬을 지나게 되었는데, 방 안은 15와트짜리 전구가 켜져 있었다. 들여다보니 그리 밝지 않은 전등 빛 아래에서 왕 아주머니는 열중하여 밀차를 고치고 있었다.

왕 아주머니는 와트 수가 높은 전등을 켜는 것도 아까워했다. 방 안이 아주 어두웠지만 하얀 석회 칠도 하지 않았다. 방 안은 사면이 회색 시멘트벽 그대로였고, 벽돌 사이에 난 틈에는 작은 시멘트 조각이 억지로 끼워져 있었다. 왕 아주머니는 벽에다가 신문을 붙이기도 했으나 다시 떨어지면서 풀을 붙인 흔적이 그대로 남았다. 아마도 밥풀을 써서 붙였는지 벽에는 쌀뜨물 자국이 가득했다.

왕 아주머니는 밀차 옆에 쪼그리고 앉았는데 자전거의 그림자에 가려서 모습은 보이지 않았다. 다만 머리 그림자가 바닥 위에 떠 있을 따름이었다.

왕 아주머니는 절약이 몸에 밴 사람이었다. 그는 날이 완전히 어두워져서야 전등을 켰다. 날이 밝기 전에 밀차를 수리해야 하는 일이 아니면 한밤중에도 절대로 전등을 켜지 않았을 것이다. 그 정도로 전등을 켜는 걸 아까워했다.

나는 불쑥 할머니 생각이 났다. 할머니도 전등을 켜는 걸 아까워했다. 특별히 할 일이 없으면 할머니는 전등을 켜지 않았다. 할머니는 밤이면 어둠 속에서 생활하는 데 익숙했다. 할머니는 낮에는 잘 보지 못한다. 태양 아래서는 실명한 것이나 다름없다. 하지만 저녁이면 어둠에 익숙해져 있다. 밤은 빛을 발산하지 않는 달처럼 어둡다. 하지만 할머니는 이 밤이 아주 익숙했다. 할머니는 어둠 속에서도 곧잘 걸어 다녔는데 대낮이나 밤이나 걷는 속도가 같았다.

왕 아주머니는 언제나 앞치마를 두르는 걸 좋아했다. 밀차를 고칠 때에도 앞치마를 두르고 있었다. 시내에서 앞치마를 두르고 다니는 사람은 돼지고기 장수 정도인데, 시앤위상에서 일이 없을 때도 앞치마를 두른 사람은 왕 아주머니뿐이다.

왕 아주머니의 앞치마에선 언제나 염장 생선 냄새가 났다. 그뿐만 아니라 머리나 옷에서도 냄새가 났고 심지어는 신발에서까지 절인 생선 비린내가 났다. 장 씨는 "다 같은 절인 생선을 파는 사람이지만 내 몸에서는 그런 비린내가 나지 않는다."고 했다. 장 씨는 자신감에 넘쳐 고개를 숙이고 자기 옷에서 나는 냄새를 맡았다. 나는 그런 장 씨의 행동 하나하나를 모두 기억하고 있다.

나는 문 앞에서 꽤 오래 기다렸다. 왕 아주머니는 젓가락 한 개를 들고 체인을 맞추려는 순간에야 비로소 나를 발견했다.

"놀랐잖아! 한밤중에 자지 않고 왜 거기 서 있는 거야?" 왕 아주머니는 가슴을 치며 놀라서 소리쳤다.

나는 작은 동굴 입구처럼 낮은 출입문을 통해 방 안으로 들어갔다.

"제가 도와드릴게요."라고 나는 말했다.

"됐네, 됐어. 다 고쳤어." 그는 몸을 일으키면서 밀차를 끌었다. 체인에서 찰칵찰칵 소리가 났다. 그 소리는 이미 수리되어 정상적으로 돌아가는 소리였다. 한쪽에 놓여 있는 고장 난 체인이 병든 뼛조각 같았다.

왕 아주머니는 손을 씻으러 갔다. 손으로 짠 검은 털실 모자를 벗어 먼지를 털었는데, 순간 그녀의 흰머리가 눈에 띄었다.

순간 나는 이상한 생각에 사로잡혔다. 나는 왕 아주머니에게 흰 머리카락과 까만 머리카락이 각각 얼마나 되는지 똑똑히 보고 싶었다. 나는 근시 안경이라도 쓴 것처럼 눈을 가늘게 뜨고 머리카락을 주시했다. 하지만 제대로 보지 못했다. 곧바로 다른 모자로 바꾸어 썼기 때문이다.

왕 아주머니는 방금 벗어놓은 모자를 벽에 있는 못에 건 다음 다시 손으로 입을 막고 기침을 몇 번 했다. 나를 보며 말했다. "돌아가서 자거라. 한 시간만 더 지나면 장에 나가야 할 게 아니냐?"

할머니도 예전에 이런 어투로 나한테 말했었다. "빨리 가서 자. 아침에 일찍 일어나 학교에 가야지."

왕 아주머니의 얼굴이 할머니 얼굴과 겹쳤다. 어쩌면 뒷산의 무덤에서 나온 것만 같았다. 할머니가 지금 내 앞에 서 있다. 그런데 그녀의 앞치마에는 왜 꽃무늬 수가 없을까? 나는 할머니한테 따져 물었다. 왜 복숭아꽃을 수놓지 않았어요? 무슨 꽃의 수를 놓았는지 한 번 보세요. 별로 좋아 보이지 않아요. 나는 눈을 감았다가 다시 떴다. 할머니 대신 왕 아주머니가 내 앞에 서 있다.

나는 자러 가겠다고 했다. 왕 아주머니는 자지 않고 절인 생선을 다시 손질한 다음 남은 생선 부스러기들을 도자기에 담았다.

"불을 꺼 드릴까요?" 내가 물어봤다.

"괜찮아. 내가 끌게."

왕 아주머니는 도자기 단지를 주방 쪽으로 가지고 가더니 소금을 담았던 자루 안에 집어넣었다. 왕 아주머니는 이것으로 반찬을 만들었다.

"빨리 가 봐. 저쪽에서 싸움이 붙었어!" 시앤위샹에서 두부를 파는 '두부서시(西施, 예쁜 여자의 통칭)'가 나를 재촉했다. 그녀는 나이가 든 두부서시였다. "빨리 가 봐. 장 씨와 왕 아주머니가 붙었어! 안 가? 응, 정말 안 가 볼 거야?" 두부서시가 나를 잡고 다그쳤다.

가 봐야지요. 안 갈 수가 있나요. 하지만, 왜 싸우는지 곰곰이 생각할 겨를도 없이 달려갔다.

왕 아주머니가 장 씨의 머리채를 잡고 있었고 장 씨도 왕 아주머니 머리채를 잡고 있었다. 내가 인파를 비집고 들어가서 본 장면이다.

"이 늙은 요정아! 씨팔년… 아이고, 이 머리를 놓지 못해!" 머리채를 잡힌 장 씨가 연신 소리를 질렀다. 그 소리는 왕 아주머니 가슴 부근에서 들려왔는데, 그건 왕 아주머니가 그의 머리채를 잡고 아래로 내리눌렀기 때문이다.

왕 아주머니의 머리채도 장 씨가 잡고 뒤로 당기는 바람에 그녀의 머리는 뒤로 젖혀졌다. 두 눈은 하늘을 향하고 있었고 목소리도 하늘 공중에서 아래로 들렸다.

"늙은 마녀! 자기 난전을 돌볼 생각은 안 하고 왜 생선 몇 마리를 항상 내 쪽에 놓느냐 말이야! 내 땅을 점하려는 게 아니면 뭐야? 왜 내 조상까지 들먹여? 네년은 조상도 없어? 응? 감히 내 조상을 욕하다니!"

두 사람은 조상의 일로 더욱 심하게 싸웠다. 누구도 먼저 손을 놓으려 하지 않았는데 원래 많지 않은 머리카락이었고, 바람이 불면 바로 날려버릴 듯한 머리카락이었지만 지금은 아주 단단히 두피에 박혀 있었다. 둘 다 안간힘을 썼지만 아무도 상대방의 머리카락을 뽑아버리진 못했다.

"어차피 빠질 머리카락이니 뽑을 테면 뽑아 봐. 이런 말 같잖은, 후레자식아!"

"너야말로 후레자식이지. 넌 남편 없는 계집이 낳은 잡종이란 말이야." 장 씨의 머리는 또 한 번 밑으로 내려갔다.

"그만두게. 둘 다 나이를 먹을 만큼 먹었구먼. 아직도 혈기가 넘치는가 봐. 그 손들 좀 놓게나."

구경꾼들은 더 이상 보고만 있을 수 없어서 마침내 싸움을 말리기 시작했다. 나는 왕 아주머니를 힘껏 그러안았다. 장 씨에게 밀려 넘어지지 않게 하기 위해서였다. 나의 행동이 싸움을 말리는 것인지 아니면 왕 아주머니를 돕는 것인지 분간되지 않았다.

이때 시장관리원이 도착했다. 좀 지나서 110(경찰)도 도착했다. 이들은 작은 수첩을 들고 이들의 대화 내용을 기록했다.

"됐어요. 둘 다 잘못이 있어요. 이 정도로 매듭을 지어요. 또 싸워야 할 까닭도 없어요. 보세요, 둘 다 나이 든 사람들이 아닌가요? 서로 도우며 살아야지요." 경찰이 말했다.

왕 아주머니는 머리를 감싸고 있었고 장 씨도 마찬가지로 머리를 감쌌다. 장 씨는 원망 섞인 눈길로 나를 노려보았다.

시장관리원이 두 사람을 데리고 갔다. 나도 왕 아주머니를 따라나섰다. 가는 길에서 왕 아주머니가 약간 겁을 먹었는지 내 옷소매를 꽉 잡았다.

"장사를 할 거면 제대로 하세요. 왜 싸우기까지 하는 거요? 주변 사람들이 어떻게 보겠어요. 손님들에게 웃음거리를 제공하는 것밖에 더 되나요? 본인들도 손해가 막심하잖아요. 안 그래요?" 시장관리원이 바깥의 골목 쪽을 가리키며, "보세요. 염장 생선이 길에 가득 널렸잖아요. 이게 낭비가 아니고 뭐예요? 널린 생선이 누구의 것인지 가릴 수 있겠어요?"

"구분할 수 있어요!" 장 씨와 왕 아주머니가 동시에 대답했다.

"어떻게요?" 시장관리원은 웃음을 참지 못했다. 하지만 필경 엄숙한 사건인지라 바로 찻잔을 들어 자기 표정을 가렸다. 찻물을 마시면서 웃음도 함께 삼켜버렸다.

"난 다 알아요. 내 생선이 몇 조각이고 어떤 모양인지." 왕 아주머니가 먼저 말했다.

"나도 알아요. 몇 조각이고 어떤 모양인지." 장 씨도 뒤질세라 따라서 말했다.

"알았어요. 그럼 가서 난전부터 치우세요. 그리고 또 싸우면 절대 안돼요."

왕 아주머니는 길가에 쭈그리고 앉아서 생선 조각을 줍기 시작했다. 장 씨도 옆에 쭈그리고 앉았다. 구경꾼들은 모두 흩어졌다.

"이게 내 건가?" 왕 아주머니는 대가리가 없는 생선 한 마리를 들고 중얼거렸다. 대가리가 없다 보니 자기 것인지 확실하지 않았다. 어쩌면 장 씨에게 물어보는 것 같기도 했다.

"어떻게 그쪽의 거요? 분명 내 거요!" 장 씨가 와락 생선을 잡아챘다. 하지만 집어 들고 자세히 보더니 바로 내려놓았다. 장 씨도 확신이 서지 않았기 때문이다.

하지만 이번에는 왕 아주머니의 태도가 아주 평온했고 화도 내지 않았다. 방금 생선을 빼앗긴 왼손으로 또 눈에 익숙한 생선 한 마리를 집어 들었다.

두 사람은 자기 것이라고 확신할 만한 생선을 다 주웠고, 확실하지 않은 것은 그대로 놔두었다. 이들은 유치할 정도로 고집을 피웠다. 두 사람은 절대로 확신이 없는 생선에 손을 대지 않았다.

대신 '주인 없는 생선'은 어떤 거지가 히죽이 웃으며 주워 들고 줄행랑을 놓았다.

왕 아주머니는 드디어 앓아누웠다. 봄이 되어 나뭇가지에 새싹이 돋아날 무렵 왕 아주머니는 공교롭게 병이 들고 말았다.

하지만 왕 아주머니를 돌봐줄 사람이 없었다.

병원 복도에 누군가 서 있었는데 나는 한눈에 왕 아주머니라는 걸 알아차렸다.

"바람이 찬데 왜 이곳까지 찾아왔어? 장사를 못 하면 안 되잖아." 왕 아주머니가 낮은 소리로 말을 건넸다.

내가 진작 난전을 걷어치웠다는 사실을 왕 아주머니는 모르고 있었다. 시앤위샹의 장 씨도 장사를 그만두고 고향으로 돌아갔다. 가기 전에 왕 아주머니를 보러 오겠다고 했으나 결국 오지 않았다. 왜 보러 오겠다고 했는지 본인도 잘 몰랐다.

"아주머니를 위해 끓인 국이에요." 나는 작은 그릇을 내밀었다.

왕 아주머닌 손을 떨며 내가 건넨 그릇을 받아서 탁자 위에 올려놓았다.

"평생을 검소하게 산 게 다 이렇게 병을 앓기 위한 것이었어. 병을 치료하는 데 많은 돈을 써버렸어." 그녀는 손수건을 꺼내서 눈을 닦았다.

"요즘은 잘 보이지도 않아. 절인 생선이 살아 있는 것 같아. 때론 생선이 아니라 진흙같이 보이기도 해. 희뿌옇게만 보이는 것이. 이상하지 않니?"

"아니요. 저의 할머니도 예전에 눈이 안 좋았지만 좀 지나니 괜찮아졌어요. 바람이 불어서 그렇게 되었다고 했어요. 바람이 눈 안의 빛을 거꾸로 보이게 한대요. 그 바람이 다시 불면 눈이 좋아질 거라 했어요. 너무 걱정할 필요가 없어요."라고 위로했다.

내 말은 거짓말이었다. 할머니 눈에는 끝까지 빛이 돌아오지 않았기 때문이다.

왕 아주머니는 웃으며 말했다. "날 속일 필요가 없어. 내 상황이 어떤지 내가 잘 알아. 이젠 늙어서 쓸모없게 되었거든. 내가 잘 알지."

왕 아주머니가 국을 다 드시는 걸 보고 나서 나는 국그릇을 들고 병원을 나섰다. 왕 아주머니는 병원 앞까지 나와서 날 배웅하고 돌아섰다.

왕 아주머니가 무슨 병에 걸렸는지 구체적인 검사 결과가 없다고 했다. 어쨌거나 큰 병은 아니라고 하는데 온몸이 다 아프다고 했다. 어쩌면 온몸의 구석구석에 병이 자리 잡았는지도 모른다.

그 뒤로 나는 한 달 넘게 병원을 찾지 않았다. 내 일이 바빠서였다.

하루는 집주인이 왕 할머니가 머물던 방문을 열더니 빗자루를 들고 들어갔다.

"왕 아주머니는요?"

"이미 집으로 돌아간 지 보름도 더 됐다네. 몰랐어?" 집주인은 코를 싸쥐고 낡은 침상에 쌓인 먼지를 털었다. 그리고 그 위에 있는 낡은 이

불을 끌어 밖으로 던졌다.

"아주머니네 딸이 데려갔다네."

"수양딸인데 엄마한테 잘 대하지 않았고 사위와도 사이가 별로였대. 홧김에 나와서 돈을 벌었다고 하니 왜 돌아가고 싶었겠나?" 이웃에 사는 류쓰지에(刘四姐)가 우물가에 앉아 빨래하면서 집주인의 말을 이었다.

"안 돌아가면 어쩔 건데! 다 이렇게 늙었는데. 뭘 할 수 있겠나? 아무것도 할 수 없단 말이야!" 집주인이 고개를 흔들었다. "늙으면 인정해야 돼. 다른 방법이 없어."

"왕 아주머니나 그 딸은 서로 남남처럼 살았던 것 같아요."

"돌보지 않은 건 맞대. 하지만 왕 아주머니 집안사람들한테 욕을 먹고서 모셔가지 않을 수 없었대. 이번에 모시고 간 것은 오래 버티지 못할 것 같아서 어쩔 수 없었지. 그저 데려다가 죽기를 기다린 게지. 퇴원할 때 벌써 사람이 기운이 하나도 없었대. 온몸이 솜처럼 기운을 못 차렸대." 집주인은 땅에 버려진 왕 아주머니의 이불깃을 뚫고 나온 솜을 보며 말했다.

"돈도 다 썼다면서요?"

"다 써버렸대요. 월세도 한 달 밀렸는데……" 집주인은 선량한 표정을 지었다.

왕 아주머니가 입원했을 때, 퇴원하면 다시 시앤위샹으로 가리라 여겼다. 그건 나의 천진한 생각이었다.

왕 아주머니는 다시 이곳으로 돌아오지 않았다.

왕 아주머니의 텃밭은 다시 쓰레기더미로 변했다. 2층과 3층에 사는 사람들은 왕 아주머니가 없다는 사실을 알고 위층에서 마음대로 쓰레기를 아래로 던졌다. 날마다 비슷한 시간이 되면 이들이 버리는 비닐봉투가 떨어지는 소리가 들렸다.

텃밭은 다시 원초적인 공터로 변했고, 왕 아주머니는 이곳에 온 적이 없는 것만 같았다. 이곳의 모든 것이 예전 모습으로 되돌려진 것이다.

그 이후로 시앤위샹의 난전에서 염장 생선을 파는 왕 아주머니를 볼 수 없었으며, 왕씨 성을 가진 상인도 눈에 띄지 않았다.

하지만 시앤위샹은 그대로였다. 비가 오면 우산 하나를 제대로 펴기 힘들었지만, 장 아주머니, 이 아주머니는 여전히 난전을 두고 장사를 하였다.

왕 아주머니가 염장 생선을 팔던 난전은 '두부서시'가 맡아서 활어를 팔고 있다.

어쩌면 왕 아주머니는 고향에서 돌아가셨을지도 모른다.

1 더하기 1은 5다(一加一等于五)

팔리장이라는 곳에 낡고 오래된 골목이 있었다. 하도 낡아서 이곳에는 봄과 가을이 따로 없이 그냥 여름과 겨울만 있는 것 같았다. 이렇게 말하면 좀 이상하게 들리겠지만, 정작 이 골목에서 사는 사람들은 무슨 말인지 잘 알 것이다. 이곳의 봄과 가을은 꽃 한 송이, 낙엽 한 장 보이지 않는다. 길가엔 가로수도 없고, 꽃을 심어놓은 화분 하나 보이지 않았기 때문이다. 대신 이곳에는 여름 바람이 불어닥친 흔적만 남아 있을 뿐이다. 다른 골목에서 날려 온 종이 쪼가리가 여기저기 널려 있다가 다시 바람이 불면서 다른 골목으로 날려가기도 한다. 겨울이면 허름하고 낮은 지붕은 눈이 가득 쌓여 집들은 시야에서 사라지고 만다. '콸콸-' 물 흐르는 소리만이 이곳에 아직 사람이 살고 있다는 걸 느끼게 한다. 동네 사람들은 우물을 사용하고 있었다.

이 골목에는 돈을 벌기 위해 시골에서 올라온 사람들이 주로 살고 있다. 이곳의 사람들은 모두가 신분 면에서 평등하게 지낸다. 이 때문에 누군가 멀리서 지나가는 것만 봐도 사람들은 다투어 알은체한다. 이들은 서로 친척처럼 가깝게 지낸다.

골목의 길이는 400미터에 불과했고, 주변은 온통 새로 지은 아파트 단지들이 에워싸고 있었다. 고층 빌딩은 골목 어디서든 다 잘 보였다. 특히 고층 아파트 발코니에 심어놓은 화초들이 더 눈에 들어왔다. 그래서 멀리서 보이는 그 꽃들을 쳐다보면서 사람들은 봄이 왔다는 사실을 알았다. 물론 선인장은 예외였다. 선인장은 일 년 내내 뾰족한 가시가 가득한 푸른 옷을 입고 있기 때문이다.

나 역시 지금은 이 골목에서 살고 있다.

내가 처음 이곳으로 이사 올 때는 겨울이었다. 당시 나는 빨간 후드티를 입고 있었는데 너무 얇아서 잠자리 날개만큼 가벼웠다.

골목은 비록 허름하나 있어야 할 가게들은 빠짐없이 다 있다. 마작관은 물론이고 출입문 위에 현수막으로 간판을 대신한 간이음식점이 있을 뿐만 아니라 가로 다섯 보, 세로 다섯 보밖에 안 되는 작은 채소 가게는 그 입구에 설치해 놓은 널판 위에 다양한 반찬들을 놓고 팔았다.

그 외에도 잡화점이나 담뱃가게가 있는가 하면 옷 수선집이나 치파오를 전문 제작하는 곳도 있었다. 비디오 가게에서는 1위안이나 2위안을 내면 반나절이나 하루 동안 볼 수 있는데 찻물은 무료로 제공하였다.

이곳 풍경에서 나는 『수호지』에 나오는 사오빙(烧饼, 전병) 장수 무대랑(武大郎)의 모습을 종종 떠올리곤 했다.

골목에서 채소를 파는 채소 장수와 나는 꽤나 가깝게 지냈다. 남편은 늘 중절모자를 쓰기 좋아했는데, 가을이 되면 거의 벗는 법이 없었다. 아내는 일 년 내내 앞치마를 두르고 있었고 항상 올림머리를 하고 있었다. 부부는 그나마 아직 젊었고 일곱 살배기 딸이 있었다. 딸애는 채소를 제법 잘 팔았다. 하지만 아직 저울질은 잘 못했다. 콩나물을 저울에 담을 때면 끄트머리가 부러지기라도 할까 봐 조심스럽게 작은 손으로 조금씩 뽑았다. 그럴 때마다 아이의 엄마는 아주 불쾌한 표정을 지으며 "너 좀 빨리하면 안 되겠니? 땅에 기어다니는 개미라도 셀 참이야?"라고 훈계를 한다.

그럴 때면 여자애는 시무룩한 표정을 지으며 입을 삐죽 내밀고는 "나중에 크면 절대로 채소는 팔지 않을 거예요."하고 말대꾸를 하곤 했다.

이 한마디에 여자애의 엄마는 할 말을 잃고 만다.

나는 이 골목을 좋아한다. 아주 평범하고 언제나 편안한 느낌을 주기 때문이다. 이곳에서 나는 무대랑(무송의 형, 장사꾼)이 아닌 무송(武松, 수호지의 주인공)이 되곤 한다. 나는 골목에 사는 사람들한테 고향에 있을 때 늙은 호랑이 세 마리와 싸워서 이겼노라고 큰소리를 쳤다. 사람들은 나한테 호랑이가 어떻게 생겼냐고 물었고, 그때마다 나한테 너무 얻어

맞아서 그 늙은 호랑이는 모양이 엉망이 되었다고 받아넘기곤 했다.

"당신은 이름이 뭐예요?"

"저는 수메이메이(苏美美)라고 불러요."

우리는 이렇게 서로 알게 되었다. 나의 호랑이를 때려잡은 이야기를 듣고 호랑이가 어떻게 생겼는지 물어봤던 장본인이 바로 그녀였다. 설마 호랑이를 본 적이 없는 것은 아니겠지?

수메이메이는 글을 읽을 줄 몰랐다. 어딘가 팔려 갔다가 겨우 도망쳐 나왔고 나중에는 자기보다 아홉 살 많은 시골 남자를 따라 이곳까지 오게 되었는데 금년에 29살이고 윈난(云南)성에서 왔다고 했다.

스물아홉인 수메이메이는 예쁜 얼굴이 아니었다. 그렇다고 밉게 생긴 얼굴도 아니었는데 기다란 머리카락은 보기만 해도 사랑스러웠다. 사람을 쳐다보는 눈빛도 아주 진지하고 깐깐하며 진심마저 묻어났다. 이뿐만 아니라 상대방의 말을 한마디도 놓치지 않으려 했으며 심지어 아주 간단한 눈길 하나도 그대로 지나치지 않았다. 하지만 그녀의 사유는 한곳으로 흐르지 못하고 있었다. 비록 열심히 상대방을 쳐다보고 있어도 상대방의 말귀를 알아듣지 못했으며, 꼭 기억해야 하는 말도 잊어버리기 일쑤였다. 심지어는 잡담을 나눌 때도 화제의 중심을 따라가지 못했다. 이야기 화제가 북경에 이를 때까지 그녀의 사유는 아직 쓰촨의 어느 두메산골에서 헤매고 있으니 말이다.

수메이메이의 남편은 약간 절름발이였다. 그래서 걸을 때면 몸이 항상 한쪽으로 기울곤 했다. 그래서인지 손에 물컵을 들고 걸어도 엄청 버거워 보였다.

하지만 사람이 착하다 보니 이 골목에서는 아무도 그를 무시하는 사

람이 없었으며, 매번 그를 만나면 다들 친절하게 라오위(老余, 노형)라고
부르곤 했다.

라오위는 그렇게 늙은 것은 아니지만 옷차림을 보면 상당히 늙게 보
인다. 그는 언제나 홑저고리에 색 바랜 바지를 입고 있었는데, 그 바지
는 입은 지 10년이 넘는다고 한다.

10년 전에 만든 옷들은 그 질이 끔찍할 정도로 좋았다. 내가 막 세상
일을 기억하게 됐을 즈음이다. 우리 시골에서는 여인들이 빨래할 때면
냇가에서 빨랫방망이로 옷을 두드렸다. 방망이는 물에 젖은 옷 위에 사
정없이 떨어지며 쾅–쾅– 소리를 냈다.

라오위가 입은 옷도 아마 당시에 만든 질 좋은 옷이었을 것이다. 허
나, 빨랫방망이에 잘 견디던 옷들도 세월 앞에서는 어쩔 수가 없다. 라
오위가 지금 입고 있는 옷들도 옷깃의 실밥이 다 풀려서 금방이라도 부
서질 것만 같다.

수메이메이가 낡은 옷을 버리고 새 옷으로 갈아입으라고 해도 라오
위는 전혀 그럴 생각이 없었다.

라오위는 멜대에 물건을 지고 다니면서 팔았는데, 과일을 팔 때도
있고 당귀나 구기자, 은행나무 열매와 같은 견과류를 팔 때도 있었다.

라오위가 한 해에 신발을 몇 켤레를 신는지 물어보니 수메이메이가
손가락을 세워가며 계산하더니 열다섯 짝이라고 대답했다.

왜 한 짝이 부족하지? 그녀의 해석은 이랬다. 한 짝을 잃어버리거나
해어지거나 쥐가 물고 가 버리면 새로 한 켤레를 사서 짝을 맞춰 신는
다. 그러다 보면 점차 비슷해져 낡은 신발처럼 보이기 때문에 신발 세
짝을 바꿔가면서 신을 수 있다. 물론 번갈아 신는 쪽은 한 짝, 즉 한쪽

발뿐이다.

수메이메이는 글자를 모르기 때문인지 손목시계를 차는 법이 없다. 한번은 라오위가 전자손목시계를 사 준 적이 있는데 그녀는 시계를 장롱 안에 깊숙하게 보관했다. 그리고 가끔 꺼내 보다가 알아보지 못하니 다시 장롱 안에 보관했다.

그렇다면 수메이메이는 하루 종일 어떻게 지낼까? 계산할 줄도 모르고 물건을 팔 줄도 모르는 데다 밖에 나가면 길을 잃어버릴 수가 있어 나가지도 못하니 그저 집에서 남편을 위해 식사를 준비하는 것밖에 할 줄 아는 게 없다. 만약 라오위의 장사가 잘 안돼서 쌀을 살 돈도 월세를 갚을 돈도 없으면 어떻게 할까? 그럴 때면 수메이메이라도 조급해질 수밖에 없다. 그녀는 세 들어 살고 있는 사랑채에서 턱을 고이고 깊은 생각에 잠기는 것밖에는 달리 방법이 없다.

그러다가 배가 고프면 그녀는 바로 생각을 중지하겠지. 그런 다음에 자그마한 그릇을 들고 이웃집으로 쌀을 빌리러 갈 것이다.

라오위는 날씨가 추워지면 발 때문에 멀리 가지 못한다. 평소에 그는 억척스러운 말처럼 남들이 얼마를 걸으면 자기도 따라 걸었다. 멜대에 짐을 메고 다니면서 물건을 파는 직업이라 아침에 집을 나서면 물건을 다 팔 때까지 하루 종일 걸어야 했고, 늦게까지 팔리지 않아 남은 물건은 다시 집으로 지고 와야 했다.

언젠가 라오위가 들려준 이야기다. 멜대에 배를 가득 담고 가다가 지친 나머지 국도변의 갓길(延伸段)에 앉아서 다리쉼을 하고 있었다. 그날은 비가 내렸고 손님도 없었다. 바로 그때 단속반이 들이닥쳤는데, 그럴듯한 차림에 바지도 제법 멋져 보였다. 단속반이 이곳에다 난전을 차리는 줄로 오해하자 라오위는 그냥 휴식하기 위한 것이라고 변명했다. 하지만 그 말을 믿어줄 리가 없는 단속반이 배가 담긴 광주리를 치켜들어보았다. 그러자 그 속에 있던 배가 그대로 쏟아지면서 그중에서 몇 개는 길 한 가운데까지 굴러갔다가 오가는 차바퀴에 의해 여지없이 으깨지고 말았다. 라오위는 크게 화를 냈는데, 본인의 말에 따르면 하늘의 우렛소리처럼 크게 소리를 질렀다고 한다. 단속반이 떠난 뒤에 대고 벼락이 치듯이 "내가 네놈들, 둘째 할아비다."하고 욕을 퍼부었다.

수메이메이도 라오위의 성질머리를 알고 있었다. 가끔 요리를 볶다가 태우기라도 하면 라오위는 그릇을 든 채로 일어나서 고함까지는 아니나 높은 소리로 "개똥을 볶아도 이보단 나을 거야!"라고 꾸짖었다.

수메이메이는 그렇게 몇 번 꾸지람을 듣고 나서 다시는 요리를 태우지 않았다. 그런데도 수메이메이는 라오위를 좋아했다. 적어도 전남편(돈으로 자기를 산 남자)보다 많이 훌륭했기 때문이다. 전남편은 짐승보다 못한 놈이고 그 집 식구들도 하나같이 못된 인간들이었다고 했다.

날이 어두워지면 가로등이 없는 밤 골목은 가게들에서 새어 나오는 불빛이 밝혀준다. 마작관이 아니면 치파오를 만드는 집 그리고 비디오 가게나 작은 매점에서 밝힌 등불이었는데 거미줄처럼 얼기설기 뻗어 있는 골목의 샛길 사이에 숨어 있다가 얼굴을 빼꼼히 내밀곤 한다.

밤에 늦게까지 불이 켜진 집은 수메이메이와 라오위네 집이었다. 수메이메이는 늦은 밤에도 손바느질 일을 해야 했다. 그녀는 낮에 가게들에서 옷의 가장자리를 꿰매거나 실밥을 뜯어내는 일감을 얻어오곤 했다. 라오위는 짜증이 났다. 수메이메이가 밤에 일해서 버는 돈으로는 밤에 불을 밝히는 데 사용된 전기요금을 물기에도 부족했으니 말이다.

라오위는 별다른 취미생활이 없었다. 술 담배를 안 했을 뿐만 아니라 마작도 놀지 않았다. 굳이 논다면 판돈이 오십 전짜리인 마작을 놀았지만 근래에는 판돈이 그렇게 적은 마작판이 별로 없다.

겨울이 지나고 봄이 오자 수메이메이도 물건을 팔러 나가야 했다. 라오위의 발 상태가 더욱 나빠졌기 때문이다. 하지만 결산할 줄 모르는 것이 큰 문제였다.

그날따라 안개가 많이 낀 어느 아침이었다. 골목에는 개 몇 마리가 뛰어다닐 뿐 행인들은 거의 보이지 않았는데 수메이메이가 나를 찾아와서 계산하는 법을 가르쳐 달라고 했다. 라오위가 나를 스승으로 모시고 배우라고 시켰단다.

라오위는 나를 능력자로 보는 것 같다. 사실 학교 다닐 때 나의 수학 성적은 항상 1등이긴 했다. 반에서 거꾸로 1등이니 말이다.

하지만 그녀에게 계산하는 법을 가르칠 정도의 실력은 충분했다. 당시 학교에서 나온 지 얼마 안 되었기에 선생님이 가르쳤던 내용을 어느 정도 기억하고 있었다.

나는 초등학교 때 자주 외웠던 구구단을 적어서 그녀에게 건네주었다. 그녀는 무림의 비책이라도 얻은 것처럼 좋아하면서 손에 들고 유심히 쳐다보았다. 조금 뒤 나에게 돌려주면서 "아이, 무슨 말인지 전혀 못 알아보겠어."하고 말했다.

알아볼 수 있으면 가르칠 필요도 없잖은가. 나는 구구단을 적은 종이를 빼앗아 들고는 혼자서 외우기 시작했다. 그녀가 듣건 말건, 기억하든 말든 전혀 신경 쓰지 않았다.

"1 더하기 1은 얼마지?" 한 달이 지나자 나는 수메이메이한테 이런 문제를 냈다.

"1 더하기 1은 5다." 그녀의 확신에 차서 대답했다가 다시 부인했다. 그리고는 "1 더하기 1은 1이다."라고 답을 바꿨다.

"10이다!" 내가 큰 소리로 말했다.

"아, 나는 또 1이나 5인 줄 알았네……" 그녀는 부끄러운 표정을 지었다.

수메이메이는 내가 다시 써 준 구구단표를 들고 돌아갔다.

시간이 날 때마다 나는 수메이메이한테 찾아가서 직접 가르쳤다. 구구단표를 가르친 후 뜨개질도 가르쳤다. 나는 제일 간단한 겉뜨개질밖에 몰랐다. 그래서 그냥 겉뜨개질만 가르쳤는데, 힘을 너무 줘서 그런지 뜨개바늘이 그녀의 손에만 들어가면 변형되었다.

라오위는 정말 괜찮은 남편이었다. 우리가 곱셈을 공부하거나 뜨개질을 연습할 때면 그는 찻물이 든 컵을 들고 밖으로 나가곤 했다. 밖에서 그는 골목의 이쪽에서 저쪽까지 걸어갔다가 다시 돌아오기를 반복하다가 어느 정도 시간이 되었다 싶으면 집으로 돌아왔다. 그리고는 웃는 얼굴로 수메이메이한테 "어때? 응? 좀 효과가 있어?"

수메이메이와 라오위가 지내는 방은 겨울이면 냉장고처럼 추웠다. 바닥에서는 습기가 올라와서 울퉁불퉁 깔아놓은 벽돌이 마른 게 없을 정도다. 침대는 벽 쪽에 놓여 있었는데, 습기를 방지하기 위해 벽면과 어느 정도 간격을 두고 있었다. 하지만 침대 위에 펴 놓은 이불은 여전히 습기가 가득했다. 방구석에 연탄난로가 설치되어 있어, 가끔 뭔가를 끓이기도 했지만 많은 경우는 연탄불이 그대로 난로 안에서 타고 있었다. 수메이메이는 그 옆에 작은 나무 걸상을 놓고 앉아서 난롯불을 쬐곤 했다.

"여름에는 그나마 시원해요." 수메이메이가 말했다. 라오위도 옆에서 맞다고 했다.

이들이 지내는 방은 옛날 우물이 있던 자리였다. 수메이메이와 라오위가 처음 이곳으로 왔을 때, 아무리 수소문해 봐도 빈집이 나지 않자 잠시 이곳에 머물기 시작했다. 그 대신에 월세는 아주 쌌다. 그 뒤로 라오위와 수메이메이는 다른 데로 이사 갈 생각이 없어졌다.

그렇게 또 며칠이 지났다. 하지만 수메이메이는 여전히 1 더하기 1이 얼마인지 몰랐다. 그녀는 나름대로의 이유가 있었다. "구구단에 보면, 1 곱하기 1을 1이라고 했잖아요. 그러니 1더하기 1도 1이 아니에요? 왜 하나는 결과가 1이고 다른 하나는 결과가 다르지요? 1이 아니면 5인데, 그것도 아니라고 하니, 그럼 대체 얼마예요?"

결국 라오위는 수메이메이를 데리고 장사하러 다니기로 했다. 수메이메이와 라오위는 짐을 하나씩 짊어지고 함께 나갔다가 함께 돌아왔는데 라오위가 수메이메이를 도와 계산을 해주면서 짬을 내서 산수를 가르쳤다. 수메이메이가 아무리 알아듣지 못한다 해도 가르치는 수밖에 없었다.

"수메이메이는 정상이 아닌가 봐. 처음에 팔려 갔을 때 화를 참지 못하고 정신이 나가고 말았는데, 후에는 좀 괜찮아졌대. 지금은 라오위를 만나서 살고 있지만 말이야."

"라오위가 참 불쌍하군. 그는 고아였대."

"불쌍하긴 뭐가 불쌍해. 애만 낳아주면 된 거 아닌가."

이렇게 주변 사람들은 뒤에서 수군거리기 시작했다.

봄이 되었다. 나는 고개를 들고 새 아파트의 발코니에 활짝 핀 붉은색 꽃을 볼 수 있었다. 나는 수메이메이가 언젠가는 1 더하기 1이 얼마인지 알게 될 거라 믿는다. 그게 안 되면 혼자서는 장사를 할 수 없을 테니 말이다.

거지

(行乞者)

　비록 화창한 날이라고 해도 해를 보기는 힘들다. 먼지 뒤에 숨은 것이 과보(夸父 전설, 해를 쫓는 과보)에 쫓기는 신세처럼 보인다. 하늘은 낮게 드리웠고 깨끗한 구름이나 하얀 구름은 본 지가 오래다.

　하지만 햇살은 여전히 먼지 사이를 뚫고 나왔다. 구름처럼 보이는 '장벽'을 뚫고 나오는 것이다.

　육교에는 거지 몇 명이 있었다. 여름만 되면 반나절은 육교의 왼쪽을, 반나절은 육교의 오른쪽을 지키고 있다. 햇살이 오전엔 오른쪽을, 오후엔 왼쪽을 비추기 때문이다. 하지만 가을이나 겨울이 되면 햇빛을 쫓아다닌다. 이들은 과보(夸父)보다 1만분의 1 정도 느린 속도로 태양을 쫓아다녔다.

　거지들은 저마다 사발 하나씩 지니고 있었다. 이는 굳이 설명할 필요도 없다. 거지들은 사발을 손에 들고 있거나 바닥에 놓았다. 그런 뒤에는 육교 위에서 서성이지 않으면 어느 구석에 웅크리고 있었는데 고개를 쳐들고 하늘을 바라보는 경우는 거의 없다. 하늘의 태양이 높게 뜨건 낮게 뜨건 이들은 전혀 관심이 없다. 이들은 태양에 대해 별 느낌이 없다. 춥거나 덥다고 원망하지도 않는다. 햇살을 쫓을 때도 있고 피할 때도 있다. 너무 덥다 싶으면 웃통을 벗어젖혔는데, 자주 씻지 않아서 꾀죄죄한 피부가 그대로 드러난다.

거지들이 차지하고 있는 육교 옆에는 널찍한 공터가 있다. 공터는 높다란 담장으로 둘러싸였는데 허물어진 틈에는 쓰레기로 가득하다. 예전에는 이곳에 버스 정류소가 있었는데 지금은 큰길 쪽으로 자리를 옮겼다. 담장 안은 악취가 진동했다. 육교 위에 올라서면 새파란 대낮에도 남자들이 담장에 대고 소변을 보는 모습을 자주 볼 수 있다. 게다가 아이들이 싸놓은 대변이 곳곳에 널려 있어 시력이 좋지 않다면 이곳을 피해 다니는 것이 좋다. 하지만 거지들은 담장 안에서 풍기는 악취에 아랑곳하지 않는다. 이들은 육교를 명당으로 여겼고 이곳을 굳건히 지켰다.

가끔 육교에 못 보던 거지 모습이 눈에 띌 때도 있다. 학생 차림의 여자 거지였다. 배낭을 메고 긴 생머리를 한 채 고개를 푹 숙였는데 그 앞에는 이런 글귀가 놓여 있다. "교통비 6위안이 부족합니다." 가끔씩 나타났는데 구걸하는 비용도 2위안에서 15위안 사이였다. 항상 고개를 떨어뜨리고 있는 바람에 까만 머리카락 뒤에 숨겨진 모습을 보진 못했지만 분명 아주 아름답고 청순한 모습일 것 같다. 처음에 나는 그녀를 거지 무리에 넣지 않았다. 정말 도움이 필요하다면 그냥 6위안을 줘서 집에 가게 하면 된다고 생각했기 때문이다. 하지만 집에 갔다가도 며칠 안 지나서 다시 돌아오곤 했다.

어떤 이는 그녀가 다른 거지에 비해 지혜롭다고 평했다. 거지가 구비해야 할 조건을 갖추지 않았기 때문이다. 특별히 세월의 때가 묻은 사발을 가지고 다닐 필요가 없고, 대신 분필 몇 자루를 넣은 배낭 하나만 메고 있으면 된다. 분필은 사발보다 훨씬 가볍고 바닥에 글을 썼다가 바로 지울 수 있다. 그러니 한 번 들기 시작하면 계속해서 들고 있어야 하는 사발에 비해 아주 편리하다. 또한, 분필로 쓴 글들은 몸에 프린트된 타투(tattoo)와 같아 필요할 때 그렸다가 수시로 지울 수 있다. 만약 그녀가 육교에다 적었던 글을 지운 후에 우리가 다른 곳에서 만났을 경우, 고개를 쳐들고 있어도 그녀를 알아보지 못했을 것이다. 이로 미루어 봐도 확실히 그녀는 다른 거지에 비해 총명했다.

나는 사발을 들고 서 있는 거지들 쪽으로 눈을 돌렸다. 비록 젊은 여자 거지가 분필로 글씨를 나보다 더 잘 써놓긴 했지만, 내 관심이 사발을 든 거지 쪽으로 옮겨간 것이다.

사발 거지들의 수입이 때때로 불같이 오를 때가 있다. 이상하게도 행인들은 같은 날에 선심을 크게 쓰는 일이 있는데, 앞사람이 구걸하는 거지의 사발에 돈을 넣으면 뒤를 따르던 사람도 저도 모르게 돈을 준비한다. 그렇게 사발이 가득 찰 때까지 계속 돈을 넣었는데, 거지가 부유한 졸부처럼 보일 때에서야 비로소 그만두었다. 하지만 이처럼 불같이 수입이 오른 날도 거지들에게는 특별한 감동을 주지 못했다.

이들은 아주 참담할 때도 있다. 사발에 종잣돈으로 1위안을 넣어두었는데, 아침부터 저녁까지 한 푼도 늘지 않을 때가 있다. 이럴 때도 이들은 아주 나태한 모습을 보인다. 다리 위의 아무 난간에나 기댄 채 고개를 젖히고 입을 벌린 채 잠이 들곤 했다.

가을이 되자 나의 주의력은 한 중년 거지에게 집중되었다. 그는 젊은 여자와 마찬가지로 융통성이 있다. 그는 하루 종일 육교에만 있지 않았다. 사발을 든 채 육교를 건너 맞은편으로 가기도 했다. 그곳에는 은행과 대형마트가 있다. 오전에는 마트 입구, 오후에는 은행 입구에서 있다가 저녁이면 다시 육교로 돌아오곤 했다. 육교는 반드시 돌아와야 할 집과 같이 되었기 때문이다. 대형마트보다 은행 입구에서 머무는 시간이 더 많았다. 대형마트 입구에는 경비원이 지키고 있어 자주 쫓겨났기 때문이다.

은행 입구는 육교보다 열 배는 더 시끌벅적했다. 그곳에는 이용원과 휴대폰을 파는 가게가 있었는데 하루 종일 음악을 틀었다. 높게 틀어놓아 이곳에서는 쉽게 졸지도 못한다.

그날은 유난히 쌀쌀했다. 그는 웃통을 훌렁 벗었고, 웃옷으로는 허리통을 질끈 동이고 있었다. 무슨 병에라도 걸렸는지 온몸이 온통 종기투성이다. 종기들은 마치 동굴의 종유석처럼 생겼는데 검고 누르께한 피부 때문에 그 종기들은 보기만 해도 오싹하였다. 하지만 이렇게 처참한 모습을 하고 있어도 돈을 주는 사람은 얼마 없었다. 사람들은 종기를 보는 순간 눈을 다른 데로 돌렸고 에돌아서 갈 길을 재촉했다.

온몸에 종기가 가득한 거지는 종기가 옷에 스치면서 고통을 느끼는지 아예 웃통을 벗고 있었다. 일 년 중, 겨울에만 누더기 천으로 몸을 감쌌고 나머지 봄, 여름, 가을은 그냥 웃옷을 입지 않은 채 육교 위를 배회했다. 은행이나 대형슈퍼 입구에서도 벌이가 시원치 않게 되자 다시 돌아왔는데 길을 가던 행인들은 가끔 허리를 굽히고 사발에 동전 몇 닢을 넣곤 했다.

시간이 지날수록 거지의 몸에 난 종기는 더 많아졌고, 점점 커졌다.

어떤 것들은 실처럼 대롱대롱 달려 있어서 바람이 좀 세게 불기라도 하면 방울처럼 흔들거렸다. 그래서인지 가끔 나는 그의 몸에서 사람의 살로 만든 방울 소리가 울리는 것 같은 느낌을 받았다. 그 소리는 마치 뱃사공들의 '노 젓는 소리'가 바람에 날아와서 육교에서 메아리치는 듯했다. 하지만, 이 또한 확신할 수 없다. 당시 나는 신경쇠약으로 잠을 이루지 못한 채 꿈만 많이 꾸었다.

한동안 나는 그 거지를 보지 못했다. 치료를 받으러 병원에 갔을 거라 짐작했다. 그의 몸에 종기가 많아진 뒤로 육교를 건너는 행인들도 다가가서 돈을 주는 걸 꺼렸다. 하지만 얼마 지나지 않아 그는 다시 나타났다. 이번에는 자리를 옮겼는데, 육교 위가 아니라 아래쪽 계단의 입구였다. 그곳에서 오가는 행인들의 길을 가로막고 남쪽을 향해 쭈그리고 있었다. 눈에 거슬린다고 발로 차서 다리 아래로 떨어뜨릴 수 없었던 행인들은 그의 등 뒤를 에돌아서 반대쪽에 있는 계단을 이용하는 수밖에 없었다.

그의 앞에 놓인 사발은 텅 비어 있었는데, 커다란 체구와는 전혀 어울리지 않았다.

그 밖에도 조용히 구걸만 하는 늙은 거지가 있었다. 그의 사발에는 항상 어느 정도의 동전이 들어 있었다. 마치 매년 평작을 유지하는 농지에서 수확하듯이 말이다. 거지로서 그의 생활은 좋지도 나쁘지도 않은 수준이었던 셈이다. 봄, 여름, 가을, 겨울 할 것 없이 일 년 내내 검은 외투를 입고 있었다. 온몸에 종기가 가득한 거지와는 달리 자기 속살을 드러내는 법이 절대 없었다. 사람들은 가끔 하늘에 떠 있는 먹구름을 받아들인다. 아무리 검은 구름이라고 해도 햇빛을 완전히 가리지 못했기 때문이다. 사람들은 세상 만물을 창조하는 햇빛을 바란다. 하지만 육교 건너편의 악취로 진동하는 곳은 절대로 받아들이지 않는다. 악취는 사람들로 하여금 바로 절망감을 가져다주기 때문이다. 내 추측으로, 이 늙은 거지는 행인들의 심리를 잘 알고 있는 것 같다. 사실 그는 점쟁이가 될 수도 있다. 지금보다 수염이 더 길고, 얼굴 주름이 더 깊어지면 검은 뿔테안경을 쓴 채 앞에 몇 글자만 적으면 된다. 물론 그 내용은 '교통비가 6위안 모자랍니다.'가 아닌 '엄청난 신통력'이라고 말이다.

하지만 현재로선 거지 행색을 하는 수밖에 없을 것이다.

장인
(手艺人)

난 매일 육교를 건너 맞은편에 있는 슈퍼에서 음식을 사 먹었다. 내가 건너던 육교에는 변함없이 손으로 물건을 만들어 파는 장인 한 명이 앉아 있다.

장인은 주로 장미나 곤충 같은 것을 엮었는데, 장미는 진짜와 같았고 곤충은 살아 숨 쉬는 듯하다. 그의 앞에 놓인 대나무 바구니에는, 사전에 엮어 만들어놓은 다양한 작품들이 가득했는데 길 가던 행인들이 손만 내밀면 바로 가져갈 수 있을 만큼의 높이를 유지하고 있었다. 장인은 아름다운 장미와 생동하는 곤충들 뒤에 앉아 있어 사람들은 먼저 장인이 만든 작품을 보게 되고 후에야 그 뒤에 앉아 있는 장인을 발견하게 된다. 심지어 장인의 존재도 눈치채지 못한 채 작품의 아름다움에만 빠져든 행인들도 있었다. 행인들은 이렇게 살아 숨 쉬는 것 같은 작품을 보면서 찬탄을 연발한다. 이 곤충과 장미는 이들로 하여금 행복감을 느끼게 한다. 충분히 힐링된 행인들은 다시 가벼운 걸음으로 자리를 뜬다.

이 경우 장인의 눈길에서 실망의 빛이 흐를 거라 생각하면 그건 착각이다. 장인은 무표정한 눈길로 지나치는 행인들의 뒷모습을 쳐다볼 뿐이다. 그리고 손을 들어 새로 엮은 곤충 모형을 바구니에 꽂아 넣는다.

장인의 발 주변에는 미완성된 작품과 차차 작품으로 엮을 잎 한 다발이 있다. 그 잎에는 누런빛과 푸른빛이 반반씩 섞여 있다. 나는 이들의 이름을 그냥 잎이라고 부른다. 이 잎들은 장인이 날마다 빠짐없이 챙기는 재료들이다. 나는 매번 육교를 건널 때마다 육교의 한쪽 끝에서부터 장인의 모습을 관찰하곤 했다. 장인은 때론 그 잎들로 다양한 모형을 만들었고 때론 낮은 의자에 몸을 기댄 채 고개를 끄덕이며 졸고 있었다. 깡마른 몸매에 피부는 가무잡잡했고, 색이 바랜 회색 옷을 걸치고 있었다. 항상 낮은 의자에 앉아 있다 보니 키가 얼마인지는 가늠할 수 없었다. 그의 물건들은 전혀 팔리지 않았다. 며칠 동안 지켜봤지만 아무도 그의 장미꽃이나 곤충을 사는 사람이 없었다.

내가 봤을 때 그는 장사에 전혀 숙맥이었다. 비록 근면 성실하나 그러한 노력은 장사와는 큰 연관이 없었다. 육교에다 전시한 공예품들은 팔기 위한 것이 아닌 전시하기 위한 것 같다. 그는 다른 장사꾼들처럼 지나치는 행인을 붙잡고 입에 침이 마를 때까지 자기 작품을 홍보하는 법도 없다. 그는 한 개의 조형물(雕像)처럼 그 자리에 앉아 있다. 다만, 조형을 엮고 있는 조형물일 따름이다.

하루는 밀짚모자를 쓴 장인의 모습이 나의 시선을 사로잡았다. 그날은 날씨도 아주 화창했다.

"얼마예요?" 손님이 곤충 모형 하나를 집어 들고 물었다. 밀짚모자를 쓴 장인의 모습이 보기 좋았는지 손님은 즐거운 표정을 짓고 있었다.

"10위안." 장인은 밀짚모자를 벗어들며 대답했다. 그리고 바로 입을 다물었다. 그는 곤충을 엮는 데만 열중했다. 어느새 곤충의 몸뚱이가 모습을 드러내기 시작했다.

"좀 싸게 해줄 수 없나요? 아무리 잘 만들었다 해도 결국 모형이잖아요." 손님의 표정이 조금 어두워졌다. 장인의 태도가 마음에 들지 않았던 모양이다.

"안 돼." 장인은 머리를 절레절레 흔들며 한마디하고는 계속해서 자기 일에만 몰두했다.

나는 문득 프란츠 카프카가 묘사한 '굶주린 예술가'의 형상이 떠올랐다. 장인은 '굶주린 예술가'들과 같은 취미를 가지고 있었다. 게다가 둘 다 고집스러운 면이 있었다. '굶주린 예술가'는 음식을 먹었다는 오해를 받자 공연 시간을 연장하는 것을 통해 자신이 물조차 마시지 않았음을 증명하려고 했고 자신의 억울함을 풀고자 했다. 아까 손님이 자신이 엮은 곤충이나 장미꽃이 진짜가 아니라고 하자 장인의 눈에서는 '굶주린 예술가'와 같은 억울함 그리고 엄숙함이 느껴졌다. 하지만 장인은 필경 육교에서 물건을 만들어 파는 장사꾼이지 '굶주린 예술가'는 아니다. 장인은 그저 손님을 존중하는 데 무관심할 뿐이었다.

나는 가끔 고객을 대하는 장인의 태도가 걱정스럽다. 육교에 난전을 차린 목적이 생계를 위한 것이 아닌 자신의 손재주를 뽐내기 위한 것이 아닌가 싶기도 하다. 혹시 어느 날 장인은 풀로 커다란 초롱을 엮고, 그 안에 자신을 갇히게 할지도 모른다. 물론 지금까지는 그냥 곤충과 장미꽃을 광주리에 배열해 놓았고, 그가 머리에 쓴 밀짚모자 하나가 추가되었다.

그는 진정한 '굶주린 예술가'는 아니었다. 점심이면 그는 육교의 다른 장사꾼들처럼 플라스틱으로 만든 도시락을 먹곤 했는데, 이들의 도시락은 맞은편의 거리 양쪽에 늘어선 노점에서 산 것이다. 그곳에는 볶음면과 뚝배기 쌀국수 등을 파는 장사꾼들이 항상 대기하고 있다.

장인이 밀짚모자를 쓰고 온 날 먹었던 도시락 반찬은 채소볶음과 돼지고기에 강낭콩을 곁들인 요리였다. 내가 그동안 관찰한 바에 따르면 그날의 도시락은 반찬이 가장 풍성했다.

나는 맞은편에서 장인의 손에 들려 있는 도시락을 훔쳐보았다. 게 눈 감추듯 먹어 치운 다음에도 부족했는지 그는 혀로 도시락을 핥았다. 이 모습을 보던 점쟁이가 웃기 시작했다. 나의 관찰에 따르면 점쟁이의 장사는 그나마 괜찮다. 적어도 강낭콩을 곁들인 돼지고기볶음을 한 주에 두 번 정도는 먹을 수 있었다. 육교를 지나치는 행인들에게는 장미꽃이나 곤충 모형은 돈 주고 살 마음이 없어도, 점쟁이 앞에 앉아서 왼손이나 오른손을 내민 채 운명을 점칠 마음은 있는 것이다.

"직접 엮으셨어요? 아주 예쁘네요." 장인이 점심밥을 다 먹기를 기다려 그의 앞에 다가간 나는 경망스러운 어투로 그의 밀짚모자를 칭찬하기 시작했다.

"생각나는 대로 엮었다오." 그는 입을 쓱 문지르더니 발 옆에 놓인 생수병을 들고 마셨다. 꽃에 물을 줄 때나 풀에 묻은 흙을 씻을 때도 그는 생수병에 담긴 물을 사용했다.

"밀짚모자를 엮으면 사는 사람이 많아질 거예요."

광둥성은 날씨가 매우 덥기에 장미꽃이나 곤충 모형보다 밀짚모자를 사는 사람이 훨씬 더 많을 것이다.

"나는 이런 걸 더 좋아해." 장인은 곤충과 장미꽃 모형을 가리키며 대답했다. 낯선 사람과의 대화가 어색했는지 그는 약간 당황한 표정을 지었다. 당황한 나머지 그는 머리에 썼던 모자를 벗었다. 대머리가 한눈에 들어왔다. 몇 오리 남지 않은 머리카락은 더욱 초라해 보였다.

나는 곤충과 장미꽃 모형 앞에 우두커니 서 있었다. 바람에 날아갈 듯 하늘거리는 모형들은 더욱 아름답고 생동감 있게 느껴졌다. 결국 장인은 살 의도가 있는지를 물어보지 않았다. 그가 나를 대하는 태도는 모든 사람을 대하는 태도와 다르지 않았다. 상대방이 물어보는 것만 겨우 입을 열고 대답할 뿐이었다. 그의 이런 태도는 자연이 인간을 대하는 것과 비슷했다. 인간이 자연을 의식하면 자연도 인간을 의식하는 것과 같다. 어쩌면 장인이 너무 냉정하고 정이 없다고 여길 수도 있겠지만 그의 손에서 탄생한 장미꽃이나 곤충 모형은 보기만 해도 살아 숨 쉬는 듯했고 다정했다.

하지만 그의 작품은 여전히 팔리지 않았다. 장인은 곤충이나 장미꽃을 엮는 것을 좋아한다는 이유로 쉴 새 없이 손을 움직이며 손님을 기다릴 뿐이다. 나는 그에게 묻고 싶다. 대체 무엇을 엮는가? 무슨 의미가 있는가? 손님들은 그저 보기만 하고 사지도 않는데 굳이 육교에 진열할 필요가 있을까? 하긴 날마다 육교를 건너야 했기에 곤충이나 장미꽃 모형도 매일 볼 수 있다. 행인들은 육교에서 곤충이나 장미꽃 모형을 엮는 장인을 볼 때면 무료로 원숭이가 재주 부리는 걸 보는 것처럼 신기하게 여겼으나 그렇다고 재주를 부리는 원숭이를 데리고 가지는 않는다. 하지만 나는 그에게 이런 충고를 해줄 기회를 얻지 못했다. 장인은 나를 무시한 채 새 풀잎 두 장을 손에 감아쥐고 작품을 엮기 시작했다.

어쩌면 장인이 엮은 곤충이나 장미꽃은 행인들이 사 가는 게 아니라 하느님이 사 간 게 아닌가 싶다.

오랜 시간이 지난 뒤에, 나는 장인이 장사를 그만두고 떠났을 걸로 생각했다. 하지만 그는 여전히 육교 위에 앉아 있었다. 다만 그의 작품을 진열해 놓은 바구니에는 자그마한 변화가 생겼다. 곤충과 장미꽃 모형 사이에 자그마한 인형 모형들이 꽂혀 있는 것이다. 인형들은 손을 흔들 수 있었고, 그럴 때마다 찰랑찰랑 소리가 났다. 그는 여전히 곤충과 장미꽃 모형 뒤에 앉아 혼을 부르기라도 하듯이 쉴 틈 없이 손을 움직였다. 그 모습은 자기가 엮은 인형들의 손 같았다.

그는 장인이 아니라 '혼을 부르는 자'일 수도 있다.

파란 모자
(蓝帽子)

우리는 창룽(长隆) 파크로 여행을 가기로 했다.

안개 자욱한 이른 아침, 남편과 나는 '정부 청사' 옆 골목을 걷고 있었다. 우리는 쥐 한 마리와 고양이를 만났다. 그 고양이를 우리는 '검은 눈'이라고 불렀는데 나는 '검은 눈'에 관한 소설을 쓴 적이 있다. 또, 그 쥐를 '진거(金格) 선생'이라고 불렀다. 그들은 골목 양쪽에서 안개를 사이에 두고 마주했다. 나와 남편 사이에도 안개가 끼어 있다. 지금은 날씨가 갈수록 심해져서 안개가 모든 사람을 갈라놓는다. 눈을 크게 뜨니 속눈썹에 안개가 끼면서 눈꺼풀이 떨어질 것만 같다. 내 시력은 나쁜 편이 아니다. 남편은 이날따라 깔끔하게 얼굴을 면도했다. 며칠 전에 내가 사 준 야고르(雅戈尔, 중국 유명 메이커) 보온 셔츠와 잘 어울려서 아주 상쾌해 보였다. 콧등의 검은 뿔테안경은 선비다운 기운이 짙게 느껴져 이날만은 조금도 노동자 같지 않았다.

둥관에 온 지 벌써 3년이 흘렀다. 지난 3년 동안 우린 같이 밥을 먹고 산책도 했지만, 날마다 그가 출근할 때 걸었던 길은 함께 걷지 못했다. 그는 지난 7년 동안 매일같이 이 길을 왕복했다. 길에는 우아하고 아늑해 보이는 납골당이 있는데 그는 출근할 때마다 그곳을 지나야 했다. 이 길은 생각만큼 아주 길지는 않다. 하지만 하루도 빠짐없이 다니려면 결코 짧은 거리도 아니다. 나는 헐떡거리며 그의 뒤를 따랐다.

납골당을 지나는 순간 나는 마음이 쓸쓸해져서 발밑 쪽으로 눈길을 돌렸다. 하지만 나는 용기를 북돋아 납골당을 힐끗 쳐다보았다. 정원 사이로 유골함이 하나씩 눈에 들어왔는데 역시 내가 상상했던 모습이다. 경치는 아름다웠지만 쓸쓸하게만 느껴졌다. 어쩌면 원래부터 황량하게 느껴지는 게 맞을 수도 있다. 어떤 중년 남성이 팔다리를 움직이며 납골당 앞 계단에서 운동을 하고 있다. 나는 그가 날마다 이곳에 와서 운동할 거라 추측한다. 그가 층계를 오르내리는 모습은 아주 능숙했는데 그곳에 있는 돌멩이 하나까지 어떻게 피해야 할지 잘 알고 있었다.

우리는 납골당을 지나왔고 그곳은 이미 우리로부터 아주 멀리 떨어져 있다. 나는 다시 머리를 돌려보니 그 중년 남자는 아직도 납골당의 계단을 오르내리고 있다. 나는 바로 마음을 추스르고 이번 여행을 어떻게 할 것인가를 생각했다.

우리는 공장 입구에 도착했다. 나는 처음으로 그의 직장에 와 보게 된 것이다. 공장 입구에는 그의 동료들이 꽤 많이 서 있다. 이들은 명절 때처럼 즐거워했다. 길거리에서 산 볶음면을 들고 있는 사람도 있었는데, 관광버스 옆에서 맛있게 먹고 있다. 한창 도로 보수 중이라 뿌연 먼지가 날리고 있다. 가끔 야시장에서 이들을 본 적이 있는데 다들 파란색 작업복을 입고 있었다. 피곤한 기색이 가시지 않았지만, 아주 가벼워진 모습으로 거리를 거닐거나 노점에 앉아 바비큐에 맥주를 마시고 있었다.

"형수님!" 누군가는 나를 부르며 인사하였고, 그냥 입을 벌리고 웃으면서 눈인사를 하는 사람도 있었다.

나와 알고 지내던 쓰촨에서 왔다는 고향 친구는 나무 밑에서 국수를 먹고 있었다. 그는 얼굴을 파묻다시피 하고 국수를 먹었다. 내가 글을 쓴다는 걸 알고는 찾아와서 자신의 지난 과거를 이야기해주고 싶다고 했다. 그러면서 될수록 자신을 멋있게, 그리고 호방하게 묘사해달라고 했다. 이제 좋은 사람을 만나서 결혼하고 싶었기 때문이다. 첫 번째 혼인은 실패로 끝났고 아들은 고향에 두고 왔다고 했다. 지난 삼 년간 그의 텐센트 공간(腾讯空间, 중국의 SNS)에서 슈어슈어(说说, 짧은 글) 세 편을 본 적이 있다. '내일이면 아들의 여섯 번째 생일, 슬프게도 아들과 함께하지 못한다. 아들, 생일 축하한다! 이번 생에 아빠가 미안해!'

그는 오늘 편한 복장을 하고 있다. 캐주얼한 블랙 슈트 차림이다. 볶음면을 다 먹고 난 그의 모습은 늠름했고 상당히 멋져 보인다. 그는 아직 날 발견하지 못한 것 같다. 나는 이미 관광버스에 탑승했고 안개 자욱한 차창 너머로 그를 바라보고 있다.

나는 버스에 올라서 남편의 직장 동료들을 기다리고 있다. 이들은 속속 버스에 오르기 시작했다. 이곳은 공장이 밀집된 지역이라 출근하는 사람들로 붐비었다. 남편이 다니는 공장 바로 옆에 다른 공장이 있는데 거의 다 여공들이다. 이들은 그다지 어울리지 않는 회색 바지와 푸른색 작업복을 입고 있다. 자전거를 잘 세워놓은 다음엔 비닐봉지에서 파란색 모자를 꺼내어 머리에 썼는데 몸집이 컸고 얼굴은 무표정이다. 이들은 공장 문을 지날 때면 고개도 들지 않고 손에 들고 있는 출근

카드를 체크기에 갖다 대었다.

"다 탔어요?" 담당자가 차에 올라 인원수를 점검했다.

관광버스는 서서히 움직이기 시작했다.

가는 동안 가이드는 모든 사람에게 생수 한 병과 파란 모자 하나씩을 나눠줬다. 이 모자는 아까 여공들이 쓰던 모자와 비슷했다. 다르다면 모자에 여행사 로고가 찍혀 있다는 점이다.

대부분이 나누어준 모자를 썼다. 중앙 통로를 통해 돌아보니 모자들로 가득하다. 화려한 풍경은 아니지만 눈길을 끌 만큼 인상적인 장면이다. 다들 모자 아래에 싱글벙글 웃는 얼굴을 하고 있다. 이들 중 일부는 큰 소리로 이야기를 나누었고, 일부는 소음 섞인 스피커에서 새 나오는 가이드의 말을 듣고 있다.

잠시 잠이 들었다가 깨어나니 관광버스는 이미 목적지에 도착해 있다. 해가 높이 걸려 있고 안개도 아까만큼 짙지 않다. 일행들은 모두 차에서 내렸다. '파란 모자'들이 광장 쪽으로 몰려들었고, 손에는 무료로 제공받은 생수병을 들고 있다.

이들은 회사에서 제공한 현수막을 펼쳐 들고 관광지의 문 앞에 늘어섰다. 현수막에는 회사 이름과 "○○풍경구 1일 관광"이라는 내용이 찍혀 있었는데 다들 현수막 뒤에 쭉 늘어섰다. 이들은 고개를 쳐들고 가슴을 쑥 내밀었는데 햇빛이 이들이 쓰고 있는 모자와 그 아래에서 싱글벙글 웃고 있는 얼굴들을 밝게 비춰주었다.

이곳은 최근에 대대적으로 홍보하고 있는 관광명소다. 꽃과 풀, 휴식용 책상과 의자, 죽마 타기, 롤러코스터, 극장 등이 있다. 이곳에서 즐기라고 '파란 모자'들을 기다리고 있었다.

풍경구에 들어서자마자 '파란 모자'들은 뿔뿔이 흩어졌다. 이들은 삼삼오오 무리를 지어 다녔는데 이들은 수시로 나와 남편의 눈에 띄었다. 그들은 머리에 쓰고 있던 모자를 벗어서 메고 왔던 배낭 끈에 매달았다. 배낭 하나에는 모자 여러 개가 걸려 있다. 모자를 쓰지 않은 사람들은 작업복을 입지 않아서인지 활기가 넘쳤고 목소리도 우렁찼다. 나는 그들을 모르지만 배낭에 걸린 모자만 보고도 그들이 어디서 왔는지 알 수 있다. 모자는 그들의 징표였다. 어쩌면 나의 피부색이 내가 깊은 산속에서 왔음을 말해주는 징표인 것처럼 말이다. 나는 파란 모자를 쓴 사람들을 발견하고 얼른 남편에게 말했다. "저기 봐. 다 당신의 친척들이야."

'파란 모자'들은 오전 중에 벌써 관광지의 '관광'을 다 마쳤다. 나는 그들을 따라 열 굽이(十环) 롤러코스터 아래에 이르렀는데 모자를 바지 주머니에 집어넣거나 다른 사람에게 맡기고 나서 롤러코스터를 타고 공중에서 고함을 지르는 걸 보았다. 이들이 외치는 소리는 궤도를 통해 내 귀에 전해졌는데, 어떤 소리는 음색이 다 날아서 야시장에서 벌컥벌컥 맥주를 들이켤 때 꿀꺽대는 소리 같았고 어떤 소리는 그나마 젊게 느껴졌으나 가끔씩 끊어지는 것이 연중 밤늦게까지 야근할 때 새 나오는 탄식 같았다.

나는 롤러코스터를 탈 때 남편이 외치는 소리를 듣고 싶었다. 그는 비록 시가(詩歌)를 통해 외침을 내뱉은 적이 있다. 하지만 그 소리는 힘이 없어서 인쇄된 종이를 지나는 순간 다른 사람들에게 전달되지 못했다. 그는 내성적이고 자신감이 부족했다. 시(詩)에서 내지른 고함은 자신만이 들을 수 있다. 어쩌면 내가 산에서 양을 방목할 때와 비슷했다.

나는 산 밖에 있는 사람들이 나의 함성을 들을 수 있기를 바랐기에 바람이 부는 틈을 타서 벼랑 끝에 서서 큰 소리로 고함질렀다. 하지만 내 외침을 들은 건 내가 방목하던 양들뿐이었다. 한편으로, 낯선 사람을 대할 때면 이들에게 나의 외침이 들리지 않기를 바란다. 아마 남편도 비슷한 심정일 것이다. 지난 10여 년 동안 그는 매일이다시피 출근만 했다. 그러다 보니 시를 통해서나마 고함을 지를 시간도 힘도 다 잃고 말았다. 오늘만은 그가 관광객인 만큼 그를 불러서 고함을 지르게 하고 싶다. 그래서 나는 남편을 불러 롤러코스터를 타라고 종용했다. 이 도시의 많은 젊은이처럼 가장 빠른 속도로 가슴속에 있는 자기 소리를 마음껏 지르게 하고 싶었다. 궤도를 통해 전달되는 소리의 이야기는 그 아래에서 이 소리를 듣는 사람들에게 어느 정도 감명을 줄 수 있을 것이다. 적어도 나는 감명을 받을 것 같았다. 나는 멀미가 심했고 롤러코스터의 빠른 속도를 무서워했기에 높은 곳에서 고함을 지를 기회가 없었다. 나는 남편이 나를 대신하여 소원을 이루어 줄 수 있으리라 믿었다. 하지만 그는 롤러코스터를 타지 않았다. 그는 한동안 멍하니 줄을 섰다가 자기 순서가 돌아올 무렵, 뜻밖에도 파란 모자를 손에 들고 되돌아왔다.

"왜 안 타?" 내가 물었다.

"됐어." 그는 고개를 들고 허공에 떠 있는 궤도를 바라보며 말했다.

나중에 그는 오토바이로 된 롤러코스터를 탔는데 이 역시 내가 종용한 결과였다. 나는 궤도 옆에 서서 그의 외침 소리를 듣고 싶었다. 하지만 나는 아무 소리도 듣지 못했다. 그 많은 소리 속에서 남편의 목소리를 분별하지 못한 것이다. 남편이 파란 모자를 쓰는 순간 다른 사람들과 같은 모습이 되고 마는 것처럼 말이다.

남편은 다른 출구로 나왔다. 그의 모습은 약간 어지러워 보였으나 기분만은 최고였다. 그의 얼굴에는 오토바이 롤러코스터를 탈 때의 긴장감이 아직 남아 있었다.

"너무 빨랐어. 궤도를 따라 움직이는 롤러코스터보다 훨씬 더 빨라!" 목소리 톤이 전보다 두 배는 더 높았다.

"소리 질렀어?" 내가 물었다.

"당연히 고함을 질렀지. 하도 빨라서 소리를 안 지르고는 견딜 수가 없었어."

속도가 하도 빨라서… 순간 나는 청춘의 속도가 생각났다. 지난 10년 동안 롤러코스터 같았던 세월의 속도가 연상된 것이다. 남편은 자신의 젊은 모습을 추억했다. 그때는 지금처럼 수염도 덥수룩하지 않았고 하루에 12시간 일하는 정도는 아무렇지 않다고 했던 시절이다.

우리는 돌로 만든 탁자에 다가가 앉았다. 오토바이 롤러코스터의 속도와 그 도중에 외쳤던 소리에 대해 오랫동안 이야기를 나누었다.

점심시간이 되자 모든 '파란 모자'들이 다시 모였다. 이들은 여행사에서 제공한 무료 식권을 가지고 식당을 찾았다. 도시락에는 양배추 몇 조각과 닭고기 한 덩이, 그리고 소시지 한 개에 튀긴 감자 몇 조각이 들어 있었다. 이들은 하나같이 도시락의 맛이 공장 식당의 밥보다 더 맛있다고 했다.

오후 4시 30분이 되자 이번 여행은 끝났고 '파란 모자'들도 관광지의 출입문을 나서기 시작했다. 나도 이들을 따라 나왔다. 이들 중 몇 명은 아직도 미련을 버리지 못하고 관광지 안에 활짝 핀 꽃들을 연신 뒤돌아보는 모습을 보던 나는 갑자기 그 꽃들이 마치 이들의 청춘과 닮았다고 생각했다. 높다란 담장 안에서 활짝 꽃을 피웠지만 언젠가는 꼭 떠나야만 한다. 그리고 아무도 이 꽃의 주인이 될 수 없다는 걸 알게 된 것이다.

돌아왔을 땐 이미 날이 어두워진 뒤였다. 관광회사에서 나눠준 파란 모자를 나는 차 안에 놓아둔 채로 내렸고 남편은 모자를 쓴 채로 집에 돌아왔다. 남편은 모자를 작업복과 함께 놔두었다.

견마잡이
(马前卒)

"나는 이 사람의 견마잡이가 될 거야." 그는 위안충후안(袁崇煥, 명나라 말기의 명장)의 석상 앞에 서서 한참을 생각하더니 석상 앞으로 다가가 말고삐를 잡으며 불쑥 말을 내뱉었다.

이 견마잡이가 바로 나의 남편이다. 나는 여기로 오기 전에 남편을 잘 차려 입힌 것이 후회되었다. 남편은 하얀 셔츠에 청바지를 받쳐 입었고 198위안짜리 지리(吉利)표 구두를 신었다. 깨끗이 면도한 턱은 번지르르했고 치아 사이는 음식물 찌꺼기 하나 없이 깨끗했다. 이 견마잡이는 흠잡을 데라고는 찾아볼 수 없을 정도로 깔끔했으며 패션 감각이 뛰어났다.

"오래전부터 이곳으로 와서 말을 끌고 싶었단 말이야. 끝내 그 꿈이 실현되었어." 그는 한 번 더 말했다.

이 말에 나는 남편을 멋지게 단장해준 걸 더욱 후회했다. 견마잡이는 응당 조금은 헝클어진 긴 머리를 하고 있고, 정기가 도는 두 눈에 청력도 좋아야 한다. 팔에는 여러 군데 흉터가 나 있을 뿐만 아니라 굵고 튼튼하며 손톱에는 시커먼 때가 끼었다-오랜 시간을 말에게 여물을 주다 보면 그렇게 될 것이다. 그렇지 않다면 견마잡이로 살기 전에 광산에서 석탄 채굴과 비슷한 일을 했을 때도-. 그리고 두 다리에는 힘이 가득해 보인다. 발에는… 짚신을 신었을까? … 아니면 아예 맨발을 하고 있었을까? 허리춤에는 요도를 차고 있었고 무예가 뛰어나다. 옷차림은 조금 낡아도 상관없다.

하지만 남편의 모습은 나의 상상과 전혀 달랐다.

사실은, 남편은 속으로 견마잡이를 동경하고 있다. 어쩌면 내가 천하제일의 견마잡이를 이상한 현대적 패션남으로 단장해 놓았을지도 모른다. 그래서 하고 다니는 행색이 눈에 거슬리게 보일지도 모른다.

남편이 지닌 견마잡이의 속마음을 어떻게 아냐고? 나는 이렇게 되묻고 싶다. 내가 속마음을 알면 안 되는 이유라도 있냐고?

그는 견마잡이였다. 시를 지을 줄 아는 견마잡이다. 그가 쓴 시(詩)에는 하늘에서 나는 새, 죽어가는 시인, 높은 산, 넓은 평야 그리고 이족 사람인 지디아라(吉狄阿拉)가 등장한다. 아직 위안충후안을 소재로 한 시는 없지만 언젠가는 쓰게 될 것이다. 그리고 그의 시 첫머리에는 절대로 '오호! 장하다! 슬펐노라!'와 같은 밋밋한 시구가 등장하지 않으리라, 나는 장담한다. 하지만 오늘과 같은 이른 아침에는 오히려 온화한 목소리로 '안녕! 석상이여!-'라고 외치는 게 어울리겠다는 생각도 들었다. 그것도 바로 이 전마(战马) 모양의 석상 앞에서 말이다. 그리고 눈빛이나 응시하는 모습도 위안충후안과 닮아야 했으며, 핏줄을 타고 풍기는 냄새는 아침의 호수처럼 상쾌하고 마음은 나뭇가지 사이를 뚫고 비추는 아침햇살처럼 따뜻해야 한다.

남편은 지금 전마(战场에서 쓰는 말) 앞에 서 있는데, 키는 견마잡이로 안성맞춤이다. 내가 나뭇잎 사이에서 찾은 햇살이 마침 나뭇가지 사이를 뚫고 나와 전마를 타고 있는 위안충후안(袁崇煥)의 몸에 떨어졌다가 다시 전마의 등을 거쳐 남편의 몸에 떨어졌다. 순간 남편은 견마잡이가 아닌 서생처럼 보인다. 따라서 전마를 타고 있는 위안충후안도 서생(书生)처럼 느껴진다. 그는 전마에서 내린 후 서동(书童)을 데리고 -그의 앞에서 남편은 견마잡이거나 서동이다- 서재로 들어가서 먹을 갈고, 시를 지었으며, 비석에 남긴 글을 지었다.

견마잡이를 비추던 햇살이 잠깐 발길을 멈춘다. 커다란 검은 새가 나뭇가지 사이에서 햇살을 뚫고 지나갔다. 햇빛을 가린 그림자는 검은 새가 아닐지도 모른다. 햇살을 가린 것은 때를 못 맞춰 다가온 먹구름이었다.

"얼마나 더 잡고 있을 건데요?" 나는 전마를 가리키며 위안충후안의 견마잡이에게 물었다.

"평생 견마잡이로 살고 싶네. 이 고삐 절대 놓치지 않으리." 남편은 시 같은 답변을 남기고는 고개를 번쩍 쳐들었다. 순간 낙엽이 그의 얼굴에 떨어졌다. 그야말로 한 폭의 오래된 그림 같았다.

이때 햇빛이 다시 그의 몸을 비추기 시작했다. 까만 새는 어디론가 날아가 버렸다. 남편은 말고삐를 잡은 채 위안충후안을 마주하고 섰다. 그리고 당당하게 자기 주인을 쳐다보았다. 남편은 평생 말고삐를 잡고, 주인을 태우고. 뒷걸음질하면서 말을 끌고 갈 태세였다. 나는 낙엽이 지기 시작한 나무 아래에 서 있는 동안 아까 그 검은 새가 아니면 먹구름이 된 것처럼 느껴졌다. 바로 자리를 떠야 할지, 아니면 이 자리에 남아서 또 다른 견마잡이가 되어야 할지 몰라 망설이고 있었다.

순간 국화꽃 향기와 월계수 향기가 뒤섞인 산들바람이 불기 시작했다. 나는 아예 자리를 잡고 앉아 전장에서 돌아오는 견마잡이를 기다리기로 했다.

나는 돌로 된 원탁으로 다가가 앉았다. 위안충후안이 석판에 남긴 글을 읽기 시작했다. 그리고 그의 견마잡이가 우리 집에 남긴 시구를 되새겨 보았다. 순간 나는 슬픈 마음이 들었다. 물론 견마잡이가 지금 끌고자 하는 것은 석상에 불과하다는 것쯤은 나도 알고 있다. 하지만 그는 진지했고 한 치의 동요도 없다. 이 석상이 밤이면 천리를 달린다고 굳게 믿는 것 같다. 그렇게 달려서 사백 킬로미터를 더 가면 주인과 함께 여명을 맞이할 수 있기라도 하듯이 말이다.

"이제 돌아가자." 나는 자리에서 일어서며 남편을 불렀다. 지금이 바로 여명이다. 사실 여명이라고 하기에 해가 몇 자는 더 높게 떠 있고, 나뭇가지에 걸린 채 호수 면에서 반짝이고 있었다.

내가 부르는 소리에 깨어난 듯 그는 고개를 돌려 나를 바라보며 미소를 지었다.

우리는 붉은 칠을 한 대문을 지나서 대나무 숲에 난 오솔길을 걷다가 조금은 허름한 정자를 발견했다. 어쩌면 전쟁에서 불에 타버린 옛날 집터 같았다. 그는 반쯤 남은 시커멓게 된 담벼락을 쓰다듬으며 오랫동안 말이 없었다.

이번엔 그를 부르지 않았다. 나도 반대편 낡은 담벼락에 반쯤 기대어 생각에 잠겼다. 나는 방금 전에 보았던 전마를 생각했고, 그다음 눈앞에 서 있는 견마잡이를 생각했다.

그렇지. 이 견마잡이가 예전에 어떤 일을 했는지부터 이야기하겠다. 그의 삶은 전장의 삶을 방불케 했다. 그는 확실히 탄광의 광부였다. 열다섯 살 되던 해, 즉 견마잡이를 시작할 만한 나이에 그의 손가락과 손마디에는 석탄 먼지가 끼기 시작했고 오른쪽 볼에도 석탄 먼지가 눈물 점 같은 흉터를 남겼다. 이 모양만 봐도 그는 견마잡이의 운명을 타고난 게 분명하다. 이 순간 그는 자유를 마음껏 누리고 있다. 누군가의 견마잡이가 될 수 있는 선택권을 가질 수 있게 된 것이다. 전에는 상상도 못 했던 일이다. 그는 탄차(炭车)를 밀고 개구멍처럼 작은 구멍을 드나들어야 했는데 박쥐처럼 날렵하게 움직여야 조금이라도 일당을 더 받을 수 있었다. 그의 머릿속에는 온통 돈밖에 없었다. 병상에 누워 있는 모친의 병 치료를 위해서 돈이 필요했기 때문이다. 결국 그는 빛이 들지 않은 석탄 더미 속에서 열 시간이나 갇히게 되었다. 그의 말에 따르면 겨우 비쳐 드는 햇빛도 시커먼 색이었다고 한다. 함께 갇힌 동료 중의 한 명은 결국 숨을 거두고 말았다. 개구멍처럼 작은 구멍을 통해 구출된 후 그는 자신은 명이 긴 편이라고 했다. 후에 그는 시커먼 햇빛이 드는 탄광을 떠나서 남방으로 오게 되었다.

지금 그는 남방에 있는 석공 마을에 서 있다. 그리고 위안충후안 장군의 견마잡이가 되어 그를 위해 평생 말을 끌려고 한다. 햇살은 따스했고 가을바람은 그다지 한기가 느껴지지 않는다.

우리는 호숫가로 걸어갔다. 마치 견마잡이 두 명이 여명의 어둑한 곳에서 더 깊은 여명을 향해 스며든 것 같다. 호수는 남방의 푸른 버드나무 가지를 비추고 있다. 이곳의 버드나무는 겨울에만 성장을 멈춘다. 이 도시의 버드나무는 다른 지역에 비해 늦게까지 삶의 율동을 이어간

다. 지금의 버드나무 가지들은 물에 비낀 구름을 스치며 수없이 잔잔한 물결을 만들어 낸다.

호수 주변에는 용선화(龙船花)가 가득 피었다. 이 꽃은 내가 이곳에 온 지 한참 지나서야 알게 된 꽃이다. 나는 기억력이 좋지 않은 탓에 꽃 이름을 잘못 기억하고 있을지도 모른다. 용선화 꽃잎에는 이슬 몇 방울이 매달려 있다. 나는 이슬을 입안으로 굴려 넣어 목을 축였다.

"이제 돌아가도 돼요?" 나는 내 옆에 있는 견마잡이에게 물었다.

그는 나를 향해 몸을 돌렸다. 그 모습은 마치 말을 모는 중년 사나이 같았다. 조금은 둔해졌지만 그렇다고 아주 볼품조차 없어진 건 아니다. 나한테 어서 오라는 제스처를 취한 후, 우리는 돌아섰다. 전마와 포대(炮台), 낡은 정자, 시가 새겨진 비석을 지나 먼 곳을 응시하는 위안충후안 석상이 있는 곳에 이른 다음 거기서 다시 집으로 향했다. 큰 대문을 나선 다음 뒤를 돌아보니 위안충후안 석상은 계단 위에 위풍당당하게 서 있었고, 그의 발아래에는 노랗게 물든 국화와 붉게 핀 월계화가 있었다. 따스한 햇살이 아무런 방해 없이 그의 몸 전체에 쏟아져 내렸다.

어머니
(母亲)

짚 더미 앞에 서 계시는 어머니는 몹시 왜소해 보였지만, 어머니는 결코 작은 키가 아니었다.

하지만 지금은 정말 작아졌다. 짚 더미 앞에 서 계시던 모습은 벌써 20여 년 전의 일이기 때문이다. 지금 보면 내가 오히려 어머니보다 좀 더 커 보인다. 그때 나의 키는 155센티밖에 안 되고 어머니는 162센티였다. 세월은 어머니의 청춘과 함께 그녀의 키마저 데려갔다.

내가 진정 어머니의 딸로 살았던 세월은 16살이 되기 전까지이다. 그때까지가 어머니 곁에서 함께 살았던 딸이다. 그러나 지금의 나는 어머니 마음속에만 딸로 남아 있다. 여기서 어머니의 '마음속 딸'이란 말은 시에서 나오는 구절이 아니다. 하지만 시 속에서 느껴지는 거리감과 함께 내가 지은 죄를 의미한다. 나는 일찍 어머니 곁을 떠났다. 그 이유는 간단했다. 음, 꿈이라! 얼마나 아름다운 핑계인가?

나는 고향을 떠날 때 그녀의 눈물을 보았다. 어머니는 직접 나를 배웅해 기차에 태우고는, 애처롭게 뒤쪽 간이역에 서서 지켜보았다. 나는 죄책감을 느끼게 되었다. 조금은 감상적으로 들릴지 모르겠지만, 이건 나의 진심이다. 나로 인해 어머니는 자신의 딸을 그리워하게 되었다. 이것이 바로 어머니로부터 그리움을 받게 된 딸이 지은 죄이다. 나는 이 죄를 하느님의 불공평 탓이라 여기고 싶었다. 하지만, 하느님도 나름대로 이유가 있다는 것을 문득 깨달았다. 그것은 바로 둘 사이에 공간적 거리를 두고서야 진정한 모녀 관계를 이루었기 때문이다.

나는 타향에서 십여 년을 떠돌아다녔다. 소녀에서 주부가 되기까지, 어쩌면 '조리하는' 주부라는 말이 적절하다. 그동안 나는 별다른 성취가 없었기 때문이다. 다만 신분이 '그녀 마음속의 딸'로 바뀌었을 뿐이다. 이 사실로 무엇을 설명할까? 그것은 다만, 나와 어머니 사이에 공간적 거리가 있음을 알려 줄 뿐이다.

어머니도 내가 곁에 없는 것에 익숙해졌다. 이것은 나중에 나를 배웅할 때 어머니가 그다지 슬퍼하지도 않았고 눈물을 흘리지도 않은 모습에서 추측해 낸 것이다. 하지만 나는 어머니의 내면이 강하지 못함을 잘 안다. 물론 내 앞에서는 반드시 강한 척해야 했을 것이다. 때론 나 역시 어머니를 나와 무관한 낯선 사람으로 대한다. 그리고 이 낯선 사람에 대해 다양한 상상을 해 본다. 나는 그녀가 딸을 그리워하는 모습을 상상해 본다. 눈을 감고 침대에 누워, 딸의 어린 시절을 생각하고 있을 것이다. 딸의 울음소리, 웃음소리, 사랑스러움, 장난기, 딸에게 매를 들이댈 때의 원망과 딸과의 갈등 등을 머릿속에서 재생하고 있을 것이다. 그런 후에 눈을 뜨고 입가에 미소를 지었을 것이다. 그 미소가 사라지기 전에 이제 막 사용할 수 있게 된 구식 휴대폰을 들고 전화를 한다. 전화에 대고 어머니는 자신의 그리움과 걱정을 이야기한다. 이렇게 모녀의 정은 물리적인 거리를 사이에 두고 깊어져 간다. 사실 나의 상상은 틀리지 않았다. 어머니는 정말로 나를 그와 같이 그리워했다 하였다.

누군가는 어머니와 딸은 혈연관계 때문에 끝없이 대화를 나눈다고 한다. 나는 이를 특수한 딸과 특수한 어머니 사이에서만 가능하다고 생각한다. 왜냐하면 나는 그렇게 친절한 딸이 아니기 때문이다. 현실적으로 나는 과묵한 성격의 소유자이다. 특히 20대 초반까지는 어머니와 얘기하는 걸 별로 좋아하지도 않았다. 물론 나는 어머니를 사랑했다. 하지만 그러한 마음을 겉으로 드러내는 걸 싫어했다. 심지어 여동생이 어머니에게 아양을 떠는 것조차 위선적이고 역겨운 행동이라고 생각했다. 나는 효도란 이렇게 겉으로 드러난 친절이나 달콤한 말로 하는 게 아니라고 생각했다. 그런 표현은 허위적이며 과분한 것이라고 여겼다. 어머니에 대한 나의 사랑은 다른 방식이었다. 예를 들어 어느 날 어머니가 밖에 나갔다가 원수를 만났는데, 상대가 매섭게 어머니를 노려보기라도 하면 나는 갑자기 튀어나와 그 사람을 향해 삿대질하며 "목숨을 걸고 당신하고 싸울 거야!"라고 말하는 것처럼.

나는 이런 식으로 어머니에 대한 효심을 표현하려 했다. 평소에는 이와 같이 목숨을 건 사랑을 표현할 기회가 없을 뿐이다. 그래서 세심한 부분에서 사랑을 표현하는 걸 경멸했다. 하지만 지금 생각해 보면 나 자신이 틀렸음을 알게 되었다. 이렇게 세심한 사랑이야말로 어머니가 좋아하는 효도이고 하느님이 좋아하는 사랑이기 때문이다.

어느 비 오는 날 밤, 나는 남편에게 속마음을 얘기했다. 나는 약간 흥분해서 거칠어진 목소리로 "내가 바로 황야의 이리였어요!" 하고 말했다. 당시에 나는 마침 『황야의 이리(Steppenwolf)』(헤르만 헤세의 소설)를 읽고 있었다.

『황야의 이리』는 반면교사였다. 나는 시골에서 살기를 갈망했다. 하지만 갑자기 귀촌 후에 닥칠 외로움과 적막을 느끼게 되었고, 어머니의 고생스러운 삶이 생각났다. 동시에 험준한 산길이 생각났고 그 밖의 더 많은 것들이 생각났다. 그런 후에 오히려 도시의 소란스러움을 감내할 수 있을 것 같았고, 오히려 감내하는 편이 더 낫다고 생각했다.

현재의 나는 '황야의 이리' 장기판에서 빠져나왔다. 아마 일시적인 현상일 수도 있을 것이다. 나는 또 한 번 시골에 내려가 어머니와 얼마간 지내고 싶은 갈망이 생긴다. 이 결정은 남편에게 경제적 부담을 안겨줄 수도 있다. 이제 겨우 모아놓은 약간의 적금을 내가 또 써버리고 말 것이다. 어쩔 수 없다. 며칠 만이라도 돌아가서 어머니와 함께 지내고 싶었고, 나는 끝내 그렇게 했다. 나는 어머니를 모시고 량산(凉山) 경내에 있는 무리장족자치현(木里藏族自治县)에 다녀왔다. 내가 어머니에게 말했던 첫 번째 약속은 '우리 함께 여행을 가자.'는 것이었다. 어머니한테 보여드릴 아름다운 게상화(格桑花, 코스모스 속属, 장족어로 格桑은 행복을 의미) 꽃밭은 없었다. 어쩌면 어머니는 그 꽃을 본 적이 있을지도 모른다.

어머니와 함께 지내던 며칠 동안 나는 말이 별로 없었다. 일찍 어머니와 함께 함께 지낼 때 예전의 과묵한 성격이 되살아난 것이다. 저녁 내내 어머니 혼자만 이야기했다. 어머니가 한 말은 전에도 몇 번이고 되풀이했던 내용이다. 기억력이 못 미쳐서 전에 했던 말을 몇 차례 되풀이했다. 그러다가 심심해져서인지 큰딸인 내 나이가 얼마인지를 계산했고, 올해 생일에 딸이 한 명도 곁에 없었다고 말했다. 한밤중이 되어 잠에서 깨어 보니 그때까지 어머니는 잠들지 못하고 있었다. 어머니는 침상에 앉아서 담배를 피고 있었다. 그때야 나는 어머니가 담배를 핀다는 걸 알았다. 사실 담배를 피운 지는 10년도 넘었을 것이다. 어머니는 아들에 대해 얘기했다. 나의 유일한 남동생이었는데 항상 말썽만 일으키는 애였다. 나는 이미 반쯤 잠든 채 듣고 있다가 뭔가 말하고 싶은 것을 참았다.

그 순간 어머니가 낯설어졌다. 이를테면 언제부터 담배를 피우기 시작했는지, 지난 10년 동안 혼자서 비탈진 땅에서 어떻게 일했는지, 일찍이 부르기 좋아했던 산(山)노래를 지금도 부르고 있는지 등에 대해 나는 전혀 알지 못한다. 내가 생각하는 물리적 거리를 두고 쌓아온 돈독한 모녀의 정은 그 순간 무뎌 보였다.

나는 결코 어머니 삶의 모습을 제대로 알지 못했다. 지난 10여 년 동안 우리는 각자의 삶을 살아온 것이다. 내 머릿속에 기억하는 어머니는 늘 젊다. 하지만 지금 내 앞에는 기억이 희미해지고 늙어버린 어머니가 계신다. 그리고 역으로, 어머니는 언제나 예전의 나에 대해 말하지만, 지금 바라보는 건 훌쩍 변해버린 현재의 내 모습이다. 물론 어머니는 내 성격을 잘 알고 계신다. 내가 말을 좋아하지 않는다는 것도 잘 알고 있다. 하지만 나는 되도록 많은 말을 하려고 무지 노력했다. 적어도 그날 밤에는 그랬다. 우린 역 앞 호텔에서 머물렀는데 어머니는 나와 밤새도록 이야기하고 싶어 했다.

하지만 나는 "뭘 말해야 하지?"하고 생각했다. 세월이 흐르는 동안 그 속의 인물과 사물, 그리고 행운과 불행, 말하는 것과 하지 않는 것은 무슨 상관이 있을까?

'어머니 마음속의 딸.' 나 자신도 이 신분에 익숙해져 있다. 나는 '마음속의 딸'로서 어머니에게 내가 행복하고 즐겁게 산다는 걸 알리고 싶었다. 여정에서의 우여곡절과 나를 넘어뜨린 돌멩이까지 어머니에게 말할 필요가 없지 않은가?

나는 필요 없는 말은 한마디도 하지 않았다. 대신 우리는 메밀차(苦蕎茶)를 많이 마셨다. 그 맑고 쓴맛이 오히려 마음에 들었다. 나는 어머니가 나에게 구워주었던 메밀 빵이 생각났다.

이튿날 아침, 나는 솔선해서 몇 가지 화제를 떠올려 말을 걸었다. 우린 많은 이야기를 나누며 역전(站前) 호텔 3층의 창가에 앉아 있었다. 오래전에 헤어졌던 모녀가 만나서 옛 추억을 회상하는 시간이다. 어머니는 나의 아기 때부터 회상하기 시작했고 나는 내가 기억을 시작할 때부터 16살 때까지 있었던 일을 회상했다. 그런 후에 우리는 잠시 침묵했다. 16살은 하나의 문턱과도 같다. 그 문턱에서 우린 서로 엇갈렸다. 모녀의 정은 그 이후로 공백기였다. 다시 말하면 그때부터 시를 쓸 줄 모르는 어머니와 역시 시를 쓸 줄 모르는 딸이 태어나서 그날부터 시를 쓰기 시작한 것이다. 우리는 시인의 상상력을 가지고 함께 살아온 것이다.

우리는 실제로 시인은 아니다. 그저 세상의 평범한 모녀일 뿐이다. 우리 모녀는 십여 년을 함께 살지 않았다. 비록 그동안 때때로 만나기도 했지만 3일이나 5일 또는 8일이나 10일을 만난들 무슨 소용이 있으랴? 그건 그저, 어머니가 해마다 늙는 것을 느꼈고 나 자신이 점점 이방인으로 변해가는 걸 깨닫는 과정이었다. 잠깐의 만남이 지나고 나면, 나는 다시 손님처럼 고향 마을에서 사라지고 없다.

지금 난, 온전히 한 명의 손님일 뿐이야,

하지만 난, 손님이 되는 걸 정말 원하지 않아.

사실 나는 손님일 뿐이었다. 집에 돌아오면 이웃들은 손님을 맞는 시선으로 나를 맞았고 강아지는 침입자를 대하듯 날 향해 짖었다. 부모님도 손님을 맞이하는 음식으로 나를 맞았다. 부모님은 이것이 사랑이라고 생각한다. 이들은 1년이나 몇 년을 기다렸다가 딸을 위해 음식을 마련하고 차려준다. 나는 이 음식을 먹으며 그 가운데 부모의 사랑을 받아들이고, 손님의 신분에서 딸의 신분으로 회복될 수 있다.

"어머니, 반찬이 전에 먹었던 것처럼 맛있어요." 이것이 아마 내가 어머니한테 한 가장 감동적인 말이었을 것이다.

"무리(木里) 여행"에서 느낀 모든 감정은, 나의 내면에 새겨졌던 심리적 기록물에 지나지 않는다. 어머니에 대한 사랑과 그리움은 시간이 흐른 뒤에야 여기 한 편의 산문이 되었다.

때론 나는 작가라는 직업을 싫어한다. 특히 나 같은 사람을 더 싫어한다. 현실 속에서는 아무 말도 못 하다가 수필을 쓸 때면 수없이 많은 말을 한다. 이는 가식적인 정리(情理)와도 같은 것이다. 어쩌면 독자들은 나의 글을 읽고 감동할지도 모른다. 하지만 어머니는 그때 내 마음을 이해하지 못했을 것이다.

어머니는 어떤 분일까? 나는 늘 이런 문구로 어머니를 묘사하곤 한다. '마른 체구에 피부는 누렇고 등이 약간 굽은 하수오나 곤약 같은 존재다.' 어머니는 날마다 산속에서 일했기에 하수오나 곤약이 어떤 토양에서 잘 자라는지 잘 알고 있다. 그리고 하수오와 곤약의 습성까지도 잘 안다. 하지만 딸에 대해서는 잘 알지 못한다. 이는 어머니 탓이 아니다. 나 같은 딸은 하수오도 아니고 곤약도 아니다. 이 두 가지 식물은 일 년 내내 산에서 자란다. 풍기는 냄새마저 일 년 내내 그녀의 곁에서 떠난 적이 없다. 어머니는 지금까지 따산(大山)을 떠난 적이 없고 하수오나 곤약도 그녀를 떠날 수가 없다. 두 발이 없는 식물이었기에 어디서든 뿌리를 내리면 계속 그곳에서 자랐기 때문이다.

남편은 하수오와 곤약에 대한 글을 쓰라고 한다. 그들을 주제로 하여 수필을 쓰는 동안 나는 하수오나 곤약과는 다른 '나와 어머니'를 발견하게 되었다.

사실 나는 하수오나 곤약처럼 한 곳에 뿌리내리고 살고 싶다. 하지만 '그곳에서 살고 싶다.'라는 표현은 시적인 이미지로만 남아 있을 따름이다.

허울뿐인 사람
(空壳子)

나한테는 오래전부터 친했던 친구가 있다. 그는 문약(文弱)했는데, 다만 지식인으로 성공하지는 못했다. 그녀의 집은 산 정상에 있었는데 우리 집보다 두 배나 더 높은 곳이다. 그곳은 지금까지 내가 본 중에서 가장 높은 산이다.

당시 우리 나이는 열 살 안팎이었고, 이족과 한족이 섞여서 공부하는 초등학교를 함께 다니고 있었다. 나는 아주 내성적인 아이였고 그 친구도 마찬가지였다. 어쩌면 자그마한 파충류가 상대방의 비겁함을 감지하는 것과 비슷했는데, 이런 감각은 자폐증이 있는 사람들이 지닌 선천적인 감각과 비슷한 것이라고 할 수 있다. 바로 이러한 점이 우리 사이를 매개하는 우정의 조건이다. 그 뒤로 우리는 친하게 지냈다.

내 친구는 전형적인 소몰이꾼이었다. 거친 피부에, 귀에는 가짜 은으로 만든 묵직한 귀걸이를 걸었으며, 귀걸이에는 값싼 마노 몇 개를 달았다. 그 애의 말로는 자기는 소의 말을 알아들을 수 있다고 하였다.

내 친구는 학교생활에 두려움을 느끼고 있다. 그 애의 눈빛이 이를 말해주고 있다. 이 학교 남학생들은 아버지한테서 여자를 폭행하는 법을 배운 것 같았다. 그 시절에는 아버지가 어머니한테 폭력적인 것이 지극히 일상적인 일이었기 때문이다. 이 세상에서 가장 부지런하고 고상한 성품을 가진 여성이라고 해도, 남자들은 술을 마시고 행패를 부렸다. 술은 이 산골에서 하늘을 나는 매를 빼면 가장 고귀하고 매력적인 것이었기에 남자들 대부분이 술에 절어 들었다. 술은 날개 달린 남성의 영혼 같았다.

우리가 다니던 초등학교 남학생 중 태반이 아버지로부터 그러한 성품을 물려받았다. 여학생을 때리거나 골려주는 데 이골이 났다. 그래서 나와 문약한 친구는 희생양이 될 운명에서 벗어나지 못했다.

하지만 문제는 우리 역시 폐쇄적인 사람의 특징인, 이들의 놀림과 억압을 말없이 참고 견디는 성품을 똑같이 가지고 있었다는 점이다. 이 또한 어머니로부터 물려받았다고 할 수 있다. 우리는 이들의 미친 짓을 너그럽게 용서했다. 그래서 이들이 나중에 커서 우리를 만나게 되면 부끄러운 마음이 들어, 경솔했던 행동을 사과하게 될 거라 여겼다. 만약 이들이 부끄러움을 느낀다면 말이다. 비록 대부분은 아닐지라도 적어도 한둘은 마음의 가책을 느낄 것이라 믿었다. 내가 성인이 된 어느 날, 그 남학생이 나를 때렸는지조차 기억하지 못하고 있었는데, 나에게 미안하다고 말했다. 잔잔한 봄비 내리는 어느 아침 일이다. 이곳에서 남자가 여자한테 사과하다니! 기적이라고 해도 과언이 아니었다.

어쩌면 나와 내 친구는 빈껍데기 같은 존재, 즉 일종의 빈 잔이나 채워놓지 않은 용기(容器)와 같았다. 우리는 반박하거나 맞서 싸울 힘은 없지만, 그 모욕의 말들을 모아둘 정도로 충분한 심리적 공간을 비워두고 있다. 그것이 당시로서는 가장 좋은 반격이었을지도 모른다. 그 덕분에 우리는 구타와 모욕을 당한 뒤에도 한동안은 평온하게 지낼 수 있었다. 왜냐하면 타인을 때린 이들이 자신의 양심을 회복하는 데는 시간이 필요하다고 생각했기 때문이다. 사람의 양심은 모두가 본성적으로 여린 것이라고, 나는 굳게 믿고 있다.

사실 끔찍한 것은 폭력과 욕설을 참는 것이 아니라 우리 자신이야말로 최악이었다. 자폐증 성향이 있는 사람의 비겁한 마음에는 주변의 모든 상황에 대해 두려움을 갖는다. 낯선 사람, 파충류, 돌멩이, 기묘한 형태의 나무 그림자까지.

성향이 비슷한 사람들은 쉽게 친해진다. 내 경우에는 이 문약한 친구야말로 비슷한 심경이었을 뿐만 아니라 두려움도 함께 공유했다.

많은 시간 동안 우리는 깃대 밑에 앉아서 천체 현상을 관찰했는데, 이것은 비모(毕摩, 이족의 전통 제사장, 무당)들만이 유일하게 관심을 가질 만한 분야이다. 우리한테는 그 외에는 이렇다 할 관심 분야가 없었다. 정확히 말하면 다른 분야는 생각하고 싶지도 않았다.

그런데 그 밖의 일들까지 늘 우리를 괴롭혔다. 예를 들면, 지난주에 부모님께서 학비를 마련하기 위해 아끼던 늙은 산양을 팔았다. 그리고 어제는 험상궂은 얼굴의 요리사가 우리에게 너무 적은 음식을 주었고, 신 찌개 국에는 화장실에서 볼만한 구더기까지 섞여 있었다. 왜 이런 일들이 벌어지는 걸까? 우리는 아무리 생각해도 그 까닭을 알 수 없다.

껍데기처럼 텅 비우고 싶다면 아마도 영원히 머리를 텅 비어 있게 해야 할 것이다. 만약 우리가 본 넓고 광활한 하늘처럼, 변화무쌍하게 반짝이지만 영원히 감각과 번민을 못 느끼는 별들처럼, 빈 껍데기로 사는 것만큼 행운인 일도 없을 것이다.

그러나 우리는 팔아버린 그 늙은 산양의 운명을 결코 피해 갈 수 없었다. 다시 말해, 우리 부모님은 더 이상 팔 염소조차 남아 있지 않다. 그들의 고된 얼굴이 잿빛 산돌처럼 우리 머릿속에서 계속 떠올랐다. "어쩌면 우리를 팔 차례가 올지도 몰라." 우리는 깃대 밑에 앉아서 그런 생각을 떠올리며 두려움에 몸을 떨었다. 그래서 한동안 이 친구와 나는 깃대 밑에서 훌쩍훌쩍 울었다. 우리가 두려워하는 모든 것을 생각하며 눈물을 흘렸다.

"어쩌면 우리를 팔 차례가 올지도 몰라." 이런 일은 실제가 아니다. 하지만 또 그럴 수도 있다. 다만 우리를 파는 사람은 부모님이 아니라 바로 우리 자신일 뿐이다.

얼마 지나지 않아 나의 이 연약한 친구는 이 남녀공학을 중퇴했다. 패잔병처럼 철수하면서 소학교도 제대로 졸업하지 못하게 된 것이다.

그리고 나 혼자 깃대 밑에 앉아 천체 현상을 관찰했다. 그녀는 나에게 연분홍색 스카프를 선물했다. 이족(彝族) 여자애들이 어깨에 두르거나 머리를 감싸는 스카프이다. 나는 지금까지도 그것이 세상에서 가장 예쁜 스카프라고 생각한다. 그녀에게 보답하기 위해, 나는 그녀에게 똑같이 값싼 것으로 그 애가 찬 목걸이보다 더 예쁜 가짜 마노석 목걸이를 선물했다.

두 해도 지나지 않아 그녀가 시집간다는 소식을 들었다. 그때 나는 중학교 1학년생이었고 그녀가 준 연분홍색 스카프를 아직 목에 두르고 있었다. 어느 토요일 집으로 돌아가는 길에 나는 마을 길가에서 그녀와 같은 마을에 살고 있는 여자 세 사람이 혼사에 대해 말하는 것을 들었

다. 그녀들은 싱글벙글 웃으며 남자 쪽이 준 예단값이 언니가 받은 것
보다 1만 위안이나 많다고 하며 여동생이 언니보다 시집을 잘 간다고
했다.

그녀들이 "만 위안이나 더 많아."라고 말하고 있을 때, 바람이 불어
와 내 목에 둘러 있던 연분홍색 스카프를 날려버렸다. 바람에 날려간
스카프는 20미터 떨어진 곳까지 가서 땅바닥에서 맴돌았다. 나는 그 자
리에 뿌리를 내린 나무처럼 서 있었다. 공포, 그동안 나를 짓눌렀던 모
든 것에 대한 두려움이 나를 무너뜨렸다. 주변에 많은 사람들이 있었고
내 친구가 얼마 후에 시집가는 것을 비롯한 이런저런 이야기를 나누고
있었다. 나는 두려웠다. 그 스카프는 아직도 바닥에서 맴돌고 있다. 내
가 걸어가기만 하면 다시 손에 쥘 수 있는데 난 어쩌지도 못하고 그 자
리에 붙박인 채 서 있었다.

"이 스카프 참 예쁜데!"

나와 나의 그 문약한 친구보다 더 건장하게 생긴 한 여자가 스카프
앞으로 다가갔다. 그녀는 빠른 속도로 스카프를 주워 자기 몸에 걸쳤
다. 그 연분홍색 스카프는 그녀에게 전혀 어울리지 않았다. 그녀는 매
우 건장하고 성격도 거칠게 보여 스카프를 그냥 만져 보는 것이 아닌 그
것을 강탈하고자 하는 형세로 보였다. 하지만 그녀는 또 그럴듯하게 스
카프를 두른 채 떠났다. 떳떳하게 내 눈앞에서 사라진 것이다.

그때, 빈껍데기 이론이 내 심부의 깊은 지대에 뿌리를 내렸다. 나는
이렇게 돌려댔다. "우리-내 친구를 포함-에게는, 비모(毕摩)만이 관심을
가질 법한 천문 현상을 연구하는 것이, 연분홍색 스카프를 갖는 것보다
훨씬 더 의미 일이라고."

하지만 현실은 그 문약한 친구와 나는 함께 천상을 연구할 수 없다. 그녀는 어머니들이 유전자로 물려준 훌륭한 성품을 따랐다. 그녀가 대혼(전통 결혼식)한 후의 어느 날, 그때는 나도 이미 학교를 그만두고, 더 이상 천상을 연구하지 않던, 포커로 점을 치던, 어느 날에 우연히 우리는 작은 마을에서 마주쳤다. 그녀는 그 값싼 가짜 마노 목걸이를 착용하지 않았다. 아마 오래전부터 착용하지 않았을 것이다. 그리고 나도 감히 그 스카프의 행방을 그녀에게 말할 수 없었다. 우리 두 사람은 매우 정중하게 인사를 나눈 후엔 정말 서로 간에 나눌 말이 없었다. 서로에게 행운을 빌고 헤어졌다.

이렇게 그녀는 처음에 남녀공학 소학교에서 패배해서 도망쳤고, 그 후에 우리는 함께 마을에서 도망쳤다. 나는 항상 빈껍데기들 사이에는 어떤 특별한 감응력이 있다고 믿는다. 왜냐하면 우리는 작은 마을에서 도망치는 것조차도 완벽하게 맞아떨어졌기 때문이다.

떠도는 이족들
(浪漫的彝人)

친구가 한동안 고민한 끝에, 신혼인 아내를 데리고 도시로 나가 일하기로 했다. 물이 귀한 산골 생활에서 벗어나기로 한 것이다. 그런데 이 바보 얼간이는 바로 이곳에 오겠다고 알려 준 것도 아니다. 길을 잃은 뒤에야 나에게 전화했다. 그는 미친 당나귀처럼 나에게 울부짖었다.

"어쩌라는 거야? 여기서 왼쪽으로 가면 어딘데?"

나는 그곳이 어느 곳에 있는지 대충 알고 있다! 그런데 자기가 지금 어딨는지를 말하지 않고, 꽥꽥 소리만 질러댄다.

어찌 됐든 그는 아내와 함께 내가 살고 있는 거리에 왔다. 그들이 도착한 그날 아침에는 가랑비가 내렸는데 6월로는 예외적인 날씨였다. 거리에는 오동잎이 우수수 떨어졌고 빗물에 젖은 풀냄새가 거리를 떠돌았다.

나의 친구는 즈가(子嘎)라고 한다.

내가 200미터쯤 되는 버스정류장으로 즈가를 마중 나갔을 때 그의 아내 뒷모습부터 눈에 안겨 왔다. 내가 그의 아내와 일면식도 없었지만 단번에 확신한 것은 이 저쟝(浙江)에서, 이 아파트의 길목에서, 세월을 이기지 못해 죽어가는 이 오동나무 아래에서, 이 6월의 날씨에 두꺼운 이족 꽃무늬 복장을 한 여성은 50년 지나도 보기 힘들기 때문이다.

그녀는 다른 산골에서 즈가에게 시집갔는데 즈가의 고향은 나의 고향이기도 했다. 근년에 고향을 잘 가지 않아서인지 전에 알고 지내던 사람들도 이젠 낯설게 느껴진다. 여자들은 나를 보면 "전보다 하얘졌네."하고, 남자들은 "키가 많이 컸네."하고 말했다-하긴 16살에 집을 떠날 때 내 키는 상당히 작았다-. 그것이 다였다. 그 이상의 색다른 마중 인사는 없다.

그녀가 돌아서서 이족(彝族) 여자들처럼 나에게 인사-양팔을 내밀어 포옹-하는 것을 나는 기대하지 않았다.

이어서 즈가도 만났다. 시커먼 얼굴에 갈라 터진 손, 너무 오래 입고 빨아 색 바랜 옷, 그를 보면 이상하게도 산의 양 떼들과 말들이 생각난다. 예전의 그는 양 떼들과 정을 쌓았지만 지금은 길을 잃은 산양과 다름이 없다. 그는 나무에 반쯤 기대선 채 내 앞에 있다. 마치 풀이 없는 황량한 비탈에 서 있는 것처럼.

예전에 말 위에 있던 검은 얼굴의 소년이 이제는 아내를 동반한 떠돌이로 나타났다. 만약 그가 떠돌아다니는 생을 선택하여, 산골의 메밀밭을 잊는다면, 감자씨를 파종할 만한 비 오는 시기를 잊는다면, 세찬 눈바람의 시기를 대비해 소나 양이 먹을 건초 준비를 잊는다면……, 이 모든 것을 잊는 날이 오면 그는 나처럼 떠돌아다니는 산양이 될 것이다.

그런데, 떠돌이 생이 싫다면? 하늘의 뜻에 의지한 채 비탈진 밭을 지키면서, 그가 그랬던 것처럼 장래에는 아이들도 학교에 좀 다니다가 일찌감치 그만두게 할 것인가?

"밥 먹었어?" 나를 보고 어색한 표정으로 한참 우물쭈물하더니, 이런 촌스러운 말로 인사를 건넸다.

"여기서 넌 양치기는 못 하겠네, 풀이 안 좋아서." 나는 대수롭지 않은 척 웃으며 그와 장난쳤다.

즈가는 그의 아내 손을 잡고 말했다. "이뉴(依妞), 내 색시야." 즈가의 하얀 이가 더 눈에 띄었다.

이뉴는 입술만 뻐끔거리고 웃어야 할지 말지를 몰랐고, 결국 웃지 않았다. 고개를 숙이면서 이족 말로 "폐를 끼치겠습니다." 했다.

나는 그들을 데리고 셋집으로 돌아왔다. 자그마한 주방이 딸린 원룸인데 약삭빠른 집주인은 주방이 달렸다는 이유로 스위트룸 가격에 세 놓으려 했다. 물론 그의 뜻대로 되지는 않았다.

산골에서 금방 내려온 즈가는 셋집을 찾지 못했다. 나는 할 수 없이 주방용품 곁에 그의 잠자리를 마련해주었다. 바닥에 이불을 깔고 자는 것은 괜찮으나 벽에 걸린 칼이 떨어지면 발가락이 잘릴 것이다. 나는 칼을 두고 타일렀다. 자기 전에는 꼭 치워야 한다고 안 그러면 내일 돼지족발을 먹게 될 거라고.

즈가의 아내는 나와 같은 침대를 쓴다. 무더운 여름 날씨에 침대까지 작으니 두 사람이 함께 자면 너무나도 찝찝했다. 그의 아내는 목욕하고 나서 내가 준 잠옷은 부끄러워서인지 입지 않고 목욕실에서 다시 그 두꺼운 외투로 갈아입었다. 저녁에 등불을 끈 방 안 유리 창문에는 땀을 닦는 그림자가 하늘거렸다. 시원한 목욕을 하고도 두꺼운 옷을 입어 땀을 빼는 의도는 무엇인지. 나는 그 두터운 꽃무늬 외투가 얼마나 더운지를 뼈저리게 알고 있다. 옷깃은 목에 든든히 감아 바람이라곤 들어가지 않는다. 소매는 말할 것도 없다. 속옷 소매와 겉에 입은 자수 단추가 달린 짧은 외투 소매가 겹쳐 팔 위에 감기면서, 두 소매가 길고 짧게 말려 손목까지 둘러 있다.

난 이뉴에게 어떻게 입을 뗄까, 궁리하며 시간을 보냈다. 그러면서 몇 가지 말을 준비했다.

“옷 벗고 자세요. 6월의 날씨는 저녁과 아침 기온이 같아요.”
“난 여자예요. 여자들끼리 두려워할 게 있나요?”
“땀을 닦을 필요가 없어요. 이러다가 손부터 상하겠네요”
…….

나는 마음속으로 밤새 말을 중얼거렸지만, 그 말 중에서 한마디도 꺼내지 못하고 잠들어 버렸다. 이튿날 아침에 깨어 보니 이뉴는 이미 일어나 얌전히 의자에 앉아서 멍때리고 있었다.

이런 모습을 보니 죄책감마저 생겼다. 하고 싶은 말은 한마디도 못 건넸지만 내가 그녀를 괴롭힌 느낌마저 들었다.

나는 커튼을 열어 아침 햇살이 들어오게 하였다.

화장실에 가려는 참에 이뉴가 날 막았다. 화장실 문을 막고 수줍게 말했다.

“잠깐만, 기다려 주세요.”

때마침 일어난 즈가는 돗자리를 가지고 주방에서 나왔다. 단 하룻밤 사이에 그의 얼굴 곳곳에 빨간 자국을 남겨놓았다.

"여기 와 봐." 이뉴는 돗자리를 내려놓은 즈가를 보고 얼른 소매를 잡고 화장실에 들어갔다.

"이런! ……" 즈가는 말을 멈췄다. 문 닫은 화장실에서 물소리만 띄엄띄엄 들려오는데 손으로 물을 받아 어딘가에 버리는 듯했다.

"이뤄(依夢), 물 받는 대야는 없어?" 즈가는 문을 빼꼼 열어 머리만 들여놓고 물었다.

"대야로 뭐 하게?" 나도 꼬치꼬치 캐물었다.

"아니……, 대야에 물을 담아……, 상자 안의 것을 처리해야지…….." 그는 머리를 절레절레 흔들며 괴로운 기색을 하였다. "그래도 고향이 편해. 세모, 팔각 모양으로 쌓아놓으면, 물로 씻을 필요가 없거든."

난 그제서야, 이뉴가 새벽에 왜, 멍을 때렸는지 그 이유를 깨달았다.

"그 상자 옆에 손잡이가 하나 있어. 아래로 누르면 물이 나와."

즈가와 이뉴가 화장실에서 나왔다. 풀이 죽은 모습이다. 처음 산에서 내려왔을 때의 내 모습이 떠올랐다. 아무것도 몰라서 여러 가지로 웃기는 실수를 저질렀었다.

이틀 동안 즈가와 이뉴는 집을 구하러 다녔다. 그 사람들은 이들의 이족 억양이 섞인 표준어를 전혀 알아듣지 못했다. 예를 들어 "밥 먹었어?"와 같은 아주 간단한 말이라도 즈가의 입에서 나오면 "밥 먹었다, 너는 없어."가 되었고, "이 방은 월세가 얼마예요? 좀 비싼 것 같네요."와 같은 의미를 "집은 좋게 얼마예요, 아바바, 가격자바바, 막 비싼 이것"과 같이 말했다.

이런 이상한 표준어로 어떻게 집을 구할 수 있을까?

"아이고, 내가 말을 하면 사람들이 다 나에게 어느 나라 말이냐고 물어봐. 내 말을 그렇게도 못 알아듣다니? 그래도 난 초등학교는 졸업했잖아."하고 내 앞에서 불평했다.

"집을 구하는 것을 잠시 멈추고 먼저 일자리를 찾는 게 좋겠어. 여기에서 며칠 더 묵어도 돼?" 즈가는 나와 상의하는 말투로 물었다.

"좋아. 당연히 그래도 돼. 다만, 이뉴가 너무 더워서 병에 들까 봐." 라고 말하려는데 곧바로 고개를 끄덕였다.

나는 그들과 함께 일자리를 찾기 위해 며칠 휴가를 신청했다. 그런데 이뉴는 글자를 하나도 모르니, 어떤 공장이 맞을지 감이 잡히지 않았다.

즈가는 오히려 용감하고 자신이 있어 보인다. 그가 말했다. "이뉴는 아이 돌보는 일이 적합할 거야. 여자는 천성적으로 가정부가 될 재목이잖아. 그곳의 여자들은 일하러 나가면 다 가정부로 일한다고 해."라고 말했다. 나는 그의 말을 듣고 숨이 턱 막혔다. 이뉴의 모습을 보면 그녀를 얕잡아 보는 것은 아니지만, 이 젊고 어린 가정부가 남의 집 아이를 뜨거운 열기구처럼 천방지축으로 만들어 놓지는 않을까 걱정이 됐다.

그 며칠 동안 적합한 일자리를 얻지 못했고, 사람들에게 전화만 한 통 한 통 남겼다.

일이 없는 날이 이어지자 즈가의 게으름도 따라왔다. 그의 아내는 비록 부지런히 움직이려 했지만 낯선 일에 적응하지 못하니 아무런 도움도 되지 못했다.

즈가는 고물상에서 낡은 휴대폰을 사고는 아주 즐거워했다. 자신이 마련한 첫 휴대폰이라고 하면서 호주머니에서 전화번호 수첩을 끄집어 내어 휴대폰 번호가 있는 지인들에게 연락하기 시작했다. 먼저 전화를 걸고 다음에 문자를 보냈다. 나중에는 통신 요금이 아깝다는 생각이 들었던지 전화를 걸어서 신호음이 들리면 바로 끊고는 흐뭇한 표정으로 상대방으로부터 전화가 걸려 오기를 기다렸다.

즈가는 부엌에서 잠을 잤는데, 한밤중에도 그가 휴대폰 키패드를 두드리는 소리가 들렸다. 나랑 침대를 함께 쓰는 이뉴는 아무런 걱정이 없는 사람 같았다.

어느 밝은 달밤에 나는 창문을 열고 달구경을 하고 있었고, 이뉴도 침대 위에 가부좌를 하고 앉아서 멍하니 달을 쳐다보고 있었다. 밝은 달 때문인지 이뉴의 표정에는 시름거리가 가득해 보였다.

그런 후에, 이뉴는 보따리 하나를 풀어 헤치고 그 속에서 얇은 옷 한 벌과 은으로 만든 옷깃 장식품을 꺼냈다. 장식품은 달빛 아래에서 반짝 반짝 빛나고 있었다. 이 장식품은 이뉴가 시집올 때 혼수로 따라온 것이고, 얇은 옷은 즈가와 결혼할 때 마련한 것이다. 그녀는 담담한 표정을 지으며 이 옷과 장식품은 자신이 아끼는 것으로 차마 입지 못한다고 했다.

이뉴는 말이 적었다. 밝은 달이 창밖을 지나가도 그녀가 말을 쏟아 내도록 마음을 움직이지 못했다.

나는 그런 이뉴를 바라보며 많은 생각에 잠겼다. 그녀는 마치 높은 산 위의 괴로운 메밀꽃처럼, 이 여름밤의 산들바람 속에서, 낯선 땅 남의 집 방 안에서, 마음속에 수다한 고민을 안고 있는 것 같다. 아니면 왜 얼굴에 상심의 우울한 기색을 띠고 있겠는가? 나는 그녀의 눈빛에서 피할 수도 없고 그렇다고 입 밖에 낼 수도 없는 일종의 무력감을 읽을 수 있었다.

즈가는 지금까지 이뉴의 속마음을 헤아린 적이 없었을 것이다. 아마 다른 남자들과 마찬가지로 여자의 속마음을 헤아려 볼 인내심이 없는지도 모른다. 그러고도 '여자의 마음은 바닷속에서 바늘을 찾기'만큼 헤아리기 힘들다고 한다.

이런 밤에는 춤을 추기 제일 좋다. 이족들의 춤 말이다. 밝은 달 아래서, 횃불이 솟는다.

만약 지금 주술사(巫师)가 있었다면 그는 나에게 달에 지금 누가 서 있는지를, 아니면 달에도 메밀이 있는지를, 그곳에도 산과 물이 있으며, 울타리 그리고 소와 양, 초원이 있을 뿐만 아니라 방목하는 할머니와 말을 탄 소년이 있다고 말해주었을 것이다. 주술을 건다는 나의 삼촌을 떠올리면, 그는 굿을 할 줄 알기에 지는 해를 30분 남짓 멈춰 서게 할 능력이 있다고 했다. 그렇다면 지금 지고 있는 달도 우리 쪽으로 다시 가까워지게 할 수는 없을까?

하지만 이곳에는 주술사가 없다. 게다가 이곳은 저쟝성(浙江省)이다. 나 그리고 이뉴와 즈가. 이렇게 이족 세 명에게는 낯선 타향일 뿐이다.

이들은 아직도 일자리를 찾지 못하고 있다. 나는 지금처럼 계속해서 일자리가 없어서는 안 되겠다는 생각이 들었다.

즈가는 부엌에서 쉴 새 없이 휴대폰 키패드를 눌러댔다. 이 조용한 밤에 즈가는 누구한테 자신의 속마음을 털어놓고 있는 건지 알 수 없다. 이뉴는 한참 달을 쳐다보더니 바로 누워서 잠이 들었다. 쉽게 걱정하고, 또 쉽게 마음에서 내려놓는 사람은 잠을 잘 잔다.

갑자기 즈가네 집이 생각났다. 세 칸짜리 흙집에 나무로 엮은 울타리, 텃밭과 돌로 쌓아 올린 돼지우리 하나, 집 마당에는 항상 여기저기에 돼지 똥이 널려 있다.

사실상 내가 떠올린 즈가의 집은 산에서 사는 이족들의 삶 그 자체이자 극히 일반적인 장면이다.

"자고 있어요?" 나는 이뉴에게 물었다. 나는 이뉴와 좀 이야기를 나누고 싶었다.

하지만 이뉴는 아무 반응이 없었다.

나는 밤이 깊어서야 잠이 들었다. 즈가가 있는 부엌에서 어느덧 코고는 소리가 크게 들려왔다.

즈가는 용맹한 전사처럼 공장 안으로 들어갔다. 입구의 경비는 그의 뒷모습을 보면서 슬며시 웃었다. 나도 민망한 나머지 머리를 돌렸다. 즈가는 커다란 코트를 입고 있었다. 나는 경비한테 어떻게 설명하면 좋을지 몰랐다. 산에서 사는 사람들은 옷차림에 별로 신경 쓰지 않는다. 그저 산에서 살다 보면 경험에 따라 해가 뜨거울수록 꼭 외투를 입었다. 그렇지 않으면 피부가 타서 벗겨지기 때문이다.

이뉴는 여전히 합당한 일자리를 찾지 못했다. 문맹이라 어느 공장에서도 쓰려고 하지 않았다.

내가 사는 건물에 새로 월셋집이 났다는 소식을 듣자마자 찾아갔다. 월세는 매달 150위안이었다. 방은 작지 않았지만 침대가 없었다. 이뉴는 침대가 없으면 바닥에서 자도 괜찮다고 하면서 방을 계약했다. 계약금을 지불할 때 이뉴는 머릿수건을 내리더니 그 속에서 잔돈 한 묶음을 꺼내서 세고 또 센 다음 집주인에게 건넸다. 집주인은 눈을 크게 치켜 뜨고 나를 보면서 뭔가 말하려다가 그만두었다. 나도 집주인을 바라보았다. 하지만 뭐가 궁금한지는 물어보고 싶지 않았다.

이뉴는 나한테서 돗자리 하나, 사발 두 개와 젓가락 두 개, 그리고 자주 사용하지 않는 칼 한 자루를 빌려 갔다. 어쩌면 내게서 분가라도 하듯이 조금씩 물건을 가져갔다. 월세를 지불하고 남은 153위안 2지아오(角, 마오)를 다시 세어 본 다음 차곡차곡 접어서 다시 머릿수건 안에 넣는 모습을 나는 좀체 잊을 수 없다.

그녀가 내 앞을 지날 때마다 나도 모르게 그녀의 머릿수건에 눈길이 따라간다. 그 돈은 부처님처럼 그녀의 머리 위에 모셔져 있다.

이뉴는 쌀만 사고 채소는 사지 않았다. 올 때 가지고 왔던 마른 짠지(干酸菜)가 부대에 반쯤 남았는데 앞으로 두 달은 반찬 걱정을 하지 않아도 될 만큼이다.

"혹시 쏸차이국을 먹고 싶으면 오세요. 좀 더 끓이면 돼요." 이뉴가 나를 보며 말했다.

이뉴는 그걸 나누어주겠다는 말은 하지 않았다. 내가 직접 끓여 먹는 게 더 편하지 않을까?

즈가는 이뉴한테 일자리를 찾아주라고 간곡하게 부탁했다. 청소부라도 좋으니 돈만 벌 수 있으면 되고, 적게 벌어도 상관없다고 했다.

합당한 일자리를 찾기 어디 쉬운가. 이뉴는 말하는 걸 좋아하지 않는다. 아마 표준어를 못해서 그랬을 수도 있다. 내가 계속해서 일자리를 알아보았고 마침내 그녀를 고용하려는 사람을 찾았다. 하지만 고용주가 뭘 물어도 이뉴는 망연히 쳐다보거나, 우물쭈물하면서 한마디도 내놓지 못했다.

"나도 말하고 싶어. 하지만 나는 한어를 모르고, 보퉁(东/通)화도 못한단 말이야." 이뉴는 이족 말로 나한테 설명했다.

나는 그녀를 탓할 생각이 없었다.

하는 수 없이 나는 이뉴를 나의 직장으로 데리고 갔다. 양털 스웨터는 만드는 회사였는데 사장과 잘 아는 사이라 부탁하기에 편했다. 사장은 본인이 직접 가르치지는 않고 대신 낡은 편직기를 제공해주었다. 편직 일은 경험자에게 전수(传受)받거나 아니면 강습소에서 돈을 내고 따로 배워야 한다.

이뉴는 절대 돈을 내고 배우려 하지 않았다. 게다가 장수나 저장 지역 억양이 심한 표준어를 알아듣지도 못한다.

편직기를 다루는 일은 육체노동이었다. 하지만 힘만 있다고 할 수 있는 일도 아니다. 도면도 볼 줄 알아야 하고, 바늘의 개수도 알아야 하며, 표기할 줄도 알아야 했다. 하지만 이뉴는 이런 걸 몰랐다. 산수 실력이라 해 봤자 머릿수건 안에 보관하고 있는 153위안 2지아오를 셀 수 있는 정도였다.

바늘을 배열하는 방법은 내가 가르치기로 했다. 바늘을 셀 때는 메밀 이삭을 셀 때만큼 진지했다. 하지만 소용이 없었다. 바늘의 개수를 기억하지 못했고, 어디부터 시작하는지도 몰랐다. 바늘이 앞에 와도 스위치를 누르지 않았고, 바늘을 배열하는 것도 잊다 보니 바늘을 20개나 부러뜨리고 말았다. 어쩔 수 없이 나는 하던 일을 그만두고 다시 바늘을 꿰어 주어야 했는데 그것도 사장이 발견하기 전에 끝내야 했다. 사장은 직원들이 기계를 망가뜨리는 걸 제일 싫어했다.

이뉴는 미안한 나머지 울 것만 같았다. 하지만 그녀는 바보처럼 웃었다. 어차피 말로 표현하기 힘들었으니 상관없다. 동료들이 아무리 자기를 비웃어도 그녀는 화를 내지 않았다.

나는 가끔 그녀를 동정했다. 왠지 나는 이유 없이 줄곧 그녀를 동정해 온 것이다.

즈가는 직장에서 매일이다시피 야근했다. 하루하루가 힘들다 보니 그는 이뉴한테도 별로 관심을 가지지 못하고 있었다. 가끔 그의 집에 들러 함께 둘러앉으면, 즈가는 항상 피곤한 표정으로 바닥에 펴 놓은 멍석에 비스듬히 누워 쉬고 있었다.

이뉴는 자기가 하는 일에 대해 거의 말하지 않았다. 그녀는 자기가 다루고 있는 차가운 기계 부품을 표현할 만한 저당한 형용사 찾지 못했다. 즈가가 일하기 힘드냐고 물으면 이뉴는 그저 '좋다'거나 '좋지 않다'라고 대답할 뿐 어떻게 좋고 나쁜지에 대해서는 표현할 줄 몰랐다.

하루는 이뉴가 제시간에 출근하지 않자, 작업장에서 기다리다 못한 나는 집으로 찾아가 문을 두드렸다.

문은 굳게 닫혀 있었고, 방안에서는 낮은 울음소리가 들려왔다.

"이뉴, 이제 출근해야지." 나는 그녀를 불렀다.

하지만 방 안에서는 응답이 없었고 울음소리도 그쳤다.

10분쯤 지나서 방문이 열렸다. 이뉴는 두 눈이 퉁퉁 부었는데 얼굴에는 억지로 미소를 짓고 있었다.

"무슨 일이 생겼어요?" 나는 단도직입적으로 물었다.

이뉴는 얼굴을 돌리고 바닥에 쭈그리고 앉아 옷을 정리하고 있었다. 그제야 나는 은 장식품을 자기가 입고 있는 옷깃에 꿰맨 걸 발견했다.

“예쁘지?” 그녀는 나의 물음에 응하지 않은 채 말을 뗐다.

“예뻐.”

“좀 있다 팔아야 돼. 즈가가 휴가를 내고 와서 이걸 판다고 했어.” 이뉴는 눈꺼풀을 내리깔며 손에 걸고 있던 가짜 은으로 만든 반지를 매만졌다.

“생활비가 다 떨어졌어. 이걸, 봐.” 이뉴는 머릿수건을 벗어 보인다. 안이 텅 비어 있다. “공장에서 편직기를 배우는 동안 돈은 못 벌고, 기계 부품의 이름조차 다 기억하지 못하고 있어. 즈가도 공장에서 일한 지 보름밖에 안 되다 보니 사장한테 가불을 부탁할 처지도 못 돼.”

“이뉴, 이건 시집올 때 가지고 왔던 혼수잖아……” 나는 그녀의 옷깃을 바라보면서 속으로 미안한 생각이 들었다.

우리가 한창 이야기를 나누고 있는데 즈가가 돌아왔다. 그는 더 이상 긴 트렌치코트를 입지 않고 반팔로 된 작업복을 입고 있었고 머리도 짧게 잘랐다.

이뉴가 일어나서 즈가에게 밥을 차려주었다. 그런 후에 가위를 찾아서 옷깃에 달린 은장식품을 뜯어내었다.

즈가는 밥그릇을 들고 이뉴에게 다가가서 쏸차이찌개 한 숟가락을 뜬 다음 은장신구를 가리키며 “이건 팔백여 위안도 넘게 산 거란 말이야! 지금 얼마에 팔지는 몰라.”라고 말했다.

그는 은장신구를 아내의 혼수가 아닌 양 한 마리 값 정도로 생각하는 것 같았다. 하지만 그의 눈에서도 슬픔이 느껴졌다. 거친 남자가 뱉은 말은 결코 진심이 아니기 때문이다.

“200위안을 빌려줄 수 있어. 나도 돈이 얼마 없어. 이뉴도 알겠지만 우리는 성과에 따라 월급이 지급돼. 이번 달은 원자재가 부족해서 생산량이 낮다 보니 얼마 못 벌었어. 하지만 200위안은 빌려줄 수 있어. 좀만 아껴 쓰면 월말까지는 버틸 수 있을 거야."라고 내가 말했다.

이뉴의 눈이 빛이 났다. 이뉴는 멍하니 남편을 바라보았고, 즈가도 자기 아내를 바라보았다.

"200 위안-즈가는 젓가락으로 계산을 했다-으로 쌀을 사고 전화비까지 내려면 부족해." 그리고 계속해서 "월급이 나오려면 아직 보름을 더 기다려야 해. 게다가 내 월급의 반은 보증금으로 나가기 때문에 결국 한 달은 더 있어야지. 그럼, 월세는 어떻게 할 거야? 당장 월세도 내야 하거든. 이뉴도 문제야. 이렇게 오래 배웠는데 아직도 기술을 익히지 못했단 말이야."

이뉴는 말없이 그저 은장신구만 열심히 뜯고 있었다.

아무리 생각해 봐도 빌려줄 수 있는 돈은 더는 없었다. 하지만 그렇다고 이뉴가 혼수를 파는 걸 옆에서 보기만 할 수도 없었다.

나는 직장 동료들한테서 돈을 빌렸는데, 단 한 명만이 나한테 100위안을 빌려줬다. 그도 빌려줄 수 있는 돈이 그것밖에 안 된다고 했다. 다른 동료들도 정말 궁핍하게 사는 것 같았다.

내가 빌린 돈을 가지고 왔을 땐 아무도 문을 열어주는 사람이 없었다. 문틈으로 한참 들여다보아도 방 안에는 인기척이 전혀 없었다. 두 사람은 혼수를 팔러 간 게 틀림없었다.

오후에 즈가네 집 문을 지날 때 보니 안에서 요리하는 소리가 요란했다. 출입문이 열려진 상태라 나는 맛있는 냄새에 끌려 저도 모르게 방에 들어섰다. 즈가는 고기를 뒤집었고, 이뉴는 야채를 씻고 있었다.

둘은 명절 때처럼 성대한 식사를 준비했다.

"마침 잘 왔네. 식사 준비가 다 됐어. 오늘은 우리 집에서 함께 식사해. 오늘은 잘 먹으려고 양고기를 한 근 넘게 샀어. 은장신구도 반만 팔았어. 아직 반은 남았어. 그 사장님이 제시한 가격이 그다지 만족스럽지 않았거든." 즈가가 말했다.

"우린 장신구를 반만 팔았어." 이뉴도 즐거워하며 말했다.

이뉴는 조금도 서글퍼하는 기색이 없었다. 비록 오전에는 매우 슬펐지만, 지금은 양고기를 보면서 그 기분을 잊은 지 오래인 것처럼. 나는 반만 남은 은장신구를 보면서 마치 양이 반 마리만 남은 것처럼 느껴졌다. 처음 이곳으로 왔을 때는 양 다리를 목에 걸고 있었다면 지금은 그 양 다리를 조금씩 베어 냄비에 넣어야 했다.

즈가는 양고기를 뒤집다가 생각지도 않게 「7월의 횃불 축제(七月火把節)」 노래를 부르기 시작했다.

양고기를 먹는 동안 나는 이뉴의 목을 갉아 먹는 것 같아서 괴로웠다. 돈을 빌리지 못한 나는 먹기조차 민망했다.

하지만 즈가와 이뉴는 아주 잘 먹었다. 혼수 따위에는 신경도 쓰지 않았다. 배고픔 앞에서는 어떤 혼수도 양고기 한 근보다 못한 것이다.

그 뒤로 며칠을 즈가와 이뉴는 만족스러운 삶을 살았다.

하지만 그 삶은 며칠이 못 가서 끝나고 말았다. 월말까지 아직 꽤나 멀었다. 두 사람이 판 은장신구 값을 조금만 아꼈다면 월말까지가 아니더라도 그보다 좀 더 버틸 수도 있었다. 그렇지만 즈가는 양고기도 먹어야 했고 휴대폰 통화료를 내야 했을 뿐만 아니라 가끔 수박도 사 먹어야 했다.

그들은 아직 도시에서 어떻게 버텨야 하는지에 대해서는 제대로 익히지 못한 채 도시인들의 생활방식부터 따라 한 것이다.

즈가와 이뉴는 남은 은장신구를 팔 궁리를 했다. 이번엔 이뉴가 정확한 결정을 했다. "지금부터는 양고기를 먹어서는 안 되고 휴대폰도 당장 사용 금지야. 다음 달부터 쓰도록 해. 그리고 돈이 생기면 월세부터 지불하고 남은 돈으로 아껴 쓴다면 월급 때까지 버틸 수 있어."

시골에서 곡식을 얼마나 수확할지를 계산하듯이 이뉴는 경험 많은 사람처럼 행동했다.

즈가는 연신 머리를 끄덕였다. 그는 휴대폰을 자주 안 입는 옷 주머니에 넣었는데, 이는 반 달 만에 핸드폰 사용을 접었음을 말해준다. 그리고 돌아서서 나를 바라보며 어이없다는 표정을 지으며 지금부터는 산(山)사람의 삶을 살게 되었노라고 했다. 산속에서 물과 식량이 부족한 것처럼 도시도 마찬가지로 물과 식량이 부족한 것이다.

그 뒤로 보름 동안 두 사람은 확실히 검소하게 지냈다. 첫날에 봤을 때도 쏸차이탕을 먹었고 다음 날에도 쏸차이탕을 먹었다. 이들이 쏸차이탕을 먹는 소리는 마치 우물에서 물을 긷는 소리와 비슷했다.

두 사람은 밀걸레도 사지 않았고 이뉴도 바닥을 닦지 않는다. 이뉴는 비닐 주머니를 손에 들고 방 한쪽에서 반대쪽으로 뛰어다니면서 눈에 보이는 쓰레기와 머리카락을 주워 주머니에 넣었고 다른 건 전혀 신경 쓰지 않았다. 이뉴는 머리를 묶는 고무줄을 사는 것조차 아꼈다. 이뉴는 어차피 수건으로 머리를 싸고 있어 보는 사람도 없다고 했다.

이뉴는 머리카락을 회색으로 된 낡은 신발 끈으로 묶고 있었다.

전기를 아끼기 위해 두 사람은 집에서 물을 끓여 마시지도 않았다. 이뉴는 내 방으로 와서 큰 사이즈로 된 물병 두 개를 가지고 갔다. 출근할 때면 두 사람이 각각 하나씩 들고 회사로 갔다가 올 때면 물병을 가 득 채워 가지고 왔다. 나중에 즈가가 절약하는 방법을 하나 더 찾았다. 즉, 사이즈가 큰 도시락 두 개를 사서 직장에서 점심을 먹은 다음 남은 밥을 싸서 집에 가지고 와서 먹는 것이었다. 애석하게도 날씨가 너무 더워서 그 방법은 쓸모가 없었다. 도시락을 산다고 돈을 들인 것 때문 에 평소에 병든 고양이 같던 이뉴가 처음으로 호랑이처럼 화를 냈다.

둘은 밤에도 불을 켜지 않았다. 어느 밤 방이 너무 갑갑해서 잠을 잘 수가 없었던 나는 같이 빙수를 사러 가자고 이뉴를 불렀다. 문을 열려 고 나온 사람은 의외로 호리호리했다. 그런데 이 호리호리한 사람은 나 오다가 부주의로 다른 사람의 코를 밟았다. 그러자 발에 밟힌 사람은 고통스러운 비명을 지르며 버럭 화를 냈다.

이렇게까지 돈을 아낄 수 있는데 애초에 은장신구를 팔아서 받은 돈 으로 왜 그 비싼 양고기를 먹었을까? 게다가 나까지 불러서 그 양고기 를 먹었으니 말이다.

드디어 즈가가 월급을 받았다. 그는 매우 기뻐하면서 이뉴 앞에 받 은 돈을 펼쳐놓았다. 이뉴는 그 돈을 몇 번이고 반복해서 세어 보았다. 1477위안이었다. 이뉴는 산에서 사는 사람들처럼 담뱃잎을 말듯이 돈 을 말아서 빨강 털실로 묶은 다음 수건 안에 넣었다.

이뉴는 공장에서 편직기로 소매를 붙이는 일을 배웠다. 하지만 한 달이 넘도록 제대로 배우지 못한 이뉴는 아예 나이 많은 아주머니들과 함께 실밥을 자르는 일을 했다. 옷에 묻은 실밥들을 숨기거나 잘라야 했는데 한 벌을 완성하면 6마오를 벌 수 있다. 손이 굼뜬 이뉴는 하루에 기껏해야 20벌을 완성했다. 이에 비해 손이 빠른 할머니들은 하루에 50벌도 쉽게 했다.

그래도 이뉴는 자신감에 넘쳤다. 할머니들이 안경을 썼기 때문에 50벌 넘게 완성할 수 있으니 자기도 안경이 있다면 50벌을 완성할 수 있다고 생각했다.

하루에 십여 위안만 벌었지만 한 푼도 벌지 못할 때보다는 나았다. 즈가는 아주 만족했다.

이렇게 만족스러운 날들이 계속 유지된다면 좋으련만 공교롭게도 즈가의 아버지가 병이 나서 돈을 써야 했다.

"재수 없는 놈은 뒤로 자빠져도 코가 깨진다더니." 즈가가 말했다.

"집을 떠날 때 비모(毕摩)를 청해 날을 받으라고 했는데 믿지 않더니 틀림없이 날이 안 좋았다니까. 이제 어떻게 하면 좋아, 쏸차이탕도 다 먹었으니 바람을 먹고 살 거야?" 이뉴는 소매를 털어 보였다.

두 사람은 번 돈의 절반을 집에 보냈다. 월세 200위안을 내고 나면 남은 돈으로 겨우 버틸 정도였다. 넣어두었던 핸드폰은 다시 쓰지 못하고 있다.

즈가는 살이 계속 빠졌다. 마음속에 수만 가지 일을 고민하고 있는지 볼 때마다 기운이 없어 보인다. 비록 산에서의 생활이 힘들다고 하지만 도시 생활처럼 사람을 숨 막히게 하지는 않는다고 했다.

"산에서는 힘들면 소를 상대로 말이라도 하고 양을 보면서 중얼거리기라도 했지. 소나 양이 없으면 돼지를 상대로도 말을 할 수 있지. 하지만 여기서는 힘들어도 말할 상대조차 없단 말이야. 길에는 많은 사람이 있지만 산속의 돌이나 나무와 다를 게 뭐란 말인가? 돌이나 나무 곁을 지날 때 밥을 먹었는지를 문안하는 걸 본 적 없어. 지금도 마찬가지야."

즈가는 창가에 앉아 탄식을 연발하고 있다. 이뉴는 옆에서 옷을 꿰매고 있었는데 중심을 잃은 눈동자에서는 그 어떤 기분도 느낄 수 없었다.

즈가는 드디어 도시의 삶이 가져다주는 스트레스를 겪게 되었다. 다시 말하면 이 스트레스는 고독감이었다.

산속에 사는 노인들은 사람이 집을 떠나야만 귀하게 된다고 했다. 하지만 집 떠난 사람들이 당하는 고민과 외로움이 산에 있을 때보다 배는 더 많다는 것을 아는 사람은 없다.

"만약 우리가 오래전부터 아는 사이가 아니었다면 너는 여기서 내 말을 들어주지 않았을 거야." 즈가는 매우 슬픈 표정을 지어 보였다.

"응." 나는 무심히 대꾸했다.

"도시에서는 말이야……" 즈가한테 도시에서 살려면 얼굴에 철판을 깔아야 한다고 말해주고 싶었다. 비록 이웃이 밥을 빌리려고 해도 아는 체를 하면 안 된다. 다들 퇴근하자마자 자기 집 문을 닫고 빗장을 거는 것에 익숙해져 있기 때문이다. 그리고 혹시라도 물건을 잃어버리게 되면 제일 먼저 이웃부터 의심하게 된다. 1층 철문이 잠겨 있어 외부에서는 아무도 들어오지 못하기 때문이다. 때론 정말 그랬다. 잃어버린 물건을 이웃이 슬쩍 가져간 경우도 있다 그렇다고 누굴 탓하겠는가?

지난달, 1층 밖에서 사오빙을 파는 노점상의 냄비를 단속반이 가져갔다. 그래도 이층집에서 사는 사람들은 창문을 열고 구경할 뿐 아무도 나서서 도와주지 않았다. 이들의 제일 큰 동정이라고 해 봐야 "무대랑(무송의 친형이자 변금련의 남편으로, 건실한 영세자영업자를 지칭)이 냄비 하나 더 사야겠군."하고 말할 뿐이다.

그리고 아무도 사오빙 장수 뒤에 숨어서 겁에 질려 울고 있는 아이한테 신경 쓰지 않는다. 그 아이는 사오빙 장수의 아이였다.

이 건물에 살다 보면 눈과 귀는 보고 듣는 일을 하는 것이 아니라 그저 아름다운 장식품 두 개일 뿐이다.

또한, 이런 건물에 살다 보면 가끔 검문검색을 당할 때가 있다. 어떤 곳에서 어떤 사람이 아래층으로 떨어졌다는 소문이 돌면 기껏 하루가 지나자마자 바로 문을 두드리며 검문이 시작된다. 그때가 여름이면 한창 헐렁한 반바지에 목덜미는 땀으로 후줄근히 젖은 상태로 한창 쏸차이탕을 마실 준비를 하고 있다가 급하게 문을 두드리는 소리 때문에 자기 모습을 정리할 틈도 없이 바로 뛰어가 문을 열어야 한다. 그리고 묻는 말에 똑바로 대답해야 하고, 곰처럼 미련한 모습을 하고 찍은 사진이 박힌 신분증을 제시해야 한다.

게다가 도시 아파트에서 살다 보면 참아야 할 것도 아주 많다. 그러니 처음에 왔을 때처럼 제멋대로 할 수 있겠는가? 사실 도시는 정말 사람이 살 곳이 못 된다!

어쩌면 내가 도시를 너무 나쁘게 생각한다고 할 수도 있을 것이다. 물론 나도 도시에도 좋은 점이 있다는 것은 인정한다.

"어쨌거나 난 이곳이 마음에 안 들어." 즈가가 막무가내라는 듯 자기 두 손을 쳐들고 한참 들여다보았다. 손바닥이 닳아서 물집들이 생겨났다. 일찍이 집에서 농사일 때문에 생긴 상처 부위도 벌겋게 달아올라 당장이라도 피가 날 것만 같다.

"내일 백작령(百雀羚, 화장품 브랜드) 핸드크림을 사러 갈 거야. 고향에 있을 때 엄마가 손바닥이 갈라지거나 다치면 백작령을 바르셨어. 아주 효과가 있어." 이뉴가 이족 말로 말했다.

"백작령이 무슨 효과가 있겠니." 즈가는 입을 삐죽거렸다.

말로는 안 된다고 하더니, 다음 날 이뉴가 백작령을 사 오자, 바로 큼직하게 떼 내어 손에 발랐다. 그러자 방 안에 백작령 냄새가 진동했다.

즈가와 이뉴의 삶은 갈수록 힘들어졌다. 그의 말대로 이 건물에는 나를 빼고 이들의 어려움에 대해 아는 사람이 없었다. 일자무식인 이뉴는 매일 십여 위안밖에 벌지 못했다. 즈가의 월급도 한참을 더 기다려야 한다. 이들을 더욱 난감하게 하는 건, 고향에 있는 친척들은 두 사람이 도시에 나가 일을 하면 확실히 돈을 벌 수 있다고 생각하는 것이다. 나간 지 두 달이나 되었는데 설마 돈이 없겠는가? 하지만 이들이 모르는 사실은 즈가의 월급 중 반은 보름 후에야 나온다는 점이다.

가족들이 에둘러서 돈을 달라고 한다.

그날 밤 나는 이뉴와 잡담을 나누고 있었는데, 즈가는 아주 진지하게 이뉴한테 고향으로 돌아갈 것인지, 광둥으로 갈 것인지를 물었다.

이뉴는 영문을 모르겠다는 듯 즈가를 바라보았다. 그녀는 아무 말이 없었다.

"왜 광둥으로 가려하지?" 나도 이상하게 생각했다. 여기에서도 잘 지내는데 광둥으로 가려면 비싼 여비까지 들어야 했다.

"돌아가면 절대 안 돼. 고향 집도 이제 거의 다 망가졌어. 우리가 나올 때 키우던 소까지 팔았잖아. 이렇게 돌아가면 남들이 우리를 비웃을 거야." 이뉴가 그렇게 말했다.

"그럼 광둥으로 가." 즈가는 바로 결정을 내렸다. 내가 이해하지 못하는 걸 보고 "광둥에 사촌 형이 있는데 거기 공장이 여기보다 월급을 많이 준대. 생각대로 안 되면 나는 공사장에서 노가다 일을 할 거야. 사촌 형의 애인도 광둥에 있는데 초등학교도 졸업하지 못했지만 공장에서 일을 한대. 그러니 이뉴도 공장에 들어갈 수 있겠지. 뭐 모든 공장이 다 교육을 받은 사람만 고용하는 건 아니겠지? 거기는 사람도 많고 애도 많으니 가정부라도 할 수 있잖아. 우리 고향 여자들은 다들 가정부로 일한다고 들었어."

즈가는 이뉴가 가정부로 들어가는 것에 관심이 많다. 어쩌면 평생한 번은 꼭 가정부가 되어야 한다고 생각하는 듯했다.

이뉴도 눈이 빛났다. 그녀는 하던 바느질을 멈추고 손수건을 꺼내서 그 속에 넣어둔 돈을 꺼냈다. "이만큼이면 돼?"라고 말하며 이뉴는 걱정스러운 표정으로 즈가를 바라보았다.

즈가는 이뉴가 가지고 있는 돈을 받지 않았다. 그는 자주 안 입는 옷에 넣어둔 핸드폰을 꺼냈다. 한참을 만지작거리다가 "핸드폰을 팔면돼. 살 때 150위안이었는데 지금은 100위안은 되지 않겠어?"

"50위안도 받기 힘들어." 나는 즈가한테 찬물을 끼얹었다.

"여기보다 광둥이 더 좋아?" 내가 한 번 더 물었다.

"그럼." 그는 확신에 찬 목소리로 대답했다.

"어디든 다 비슷할 건데?"

"많이 다를 거야." 그는 자신감으로 차 넘쳤다.

광둥으로 갈 생각에 이뉴는 출근할 마음이 없어졌고 출근해서도 일을 제대로 하지 않았다. 옷에 묻은 실밥을 제대로 숨기지 못했고, 제대로 자르지도 못했다. 사장이 화를 내든 말든 아랑곳하지 않았다. 이뉴는 그저 즈가의 월급만 기다리고 있었다. 월급이 나오면 두 사람은 광둥으로 바로 떠날 생각이었다.

이뉴는 즈가가 말한 가정부 일에 점점 흥미를 느끼고 있었다. 그래서 집 문 앞으로 아이가 지나가기만 해도 언제라도 작은 주인을 모시러 갈 듯한 표정을 지었다. 이뉴는 나랑 있을 때도 항상 통통하고 작은 그림자들만 쫓아다녔다.

"이뉴, 넌 가정부가 될 수 없어. 네가 말하는 표준어를 아이들이 알아듣지 못하잖아. 그렇다고 이족어로 말할 거야?" 나는 진지하게 말했다.

"고향 쪽 여자들도 다 이족이야. 그런데도 가정부 일을 하잖아?" 이뉴도 지지 않았다.

나는 이뉴를 설득시킬 방법이 없었다. 그래서 즈가를 설득했지만 여전히 통하지 않았다. 즈가야말로 이뉴에게 가정부를 시키려고 하는 사람이 아닌가.

드디어 즈가는 월급을 받게 되었다. 사표를 수리했기 때문에 밀렸던 보증금도 받았다. 이들은 기뻐서 양고기 두 근을 샀다.

나는 이번에도 이들이 사 준 양고기를 먹었다.

이뉴와 즈가는 떠나기 전날 밤부터 짐을 꾸렸다. 나한테서 얻어갔던 수저도 함께 쌌다. 돗자리와 식칼은 가지고 가기 힘들었는지 흔쾌히하게 돌려줬다.

다음 날 날이 밝자, 즈가와 이뉴가 작별 인사를 하러 왔다. 이뉴는 여전히 두꺼운 옷을 입고 있었다. 안타깝게도 옷깃에 달렸던 은 장신구가 보이지 않는다. 시집올 때의 혼수는 이미 생존을 위해 팔았다. 즈가는 산뜻하게 차려입었다. 하얀 셔츠에 언제 샀는지 모를 넥타이까지 매고 있었다.

흙 인형의 옛이야기
(泥人往事)

어우레이와 남동생은 설날에도 맨발로 다녔다. 이들 형제의 어머니는 정신질환이 있었는데, 어우레이가 다섯 살 되는 해에 무슨 이유인지는 모르나 갑자기 독약을 먹고 젊은 나이에 세상을 버렸다. 아마도 그녀는 진작부터 죽을 마음이 있었던 것 같다. 독약을 먹은 날은 결코 흐릿한 상태가 아니었다. 그녀는 약이 든 병을 들고 산속의 동굴로 가서 독약을 마시고 조용히 죽음을 맞았다. 그녀가 죽은 뒤로 어우레이와 남동생은 더 이상 새 신발을 신어 보지 못했다. 그전에는 그녀가 제정신으로 돌아왔을 때 두 아들에게 새 신발을 만들어 주었다.

비록 형제의 아버지도 신발을 만들 줄 알았지만, 발에 맞는 신발은 한 켤레도 만들지 못했다. 창턱에 놓인 신발 몇 켤레는 각양각색이었다. 어떤 것은 배(船)만큼 컸고 어떤 것은 땅콩 껍데기처럼 작았다. 억지로라도 신을 수 있는 신발은 한 켤레를 만들기도 힘들었다. 그는 답답한 사람이었다. 말수가 적었을 뿐만 아니라 신발을 만들 줄 모르면서 다른 사람에게 배우려고 하지도 않았다.

어우레이의 아버지는 집을 가파른 비탈에 지었다. 주위에는 빽빽한 나무와 허리까지 자란 풀이 가득했다. 여름이면 초목이 무성하고 가을이면 누렇게 시든 풀이 가득했기 때문에 계절을 막론하고 겨울 산에 끼는 안개처럼 이들이 사는 집을 덮어 버렸다. 이곳에는 어우레이네 가족을 제외하고는 주변에 다른 거주자가 없었다. 그들은 마치 무리를 떠나 외딴곳에서 지내는 양들과 같았다. 이곳을 지나는 사람들은 집 주위에 가득한 풀과 나무는 볼 수 있지만 어우레이네는 볼 수 없었고 이들이 사는 집도 보지 못할 때가 많았다.

가을이면 어우레이와 동생은 풀숲에서 등 껍데기가 딱딱하고 잿빛을 띤 딱정벌레를 잡아서 손바닥에 올려놓고 시합을 시키곤 했다.

아무도 마음먹고 형제의 아버지를 따돌리려 한 것은 아니다. 기껏해야 뒤에서 이들을 "한바오(憨包, 멍청이)"라고 불렀을 뿐이다.

그는 뒤에서 남들이 자기를 뭐라고 하는지, 자기 아내와 자식들을 뭐라고 수군거리는지를 알고 있었다. 그는 날씨를 감지하듯 다른 사람의 마음을 감지하는 어떤 힘이라도 가지고 있는 듯했다. 하지만 그런 힘도 남들이 뒤에서 이러쿵저러쿵 의논하는 걸 막을 수 없었다. 하는 수 없이 그는 지친 새처럼 가족을 데리고 초목이 우거진 숲속으로 들어가 버렸다.

가끔 우리는 일부러 형제가 사는 집으로 찾아갔다. "그 커다란 새 둥지에!"

대낮이라면, 누구도 형제를 쉽게 만날 수 없었다. 그저 어디선가 들려오는 어우레이와 남동생의 웃고 떠드는 소리뿐이었다. 이들은 풀숲 깊숙한 곳에서 딱정벌레를 잡았는데 바람을 타고 딱정벌레의 냄새가 스쳐 지나왔다.

"가면 안 돼! 바보처럼 갔다가 맞기라도 하면 어쩌려고!"

우리네 어른들은 우리가 이들 형제와 가까워지는 걸 원치 않았다. 아마도 부전자전일 거라고 판단했기 때문이다. 아버지가 멍청하니 자식들도 멍청할 거라고 여겼다. "용은 용을 낳고 벌레는 벌레를 낳는다."고 했다.

어우레이와 그의 남동생을 만날 수 있는 확률은 아주 낮았다. 딱정벌레가 땅을 뚫고 들어가거나 죽어버리면 이듬해가 되어서야 다시 잡을 수 있다. 이맘때면 이들 형제는 동굴에 모습을 드러낸다. 동굴은 바로 이들의 어머니가 약을 먹고 죽었던 곳이었다. 이들은 자기네 어머니가 동굴에서 죽었다는 사실을 모르고 있다. 아무도 이들에게 그 사실을 말해준 적이 없기 때문이다.

우리는 엄청 큰 바위 뒤에 숨어서 두 눈만 드러내 놓고 밖의 동정을 살폈다. 경험에 따르면 경솔하게 나가서 이들과 말을 걸면 안 되었다. 만약 지난번처럼 갑자기 나타난다면 이들은 놀란 양처럼 바로 숨어버릴 것이다. 그렇게 되면 다시는 이들 형제를 찾을 수 없게 된다.

하지만 우연한 만남은 종종 우리로 하여금 인내심을 잃게 한다. 우리는 보려고 하는 것이 두 아이가 아니고, 우리 스스로도 아이라는 느낌에서 벗어나, 마치 경험이 없는 늑대 새끼 몇 마리가 때를 기다렸다가 새끼 양 두 마리를 사냥하는 것처럼 느껴졌다.

이들 형제는 한창 재미있게 놀고 있었다. 아무도 그들에게 동굴의 비밀을 알려 주지 않았다. 사실 비밀을 알았다고 해도 여전히 즐겁게 놀았을 것이다. 이들은 죽음이 무엇인지, 어머니를 잃는다는 게 무엇인지를 이해할 수 있는 나이가 아니었기 때문이다. 한번은 이들 형제가 아버지한테 어머니가 어디로 갔는지 물어보는 소리를 들었다. 형제의 아버지가 말했다. "너희 어머니는 신선이 되어 서천에서 약초를 캐고 계신단다. 나중에 너희들이 장성하면 어머니가 돌아오실 거야."

어우레이와 동생은 산굴에서 이미 녹이 슨 산탄총이나 괴상한 몽둥이 그리고 쇠 파이프나 이미 구부러진 쇠붙이 등을 찾는 걸 좋아했다. 우리는 나중에 그중 일부를 집어 들고 마을로 돌아왔다. 어른들은 그것이 새총이 아닌 진짜 총이라고 했다. 그러면서 옛날 산적들이 남겨둔 물건일 거라고 했다. 우리는 괴상하게 생긴 뼈 비슷한 것도 주워 왔는데 그걸로 도랑도 파고 조롱박 속을 파기도 했다. 하지만 나중에 어딘가에 버렸는지 모르겠다.

그들 형제는 우리가 동굴을 다녀간 줄 알고 나서는 우리 앞에 나타나지 않았다. 하지만 여전히 숲속에서 이들의 짧은 웃음소리가 띄엄띄엄 들려왔다. 아마 또 다른 딱정벌레를 잡았기 때문일 것이다.

겨울이 되면 어우레이와 그의 동생은 좀처럼 밖에 나오지 않는다. 이맘때면 다들 설을 쇠느라 바쁘다. 어우레이네 집에도 그믐날 밤이면 늦게까지 등불이 켜져 있었다. 단 하나뿐인 등불은 횃불 같기도 했고 가물가물한 붉은 달빛 같기도 했다.

그들은 설이라고 해도 돼지를 잡지 않는다. 모두가 바쁘게 보내고 있지만 형제의 아버지는 예전부터 참여하는 법이 없었다. 어차피 마을 사람들과 멀리 떨어져 살았기 때문에 마을 행사에 참여하지 않을 이유를 얼마든지 댈 수 있었다. 동시에 이들은 설을 쇠기 위한 모든 준비를 생략했다.

"그들에겐 지난해든 새해든 별 차이가 없어. 지난해를 그렇게 보냈으면 새해도 마찬가지로 그렇게 보낼 테니 말이야." 마을 사람들이 말했다. 다만 설날이면 누구도 어우레이네 아버지 별명을 부르지 않았다. 사람들은 이들을 친절하게 대했다. 그 친절함은 조상 대대로 내려온 것으로, 모든 종족 구성원을 자비롭게 대하라는 전통을 지키기 위해서이다. 사람들은 새해에 돼지를 잡지 못하는 사람들을 비웃지 않았다. 그건 수치스러운 일이자, 조상의 뜻을 거스르는 일이었다.

우리는 돼지고기를 나누어주는 일을 맡았는데 어우레이나 그의 아버지에게 직접 전달할 수 없었다. 그들이 어디로 갔는지 몰랐기 때문이다. 집 대문은 늘 닫혀 있었고, 창문에는 인기척만 들려도 쉴 새 없이 울어대는 깡마른 닭 한 마리가 앉아 있었디. 아마도 이들은 닭을 개처럼 길들인 것 같았다.

때론 이들이 전달받은 고기는 우리가 생각했던 것보다 훨씬 많았다. 우리가 찾아가서 보면 집 문 앞에 이미 장작처럼 생긴 돼지고기가 놓여 있다. 그 정도면 돼지 한 마리 분량과 맞먹는다. 이 가운데는 우리 마을 사람이 선물한 돼지고기 외에 다른 마을 사람들이 참여한 것도 있을 것이다.

어우레이의 아버지는 지금껏 누구에게도 감사의 인사를 하지 않았다. 혹시라도 고기를 건네준 사람과 마주치기라도도 하면 그저 고개만 끄덕이고 그냥 지나쳤다.

"정말 세상 물정을 모르는 사람이군."

"세상 물정에 밝으면 누가 한바오(憨包)라고 부르겠는가?"

사람들이 가끔 불평을 토로했지만, 내년에도 여전히 어우레이네 집에 돼지고기를 선물할 것이다. 조상의 가르침을 어기면 안 되니 말이다.

우리는 돼지고기가 다 어디로 갔는지 관심을 가졌다. 몸을 숨기고 관찰한 데 따르면, 어우레이네 돼지고기는 그 집 굴뚝에서 두세 달 동안 향기를 풍긴 다음, 우리가 꿈꾸거나 꿈속에서나 볼 수 있는 마른 쏸차이(干酸菜)의 담백한 향미를 풍겼다.

우리는 이들의 주방을 뒤져 보고 싶었다. 굴뚝에서 풍기는 향기로 미루어 보면 형제의 아버지는 요리 솜씨가 괜찮은 것 같았다. 하지만 우리는 그 깡마른 닭이 두려워 그 집 부엌에 감히 접근하지 못했다. 바짝 말랐지만 위풍당당했고, 몸속에 숨은 기세로 우리를 압도한 것이다. 어우레이도 그 깡마른 닭과 같은 용기를 가지고 있었다. 비록 어우레이와 직접 접촉한 적은 없지만 그가 우리와의 접촉을 피한다고 해도 이 깡마른 닭처럼 용맹해 보였다. 그는 동생을 엄호하려는 듯-우리가 뒷모습을 보았을 때- 왼손에 돌 하나를, 오른손에도 돌멩이 하나를 들고 있었다.

이곳에서는 설이면 술을 찾아 마시는 습관이 있다. 어우레이 아버지도 술을 즐겼지만 아무도 그를 찾아 술을 마신 적이 없었다. 술을 마셨든 안 마셨든 상관없이 형제처럼 우리를 피하지는 않았다. 우리를 만나면 빙그레 웃으며 알은체했다. 하지만 자주 만나는 게 아니어서 그런지 그의 웃음은 자연스럽지 않고 딱딱하게만 느껴졌다. 어쩌면 그 웃음은 이름 모를 나무에 꽃이나 잎처럼 피었지만, 꽃도 아니고 잎도 아닌 그런 웃음이었다.

한번은 술에 잔뜩 취한 형제의 아버지가 손에 밧줄을 들고 동굴에 나타났다. 그는 동굴 안을 돌며 뭔가 중얼거렸다. 그의 말은 마치 목구멍에서 번개라도 치듯 엄청나게 빨랐다.

"저 사람 목매고 죽으려는 걸까?" 우리는 그렇게 추측했다. 진짜로 목이라도 맬 듯한 기세였다.

드디어 그는 마음의 안정을 되찾았다. 마치 하늘에서 번개가 몇 줄기 번쩍인 다음, 하늘이 다시 원래의 상태로 돌아간 것처럼, 그는 동굴 벽에 기대어 앉은 채 고개를 숙이고 아무 말도 하지 않았다.

우리는 동굴 안으로 들어갔다. 하지만 형제의 아버지와 무슨 말을 해야 할지 난감했다. 우리는 손에 방금 어우레이와 동생이 가지고 놀다 잃어버린 딱정벌레 한 마리를 받쳐 들었다. 딱정벌레는 우리 손에다 오줌을 쌌는지 아니면 방귀를 뀌었는지 냄새가 제법 고약했다.

그는 우리에게 "냄새나는 놈들, 썩은 달걀에서 나온 것들"이라 욕했다. 그리고 불평하기를, 사람들이 잘 알지도 못하면서 별명을 함부로 지어 부른다고 했다. 그러면서 한바오(멍청이)나 재수 없는 놈이라 부른다고 했다. 그 돼지고기는 –즉 우리가 전달했던 돼지고기를 말한다– 죗값에 대한 속죄품일 뿐이라고 했다. "그런데 너희들은 저 돼지고기가 맛있겠니?"

우리는 너무 놀라서 저도 모르게 손에 쥐고 있던 딱정벌레를 땅에 떨어뜨리고 말았다. 녀석은 땅에 떨어지는 순간 몇 바퀴 뒹굴더니 이내 멀리 도망갔다.

목이 말랐는지 그는 물을 마시러 집에 돌아가려 했다. 그리고 우리한테 화를 낸 게 걸렸던지 우리더러 같이 가자고 했다.

그는 손에 쥐고 있던 밧줄을 내팽개쳤다. 그것은 산적들이 남긴 녹이 슨 쇠붙이와 썩은 해골 더미 위에 그대로 던져졌다.

마침내 우리는 어우레이네 형제를 만날 수 있었다. 그는 동생과 함께 부뚜막에서 딱정벌레 시합을 하고 있었다. 형제는 머리를 쳐들고 우리를 힐끗 쳐다보았는데 놀라지도 않았고 표정도 담담했다. 우리가 온 걸 반기는 것인지 아닌지도 알 수 없다. 형제는 우리를 잘 알고 있는 듯했다. 그건 우리도 마찬가지였다. 우리는 항상 형제를 훔쳐보았기에 이들의 모습에 익숙했다. 심지어 무슨 게임을 하고 있는지 그리고 숲속에서 딱정벌레 몇 마리를 잡았는지도 잘 알고 있었다.

딱정벌레는 형제에게 잘 길들여 있었다. 손 위에서 오줌을 싸거나 방귀도 뀌지 않았다. 이들은 자신이 좋은 경주(竞走)말이라도 된 줄로 착각했는지, 형제가 시키는 대로 손바닥 위에서 최선을 다하고 있었다.

우리도 부뚜막 옆에서 딱정벌레 경주를 모두 구경했다. 경기 결과 체구가 좀 작은 녀석이 역전승을 거두었다.

형제의 동작은 아주 능숙했다. 딱정벌레는 손바닥 위에서 절대 떨어지지 않았다. 설이면 딱정벌레가 더 많아지니 어우레이네 형제는 더 좋은 녀석들을 잡았을 수 있다.

우리는 어우레이네 집에서 저녁밥을 먹었다. 부모님들은 우리가 어디서 밥을 먹는지에 대해 진지하게 물어본 적도 없다.

형제의 아버지는 요리 솜씨가 확실히 좋았다. 그는 쏸탕(酸汤)을 한 솥 가득 끓였고, 나무접시에 고기도 가득 담았다. 나무접시(木盘)는 아주 컸다. 우리는 손에 스푼을 하나씩 들고 소쿠리 주변에 둘러앉았다.

우리는 밥을 먹을 때면, 먼저 국물을 한 모금 마시고 밥을 한입 먹은 다음 고기를 먹는 습관이 있다. 하지만 어우레이와 그의 동생은 전혀 이런 규칙을 따르지 않았다. 먼저 손을 뻗어 돼지고기 한 점을 집어서 그대로 입에 넣었다. 이들의 입은 원래 아주 작아 보였으나 고기를 입에 넣는 순간, 입은 고기를 담은 접시처럼 커졌다. 어우레이 동생은 혀 끝에서 화살처럼 생긴 침을 흘렸는데 그대로 소쿠리를 향해 떨어졌다.

우리도 따라 했다. 예전부터 이같이 밥을 먹고 싶었던 것처럼.

"이것을 '백가육'이라 부른단다."하고 말했다. 술이 깨자, 예전처럼 그의 말이 부드러워졌다. 그리고, 우리의 부모들이 부지런하다고 칭찬했다. 그리고 돼지도 잘 키운다고 했다. 그는 손가락을 뻗어 돼지비계에 가로로 대면서 비계 두께가 족히 손가락 네 개만큼 두껍다고 했다.

이 고기는 우리가 직접 전달한 돼지고기였다. 어우레이네 집에서 이 고기를 먹으니 유난히 맛있게 느껴졌다. 하도 많이 먹어서 그날 밤 설사를 하고 말았다.

그 뒤로 우리는 날마다 어우레이네 집에 가서 놀 수 있을 거라 생각했다. 하지만, 형제는 전과 마찬가지로 우리를 보면 숨어버렸다. 딱정벌레마냥 숲속으로 도망쳐 버렸던 것이다.

그 뒤로 우리는 형제의 아버지도 거의 보지 못했다. 하지만 이러한 것들도 우리가 그 집을 찾아가서 훔쳐보는 데는 지장이 없었다. 이들이 저녁에 고기를 먹었는지는 굴뚝에서 나는 연기의 냄새를 통해 알 수 있었다.

또 한 해가 지나고 설이 돌아왔다. 우린 계속해서 고기 배달을 하게 되었다. 이번엔 그 집에서 키우는 닭이 작년만큼 사납지 않아서 더 이상 두려워할 필요가 없었다. 그 닭은 노인들처럼 늙어버려 굼뜨고 하루 종일 졸기만 했다. 심지어 털도 다 빠져서 모기에 물린 살갗이 다 드러날 지경이었다. 닭은 우리를 한참 노려보더니 이내 양지바른 담벼락 쪽으로 가서 햇볕에 데워진 흙을 헤집더니 그 속에 들어가 낮잠을 청했다.

우리는 강아지처럼 형제의 아버지 방문 앞에 둘러앉았다. 집은 비록 낡았지만 주위가 온통 초목으로 가려져 있어 세찬 바람이 달려들지 않았다. 하지만 작은 바람은 계속 불어왔는데 그 위력은 큰바람에 못지않았다. 작은 바람은 지붕을 그대로 젖혀버릴 것 같은 기세였다. 우리는 산 벼랑을 타고 흙이 떨어지는 소리를 들을 수 있었다. 처마 위에 듬성듬성 자란 풀들도 바람에 흩날렸다. 다행히 형제의 아버지가 지붕을 흙으로 덧발랐는데 흙의 두께는 그나마 적당했다. 바람은 지금 그 덮어놓은 흙을 뒤집어 놓으려 했다. 흙이 날리면서 지붕 상공에 회색 구름이 떠 있는 듯했고, 숲속으로 누런 흙비가 쏟아져 내렸다.

형제의 아버지는 밖에서 바삐 보내다가 해가 비탈을 넘어간 뒤에야 돌아왔다. 그는 가장자리가 해진 광주리를 등에 지고 있었고, 손에는 보습(犁头)을 들고 있었다. 어우레이와 남동생은 빌려온 소에게 물을 먹이려고 그 뒤를 따랐다.

그들은 장작을 줍듯 우리가 가지고 온 돼지고기를 들고 들어가 화덕(실내 간이부엌) 위에 설치한 도리에 걸어두었다. 도리에는 기다란 줄들이 매달려 있었는데 물건을 걸어놓기 위해서였다.

우리는 또 한 번 어우레이네 집에서 밥을 먹었다. 하지만 이번에는 많이 먹지 않았다. 우리네 부모가 한바오네 집 음식은 먹으면 안 된다고 했다. 원래 쌀이 부족한 데다 형제의 아버지가 농사도 지을 줄 모르기 때문이라고 했다.

그는 정말 농사를 지을 줄 모를까? 설마 그의 농사 실력이 신발을 만드는 것만큼 형편없을까? 하지만 우리는 창턱에 놓인 신발 본이 점점 많아진 걸 발견하게 되었고 그중 몇 켤레는 좋이 신을 만한 모양새였다. 그는 오랜 시간을 들여 열심히 신발을 만드는 방법을 익혔다. 여전히 누구한테도 가르침을 청하진 않았다. 지금 그가 만든 신발은 제법 신을 만했다. 그렇다면 그의 농사짓는 실력도 향상되었을 게 아닌가? 그래서 우리는 그 집에서 밥을 먹어도 괜찮다고 생각했다.

운명 포식자 : 점술가
(命运捕食者)

이곳은 그리 크지 않은 진(镇, 읍면 수준의 행정구역)이다. 주변의 번화한 곳에 비하면 완두콩만큼 작은 곳이라고 할 수 있다. 그러나 많은 사람들이 살고 있어서 단번에 길거리로 나오게 되면 발 디딜 틈이 없어진다. 그래서 이곳에 육교가 만들어졌다. 공중에서 다닐 수 있는 길 하나가 생긴 뒤로, 사람들은 혼잡함에서 벗어나게 되었다.

처음에 이곳 육교를 차지한 것은 거지 몇 명이었다. 다음엔 소품을 파는 잡화상들이 이곳에 오게 되었고, 가장 마지막에 이곳을 찾은 것은 점쟁이들이었다. 하지만 점쟁이들이야말로 이곳의 수호천사였다. 맑은 날, 궂은날을 가리지 않고 항상 이곳에서 쭈그리고 앉아 지키기 때문이다.

일 년 전 육교 1차 보수공사를 하면서 육교의 길바닥과 안쪽 천장에 조명등을 박아 넣었다. 밤이면 빛나는 한 줄기 무지개가 걸린 것 같다. 그 뒤로 잡화상들도 점점 많아졌고 중고 휴대폰을 거래하는 장사꾼과 골동품을 취급하는 장사꾼도 생겼다. 갑자기 어디선가 한 무리의 행인들이 나타났는데 한 번도 본 적이 없는 얼굴들이다. 내 직감으로 다른 마을이나 다른 육교 사람들이 이곳을 찾은 게 분명했다. 이들에게는 육교 '유민(游民)'만이 가지고 있는 특징이 있다. 이들은 휴대폰을 진열한 난전과 골동품을 진열한 난전을 향해 손가락질하며 열띤 논의를 했지만 결국 하나도 사지 않았다.

육교를 거닐다 보면 노천극장에서 구경하는 것 같은 기분이 든다. 특히 저녁 무렵이면 하늘빛도 어둑하고 가로등도 희미해서 천연적인 극장과 같은 효과가 눈앞에 펼쳐진다. 당신은 그 점쟁이를 본다. 눈을 지그시 감고 부채를 흔드는데 때맞춰 천장의 다채로운 불빛이 나비처럼 그 부채 위에서 어른거린다면 고대 회화에 그려진 흰 수염의 노인처럼 보일 것이다. 그리고 점을 보러 온 고객들을 보고 있노라면 사무엘 베케트와 그의 작품『고도를 기다리며』를 연상케 된다. 이런 황당한 생각 때문에 나는 가끔 놀라곤 한다. 점쟁이 앞에 손바닥을 내밀고 있는 사람의 얼굴을 보면 운이 아주 좋아 보이는데 어딘가 묘한 기운이 흐르고 있다. 점쟁이는 연극 속 '고도'의 역할을 한다. 아니, 자신은 허구이고 점을 치면서 말하는 내용이야말로 점을 보러 온 사람이 바라던 고도라는 걸 본인도 분명 잘 알고 있다. 고도는 분명 존재하지 않는다. 그렇지만 존재하기도 한다. 이와 같은 혼란스러운 환상은 점쟁이와 점 보러 온 사람이 떠날 때까지 계속되다가 그들이 떠난 뒤에야 쓸쓸하게 깨어난다.

나는 점쟁이의 숙소가 궁금했다. 그러나 그것은 영원한 수수께끼 같았다. 이들은 육교에서 50미터 떨어진 인파들 속에서 떠올랐다가 다시 그 속으로 사라지기 때문이다. 이들은 어떤 특정한 장소에서 걸어오는 것이 아니라 군중의 손금 속에서 출몰하는 것처럼 느껴진다.

내 눈에 익숙한 점쟁이는 검은색 가방에 산통(첨통), 거울, 구식 만세력, 넓적한 빨간 색종이, 스테인리스 도시락 한 개, 그리고 돋보기를 넣고 다닌다. 만약 그보다 조금 일찍 육교로 나가 있으면 점쟁이는 검은 가방에서 이런 물건들을 꺼내서 매일 서로 다른 방향으로 놓는 걸 목격할 수 있다. 가끔은 거울은 왼쪽에 놓고 빨간 색종이는 오른쪽에 놓으며, 구식 만세력은 위편에 놓고 산통은 아래쪽에 놓는다. 그리고 정작 본인은 난간에 비스듬히 기대어 늘 한결같은 자세로 앉아서 얼굴에는 신비로운 빛을 띠고 있다. 만약 그보다 늦게 나오면 그는 이미 돋보기를 쓰고 두 눈으로 한 여인의 손바닥을 보면서 말하는 걸 들을 수 있다. "아가씨는 19일에 태어났으니 19는 곧 태양의 일진(日辰)이며, 시진(時辰)은 유(酉, 오후 5-7시)시에 해당되네. 팔자에 희비가 엇갈리니 내 말을 좀 잘 듣게……" 그는 이미 남을 위해 점괘를 늘어놓기 시작했다.

그의 '신산자(神算子, 신성한 역술인)'라고 적힌 넓은 빨간 종이는 항상 가장 잘 보이는 곳에 놓여 있다. 이것은 아마도 방위를 따질 필요가 없는 유일한 물건일 것이다.

신산자의 좌판은 번화한 전자상가 골목 근처에 있어서 그는 반드시 목소리를 높여 말해야 한다. 그래서 지나가는 사람들 모두가 누군가의 운명을 조금이나마 엿들을 수 있다. 어떤 사람들은 그가 일부러 이렇게 시끄러운 곳에 자리를 잡아, 더 많은 사람이 점을 볼 마음이 들게 큰 소리로 말할 까닭을 만들었다고 했다. 그가 이런 목적이 있든 없든, 아무튼 이런 효과가 이미 달성되었다. 그가 큰 소리로 "내 말을 세세히 귀담아들으세요."하고 말하는 순간 사람들은 자연스레 잠시 발걸음을 멈춘다.

손님이 없는 한가한 시간에 그는 난간에 기대어 눈을 감고 정신 수양을 하거나 두 손가락으로 무릎을 두드리며 노래를 듣는다. 한번은 그가 노점상에게 공짜로 점쳐주는 것을 보았다. 그런데 그다지 진지하기보다는 조금 농담에 가까웠다. 노점상들이 대꾸하기를, "남에게 점을 쳐주면서 왜 자신의 점은 못 치는가? 돈이 생길 곳을 점쳐서 그곳으로 가야지."

이렇게 말하는 사람들이 적지 않았다. 신산자는 살며시 손을 들며 반 마디만 대답했다. "자네들은 이해 못 하지. 천기누설은 안 돼……"

다른 점쟁이는 육교 중앙에 앉아 있었다. 그는 두 번째로 이곳에 온 점쟁이다. 그 뒤에는 점쟁이가 더는 오지 않았다. 그러다 보니 이 육교에는 점쟁이 두 명이 자리 잡게 되었다. 다들 "한 산에 호랑이 두 마리기 함께 살 수는 없다."고 한다. 하지만 이 육교에는 점쟁이 두 명을 동시에 담아낼 수 있다. 둘은 여태껏 왕래하는 법이 없으니, 아마 이들은 서로 상생하는 팔자도 아니고 서로 상극하는 팔자도 아닐 것이다. 한 사람은 남쪽에 한 사람은 북쪽에서, 각자의 위치에서 천명을 편안히 누리는 셈이다.

가끔 나는 둘 중에서 누가 더 용한지 궁금했다. 점쟁이 노릇을 한 적이 있는 사람의 말에 따르면 나이가 많을수록 용하다고 한다. 그의 말에 따르면 염소수염을 기르고 한쪽 눈이 애꾸인 데다 다리마저 민첩하지 못한 사람은 용하기에 점괘가 십중팔구는 맞을 것이라 했다.

그렇게 따지면 후에 온 점쟁이가 더 용하다. 나이도 충분히 많은 데다 흰 수염에 흰머리를 하고 있었고 돋보기도 아주 오래된 것이라 끈으로 묶어 귀에 걸었다. 그는 첨통(籤筒, 점대통)이 따로 없었고 영패처럼 생긴 첨자를 땅에 던졌을 때 만약 누가 의도적으로 뒤집지 않는다면 첨자에 새겨진 현묘한 글귀들은 점쟁이 외에는 알 수 있는 사람이 없다. 나는 그의 성기게 난 은발에 주목했다. 육교 중앙은 바람이 특별히 많이 불었다. 바람은 그대로 점쟁이 머리에 불어닥쳤는데 그 모습은 진정한 점쟁이처럼 느껴졌다. 그의 숱이 얼마 안 되는 은발과 낡은 돋보기며 앞에 펼쳐놓은 물건들과 손에 깃털 부채를 들고 있는 모습을 보면 분명 이 점쟁이는 속세를 떠난 고수의 느낌을 준다.

하지만 벌이는 시원치 않았다. 그는 선천적으로 우울함과 과묵함을 가지고 있는 듯했다. 이런 과묵함은 백 년도 더 된 가옥처럼 창망하고 고적했기 때문이다. 사람들은 보통 점쟁이한테서 깊이를 알 수 없는 신비로움을 찾고자 한다. 그렇다고 해서 침울하고 가라앉은 분위기를 원하는 건 아니다. 따라서 심연이나 깊이를 알 수 없는 동굴 같은 분위기는 싫어한다. 물론 먼저 온 신산자도 가끔 장사가 안될 때가 있는 만큼, 벌이가 잘되거나 안되는 것 모두가 세상과 동떨어진 그의 태도 때문만은 아닌 것 같다.

가끔은 장사가 잘될 때도 있었는데 그때면 점쟁이가 지켜야 할 "천기를 누설해서는 안 된다."는 원칙조차 잊을 정도로 바빴다. 점쟁이들은 보통 어느 정도까지만 얘기하고 더 깊게 얘기하지 않는다. 하지만 그것조차 잊을 때가 있다. 사람들은 자신의 운명을 철저하게 다 알고 싶어 하지만, 가끔은 그 일부를 드러내지 않기를 바란다. 그러나 이 점쟁이는 순간적으로 흥분하여 천기를 뚫어버리기도 한다. 이를테면, "초년 운은 평범하나 중년부터는 점점 좋아질 거요……, 당신은 감정의 파장이 흐르는 물, 떨어지는 꽃 같아요."

어찌 되었든 이런 실수는 사람들이 이해한다. 그렇지 않다면 잠깐이지만 사람들이 모여드는 호황을 어찌 누릴 수 있겠는가.

가끔 점쟁이들은 연금술사의 역할도 자처하곤 했다. 찾아온 사람들의 운명 속에서 가장 빛나는 부분을 뽑아서 단련하고 이들이 마음속으로부터 원하는 황금을 제련하여 준다. 마음속 황금을 제련하려면 이들의 손금 외에도 관상을 통해서도 많은 것을 알아야 하기에 두 점쟁이는 모두 작은 거울을 가지고 있다. 자신의 운명을 알고 싶어했던 사람들은 이 두 거울을 본 적이 있을 것이다. 신산자도 거울에 자신을 비춘 적이 있는데 그는 거울을 이용하여 수염을 잘랐다. 그 정도로 거울은 지극히 평범한 기물(器物)이다. 그것은 하늘의 복숭아와 땅 위의 복숭아와도 같은 것이었는데, 둘 다 같은 복숭아지만 하나는 선도라 부르고 다른 하나는 그냥 복숭아라고 부르는 것과 같은 이치이다. 점쟁이 자신에게는 거울은 그저 거울일 뿐이었다. 아무튼 육교의 두 점쟁이가 거울에 자기 얼굴을 비추면서 나의 초년 운도 별로이고 만년 운도 안 좋다고 말하는 모습은 절대 볼 수 없을 것이다.

나는 지금껏 그들의 거울에 나 자신을 비춰 본 적이 없다. 그들 거울이 우리 고향의 일부 민가 처마에 걸어놓은 조요경(照妖镜, 마귀를 비추는 거울)을 떠올리게 했기 때문이다.

소리 포식자 : 가수
(声音捕食者)

이 골목에 와서 노래하는 사람은 유랑가수가 아니다. 여기는 시끌벅적할 때 너무 시끌벅적하고 썰렁할 때 너무 썰렁하다. 이 골목에서 아주 먼 은행 입구에서 나는 한 유랑가수를 만났다. 그는 내가 지금까지 들어 본 적이 없는 노래를 부른다. 그를 딱 한 번만 본 적이 있다. 그의 목소리에는 고요함과 외로움이 묻어났으며 내 소녀 시절의 한 음악 선생님을 닮았다.

사람들은 유랑가수 곁을 지나거나 멈추어 때때로 펼쳐놓은 검은 가방 안에 소액지폐 한두 장을 놓았는데 지폐들이 그의 조금 길어 보이는 머리카락과 마찬가지로 미풍에 흔들리고 있었다. 그 후, 그 은행 앞에서 이 유랑가수를 다시는 본 적이 없다. 은행 옆에 있는 이발소는 큰 스피커 두 개를 문 앞에 설치했는데 스피커에서 요란스럽게 올리는 노랫소리는 열 명의 유랑가수를 파묻어 버릴 수 있다. 유랑가수는 지하철역으로 갔을 가능성이 있다. 아니면, 시끌벅적하지도 않고 썰렁하지도 않은 어느 거리로. 그들은 이곳 서가(西街)에서 노래 부르는 것을 선택하지 않았다.

　내가 '서가'라고 부르는 이 골목에는 진정한 유랑가수가 한 명도 없지만 매일 많은 노랫소리가 골목에서 울려 퍼진다. 노랫소리는 몇몇 특별한 사람들에게서 나오는데, 그들은 그 소리로 사람들의 도움을 얻고, 그다음 음식으로 바꾼다. 움직임이 느렸기 때문에, 그 소리는 두더지가 모래 위에서 사냥할 때 나는 소리처럼, 잘게 부서지면서도 선명하여, 귀로 그가 음식을 잡았는지 아닌지 구별할 수 있을 정도다. 소리가 우렁차고 유장하면 음식이 충분하다는 뜻이며 반면에 소리가 낮고 자꾸 끊기면 수확이 참담하다는 뜻이다.

　나는 3층에 살았는데 골목에서 200미터쯤 떨어진 곳에 있다. 그 노랫소리들은 대부분 내 집 아래층에서 흘러 나간다.

　이 소리의 주인공 중에는 두 다리를 잃고 미끄럼틀에 엎드려 다니는 사람도 있다. 그는 오랫동안 이곳 서가에서 돌아다녔다. 어디서 왔는지는 아무도 모른다. 그의 노랫소리에서는 고향을 분간하기 힘들다. 어쩌면 그는 고향이 없는 사람일 수도 있다. 다리를 잃는 순간 고향도 함께 잃었을 것이다. 이건 나의 주관적인 생각인데, 고향 땅은 반드시 두 발로 밟아야 한다. 그렇기에 두 발을 잃는다는 것은 고향을 잃는 것이나 마찬가지다. 적어도 그는 자기 대부분을 잃은 셈이다. 그는 발 대신 손으로 고향의 흙을 만질 수밖에 없다. 손으로 만지는 것과 흙 위를 직접 걷는 느낌은 크게 다르다.

　하지만 그에게는 아직 상반신이 있었다. 어쨌거나 그는 반쪽 몸 덕분에 살아남을 수 있었다. 간혹 노래하다 힘에 부치면 고음 부분에서 중저음으로 미끄러져 내려오기도 한다. 그 음조는 마치 「이천영월」에서 소리를 꺾을 때 나는 나지막하고 쉰 목소리와 비슷하다.

　이 장애인을 대하는 사람들의 태도에는 동정심과 경계심이 함께 있었다. 서가에는 장애인 몇 명이 자주 나타나는데 실제로 장애를 가지고 있는 장애인도 있지만 장애인을 가장한 사람도 있다. 사람들의 동정심이란 가슴에서 솟아난 이슬이나 해와 달의 정화된 빛과 같은 것이다. 그래서 거짓 장애인한테 사기를 당하면 낙담하고 냉정해지게 된다.

　자신의 진실함을 드러내기 위해 서가의 일부 장애인들은 다리의 절단된 부분을 밖으로 드러내 보이며 잔혹한 방식으로 자신의 불쌍함을 강조한다. 이런 모습을 보면 동정할 수도 없고 그렇다고 동정하지 않을 수도 없다.

　나는 그의 노랫소리를 의식한다. 일정한 시간 간격을 두고 그는 서가에서 노래를 부른다. 그의 목소리는 좋은 편이 아니지만 그는 아주 열심히 노래를 불렀다. 그의 입가 오른쪽에 주름이 패어 있었는데 노래를 부를 때면 그 주름이 펼쳐지면서 마치 이파리가 귀 쪽으로 떨어지는 것 같기도 하고, 얼굴 속에 감춰진 희미한 미소가 피는 것 같다. 그 미소는 강한 햇빛 아래서 더욱 눈에 잘 띈다.

　그의 노랫소리는 미끄럼틀이 땅바닥에 부딪히는 소리와 뒤섞여 거칠고 요란했다. 이 소리는 문을 닫고 들으면 아주 성가시게 들리지만, 밝은 햇볕 아래서 활짝 펼쳐진 얼굴의 주름이 눈에 들어오는 순간, 주름살을 통해 그의 심경이 느껴지면서 노랫소리가 마음에 와닿는다. 순간 말할 수 없는 슬픔을 느끼게 된다. 혹시라도 「대비주(大悲咒, 불교 주문)」를 들어 본 적이 있다면, 귀에 들리는 그의 노래는 대비주의 경문처럼 핏속에 들어와 함께 흐를 것이다. 이때 당신은 인생이 짧음을, 선을 행해야 함을, 등등 그와 유사한 깨달음을 떠올리게 된다. 따라서 그가 노래를 얼마나 잘 부르는지, 곡조가 유행을 따르는지 따위에는 신경 쓰지 않게 된다.

물론, 사람들이 '인생은 한순간'이라고 자꾸만 탄식하는 건 아니다. 왜냐하면 인생이 너무 길다고 느껴질 때도 있기 때문이다.

사람들의 기분이 좋든 나쁘든, 나무판을 타고 미끄러지듯 기어다니는 가수는 늘 나타났고 그의 노랫소리는 이 골목에 계속 울려 퍼진다. 여름에는 좀 더 자주 왔고 노랫소리도 더 흥겨웠다. 미끄럼판 위엔 상자가 있는데, 그 안에는 노래용 음향 장치가 들어 있다. 그리고 상자의 꼭대기에 돈을 넣을 수 있는 틈을 냈는데, 상자는 어두운 밤중의 색깔과 비슷하지만 완벽한 밤의 색깔은 아니나. 밤은 아무리 깊어도 가끔 별빛이라도 있지만 그 상자는 그저 단조롭고 순수한 검은색이다.

나는 그의 상자 한쪽에 태양, 다른 쪽에는 달을 그리고 싶었다. 그리고 태양과 달 아래에 청산유수, 화초와 나무도 그리고 싶었다. 이것들은 내가 어릴 때부터 즐겨 그렸던 것들이다. 그러나 다시 생각해 보면 그는 처음부터 검은색을 좋아했을지도 모른다. 그 색은 폐쇄적이기는 하지만 안정감 있는 바탕색이었기 때문이다.

한자 포식자 : 작가
(汉字捕食者)

　처음으로 시인의 집을 방문하게 되었다. 그는 나의 친구였는데 벌써 골목 여러 개를 에돌았다. 골목 양쪽에는 가게를 제외하면 박태기나무들이 줄지어 꽃을 피우고 있었는데 시인이 지나다니기에 아주 적합했다. 게다가 골목 깊은 곳에 시인이 살기에 적합한 셋방이 자리하고 있었다.

　내가 전에 상상했던 시인의 모습은 이랬다. 성격은 활달하면서도 조금 음흉하고 신경질적이다. 그리고 유랑하는 삶을 좋아했고, 술을 즐기며, 엉뚱한 말을 골라서 할 뿐만 아니라 방은 어질러져 있기 일쑤이고 옷차림은 제멋대로이다. 물론 시인의 모습은 세상에서 가장 완벽하게 아름다울 수도 있는데, 성격은 명랑하거나 내향적이고, 낭만적이며 깔끔할 뿐 아니라 경제적으로도 여유가 있을 수 있다. 나는 그들이 어떤 부류이든, 무릇 시인이라면 마음속에 날아다닐 수 있는 새 한 마리가 깃들어 있을 거라 생각했다. 하지만 사실이 증명하다시피 나는 시인에 대해 잘 모르고 있었다.

나의 시인 친구의 집은 2층에 있는데, 비좁은 복도에 이어진 계단 난간은 녹으로 얼룩덜룩하다 그는 녹슨 계단 난간과 일정한 거리를 두고 벽 쪽에 기대어 2층으로 올라가곤 했다. 하지만 나는 오히려 난간을 잡고 2층으로 올라가는 걸 더 선호했다. 녹으로 얼룩진 계단 난간을 잡는 순간 들리는 '-지-직'하는 소리는 눈에 보이지 않는 세월의 울림과 같은 것이었다. 보통 이런 느낌은 산문작가인 내가 느낄 수 있는 것이 아니었다. 하지만 나는 시를 쓰는 사람만이 시인이 되는 것은 아니라고 생각했다.

계단을 오르고 내릴 때, 나의 시인 친구는 "철에 슨 녹은 독이 있어 손에 닿으면 안 돼."하고 주의 깊게 말했다. 우리가 밖에 나와서 꽃이 핀 박태기나무가 늘어선 골목을 걸을 때도 그는 나뭇잎에 세균이 있어 손대면 안 된다고 했다. 우리는 처음 이렇게 긴 시간 동안 함께 있었을 뿐 연인 사이도 아니고 우정이 특별히 깊은 것도 아니었다. 하지만 나는 결국 참지 못하고 입을 열고 말았다. 녹슨 난간이나 먼지를 뒤집어 쓴 나뭇잎에는 삶의 진실 혹은 형해 같은 것이 녹아 있어, 그걸 만져 봐야만 진실된 삶을 감지할 수 있다고 말하자 나의 시인 친구는 고개를 끄덕여 보였다. 하지만 속으로는 내 말에 절대 수긍하지 않는다는 걸 나는 감지하고 있다.

인간은 상대방을 대할 때 천성적으로 생소함을 느끼는데 가족 간이라도 예외는 아니다. 나는 이 친구와 같이 이런저런 이야기도 나누고 작문 소재를 연구하고 생각과 소감을 나누기도 했다. 이 친구는 기다란 골목을 지나 맥주병이 가득한 자기 집에 나를 데리고 가기도 했으나 생활방식이나 성격의 차이로 우리들 사이의 낯섦은 피할 수 없었다. 하지만 나는 이 친구와 낯섦이 다행스러웠고 우리가 연인이 아닌 게 정말 다행이라는 느낌이 들었다. 그렇지 않다면, 나는 매일 그의 잔소리를 들어야 했을 것이다. 독이 있어 못 만진다느니 세균이 있어 못 만진다느니 할 게 뻔하기에 어디든 도망치고 싶을 것이다.

사람들은 이상(理想)을 공유하는 사람을 만난다면 나의 반쪽인 소울메이트(知音)를 찾은 것이나 다름없다고 한다. 하지만 나는 이 말을 믿지 않는다. 같은 이상을 가졌을지라도 소울메이트(知音)의 반에 못 미칠 수도 있고 심지어는 천성적으로 원수지간일 수도 있기 때문이다. 의기투합이 가능하면 서로 칭찬할 수 있겠지만 상대방을 경계할 수도 있다. 게다가 서로 관심을 보이다가도 그 관심을 접기도 한다. 이들의 사회적 교류는, 가져다 쓰는 한자(汉字) 어휘처럼 자유롭고 마음 가는 대로이다.

하지만 개인은 영원히 고독한 존재일 따름이다. 특히 한자 어휘의 조합 능력이 뛰어난 사람일 경우에 고독감은 더욱 가중된다. 이런 고독감은 그의 내면에서 시작되어 그가 가진 인간적인 소양과 자존심이 더해지면서, 그 외로움은 겉으로 잘 드러나지 않는다. 따라서 비장함을 향수(享受)하듯이 외로움을 받아들이고, 그것을 안전한 울타리 삼아 한자 어휘를 조합하며 살아가는, 그것이 가장 적합한 삶의 방식이라 여긴다.

사람들은 한자조합자들이 무슨 까닭으로, 달콤한 잠 속의 꿈, 아름다운 데이트와 낭만적인 연애의 시간, 열심히 노동할 수 있는 시간 등을 낭비하면서 즐겨 밤을 새우는지를 영원히 이해하지 못할 것이다. 특히 노동할 수 있는 시간을 낭비하는 것에 대해 나는 느낀 바가 많을 뿐만 아니라 이에 상응하는 답변까지도 마련해 두고 있다.

나는 에세이 작가인 친구에게 '내가 하는 글쓰기도 노동이다'라는 말을 절대로 하지 말라고 충고한 적이 있다. 특히 우체국에서 '원고료 27위안'이라고 적힌 통지서를 받게 되면 비웃거나 겸손해하지 말라고 했다. 한자조합자로서의 모습을 보여주려면, 담담하게 창구로 가서 원고료 27위안을 받은 다음에, 한 근(500g)에 8.98 위안인 화룡과를 사거라, 그리고 집으로 돌아가 벽에 걸어놓은 '기절(气节, 기개·자존)'이란 두 글자 밑에서 모두 먹어 치워라.

한자조합자들은, 응당 사람인 이상 생존으로서의 현실적인 토대가 필요하지만, 그곳에 들어선 빈자리는 허구를 통해 채워 넣어야 한다. 이때 한자(어휘)를 조합하는 일은 현실적인 선택이고, 27위안을 받은 것은 허구가 되는 셈이다. 이렇게 생각하면 된다. 이백은 그저 "고개 들어 밝은 달을 바라보고, 고개 숙여 고향을 생각한다."하고 말했을 뿐, 떠돌아다니는 자신의 처지며 큰 뜻을 펼치지 못한 울분을 직설적으로 표명하지 않았다.

내 판단으로, 술자리에서 만난 한자조합자들은 그나마 가장 사랑스러웠다. 비록 술로 인해 그들의 심령은 여리고 처량했지만, 한편으로 그 순간만은 가장 진실되고 호방하게 살아 있다. 이들 중에 이백이 없을 뿐만 아니라 이백의 후손이 되는 사람도 없다. 하지만 술자리에서 이들은 꼭 이백의 명구를 입에 담는다. "자고로 성현은 외로웠거늘, 오직 술을 마신 자만이 그 이름을 남겼지."

시인 친구의 거실에는 사이즈가 큰 원탁이 놓여 있다. 이 원탁은 술을 마시기 위해 마련해 놓은 것이라 했다. 안타깝게도 나는 술을 마시지 않는다.

둥관(东莞)의 관음(观音)산에서 나는 산문작가를 만난 적이 있다. 그때 그의 취기는 아마 이백이나 서하객의 경지에 비견할 만하였다. 그는 여행기를 즐겨 쓰고, 그의 말과 행동은 모두 이슬에 젖은 듯한 맑고 청량한 여행기 풍미를 남긴다. 그날 오후에 그는 술에 취해 나무 그늘이 있는 돌 탁자에 엎드려 자고 있었다. 때는 늦가을이라 남방의 날씨가 아무리 따뜻하다 해도 나무 아래서 바람을 맞으며 자다 보면 감기에 걸리게 마련이다. 역시나 그는 정말 감기에 걸렸고 감기와 관련된 글 몇 줄을 썼는데 글에는 담백한 술 냄새가 배어 있었다. 그의 말, "밥 한 끼에 천금을 쓰는 사람을 보면, 글 쓰는 나 같은 사람은 마음이 아프다."

이 말의 뜻은 밤을 새워 글을 쓴 뒤에 원고료 27위안을 받아 본 사람만이 느낄 수 있다. 물론, 나는 그가 다시 밤을 새워 글쓰기에 몰두하리라 생각한다. 왜냐하면 27위안은 돈일 수도 있고 일종의 힘이 될 수도 있기 때문이다.

내가 다시 시인의 집을 찾았을 때, 그는 처남과 동업하여 간이음식점을 차렸노라고 나에게 말했다. 처자식을 먹여 살리고 새로 구입한 집 대출도 물어야 했기 때문이다. 자신을 팡누(房奴, 주택 노예)라고 하면서 지갑을 털어 35위안을 책상 위에 내놓았다. 재산을 간이식당과 집을 사는 데 다 털어 넣고 지금은 35위안밖에 안 남았다는 뜻으로. 하지만 그는 결국 덧붙여 말하지 않고 다시 35위안을 주섬주섬 집어넣었다. 밖에 노출되었다가 다시 감추고 싶은 비밀을 서둘러 숨기듯이 말이다.

장사를 시작한 후로 시인은 나에게 햇볕을 함께 쬐자고 약속하는 횟

수가 눈에 띄게 줄어들었다. 가게 문이 동쪽으로 나 있어 가게 문을 열면 바로 오전의 햇살을 만끽할 수 있을지도 모른다. 옛날에는 글을 쓰는 사람의 손에 러우사오(漏勺, 구멍이 뚫린 국자)나 뒤집개를 들고 있는 모습을 상상해 본 적이 없었다. 하지만 지금 나는 글을 쓰는 시인이 러우사오와 뒤집개를 들고 있을 뿐만 아니라 웨이터와 설거지까지 병행하는 걸 목격하고 있다.

사실 나는 이 시인을 축하해주어야 마땅하다. 이제부터 더 이상 밤을 새우지 않아도 되고 외롭게 한자를 조합하지 않아도 된다. 전에 그의 방에 밤늦게까지 켜져 있던 등불은 일찍 꺼져 쉴 수 있게 되었고, 주변 이웃들이 시끄럽게 떠들어도 방해받을 작업이 없다. 암튼 이젠 고달팠던 한자 조합 일을 내려놓을 수 있게 된 것이다. 하지만 나는 결코 그를 축하해주지 않았다.

이 시인처럼 장사를 하거나 알바에 종사하는 한자조합자들이 점점 더 늘어났다. 이들 중 일부는 이미 부자가 되었고 일부는 부자가 되기 위해 노력하는 중이다. 이들은 삶을 위한 것이 시를 짓는 것보다 더 중요하다고 말한다.

삶을 위한 일은 확실히 시보다 더 중요하다. 하지만 삶에 시가 없어서는 안 된다는 점을 이들도 잘 알고 있다. 특히 이전에 시와 함께 하나의 정신세계를 이루며 살았던 사람들이니 풍족한 물질생활만으로는 진정한 평안과 쾌락을 가져올 수 없다. 이들의 세상은 갈수록 조여드는 협판(夾板)과도 같아서, 생활과 시라는 양 벽의 틈 사이를 자기 회의와 함께 옆걸음으로 나아갈 수밖에 없다.

어리석다고 여길 만큼 강한 인내력을 가진 사람만이 변함없이 한자

조합자 일을 할 수 있다. 그들은 대부분의 시간을 집에서 보내면서 목이 말라 기갈이 나고 입이 갈라 터질 때까지 글을 쓰고 나서야 마트에 진열된 화룡과를 떠올릴 것이다.

만약 나처럼 남방에서 살면서 용과 맛을 좋아한다면, 화룡과는 담을 삭혀주고, 폐를 촉촉하게 하고, 독을 배출시키며, 담백해서 밤을 지새운 사람들에게 알맞다. 만약 당신이 밤새워 글을 썼다면 말이다.

공장 포식자 : 직공
(工厂捕食者)

밤에 밖에 나가야 깨끗한 공기를 마실 수 있다. 게다가 바람이 불기라도 하면 복도 옆에 피어 있는 붉은 부겐빌레아(三角梅, bougainvillaea)의 냄새도 맡을 수 있다. 지금은 봄이라 부겐빌레아가 한창이지만 나는 저녁에 나가 산책하면서 꽃을 구경하고 싶은 생각은 없다. 남편은 한 외국계 기업의 일반 노동자다. 그는 아침 일찍 나가고 밤늦게 돌아오거나, 밤늦게 나갔다가 아침 일찍 돌아오는데 2주에 한 번씩 교대를 하니 항상 피곤하고 긴장된 상태이다. 머리에 새치까지 있어 그는 실제 나이에 비해 더 늙어 보인다. 그는 대부분의 시간을 일하는 데 썼고, 나머지 시간에는 잠을 잤다. 잠과 일 사이에 짬을 낸 시간에만 나와 함께할 수 있다. 그 외에는 나와 함께 보낼 수 있는 시간이 따로 없다. 따라서 꽃의 앞이나 달 아래서와 같은 낭만적인 시간을 갖는다는 것은 매우 힘든 일이다. 우리는 연애와 결혼을 급하게, 번개처럼, 검소하게 치렀다. 물론 이런 것들은 우리가 행복하고 원만한 가정을 이루는 데 아무런 영향을 미치지 않는다.

가끔 나한테 전화로 물으면서 관심을 표시하는 사람들이 있다. 질문은 매우 직설적이다. 남편은 무슨 일을 하는지, 자기 소유의 집과 차는 있는지 등이다. 나는 그런 사람들을 이해하려고 한다. 농부가 뽕나무를 자른 다음 다시 다른 나무에 접목시키는 것은 그 나무가 더 잘 자라게 하기 위함과 같은 이치다. 이들은 자신의 행위가 잔인하다고 여기지 않고 인지상정이라 생각한다.

문제는 내가 이러한 상황을 이해하려고 노력하면 할수록 하느님도 나의 인내심을 계속해서 시험하게 된다는 점이다. 하느님은 인간의 크는 과정을 감독하고 시험하기 위해 다양한 방법을 동원한다. 이를테면 당신에게 꿀 한 모금을 주는 대신 꿀벌이 귀를 물게 할 수도 있는 것이다. 하지만 하느님이 내린 것은 꿀이 아닐 수도 있고, 그가 보낸 꿀벌이 귀머거리를 만드는 것도 아니다. 그렇게 하느님은 인간의 인내심을 시험하는가 하면 결정력을 시험하기도 하고 때로는 총명이나 깨달음을 시험한다. 그리고 인간의 양심을 시험하는 것도 잊지 않는다. 암튼 하느님은 인간이 감내할 수 있는 모든 심리적 한계까지를 시험한다.

나에게 십 년이 넘게 연락이 없던 첫사랑도 하늘이 보낸 것으로 생각했다. 그게 아니면 원숭이가 보낸 것일 수도 있다. 예전에는 비렁뱅이처럼 가난했으나 지금은 모든 것을 다 갖췄노라고 자랑했다. 어느 기업이 그의 땅을 점용하게 되면서 보상금을 받게 되었고, 새로 아파트도 한 채 분양받았다고 했다. 그리고 머지않아 자가용도 장만할 계획이라고 했다. 이렇게 그는 최근에 생긴 좋은 일들을 끄집어내어 내 앞에서 자랑하다가 나의 삶에 대해서도 물어보았다. 그러면서 다른 여자와 결혼한 것 때문에 마음의 가책을 느끼고 있으며, 내가 용서해주기를 바란다고 했다. 요즘도 괴로워하고 참회하는데 머지않아 갑자기 이혼할 수도 있다고 했다. 그는 계속 주절주절 떠들었다.

지금 그는 진정으로 용서를 구하려는 게 아니다. 그저 묵묵히 출근하면서 월급에 매달려 사는 남편보다 더 능력이 있고 조건이 좋으며 미래가 보장된다는 걸 알려 주고 싶었을 뿐이다. 그는 남자는 돈만 있으면 된다고 생각했다. 공장에서 월급을 받는 내 남편보다 다른 여자의 환심을 훨씬 쉽게 살 수 있다고 착각했고, 심지어는 자신이 용서받기 힘든 잘못을 저질렀어도 물질적인 지위는 그 잘못을 덮을 수 있다고 여기는 것 같았다.

사실 그는 확실히 전에 비해 자신감에 넘쳤으며 말 속에는 이전에 찾아보기 힘든 배짱이 느껴졌다. 남편이 무슨 일을 하는지 묻자 니는 사실대로 대답했다. 내 말을 듣던 그 남자는 '직감적인 느낌으로 너는 지금 힘들게 지낼 것 같다.'고 했다. 그러면서 '혹시라도 어려운 일이 생기면 나한테 알려달라.'고 하더니 자신감 넘치는 태도로 전화를 끊어버렸다.

전화를 끊고 나니 남편도 잠에서 깼다. 양치하고 세수를 한 다음 남편은 나를 위해 국수를 끓였다. 국수에 숙주나물과 피망을 조금 넣었는데 그 맛이 정말 일품이다.

돈 많은 첫사랑에 비하면 남편은 더 비렁뱅이 같았다. 머리에는 일찍이 건설 현장에서 일할 때 발판에서 떨어지면서 생긴 한 치 남짓한 흉터가 있고, 초점을 잃은 눈에는 칠이 벗겨진 검은색 뿔테안경을 걸치고 있다. 안경을 걸고 있을 때면 그는 비렁뱅이가 아닌 낙방한 선비처럼 보인다.

하지만, 이 초라한 선비한테서 오히려 용감함과 의젓함이 느껴진다. 그는 절벽에서 자라는 한 그루의 소나무 같다. 뿌리를 절벽 틈새로 서리서리 뻗으면서 어디든 흙이 있는 곳이라면 용감하게 찾아 나선다. 나는 고향의 바위에 자란 나무를 본 적이 있다. 나무뿌리는 절벽의 표면을 거의 다 감고 있었는데, 어디든 흙이 있는 곳이면 거기에 뿌리를 내리고, 다른 뿌리들은 다른 흙을 찾을 때까지 계속 앞으로 나갔다. 나무는 그렇게 수많은 뿌리에 의해 절벽에 단단히 발을 붙였다. 비록 나무 자체는 그다지 크지 않고 자란 것도 구불구불했으나 뿌리만은 굵고 강직했다. 그 모습은 마치 산 전체가 이 나무에 둘러싸인 것처럼 보인다.

물론 이것은 비유에 지나지 않는다. 사실 내 남편은 그저 평범한 노동자에 불과하다. 나무와 닮은 점이라면 나무는 뿌리가 많고 그는 안 해 본 일이 없을 정도로 다양한 경험을 했다. 그 경험들은 나무의 뿌리처럼 그가 세상에서 흔들리지 않고 살아남게 해준다. 하지만 아쉽게도 절벽에 있는 나무가 모두 쉽게 살아남는 것은 아니다. 뿌리를 내릴 만한 토양을 찾지 못할 수도 있기 때문이다. 그저 싹이나 틔울 수 있는 토양으로는 나무로 클 수 있는 충분한 자양분을 공급받기 어렵다. 사람도 마찬가지다. 평생 자신이 살아가는 데 필요한 자양분을 공급받기 위해 분투할 수밖에 없다.

나무도 불행할 때가 있듯이 남편도 일자리를 찾지 못할 때가 있었다. 남방으로 오기 전에 그는 북방의 어떤 재래시장 입구에 쭈그리고 앉아 있었다. 당시 그는 15살이었는데 일자리를 찾지 못해 돈이 한 푼도 없었다. 일주일이나 굶은 그는 다른 소년 한 명과 함께 일자리를 찾아 나섰다. 낮에는 밖에서 돌고 저녁이면 재래시장으로 돌아와서 상인들이 버린 과일을 주워 먹으며 6일 다시 버텼는데 7일째 되는 날은 도저히 버티기 힘들었다.

함께 다니던 소년은 어디로 갔는지 종적을 감췄고, 남편은 혼자 재래시장 입구에 쭈그리고 앉아 있었다. 배가 몹시 고팠지만, 머릿속은 쉴 새 없이 돌아가고 있었다. 그는 이미 '선을 넘는' 계획을 잔뜩 세웠다. 막 그 계획을 실행하려는 순간, 어떤 중년 여성이 그의 앞에 나타났다. 중년 여성은 재래시장 앞 아파트 7층에서 살고 있었는데 시장 앞에 차를 세우고 분재 한 그루를 사고 나서 7층까지 옮겨줄 일꾼을 찾고 있었다. 남편이 가장 힘든 순간 행운이 찾아온 것이다. 중년 여성은 담장 모퉁이에 쭈그리고 앉아 있는 남편에게 선택했다. 비록 분재를 옮기기 위해 열다섯 번이나 쉬고 여러 번 현기증이 났지만 띰을 수없이 쏟은 끝에 주어진 임무를 완수했다. 원래 정한 가격은 10위안이었지만 그 중년 여성은 이 소년에게 20위안을 주었다. 만두 몇 개에 따뜻한 국수 한 그릇을 사 먹은 후 남편의 머릿속에 맴돌던 못된 생각은 자취를 감추고 말았다.

이렇게 하느님이 남편에게 15살에 집을 떠나라고 하면 남편은 그 시간에 집을 나가야 했고 일주일을 굶으라고 하면 굶는 수밖에 없었다. 그런 후에는 꽃을 옮겨야 할 중년 여성을 만나게 하면서 하느님의 시험은 한 단락이 끝났고, 시험을 통과한 남편은 남방에 와서 지금의 직장에 취직하게 되었다.

가끔 반호서가(畔湖西街)에서 남편의 직장 동료를 만날 때면 나는 그들이 이전에 무슨 일을 했는지, 담벼락 구석에 쭈그리고 앉아서 일자리를 찾은 경험이 있는지, 분재 한 그루를 옮기는 일로 운명이 바뀐 경험이 있는지 궁금했다. 아니면 그들의 아내에게 당신들 남편도 봄에 부겐빌레아를 볼 때면 겨우 삼 할 정도의 감흥만을 갖게 되는지 알아보고 싶었다. 그러다가 그만두었다.

그 대신 나는 절벽의 나무를 생각했다. 나무는 절벽 틈에 뿌리를 내리고 싹을 틔우며 햇빛을 따르지만, 고독하고 고립된 모습을 하고 있다. 그들은 영양분을 운반하느라 바쁜 동시에 조용하고 방해를 받지 않는 환경을 좋아한다.

파오마산
(跑马山)

'파오마산(跑马山)'의 지세는 매우 흥미롭다. 해발은 약 이천삼백 미터, 산꼭대기는 자연스럽게 움푹 패어 소용돌이 같은 깊은 골싸기를 이루고 있다. 이 골짜기에 작은 마을이 자리 잡고 있다. 산에 오르려면 먼저 산에서 내려가야 골짜기 안으로 들어갈 수 있고, 산에서 내려오려면 먼저 산을 올라야만 골짜기에서 나올 수 있다. 골짜기에는 계단식 다랑이 밭(梯田)이 꽤 많이 이어져 있고 그 사이로 가끔 민가들이 보인다. 산 꼭대기에서 내려다보면 민가들 사이로 모락모락 피어오르는 밥 짓는 연기가 보이고 골짜기를 부딪히며 울리는 개 짖는 소리도 가끔씩 들린다. 이곳 다랑이 밭의 자연조건은 벼농사를 지을 수 없었으니 그 대신에 감자, 메밀, 무, 완두콩과 같은 고랭지 작물 위주로 재배했다.

사람들은 첫눈이 내리기 전에 완두콩을 수확하느라 정신이 없다. 이 맘때면 거의 모든 사람들이 다 바삐 보낸다. 파오마산도 예외가 아니다. 혹시라도 겨울을 한가하게 보내려면 완두콩을 심지 말아야 했다.

나는 완두콩 상인인 친구와 함께 완두콩의 가격을 알아보기 위해 이곳 파오마산을 찾았다. 그는 한족이라서 이족(彝族) 말을 할 줄 몰랐다. 그의 아내도 함께 따라왔는데, 내가 굳이 '호리호리한 아내(娇妻)'라고 말하는 것은, 내 친구의 체격이 실제로 마른 형은 아니었지만, 그의 아내가 별다르게 작고 가냘프게 보였기 때문이다.

운 나쁘게도 우리는 한바탕 폭우를 만났는데, 비에 젖은 우리 몰골은 그야말로 '물에 빠진 닭(落汤鸡)' 꼴이 됐다. 이들 부부는 오랫동안 표준어로 전국 각지의 완두 상인들과 장사해 왔기에 장대비가 쏟아졌을 때 습관적으로 하느님과 표준어로 대화했다. 비가 하도 많이 쏟아지는 바람에 우리는 더 가지 못하고 큰 나무 밑에서 비를 피했다. 그러다가 벼락이라도 맞을까 봐 두려워 나무 밑에서 나와 온몸으로 비를 고스란히 다 맞았다. 다행히 소나기는 이내 그쳤다.

삼륜 오토바이를 적당한 곳에 세워놓고 걸어서 골짜기에 이르렀을 무렵 우리는 너무 추워서 이가 덜덜 떨렸고 하도 배가 고파서 말할 기운조차 없었다.

우리는 골짜기에 있는 마을에서 어떤 젊은이를 만났다. 한참을 이야기하다 보니 그는 중학교 동창생의 형이었다. 나는 그를 골짜기의 주인 즉 '구주(谷主)'라고 불렀다. 구주는 자기 동생이 지금은 어느 향(읍 단위)의 '일반 공무원'라고 했다. 관직은 별로 높지 않지만 자기보다는 훨씬 우수하다고 했다. 나는 그가 말하는 '일반 관직'에서 '일반'의 의미를 잘 이해하지 못했다. 하지만 우리에게 닭을 잡아 대접하는 구주의 성의는 '일반'을 넘어선 높은 수준이었다.

나의 한족 친구는 이족 말을 할 줄 몰랐지만 이족의 풍속은 잘 알고 있었다. 그는 바로 닭대가리를 집어 들었다. 닭대가리는 이족들이 손님에게 주는 최고의 대접이다. 그리고 닭대가리를 먹었으면 그에 대응하는 답례가 꼭 있어야 한다. 설사 닭대가리를 입에 넣고 먹지 않았다고 해도 닭은 그를 위해 잡은 것인 만큼 어떻게든 답례해야 한다. 그는 구주의 한 살이 채 안 된 아기에게 50위안을 쥐여줬다. 이러한 답례 문화는 조건반사마냥 나한테는 익숙하다. 어려서 받은 집안 가르침은 이렇다. 누구한테든 물건을 받았으면 빈손으로 돌려보내서는 안 된다. 이를테면 쏸차이 한 바가지를 받으면 빈 바가지 대신 적어도 소금 한 봉지라도 넣어서 보내야 한다. 이는 상대에 대한 존중이다. 그렇기에 답례로 보낸 물건이 아무리 보잘것없더라도 상대는 매우 기뻐한다.

식사 후, 구주는 우리를 위해 모닥불을 피웠다. 우리는 문 앞에 앉아 완두콩 가격을 흥정하기 시자했다. 자기 집 완두콩이 남들 것보다 잘 열렸다는 걸 증명하기 위해 그는 모닥불을 쬐던 옷이 다 마르자 냉큼 우리를 데리고 자기네 완두콩밭으로 향했다.

도착해서 보니 구주의 부모님들은 한창 콩 수확으로 바삐 보내고 있었다. 바로 조금 전에 큰비가 내렸는데도 쉬지 않고 이들은 얇은 비닐을 뒤집어쓴 채 열심히 완두콩을 땄다. 어떻게든 첫눈이 내리기 전에 가장 잘 여물고 값도 잘 나가는 콩을 모두 따야만 한다.

구주의 모친은 처음 수확한 완두콩이 보기도 좋고 맛도 일품이라고 했다. 그녀는 잎담배를 태워 물었다.

나는 완두콩 몇 알을 입에 넣었다. 빗물에 젖은 완두콩에선 청신한 맛이 느껴졌다.

"이곳을 '파오마산'이라고 부르는데 정말 말이 뛰어다닐 수 있을까?" 나는 혼잣말처럼 중얼거렸다.

202

“우리가 그 말이라오. 이곳에서 평생을 뛰어다녔으니 말이오.” 구주의 모친은 완두콩을 가리키며 농담 섞인 어투로 말했다. 그녀 얼굴에 주름이 모아졌고, 잎담배 연기에 ‘컥’하고 한번 목이 메었다.

나의 한족 친구는 침을 튕겨가며 완두콩 주인과 흥정하였다. 그는 배도 고프지 않았고 추위도 느끼지 못했다. 배 속의 닭고기가 당당하게 말할 수 있을 만큼 충분한 에너지를 제공해준 것이다. 그도 주인을 도와서 완두콩을 땄는데 어느새 삼태기가 반이나 차 있다. 그는 곰처럼 몸을 웅크리고 있었는데, 뱃살이 꿇고 앉은 허벅지에 밀려 불룩하게 나와 있다.

구주의 아버지는 아까부터 말없이 완두콩만 땄다. 얼굴에 웃음을 띠고 있었지만 한마디 말이 없었다. 그곳에서 멀지 않은 밭두렁에는 이 집에서 기르는 조랑말이 서 있었는데 말은 풀을 뜯는 ‘후후’ 소리만 낼 뿐이었고, 아버지 역시 완두콩 따는 소리만 날 뿐이었다.

나의 한족 친구는 아직도 구주와 흥정을 끝내지 못했다. 그렇지만 누구도 완두콩밭을 떠나진 않았다. 두 사람은 밭두렁에 나란히 앉아 흥정을 계속했다.

“나는 장사꾼이라오. 이런 날씨에 이렇게 높은 곳까지 삼륜 오토바이를 타고 오느라 얼마나 고생했는지 모른다오. 만약 내가 제시한 가격에 팔지 않는다면 이 콩들은 그냥 짐으로 실어 나를 수밖에 없을 거요. 그렇게 해서 언제 다 나를 수 있겠소?”라고 말하면서 나의 한족 친구는 구주에게 담배 한 개비를 건넸다.

구주는 자기 집 말을 힐끗 쳐다보았는데 그의 눈빛에는 자부심에 차 있었다. 그는 우리 앞에서 다음과 같이 보증했다. 체구는 비록 작으나

이 말은 지금껏 자기가 작다고 생각한 적이 없다고 했다. 자기 힘이 마을의 다른 말보다, 심지어는 자신이 본 적 있는 모든 말보다 더 좋다고 여긴다고 했다. 그리고 이 말은 자신을 엄청 건장하다고 인정한다고 했다. 언젠가 횃불 축제 때 열린 경마 시합에서 자기네 말이 몸통이 하나는 더 큰 말을 하마터면 이길 뻔했다고 했다. 구주는 이 말이 한 번도 자신을 실망시킨 적이 없다고 강조했다. 만약 자신이 제시한 가격대로 구매하지 않으면 이 말을 이용해서 완두콩을 전부 산 아래로 운반한 뒤에 다른 구매자를 찾겠다고 했다.

"제 눈에는 완두콩보다 약간 더 커 보이네요." 한족 친구의 아내가 그 작은 말을 가리키며 전혀 거리낌 없이 말했다.

구주는 계단식 논 한쪽으로 걸어기더니, 좌우로 완두콩밭을 살펴보고, 다시 그 작은 말을 바라보았다. 밭에서 완두콩 잎 한 줌을 집어서 말에게 내주었다.

날이 저물기 시작하면서 울창한 숲속에서 들려오는 새소리가 적막감을 더 깊게 해주었다. 낮에 내렸던 비는 아무 영향도 없었다. 달은 일찌감치 뒤쪽 산등성이의 갈라진 틈으로부터 솟아올랐다. 그쪽엔 나무가 많다 보니 검은 그림자가 가득 드리워져 있었다. 밤이 완전히 어두워져야 달은 빛을 발산할 수 있다. 지금처럼 어스름한 상태에서 나는 마치 바구니 속에 들어 있는 것 같았다. 고개를 쳐들고 본 하늘은 달보다 조금 큰 쟁반같이 보였는데 하나는 원 밖에 있고 하나는 원 안에 있을 뿐이었다. 사실 모든 게 다 원 안에 있었다.

구주의 부모님은 아직 일을 끝낼 기미를 보이지 않았다. 그의 어머니는 기다란 치맛자락을 묶어서 주머니 모양으로 만든 다음 그 속에 완두콩을 담기 시작했다. 그녀의 눈은 완두콩 덩굴에 가 있었다. 낮에는 눈에 띄게 푸르던 완두콩 잎이 그녀의 이마에 어렴풋이 붙은 모습을 하고 있어, 그 연로한 여성을 부드럽고 자상한 모습으로 바꾸어 놓았다. 그녀는 한쪽 무릎을 반쯤 꿇고 있었는데, 어둠이 완전히 내리자 희미한 달빛도 함께 내려앉아 색이 바랜 회색 옷 한 벌을 그녀의 몸 위에 걸쳐 놓은 듯했다.

이들은 줄곧 흥정했으나 여전히 합의점을 찾지 못했다. 나의 한족 친구도 헛걸음할 수 없어서 구주의 초대를 받아들여 하루 더 머물며 내일 아침 계속 가격을 흥정하기로 했다.

그날 밤 우리는 화롯가에서 구주가 우리를 위해 특별히 마련해준 양털 담요를 덮고 잤다. 화롯가 맞은편에서 강아지가 자고 있었는데 밤중에 몸에 붙어 있던 벼룩이 우리를 급습하는 사건이 발생했다.

다음날 구주는 절뚝거리던 닭을 잡고 한동안 보관해 두었던 옥수수 술을 내왔다.

이들은 술상에서까지 가격을 흥정했다. 입으로는 호형호제했으나 누구도 물러서려 하지 않았다. 각자는 이유를 충분히 대면서 누구도 물러서려 하지 않았다. 나의 한족 친구는 많은 시간과 정력을 들여야 할 뿐 아니라 입이 닳도록 말해야 겨우 외지에서 온 손님한테 완두콩을 팔수 있으며, 돈도 조금밖에 못 번다고 했다. 그는 먹여 살려야 할 가족이 있고 학교에 다니는 자식이 있다고 하소연했다. 그의 표준어는 형편없었다. 하지만 외지에서 온 장사꾼들과 장사하기 위해서는 어쩔 수 없이 표준어도 익혀야 했다. 암튼 완두콩을 비싼 값에 사게 되면 자기는 헛고생이라고 했다.

술이 들어가니 구주는 말로 장사꾼을 따라가지 못했다. 말은 서툴렀으나 그의 이유는 아주 감동적이었다. "이 완두콩은 우리 어머니가 가꾼 거예요." 그는 이 말을 끝내고 나서, 그다음에 무엇을 말해야 할지 몰랐다. 그는 한족 친구의 그릇에 닭고기 몇 점을 덜어주면서 이 닭은 산에서 자랐기에 일반적인 닭보다 고기 맛이 더 좋다고 했다. 장사꾼들은 대개 술자리에서 거래한다. 하지만 구주는 장사꾼이 아니었다. 그저 자기네 닭고기 맛이 좋다고 했고, 자기보다 잘 나가는 어느 향 관공서의 일반 공무원 동생을 소개했으며, 완두콩은 어머니가 농사지은 것이라고 할 뿐이었다.

구주의 아버지도 술을 꽤나 마셨지만 여전히 말씀이 없었다. 그는 양을 방목하러 나가다 벽에 머리를 부딪히는 바람에 머리에 싸매고 있던 이족 두건을 떨어뜨릴 뻔했다.

나는 문가에서 술에 거나해진 구주의 아버지가 염소 몇 마리를 몰고 어젯밤 달이 뜨던 곳으로 가는 걸 바라봤다. 우리도 어제 양들이 다니는 그쪽으로 난 길을 따라 내려왔다. 길은 온통 염소똥이었고, 버려진 신발짝들이 있었다. 구주의 아버지는 천천히 염소의 뒤를 따라 걷고 있었다. 말없이 걷던 그가 돌연히 양치기 노래를 부르기 시작했다. 비록 기력이 따르지 못했으나 노래는 구슬프고 운치가 있었다.

한족 친구와 구주도 뒤를 따라 나왔는데 계속 흥정을 하고 있었다. 구주의 어머니는 말구유에 물 반 통을 부어준 다음 다시 맨발로 집 뒤로 가더니 조랑말을 끌고 나왔다. 말은 절뚝거렸다. 아마도 발굽을 다친 것 같았다. 어제저녁 완두콩밭에서 풀을 뜯을 때도 말은 자기 주변의 풀을 다 뜯고 나서 전혀 움직이려 하지 않았는데 아마도 상처 때문이었던 것 같았다. 말은 그냥 같은 자리에 조용히 서 있었다.

구주는 어색한 표정으로 우리를 쳐다보더니 바로 고개를 돌렸다. 한족 친구도 한창 하던 이야기를 멈추고 조랑말과 맨발로 서 계시는 어머니를 번갈아 쳐다보았다.

알고 보니 작년에 완두콩을 나르다가 뒤꿈치를 다친 것이다. 지금은 전혀 힘을 쓸 수 없게 되어 팔려고 하다가 그만두었다고 했다. 조랑말이 주인을 실망시킨 적이 한 번도 없었기 때문이라고 하면서 이번엔 꼭 기력을 회복할 것이라고 했다.

한족 친구는 어디서 감동을 받았는지 아니면 논쟁이 지쳤는지 몰라도 결국 구주가 말한 가격에 동의하고 말았다. 그는 그 가격에 며칠 동안 딴 완두콩을 다 사기로 결정했다.

우리는 골짜기 바닥을 올라서, 다시 산꼭대기에 난 도로 위에 섰다. 구주의 어머니와 조랑말은 여전히 완두콩밭에 나와 있다. 다만 여기서 내려다보니 말은 성해 보였고, 완두콩 잎을 만지기 위해 숙인 이마와 반쯤 무릎을 꿇은 발도 볼 수 없었다.

아마 내일이면 다른 사람들이 완두콩을 사기 위해 이곳 파오마산을 찾을 것이다. 하지만 그들은 말이 발굽을 다쳤다는 사실을 결코 알지 못할 것이다.

기차 안의 남자
〈火车上的男人〉

　　저녁 무렵 청두(成都)에는 회색 안개가 가득 끼었다. 역 앞 광장의 등이 켜지기 시작했다. 차를 기다리는 사람들은 잎이 다 떨어진 나무 밑에 앉아 있었다. 불빛이 잘라낸 나무 그림자가 사람들의 어깨 위, 손과 심중에, 그리고 의자 주변에 떨어졌다.

　　아직 열차가 도착하지 않아 사람들은 조급증을 느낀다. 광장 앞에서 기다리는 사람들은 말을 거의 하지 않는다. 그들은 의자에 기대어 졸지 않으면 차분하게 컵라면 봉지를 뜯었다. 광장은 대낮에 비해 많이 조용해졌다. 나는 주변을 둘러보았다, 사람들의 얼굴에는 초조한 표정이 역력하다. 그들의 표정에서 나와 동일한, 천애고아처럼 떠도는 슬픔을 읽을 수 있다.

　　어쩌면 이들은 전혀 슬퍼하지 않을지도 모른다. 이들이 가고자 하는 곳이 집이 있는 쪽이거나 어딘가로 여행을 떠날 수도 있기 때문이다.

　　나는 진지한 표정을 지으며 주변을 둘러보았다. 이 많은 사람 중에 내 옆 좌석에 탈 사람은 어떤 사람인지, 그의 목적지는 혹시 나와 같은 도시는 아닌지, 같은 도시라면 같은 동네로 가는 것은 아닌지 궁금했다. 만약 하느님이 나를 어여삐 여긴다면 나랑 같은 아파트 위층이나 아래층에서 사는 사람을 만나게 해줄지도 모른다는 생각까지 해 보았다. 정말 그렇게 된다면 나는 이번 여행을 통해 나의 가장 가까운 이웃을 알게 될 것이고 타향에 친구 한 명이 더 늘어나게 될 것이다.

— 나는 우리 동네 같은 아파트에 사는 내 이웃을 알지 못한다. 모든 집이 문을 닫고 있어 실종된 것처럼 보인다.

나는 또다시 대책 없는 환상에 빠져든다. 나의 이웃들, 친구들, 부모님과 형제자매들. 왜 항상 발걸음을 멈출 수 없는지, 왜 부모집에 반달도 채 머물지 못하고 다시 떠나야 하는지 나도 모른다. 매번 집을 떠날 때마다 내가 느끼는 슬픔을 표현하고 싶었으나 결코 그렇게 하지 않았다. 적어도 처음 집을 떠날 때처럼, 버려진 아이처럼 울음은 터뜨리지 않았다. 어쩌면 떠돌이 삶에 길들인 것처럼 말이다. 내가 아직 어린아이였을 때, 부모님은 정착하지 못한 채 피난민처럼 이리저리 이사 다녔다. 내가 새로운 환경에 적응하려고 할 때면 살기 바빠서 또 새로운 곳으로 거처를 옮기곤 했다. 하지만 이사를 아무리 많이 다녀도 언제나 시골을 벗어나지 못했다. 그저 산 동쪽에서 산 서쪽으로 옮겨 감자를 캐 먹은 다음, 다시 산 서쪽에서 산 동쪽으로 옮겨와서 그쪽의 감자를 캐 먹었다. 그런 후에는 북쪽으로 갔고 마지막에 다시 동쪽으로 돌아왔다.

그렇게 어릴 때부터 나는 유랑의 삶을 살았다. 그땐 나의 몸이 방랑하였지만, 후에는 나의 마음이 방랑하기 시작했고 지금은 영혼조차 방랑하게 되었다. 나한테는 추억할 만한 고향이 없다. '고향'이라는 글자를 볼 때면 잠깐 머물렀던 임시 거처들이 떠오른다. 그리고 그 가운데서 어느 곳이 '고향'이라는 표현에 더 맞는지 생각해 보곤 한다. 그러다 보니 내가 글에서 고향이라고 정의를 내린 곳은 한 곳에 한정되지 않고 아주 넓었다. 내가 머물렀던 모든 곳을 다 고향으로 표현했으니 열 개의 지방을 묶은 것이 '고향'이 되었고, 그 하나하나가 고향을 대표하는 셈이다.

내가 이렇게 옛날 추억에 빠지면 같은 또래들은 의혹에 찬 눈을 크게 뜨면서 말했다.

"82년생인데, 그 시절에 그토록 가난할 수가 있나요?"

당시 나는 세상으로부터 외면된 삶을 살고 있었다. 내가 살았던 량산은 세상에서 철저히 고립되어 있었다. 세상 사람들은 귀신이나 산적들 그리고 맹수들이나 산속에서 사는 줄 안다. 하지민 이들과 맞서 싸우면서 억척스럽게 살아가는 사람들에 대해서는 알지 못한다. 그렇기에 사람들은 내 몸에서 귀신이나 비적 그리고 맹수의 냄새가 나는 건 아닌지 관심을 보인다. 그러나 나는 대부분의 시간을 선량한 바보 짐펠(헤세의 소설 속 인물)처럼 일밖에 모르고 살았고, 다른 사람들과 말을 별로 섞지 않았다. 그들은 더욱 나를 놀리며 쉽게 웃음거리로 만들었다.

어떤 중년 여성이 나한테 구걸하는 바람에 내 생각은 여기서 중단되었다. 중년 여성은 손에 들려 있는 그릇을 연신 흔들며 나한테 다가왔다.

"조금이라도 좋아요! 감사해요! 감사합니다!" 그녀는 수없이 고개를 끄덕이며 중얼거렸다. 가로등 불빛에 보니 그녀는 머릿수건으로 자기 얼굴을 반쯤 가리고 있었고 허리를 굽힌 채 내 쪽을 향하고 있었다.

나는 그녀가 들고 있는 그릇에 1위안을 넣어 주었다.

한 시간쯤 지연된 열차가 도착했다. 나는 광장을 떠나 열차에 올랐다. 청두도 나한테는 고향에 해당한다. 나는 청두와 아직 작별하지 못했다.

기차 안에서 어떤 남자가 쉴 새 없이 지껄였다. 그는 그렇게 30분을 계속 말했다.

처음 보는 남자였다.

괴이쩍은, 그에 대해 어떻게 설명할 수 있겠는가? 내 건너편 왼쪽의 그 남자는 일면식도 없는 사람이다.

그 남자는 자신의 고향에 관해 이야기하고 있다. 난 전혀 관심이 없다.

"쓰촨(四川) 사람처럼 보이는데, 맞지?" 그리고 다시 덧붙였다. "쓰촨 사람들은 다들 키가 작단 말이야, 하하하." 사악하고 괴상한 토끼처럼 그가 하얀 이를 드러내며 웃었다.

순간 나는 기분이 조금 언짢아졌다. 감히 쓰촨 사람들은 다 키가 작다고 몰아붙이다니?

나는 대답하지 않았다. 될수록 숙녀인 척하면서 미소를 지은 채 창밖을 바라보았다. 나는 이 모습을 목적지인 항저우(杭州)까지 유지하고 싶었다.

"이곳 음식은 너무 싫어, 매워서 죽을 지경이란 말이야." 그는 이를 드러내며 찻때가 잔뜩 낀 컵을 들고 끓인 물을 한 모금 마셨다. 매운맛이 지금도 그를 괴롭히는 것 같다.

"넌, 쓰촨 사람이 틀림없어. 쓰촨 사람들은 피부색이 검은데, 너도 좀 검지 않니? 너 한족이 아니지?" 그 남자는 또 물어봤다. 알고 싶은 걸 다 물어봐야 직성이 풀리는 듯했다.

"맞아요. 저 이족이에요." 세상에서 가장 짜증 나는 일은 아마도 상대하기 싫은 사람과 쓸데없는 말을 주고받는 것이다. 설사 내 피부가 다른 사람보다 더 검다 해도 그렇게 물어보는 법이 어디 있는가?

"하, 이족이라면 나도 잘 알지. 본 적이 있으니까. 너희 이족들은 옷을 꽤나 화려하게 입는 편이지. 거기에 피부마저 희면 얼마나 좋아. 그리고 너희 이족들은 목욕을 잘 안 한다며?" 그는 자신이 요구하는 답을 이미 얼굴에 담고 있다.

"그래요. 안 씻어요. 평생을 안 씻어요."

그는 배를 잡고 죽어라 웃는다.

"듣자 하니, 너희 이족들은 모르는 사람을 사촌(老表, 외사촌)이라고 부른다며? 그럼 나도 한번 불러볼래? 난 지금까지 모르는 사람이 나를 사촌이라고 부르는 걸 들은 적이 없거든." 그 남자는 커다란 앞니 두 개를 드러내며 웃었다.

이 괴상하게 생긴 토끼는 쓸데없는 정보를 너무 많이 알고 있다.

"우린 낯선 사람이 돈을 줘야 사촌이라고 불러주죠. 한 번 부르는 데 5백 위안이고 두 번 부르면 천 위안이니, 먼저 천 위안을 주면, 제가 세 번을 불러 드리죠. 마지막 하나는 서비스로 드리죠." 나는 말하면서 웃었다. 그의 미친 듯이 웃는 모습을 그대로 따라 했다.

그는 말없이 찻잔을 들어 자신의 입을 틀어막았다.

열차 안에서 갑자기 퀴퀴한 냄새가 피어오른다. 누군가는 컵라면을 먹고, 누군가는 잠자는 척하고, 누군가는 노래를 듣고, 누군가는 카드 놀이를 하고, 몇몇은 크게 떠들었다. 나는 창가에 기대고 앉아 창밖을 바라보았다. 밤이 깊어 아무것도 보이지 않았고, 가끔은 가로등 몇 개가 스쳐 지나는 게 보였다.

"어디까지 왔을까?" 나는 혼자 중얼거렸다.

창밖의 불빛들은 다 꺼졌고 시커먼 하늘에는 별 하나 보이지 않는다. 바깥은 끝없는 암흑이다. 열차 안에만 등불 몇 개가 커져 있을 뿐. 내가 앉아 있는 이곳은 침대칸이 아닌 딱딱한 좌석(硬座) 칸이다.

누구의 아이인지 엉엉, 울고 있다. 낮은 소리로 엄마를 불렀지만, 누구도 응대하지 않는다. 불쌍한 아이, 나는 갑자기 그 애에게 동정심을 느낀다.

내 건너편에 앉은 토끼형의 남자도 조용해졌다. 그는 등받이에 비스듬히 앉아 잠이 들었다. 입가에는 무슨 꿈을 꾸는지 군침이 방울방울 흘러내렸다.

나는 아주 피곤했다. 하지만 깨어 있으려고 노력했다. 승무원이 쓰촨 말로 졸고 있는 사람들을 향해 주의를 주었는데, 잘 들리지도 않는다. 대충 "날이 건조하니 불조심하고 밤이 깊어지면 도둑을 조심하라."는 말 같았다.

다음날 새벽이 되었다. 기차는 반 정도의 길을 지나왔다. 아직도 하루는 더 앉아서 가야 한다.

객차 안의 냄새가 점점 심해졌다. 담배 냄새, 술 냄새, 라면 냄새, 간식 냄새, 화장실에서 풍기는 메스꺼운 냄새 등이 열차 안에 가득 찼다.

한밤중에는, 아이를 데리고 있는 아줌마들이 화장실에 가기 귀찮게 되자, 아이에게 좌석 사이에 난 복도에서 쭈그리고 오줌을 누게 하였다.

남자들도 밤에는 흡연실로 가기 싫은 데다 승무원들도 많이 다니지 않기에 자리에 앉은 채 연신 담배를 피워댔다. 차멀미가 심한 나는 담배 냄새를 피하려고 줄곧 고개를 숙이고 있었다. 그러다 보니 바닥에 가득 널린 과일 껍질과 간식 부스러기가 눈에 띄었다. 건너편에 앉은 남자가 자기가 먹고 버린 과일 껍질을 모두 발로 내 쪽으로 밀어 넣은 것이다.

승무원은 점심때가 다 돼서야 바닥을 쓸었다. 똥 무더기 속 같았던 열차 안은 점심때가 돼서야 조금 깨끗해졌다.

"제발 조금이라도 위생을 생각해주세요!" 승무원은 사정하다시피 했다. 그의 빗자루가 닿는 곳마다 쓰레기가 가득했다. 승객들은 아무렇지도 않게 생각한다. 이들은 자신이 늙은이라도 된 듯이 발을 조금 들어주는 것조차 귀찮아한다.

언젠가 어느 여관에서 있었던 일이 기억났다. 한 중년 여자가 빗자루를 들고 화장실에 들어가자마자 참지 못하고 문을 쾅쾅 치며 욕설을 퍼붓더니, 바로 뛰쳐나와 헛구역질했다. 성격이 만만치 않은 이 여자는 발코니에 서서, 투숙객이 들어 있는 문을 향해 욕을 퍼부었다. "이 개자식아, 짐승 같은 놈, 똥구멍에 종기가 난 놈들!"

승무원은 인내심이 많았다. 입에 담지 못할 욕도 안 하고 말도 별로 없었으며, 승객들과 농담도 하지 않았다. 그녀는 쓰레기를 버리는 그 모퉁이의 작은 길가에서 가득 쌓인 온갖 쓰레기들을 빗자루로 치우면서 열차 안 승객들을 바라보았는데, 그 눈빛에는 승객들을 모두 쓸어 담아서 쓰레기통에 버리고 싶은 혐오감이 얼마간 섞여 있다.

건너편 남자가 잠에서 깼다. 그는 아침도 먹지 않고 어젯밤부터 정오까지 잠만 잤다. 잠에서 깬 그의 눈에는 수면 부족으로 생긴 핏발이 가득했는데, 귀신같이 보인다.

열차에서 물건을 파는 시간이 되었다. 피곤해서 다리를 구부리고 바닥에 앉았던 입석(立席) 승객들은, 차례차례 불려 일으켜 세워졌다. 간밤엔 도둑을 경계하느라 다들 잠을 설쳤기에 낮에는 한시름 놓고 잠을 자고 싶다. 하지만, 자꾸만 다른 승객이 지나가도록 길을 터주어야만 했다. 지친 사람들은 몹시 짜증이 났지만, 어쩔 수 없었다. 그저 자기 엉덩이를 한쪽으로 돌려놓고 그 초라한 수레가 덜컹거리며 지나가도록 해야 한다.

"일어나, 일어나! 바닥에 앉으면 볼썽사납잖아요." 판매원이 수레를 밀고 지나가면서 말을 내뱉는다.

'어쩔 수 없지 않은가. 너무 졸려서 화장실에서라도 잠이 들 정도인데.' 피곤기가 역력한 사람들은 대개 이렇게 말하고 싶겠지만 아무 말도 하지 못했다. 판매원이 수레를 밀고 지나가고 나면 이들의 눈꺼풀은 이내 다시 붙었다.

"비켜요. 빨리 비켜요." 승무원은 수레를 밀고 지나가면서 잠에 곯아떨어진 승객을 계속해서 깨웠다.

"오라버니, 아이가 옆에 좀 앉아도 되겠어요? 온 밤을 안고 있었더니 손이 저려서요." 어떤 여자가 땅바닥에 앉았다가 일어서며 내 앞에 앉은 남자한테 물었다.

시골 여자 차림이었는데 검정 고무줄로 머리를 질끈 묶고 있었다. 품에는 다섯 살쯤 된 아이를 안고 있었는데 눈을 반쯤 뜬 채 엄마 품에 기대었다.

"신문 두 장을 얻어서 의자 밑에 펴고 누우면 아주 편해. 나는 전에 기차를 탈 때면 좌석표를 얻지 못해 그렇게 하곤 했지." 남자는 손으로 트렁크가 가득 들어간 좌석 밑 '침상'을 가리켰다.

그 여자는 좌석 밑을 힐끗 내려다보더니, 고개를 저으며 다시 기대하는 눈길로 남자를 쳐다보았다.

"오, 밑에 자리가 없군." 남자는 고개를 숙이고 좌석 밑을 내려다보고는 웃으며 말했다. "그럼, 잠깐만이라도 내 옆에 아이를 앉히도록 하게."

여자는 아이를 좌석 위에 올려놓고, 한 손으로는 아이를 붙잡은 채 자신은 의자 가장자리에 걸터앉았다. 그렇게 해서 우리가 나가야 할 길이 막혔다.

"오라버니, 고마워요." 그녀는 진정을 담아 말했다. 이윽고 가지고 있던 보따리에서 삶은 땅콩 한 봉지를 꺼내어 간이탁자 위에 내려놓으며 말했다. "어서 드세요, 드세요." 그녀의 얼굴에는 웃음꽃이 활짝 폈다.

"나는 성이 두씨야." 남자는 여자에게 자기를 소개했다. 그녀는 감사의 뜻으로 진심을 담아서 남자를 "두 오라버니."라고 불렀다.

"뱃가죽의 두(肚)가 아니라 두보 할 때 두(杜)야. 이봐, 틀리면 안 돼. 두부할 때 두(豆)자도 아니야. 그런데 시인 두보는 알고 있어?" 이 '토(兔) 선생'은 입에 땅콩 한 알을 넣고 씹으며 말하다가 내 쪽을 힐끗 쳐다보았다.

나는 속으로 '당신은 두씨가 아니라 토끼 할 때 토(兔)씨가 맞아.'라고 속으로 말했다. 하지만 그 말을 입 밖에는 내지 않았다. 나는 이 우스꽝스러운 생각을 속으로 내리눌렀다.

"몰라요, 그는 뭘 하는 사람이죠?" 그녀는 아주 진지하게 되물었다.

"시를 쓰는 사람이지." 그러면서 말을 이었다. "'침상 앞엔 밝은 달빛 가득하니 땅 위에 흰 서리 내린 듯하네.'라는 시구를 나는 아주 좋아하지."

그 두 선생 옆자리에 앉은 승객이, 그의 입을 꾹 다물고 웃음을 어렵게 참고 있는 것을 보았다.

여자는 부끄러운 표정을 지으면서 시를 모를 뿐만 아니라 이 시도 들어본 적이 없다고 했다. 그리고는 "저는 글을 몰라요."라고 말했다.

"그럼, 저장에 가게 되면 무슨 일을 할 건데?"

"청소부 일을 해요. 친구가 소개해 줬어요. 그 일은 글을 몰라도 돼요. 그저 청소만 하면 돼요." 그녀는 즐겁게 말했다.

"그래." 남자는 더 안쪽으로 앉으면서 자리를 좀 더 비웠다. 그리고는 "애를 안고 앉게. 그렇게 쭈그리고 앉으면 다리가 아프지." 아이를 가리키며 여자에게 자리를 권했다. 그녀는 자리를 잡은 다음 창가에 앉은 내 맞은편 다른 남자한테도 고개를 끄덕여 사의를 표했다. 그리고 조심스럽게 아이를 안아 무릎에 앉혔다.

여성의 땅콩은 '토 선생'이 다 먹어 치웠고, 땅콩 껍질은 간이 쟁반 위에 아무렇게나 널려 있다. 여성은 좀 더 가지고 올 걸 그랬다고 하면서 미안한 표정을 지었다. 열차에서 이렇게 좋은 분들을 만날 줄 알았다면 좀 더 가져와서 좋은 분들에게 나눠 드릴 걸 그랬다고 했다.

이 여자로 인해 나는 열일곱 살 때의 내 모습을 떠올렸다. 당시 나는 청두(成都)로 가는 열차에 몸을 실었는데 이 여자처럼 자리를 구하지 못했다. 당시 나도 좋은 사람을 만났다. 하지만 지금처럼 삶은 땅콩 같은 걸로 은혜에 보답할 줄 몰랐고, 좌석값으로 얼마를 줘야 할지로 고민했다. 한쪽 귀퉁이에 겨우 엉덩이를 들이밀고 앉았는데, 내가 돈을 주지 않았기에 양보받은 자리가 이토록 좁다고 생각했다. 이 마음씨 좋은 사람은 공간을 조금도 더는 양보하지 않았다. 나는 그녀에게 감사의 표시로 10위안을 건넸는데, 그 돈을 거절했다.

그녀가 거절한 후, 나는 계속 그녀에게 더 많은 빚을 진 것 같은 기분이 들었다. 어쩌면 나는 아주 순수한 바보였다. 나는 대가를 바라지 않는 도움이 미덕이라는 걸 모르고 있었다. 이런 도움은 돈으로 계산할 수 없다. 설사 남들이 손바닥만큼 자리를 양보한다고 해도 그건 상대방이 베풀어준 온전한 사랑의 마음이다. 하물며 열차 안은 비좁기 짝이 없다.

여자는 땅콩 껍질을 가져다 버렸고, 가능한 일을 찾아 감사의 마음을 표시하려 했다.

토 선생도 안정을 취한 채 앉아 있었고, 어느 정도 익숙해졌는지 그 여자의 아이를 안고 놀아주었다. 그러다 보니 그가 산 간식을 아이가 반쯤 먹어버렸다.

나는 창가에 기대어 앉아 유리창에 비친 화면을 바라보았다. 갑자기 이 토끼가 그다지 귀찮지는 않다는 생각이 들었다.

다시 밤이 되었다. 열차에서 맞이하는 두 번째 밤이다. 이제 밤이 지나면 내일은 항저우에 도착한다는 생각으로 기쁨이 스멀거렸다.

내 맞은편에 앉은 남자는 계속 졸고 있다. 창밖에서는 비가 내리고 있었으나 그 남자는 비를 느끼지 못했다. 남자가 옷깃을 들어 올리자, 턱에 남은 성긴 수염이 재빨리 옷깃에 가려졌다. 얼굴 위쪽이 다소 창백하여 병이 든 것처럼 보인다.

"허, 저 사람은 정말 오래 자네." 토 선생이 이렇게 말하면서 손에 쥐고 있던 사탕의 종이를 벗기고 있다. 그의 품에 안긴 여자 청소부의 아이는 고개를 갸우뚱하면서 그 사탕만 열심히 바라보았다.

"집이 어디예요?" 여자 청소부는 화기애애한 말투로 나한테 물었다.

내 기분이 많이 좋아졌다. 곧 종착역인 항저우에 도착할 수 있다는 기쁨 때문이다. "제 고향은 쓰촨성 량산이에요." 나는 재빨리 대답했다.

"뭐라고? 량산이라구? 괜찮은 곳이지." 토 선생이 "뭐라고?"를 외치는 어투는 수탉이 아침에 홰를 치는 것 같았다.

그때, "앗!" 하는 비명에 우리는 웃음을 거두고 소리가 나는 쪽을 바라보았다. 어떤 남자가 열차 바닥에서 무릎을 꿇고 있었다. 바로 전까지도 줄곧 잠만 자던 남자다. 그 놀란 목소리는 어떤 중년 여자가 낸 것인데, 그녀는 눈앞의 갑작스러운 움직임에 놀란 것이다.

비명을 질렀던 여자의 옆에 앉은 젊은 여자는 아주 태연스럽게 자기 일에 골몰했다. 그녀는 손거울을 들고 얼굴을 비춰보고 있었다. 귓가에 흘러내린 머리카락을 뒤쪽으로 흘려넘긴 다음 다시 분갑을 꺼내어 흰 분을 화장이 약간 지워진 부분에다가 하얗게 찍어 발랐다. 그리고 두 입술을 몇 번 감빨자 빨간 립스틱이 고르게 퍼졌다.

"어, 무슨 일이지?" 여자는 치장을 마친 후에야 당황한 표정을 지으며 물었다. 여자는 몸을 일으키고 짧은 치마 밖으로 드러난 가느다란 두 다리를 복도에 두고, 마치 자상한 사람처럼 무릎 꿇고 있는 남자에게 다가갔다. 그 남자는 울먹이기만 했다. 끝내 그녀를 쳐다보지 못했고 그녀의 말에 대답하지도 못했다.

요염한 자태의 여자는 몸을 돌려 자기 자리로 돌아왔다. 의자에 몸을 비스듬히 기댄 여성은 계속 머리를 만지작거렸다. 이때 만약 사진작가가 카메라를 그녀 쪽으로 돌렸다면 그녀는 아주 요염한 포즈로 사진을 찍히고자 했을 것이다. 남자 쪽으로 간 것은 남의 눈길을 끌기 위함이다. 하지만 그녀는 실패한 게 분명했다. 승객들은 저마다 자리에서 일어나 바닥에 꿇어앉은 남자에게 시선을 돌렸기 때문이다.

"많이 아픈가?"

"아닐 거야. 방금까지도 멀쩡했거든."

"빨리 승무원한테 알려야 해요. 의사부터 찾아야죠."

"맞아요, 의사부터 찾아봐야죠. 만약 이 사람이 다른 사람을 공격한다면, 상황은 더 안 좋아질 거요."

— 승객들은 다양한 주장을 펼치기 시작했다.

"그는 남에게 피해를 주지 않아요. 저의 삼촌은 정신적으로 좀 문제가 있지만 다른 사람은 해치지 않아요. 아마도 기차를 오래 타서 그럴 거예요. 저를 도와 부축해주실래요? 감사합니다!" 무릎 꿇고 있던 남자는 한 소녀에 의해 의자 위로 끌려가 기대었다. 그녀는 가방에서 약을 꺼내 그에게 먹였다. 소녀는 한편으로 사람들에게 설명하고 감사하면서, 또 한편으로는 삼촌을 좀 지탱해 달라고 부탁했다. 소녀는 크게 당황해하지 않았으며, 아마도 그 일에 이미 익숙해진 것 같았다.

그 남자는 의자 등받이에 기대어 울면서 계속해서 "제발, 살려줘요, 살려줘요!"를 반복했다. 남자는 자기 옆을 지나는 누구의 바짓가랑이라고 잡고 애원하려 들었다. 자극이라도 받은 것처럼 얼굴이 경련을 일으키더니 어느새 모양이 변하고 말았다. "소리 지르지 마, 조용! 조용히!" 소녀는 남자의 등을 두드리며 어린아이를 달래듯이 했다.

"필요하면 언제든 나를 불러요." 남자를 부축하던 토 선생이 걸어오면서 고개를 돌려 소녀 쪽을 향해 말하며, 손가락으로 자기 좌석을 가리켰다. 그제야 나는 그 남자가 한쪽 발이 짧아 걸을 때면 절뚝거리는 걸 발견했다.

"저 남자는 여기에 문제가 좀 있어." 자리로 돌아온 뒤에 자기 머리를 가리키며 말했다.

밤이 깊었으나 남자는 여전히 흐느끼고 있다. 어디서 그렇게 많은 눈물이 나오는지 알 수 없을 정도다. 불빛이 그의 머리에 부딪히는 순간 그의 머리카락은 따뜻하게 변한다. 그 빛깔은 그의 우는소리와 전혀 어울리지 않는다.

저, 남자를 순간적으로 정신 나가게 만든 슬픈 이유는 무엇일까? 나는 다시 헛된 상상에 빠져든다.

창밖은 아무것도 보이지 않았다. 어젯밤과 마찬가지로 캄캄하기만 했다. 이때가 되니, 승객들은 남자의 흐느낌 소리를 자장가 삼아 잠이 들었다.

울고 있던 남자의 어깨는 어느새 차창에 가려진 그림자에 묻혔다. 그 몸의 반은 등불에 노출되었고, 다른 반쪽은 차창에 바짝 붙이고 있었는데 그 부분이 검은 사막처럼 느껴진다. 그 검은색은 창밖의 어두움과 뒤엉켜 하나가 되면서 마치 근친(近親) 사이처럼 보인다.

이 남자는 미친 게 분명했다. 미안하지만 나는 속으로 그가 100% 미쳤다고 확신했다. 그래서 나는, 그를 미친놈이라고 했다. 그런 뒤엔 그를 쳐다볼 용기가 나지 않았고, 또 두려웠다.

토 선생은 미친 남자를 두려워하지 않았다. 그는 품에 안고 있던 '청소부'의 아이를 내려놓더니 다시 미친 남자를 향해 걸어갔다. 옆에서 졸고 있는 소녀를 향해 물었다. "좀 괜찮으신가?"

"많이 좋아졌어요. 감사드립니다." 소녀는 사의를 표했다. 낯선 남자 앞에서 소녀는 더 길게 말하지 않는다.

이 열차에서 토 선생만이 수시로 미친 남자에게 관심을 보였다. 어쩌면 미친 남자를 환자라고 부르는 게 더 적합할지도 모른다. 하지만 나는 마음속으로 여전히 미친놈이라고 부르고 있다. 나의 마음속에는 냉담함이 가득 채워져 있어 가짜로 호칭을 바꿀 생각이 없다.

토 선생은 의자에 기대어 지난 일을 떠올리기 시작했다. "일찍이 나의 모친도 정신이상이었는데, 가족들을 많이 괴롭혔지. 에휴, 꽤 오래 전에 이미 세상을 떠나셨어. 침대에서 3개월 정도 누워서 앓다가 세상을 떠났지. 그날따라 비가 내렸는데, 기분이 좋다고 하시면서 밖으로 뛰쳐나갔는데 후에 어느 우물에서 발견되었지. 그때는 매우 가난했기에 모친의 병을 치료해줄 돈이 없었어."

뜻밖에도, 이번엔 나는 그의 말에 진지하게 귀를 기울이기 시작했다. 남자는 자기 아내와 자식 그리고 연로한 부친과 마을에서 생긴 자질구레한 일들을 이야기하기 시작했다. 이런 것을 다 말한 다음, 자기 어린 시절을 덧붙였다. 당시 그는 아주 용감했는데 돌멩이 하나로 말벌집을 건드렸고, 말벌들은 감히 자기를 쫓아오지 못했다고 했다.

— 세상의 마을들은 다 비슷한 일을 겪는 것 같다. 그 사람, 그 사건들은 계속 반복되는데 그저 마을만 바꾸어 나타날 뿐이다.

"나는 저장에서 건축업을 한 지 몇 년 되었다네. 그해에는 비계에서 일하다가 떨어져서 발을 크게 다치고 말았지. '응과응보'라는 말이 맞는가 봐. 다행히 나는 사람이 좋았으니 말이지, 아니면 큰일 날뻔했지 뭐야. 분명 떨어져서 죽고 말았을 거네." 남자는 말하며 히죽거렸다. 그러면서 고개를 숙이고 바짓가랑이를 끌어올리자 비뚤비뚤하게 난 흉터들이 드러났다.

그의 이야기를 듣다가 나도 모르게 잠이 들었다. 깨어났을 때는 이미 항저우역에 거의 진입할 때였다. 승객들은 내릴 준비를 했다. 어느새 의자 사이에 난 길에 늘어서서 기다리고 있었는데, 손에는 하나같이 캐리어의 손잡이를 잡고 있었다.

열차에서 내리자마자 사람들은 썰물처럼 역을 빠져나갔다. 나는 토 선생이 어디로 갔는지 주의해서 살피지 않았다. 항저우에서 청소부 일을 한다는 여성과 그의 아이도 어느새 종적을 감췄다.

역을 나서면서 나는 모퉁이에 위치한 버스 정류장 쪽을 향했다. 멀리서 미친 듯이 욕을 퍼붓는 남자의 모습이 보였다. 가까이 가 보니 바로 토 선생이었다.

"자네, 알고 있나? 돈을 잃어버렸단 말이야! 주머니에 넣었는데 주머니는 그대로인데 돈만 없어졌단 말이야! 큰돈은 아니나 그래도 돈이잖은가?" 멀리서 나를 보고 그는 높은 소리로 말했다. 그의 눈빛은 기대로 넘쳤다. 어쩌면 내가 돈의 행방을 알려 줄 수 있을 것만 같은 모양이다.

그러고는 다시 상심한 듯 멀어져 가는 승용차를 보며 말했다. "그 여자와 아이밖에 접촉한 적이 없단 말이야. 그들에게 택시를 탈 돈이나 있었겠어?"

"미친 남자도 접촉했잖아요." 나는 그를 보며 말했다.

"아니야. 그는 분명 미쳤어. 내가 알아봤거든. 그는 돈을 훔치지 않았어."

"혹시 차에서 내리면서 잃어버린 게 아니에요?" 내가 다시 물었다.

"그럴 리는 없어. 난 조심성이 꽤 많거든." 남자는 주머니를 뒤집어 보였다. 작은 주머니의 구석에 땅콩 한 알이 끼어 있다. 남자는 분노에 찬 눈길로 사라진 지 오랜 택시 쪽을 응시했다.

내가 기다리던 버스가 도착했다.

"제기랄! 사람은 좋으면 절대 안 돼. 싸구려! 천한 것들!" 내가 차에 오르는 순간까지도 남자는 난폭한 욕설을 퍼붓고 있다. 다행스럽게도 남자는 돈을 한곳에 모두 넣어두지 않았기에 아직 차를 탈 돈은 남아 있다. 남자는 계속 중얼댔다. "내가 총명했으니 망정이지!"

내가 탄 차는 이미 멀리 떠났다. 다시 돌아보니, 그 토 선생이 아직도 플랫폼 앞에서 서성거리고 있다. 그의 헝클어진 머리카락이 바람에 마구 날리면서, 마치 황량한 가을날의 잡초를 머리에 얹고 있는 듯했다.

인연
(缘分)

내가 마당에 들어서자 뚱뚱한 중년 여인은 우물가에 쭈그리고 앉아 옷을 빨고 있었다. 그녀의 탄력 넘치는 몸매가 둥글어지며 마치 벽 밖으로 튕겨 나갈 것만 같았다. 내가 이런 생각을 하면서 웃으려는 순간 내 트렁크가 커다란 나무 대문에 부딪히며 "찰칵" 소리를 냈다. 그 소리에 빨래하던 여인은 갑자기 몸을 돌리면서 웃는 얼굴로 나를 반겼다.

"아가씨, 방 구하려는 거 맞지?"

"그래요."

여자는 나를 데리고 가장 안쪽에 자리 잡은 방으로 나를 안내했다. 그 방은 집 모퉁이에 자리 잡은 계단 입구에 있었다. 방에는 또 하나의 대문이 있었는데 그 대문을 열지 않으면 이곳에도 방이 있다는 걸 발견하기 어렵다.

방은 생각보다 깨끗하고 공기도 맑게 느껴졌다. 여주인이 바로 전에 바닥을 닦고, 국화꽃 향이 나는 공기청정기까지 가득 뿌려 놓은 것이다.

나는 도피 성향이 강하다. 이에 이끌려 방값도 흥정하지 않고 그대로 계약했다.

그 뒤로 나는 매일 문 세 개를 거쳐야 내 방에 들어갈 수 있었다. 나는 그 문들에 첫째 문, 둘째 문, 셋째 문이라고 이름을 붙였다. 나는 두문불출하고 셋째 문 안에 자신을 가두어놓은 채, 출근할 때만 이 문을 열었다.

집 뒤쪽에는 대나무 숲이 있다. 그 왼쪽에 난 길은 질척거리는 진창길이라 비가 내리는 날이면 신발을 벗은 채로 그 길을 걷곤 한다. 나는 비가 내리는 날 밖에서 산책하기 좋아했다. 고리가 달린 우산을 들었는데, 벗은 신발을 그 고리에 건 채 맨발로 진창길을 즐겨 걸었다. 특히 고향이 그리울 때면 언제나 그렇게 했다.

나중에 울퉁불퉁한 진창길을 평평하게 메우자 나는 다시 나가지 않았다.

집주인의 딸은 나보다 열 살 위였다. 당시 그녀는 스물아홉 살이었는데 매일같이 어머니에게 이끌려서 맞선을 보러 나갔다. 그녀의 이름은 샤오훙이 아니면 샤오쉐인 걸로 기억한다.

그녀는 맞선을 보러 나갈 때마다 일단 치장해야 했는데, 얼굴에 웃음기가 없는 걸 보면 그것마저 못마땅했던 게 분명하다. 스물아홉 살이 되도록 시집을 가지 않은 것이 어쩌면 아주 부끄러운 일인 것처럼 딸을 데리고 선보러 다니는 모친의 표정은 고통스러워 보였다. 마치 너무 익은 과일을 사려는 사람이 없어 고민하는 과일 장수처럼 말이다.

집주인은 딸의 사주를 보러 갈 때 다른 것은 묻지 않고 혼인사주만 봤다. 당시 맹인 점쟁이-맹인이 아닐 수도 있다-는 눈꺼풀을 움찔거리며 말했다. "당신의 딸은, 혼인의 인연이 아직 오지 않았소. 하지만 곧 올 것이오, 바로 일이 년 사이에 올 것이오.”

이듬해에 집주인의 딸은 드디어 결혼하게 되었다. 상대방은 집이나 차 그리고 돈은 있으나 잘 생기지는 못했다.

결혼이란 게 원래 이런 식이다. 이것저것 고르다가 결국은 집이나 차 그리고 돈을 선택한다. 그 뒤로 다른 흙길을 찾아서 거닐고 있던 나는 친정 나들이 하러 오는 중인 집주인의 딸과 마주치게 되었다. 딸네 부부는 차를 운전하고 내 앞을 지나게 되었는데, 딸은 나를 보고 알은 체했는데 표정이 약간 복잡했다. 그 옆에는 뚱뚱한 남자가 운전 좌석에 겨우 끼어 있었다.

여름이 되었다. 마당에서 자라던 나무 한 그루에 많은 ‘수염(胡须, 공기뿌리)’이 나기 시작했다. 집주인의 딸도 피서철이면 친정으로 돌아왔고 그녀의 남편도 따라왔다. 그 뚱뚱한 남자는 나무에 걸려 있는 ‘수염’들을 한 오리씩 잘라내기 시작했다. 어쩌면 그 나무가 자신이고, 또 나무에 난 ‘수염’이 자신의 콧수염이라도 되듯이 깔끔하게 다 잘라야 직성이 풀렸다. 여름이 지날 때쯤 나무는 거의 죽어가다가 결국에는 다시 버텨냈다.

누군가는 정은 키워가는 것이라고 했다. 어쩌면 맞는 말이다. 집주인의 딸도 점차 명랑함을 찾아가기 시작했는데 몇몇 친구들을 불러 마작을 노는가 하면 쇼핑하러 다녔고 여기저기 놀러 다니기도 했다. 그녀가 집으로 돌아올 때면 손에는 크고 작은 쇼핑백이 가득 들려 있었다.

그녀는 나무 굽을 댄 하이힐을 즐겨 신고 다녔기에 걸을 때면 또각또각 소리가 난다. 그 소리는 현숙한 일본 여인이 종종걸음으로 마당을 빠져나올 때 내는 소리 같다. 그녀가 친정에 올 때면 내가 두 번째 문 앞에 서서 위층을 올려다보다가 문밖에 나온 그녀의 모친과 눈이 마주칠 때가 있다. 그녀의 모친은 나에게 달콤한 미소를 지어 보이며 "아가씨, 우리 딸이 사 온 귤이 있는데 맛을 좀 볼래요."하고 친절히 말을 건다. 내가 괜찮다고 대답하면 다시 친절한 미소를 지어 보이며 자기 방으로 들어간다.

청두(成都)의 겨울을, 나는 석탄 난로 옆에서 보낼 수밖에 없었다. 이곳 사람들은 화덕을 피우는 법이 없다. 처음 청두로 왔을 때 나는 전혀 적응하지 못했다. 이곳 사람들은 항상 손에 뜨거운 물주머니를 안고 다닌다. 그렇지 않은 사람도 있기는 했다. 사람들은 털이 달린 귀마개를 하고 다니는가 하면 모자를 쓰고 옷도 여러 겹을 입었는데, 머리부터 발끝까지 항상 전신 무장을 하였다. 그 육중한 모습이 불쌍하고 가련하게 느껴졌다. 마치 눈 오는 날 사냥을 나갔다 빈손으로 돌아오는 사냥꾼 같다.

어느 저녁 무렵 나는 황급히 거리로 뛰어나가 자그마한 석탄 난로를 사 왔다. 여자 주인은 2층에 서서 나를 보며 웃었다. 그녀는 흰 장갑을 끼고 있었는데 두 손을 입가에 대고 입김으로 손을 녹였다. 그러자 밥을 지을 때 솥뚜껑을 열면 피어오르는 하얀 김 같은 안개가 입에서 뿜어 나왔다.

"그렇게 추워요?" 여자 집주인이 물었다.

나는 고개를 끄덕이며, "추워요."라는 말을 힘겹게 내뱉고는 곧장 방으로 들어왔다. 뒤에서 나무로 된 문이 삐걱대며 저절로 닫히는 소리가 들렸다.

내가 세를 들어 사는 방은 외로운 새장처럼 작았다. 나는 그 작은 방이 좋았고 새처럼 그 안에 깃들어 사는 느낌이 좋았다. 나는 집에 놀러 온 이웃들에게 혼자서 사는데 방이 클 필요가 없다고 말했다. 방이 크면 외롭고 빈털터리가 된 것 같다는 이상한 생각도 들었는데 사실 그런 느낌을 받을 때가 많다. 전에 큰 방에서 지낸 적이 있었는데 나는 그 방에서 지내면서 말을 자주 하지 않았다. 아무리 말을 많이 해도 커다란 공간의 곳곳에 새어 나가는 구멍이 있다고 느껴졌기 때문이다. 하지만 방이 작으면 다르다. 말은 꽃잎처럼 벽에 그대로 붙어 있거나 아니면 새로 산 필통 안에 그대로 들어가 있는 것 같다. 마치 중국 고전소설인 『요재지이』(중국 기담집)에 나오는 이야기처럼 말이다.

석탄 난로를 작은 방에 놓을 수 없어서 둘째 문 귀퉁이에 있는 복도에 내놓았다. 혼자서 둘째 문 안에 숨어서 불을 쬐었다. 그 느낌은 아늑했으나 한편으로 처량하고 쓸쓸했다.

연탄 장사꾼을 우리는 '연탄첨지'라고 불렀다. 그는 나의 연탄이 거의 떨어질 즈음 나타나곤 했는데, 둘째 문을 살짝 열고 머리만 겨우 들이밀고 "아가씨, '연탄둥이'가 다 떨어진 건 아닌가? 한 50장 정도 사 두지 그래?" 하고 말했다. 그는 연탄덩이에 '연탄둥이'라는 예쁜 이름을 지어 불렀다.

내가 그러자고 하면 그는 재빨리 리어카를 몰고 와서 연탄재가 까맣게 묻은 장갑을 끼고 나의 작은 방 귀퉁이에 연탄을 쌓아주었다. 연탄첨지는 푸른색 무명옷에 발에는 헝겊신을 신고 있었다. 바지도 푸른색으로 맞춰 입었는데 항상 그 옷 한 벌뿐이다. 연탄장수들은 생긴 것과 옷차림이 통일되어 있었다. 만약 연탄첨지가 골목에서 연탄장사를 하고 있다면 나는 그를 알아보지 못하거나, 아니면 다른 연탄장수들까지

다 연탄첨지라고 여겼을지도 모른다. 다들 왜 얼굴 모양이 똑같지? 나의 얼굴을 만져 보았다. 나도 코가 하나에 눈이 두 개인 건 마찬가지다.

연탄첨지는 연탄값 25위안을 받은 다음 떠났다. 그는 까만 장갑을 벗어서 바지 주머니에 쑤셔 넣었는데 일부가 길게 나와 있어 들개 두 마리의 혀처럼 날름대고 있었다.

겨울이 되자 집주인은 거의 모든 시간을 위층에서 보냈다. 마치 게으른 뱀처럼 밥을 먹을 때면 문을 열고 나왔다가 먹자마자 다시 자기 '굴'로 들어가 버렸다. 겨울이 되니 그녀의 딸도 그다지 찾아오는 법이 없었다. 그 딸 역시 게으른 젊은 뱀처럼 집에만 박혀 지냈다. 하지만 바깥주인은 달랐다. 그는 추운 날에도 조깅을 나갔는데 얇은 옷차림으로 나갔다가 달리기를 마친 다음 먹을 채소와 과일을 사 들고 돌아오곤 했다.

백여 개의 연탄을 다 태웠을 즈음 날씨는 점차 누그러들기 시작했다. 햇빛은 첫 번째 문을 뚫고 들어와 다시 두 번째 문을 통과할 즈음 난로 옆에 앉은 나의 발아래에는 두 줄기 햇살이 비추기 시작한다. 햇빛은 가벼운 구름을 받치듯 나를 받쳐주었다.

"탕자여, 집으로 갈래?" 햇살이 나에게 속삭이듯 말하고, 나는 멍하니 대답한다. "우리 집은 산 위에 있어요, 산 위에 있어요."

여주인은 자주 계단을 오르내렸다. 따뜻한 햇살이 그녀를 밖으로 안내한 게 분명하다. 그래서인지 그녀는 항상 웃는 표정을 짓고 있다. 그녀는 자주 집 뒤의 대나무 숲에 가서 휴식을 취한다. 그곳의 오래된 대나무들은 다른 늙어가는 식물(인간도 포함)처럼 별다른 변화가 없다. 계절의 변화가 느껴지지 않았고 눈에는 시간이 흐른 흔적도 없다. 그렇기에 죽음은 미스터리처럼 다가온다. 누군가 죽었거나 어떤 대나무에 누런 잎이 가득 달렸을 때라야 그 까닭이 밝혀진다.

하지만 새로 자란 대나무는 다르다. 여자 집주인도 이런 대나무들을 좋아했다. 파릇파릇한 잎은 해금의 줄 위를 달리는 클래식 연주자의 손가락처럼 봄바람을 타고 운치 있게 움직인다. 그녀는 대나무로 된 의자를 옮겨다 놓고 그 위에 앉았다. 말이 없다. 의자 등받이에 기대어 조용히 단꿈을 꾸는 일은 황혼녘에 일몰을 구경하는 것보다 훨씬 운치가 있으니 무슨 말이 필요하겠는가? 이는 바로 인간과 자연이 맺은 인연이며, 또한 여자 집주인과 대나무 숲이 맺은 인연이라고 할 수 있다.

나는 대나무 숲으로 가는 일이 거의 없었다. 내가 듣기로는, 새벽녘 댓잎에는 눈물방울 같은 이슬이 맺혔다가 해가 뜰 즈음에야 떨어진다고 했다.

나는 좀 먼 곳으로 나갈 일이 있으면 키가 낮은 중고 자전거를 타고 다녔다. 자전거 타는 법을 배운 지 얼마 안 되었기에 앞바퀴가 자꾸 비틀거렸다. 기차역 뒤에 있는 작은 언덕에 이르자 갑자기 사람이 많아지기 시작했다. 순간 나는 정신 나간 생각을 했다. 앞에 가는 자전거의 바퀴가 굴러가는 것이 멋져 보였고 그 바퀴를 스쳐 보고 싶은 충동이 들었다. 그리고 이렇게 바퀴를 스치면 넘어지지 않을까 궁금했다. 평소 자전거 탈 때 넘어지는 경험으로 보면, 뒤에서 바퀴를 스쳐도 앞사람은 넘어지지 않는다. 그렇다면 뒤에 있는 사람은? 나는 바로 뒤에 있었다. 그 답이 너무 궁금해서, 조금씩, 조금씩 천천히 스쳤다. '꽈당-'하는 소리와 함께 자전거는 쓰러졌고 나는 땅바닥에 그대로 내던져지면서 둔탁한 소리를 냈다. 앞사람은 그것도 모른 채 평온하게 페달을 밟은 채 멀리 가 버렸다.

내 스스로 저지른 일이니 웃지도 울지도 못할 일이었다. 나는 쓸쓸한 미소를 지으며 길가의 약방에 들러 밴드(반창고) 하나를 사서 상처 난 손목에 붙였다.

기차역은 집에서 꽤 멀리 떨어져 있다. 하지만 나는 이 길밖엔 모른다. 다른 길도 시도해 봤으나 매번 길을 잃고 헤매다가 밤이 늦어서야 집에 돌아오곤 했다. 길을 모르면 다른 사람에게 묻지도 못하는 성격이라 고생을 사서 했다. 나는 이곳의 이름도 모른다. 그저 버려진 철길을 거니는 게 좋아서 매번 일요일이면 이곳을 찾아오곤 했다.

철길의 끝이 어딘지 나는 알고 싶지 않다. 강물을 보며 그 끝이 어딘지 별 관심이 없듯이 말이다. 철길 가운데를 따라 걷다 보니 어느새 텃밭이 있는 곳까지 오게 되었고, 내 키를 넘는 유채꽃 속에 묻혀버렸다. 텃밭 옆에 주택가가 있었는데, 대문은 텃밭 반대쪽으로 나 있었다. 나는 이 집 뒤에 숨었다. 마치 유채꽃 속에 몸을 숨긴 꿀벌처럼 말이다. 그 집들은 창문이 반쯤 열려 있어서 이따금 누가 집에서 머리를 내밀거나 한 손을 내밀었다. 머리 위의 눈은 반쯤 감겨 있었고, 아무것도 보고 있지 않음이 분명했다. 마치 머리에 공기를 통하게 하려는 듯했고, 그의 손도 역시 누군가를 맞이하거나 작별 인사를 하기 위해 내민 것이 아니었다. 단지 창가에서 손을 흔들다가 곧 다시 집 안으로 들어가 버렸다.

나는 지금 이 집들을 엿보는 자이다. 물론 나는 그들의 마음까지는 볼 수 없다. 그 문으로 나오는 사람들로부터, 그리고 물밀듯 골목에 몰려드는 사람들이 지나갈 때면, 나는 이들의 대화를 귀 기울여 듣는다. 빈 병은 하나에 1마오(毛)이고 신문지는 5푼(分)이며 고철은 나중에 가격이 책정된다.

나는 우연히 이곳에서 사는 사람을 만났다. 그는 집에서 걸어 나와, 두 발을 철길의 레일 위에 올려놓고, 멀리서 나를 보고 웃었다. 나는 그의 웃음을 피했다. 곧바로 그가 나에게 다가와 말을 걸기까지, 내가 한마디 응답을 하자, 우리는 반쯤 아는 사이가 되었다.

어느 날 그는 친구 몇 명을 데리고 나타났는데 남자 셋, 여자 둘이었다. 이들은 빨리 걷기를 하다가 힘들면 그 자리에 주저앉아 쉬면서 이야기를 나누었다. 친구가 있다는 것은 좋은 일이다. 하지만 나에게는 친구가 없었다. 그렇다고 슬프다고 생각하지는 않았다. 그들은 나를 동정했고 그래서 일부러 나한테 말을 걸었다. 가끔 손에 유채꽃을 들고 오거나 빈손으로 뛰어와서 내 옆에 앉는다. 그러고는 두서없는 말을 나누며 서로 멋쩍게 웃었다.

그 친구의 성은 백(白)씨였다. 이름을 기억하지 못했기에 나는 그를 샤오바이(小白)라고 불렀다. 샤오바이는『요재지이』에 나오는 여우 귀신의 이름과 같다. 이렇게 불러 보니 그가 마치 수컷 여우같이 느껴졌다.

샤오바이는 청두에 온 지 얼마 안 되었고 아직 취직하지 못하고 있었다. 날마다 샤오바이가 하는 일은 역 옆의 난간이나 벽에 붙어 있는 구인 공고를 확인하는 것이다. 구인 공고에는 그에게 적합한 일자리가 하나도 없다. 그와 함께 온 친구들은 그와 한 고향이었고 모두가 샤오바이처럼 백수였다.

어느 오후, 나는 혼자서 철길 위를 걷고 있었다, 그날따라 샤오바이가 오지 않았다. 아니다, 그는 나중에 와서 자기네가 세를 들어 사는 집을 알려 주겠다고 간곡히 청했다. 나중에 언제든지, 아무 때나 찾아갈 수 있지 않느냐고 말했다.

나는 그곳에 갈 이유는 없다. 그곳에는 내 친구가 없고, 샤오바이도 마찬가지다. 그의 얼굴을 찬찬히 살펴본다. '백(白)'자와는 전혀 상관없이 진심과 열정으로 가득한 얼굴이다.

샤오바이네 셋방은 건물의 가장 높은 층인 6층에 있다. 좁은 계단의 모퉁이에는 일자리를 소개하는 광고와 질병 치료 광고가 가득 붙어 있다. 광고는 계단 옆에 붙여야 주의를 끌 수 있다는 것처럼. 하긴 계단을 오르내리는 일은 힘들고도 지루한 일이다.

집 아래에는 채소밭이 있다. 그 채소밭에는 내가 매일 걷는 철길이 숨겨져 있다. 나는 채소밭에 숨어서 이층집을 훔쳐봤지만 샤오바이가 6층에서 사는 건 알지 못했다. 만약 샤오바이가 내려오지 않았다면, 그리고 철길로 나오지 않았다면…….

셋집에서 샤오바이는 친구들과 함께 지내고 있었다. 방에는 침대 두 개가 놓여 있는데 남자와 여자들이 각각 하나씩 사용했고 가운데는 꽃 무늬 천으로 칸막이를 해 놓았다. 이 집에서는 남자와 여자가 함께 지냈다. 밥도 방에서 지어 먹었다. 구석에 깨진 벽돌 위에 널빤지를 걸쳐 놓았다. 그 위에 전기밥솥이 놓였고 윗부분을 자른 생수병에 젓가락이 꽂혀 있다. 벽의 못에는 번쩍이는 부엌칼이 걸려 있다. 주방 기구들은 장식으로 해 놓은 것 같았고 응당 있어야 할 야채와 과일 그리고 쌀은 보이지 않는다. 어쩌면 이들의 위장은 음식과는 무관하게 보인다.

방에 의자가 없다 보니 손님이 오면 침상에 걸터앉아야 했다. 이들은 옷을 한데 묶어 가는 밧줄로 벽에 걸어놓았고, 풀어진 몇 벌은 침대 위에 올려놓고 베개 삼아 사용한다. 방 전체의 궁색함이 이들의 얼굴에 모두 스며 있다. 내가 갑자기 들어서자 그들은 어색한 표정을 지으며 뭔가 설명할 말을 찾지 못하고, 그저 반갑게 나를 맞이해주었다.

"어서 앉으세요. 앉아요. 예의를 차리지 않아도 돼요." 두 여자가 나한테 친절을 베풀었다.

나는 자리에 앉지 않고 창가로 가서, 머리도 내밀어 보고 손도 내밀어 보았으나, 건물 밑의 채소밭은 물론이고 낡은 철길도 보이지 않았다. 손에는 아무것도 잡히지 않았다. 바람도 손에 잡히지 않고 손가락 사이로 술술 빠져나갔다.

— 이곳 6층은 빈껍데기 같았다. 이들의 허무한 형상과 방 안의 호흡이 있는 것과 호흡이 없는 것들, 모두가 빈껍데기 속의 환상 같았다.

뜨거운 물 한 잔 마신 후 나는 방 안에 앉아 있는 사람들에게 작별 인사를 하고 이들의 셋방을 나섰다. 샤오바이는 나를 아래층까지 데려다 주고 미소를 지으며 작별 인사를 한 다음 다시 위로 올라갔다.

다시 내 거처로 돌아와서 첫 번째 문과 두 번째 문 그리고 세 번째 문을 지난 다음 빗장을 걸었다.

걸쇠를 채우는 일, 이것은 무의식적인 행동이다. 스스로 이렇게 하는 것이 무슨 의미가 있는지 알지 못한다. 하지만 나는 그냥 그렇게 문을 잠갔다. 마치 무엇인가 나를 따라 문 세 개를 통과할까 봐 걱정하는 것 같다. 하지만 세 번째 문은 고요한 곳이다. 나는 세 번째 문의 고요를 깨뜨리고 싶지 않은 것이다.

사실 문 세 개를 지나야 하는 내 방은 더 이상 고요할 수 없었다. 6층에 있는 셋방에 다녀온 후 그 집에서 참새처럼 모여 사는 사람들과 배 속에 곡기가 없이 돌덩이만 들어 있을 것 같은 주방을 떠올리면서 자주 악몽을 꾸었다. 나는 한밤중에 깨어나기도 하고 깨어나지 못한 채로 악몽에 시달리곤 했다.

비가 내리는 날이 또 찾아왔다. 나는 갑자기 철길을 걷고 싶은 생각이 들어 자전거를 타고 역 뒤에 있는 재래시장을 지나다가 사과 장수가 짐을 지고 걷는 모습을 보았다. 사과 장수가 쓰고 있는 밀짚모자 그림자가 비스듬히 사과 위에 떨어지면서 어느새 꽃 사과 형상을 만들었다.

"사과 여섯 개 주세요." 나는 사과 장수 앞을 막으면서 말을 걸었다. 사과 장수는 밀짚모자를 벗고 땀을 닦은 다음 메고 있던 대나무 광주리를 길가에 천천히 내려놓았다.

사과 여섯 개, 6층, '류류따순(六六大順)' 등 모든 것이 6으로 시작되는 길한 숫자다. 샤오바이는 6층에 살고 있다. 고작해야 사과 6개가 없어서 일이 순조롭게 안 풀렸는지도 모른다.

나는 길을 에돌아서 돼지고기 두 근을 샀다. 원래는 내가 먹으려고 샀지만, 갑자기 세 번째 문 안으로 가져가고 싶지 않았다.

6층에 올라가 보니 빈껍데기는 철저히 속이 비어버린 듯했다. 문을 한참이나 두드렸지만 아무도 문을 여는 사람이 없었다. 나는 돼지고기와 사과를 문 앞에 놓고 다시 계단을 내려왔다. 집으로 돌아오는 길에 나의 행동이 조금 지나쳤다는 생각을 해 보았다. 어쩌면 그들의 자존심을 상하게 한 건 아닌지 걱정되었다. 나는 그저 그렇게 생각했을 뿐 다시 돌아가서 물건을 가지고 오지는 않았다.

남은 시간을 오직 세 번째 문 안에서만 보냈다. 철길 산책은 계속했지만 6층으로 갈 용기는 없었다. 나는 소일거리로 겨울에 석탄에 그을려 시커멓게 된 난로를 안고 우물가로 가서 씻기 시작했다. 집주인은 나를 보고 깔깔 웃었다. 그녀는 파초부채를 들고 2층 베란다 모서리에 서 있었는데 그의 웃음소리는 우물가에서도 다 들렸다.

"아가씨, 연탄난로를 닦는 사람은 아가씨가 처음이야. 어차피 까맣게 될 걸 왜 닦는 거지?"

"어차피 씻을 건데 무슨 참견이세요?" 말하자마자 후회했다. 나는 얼른 집주인에게 미소를 지어 보였다.

가을이 돼서야 나는 다시 철길을 거닐었다. 시간은 내 자전거 바퀴보다 훨씬 빨리 돌았다. 6층에 사는 샤오바이는 분명 내 친구는 아니다. 하지만 나는 텃밭에서 건물 위쪽을 올려다본다. 창문은 조용하다. 어쩌면 아무도 살았던 적이 없는 것 같다. 내가 아는 샤오바이는 어쩌면 정말 수컷 여우였을지도 모른다.

아마도 『요재지이』를 너무 많이 읽은 탓인 것 같다. 나는 다시 유채꽃밭에 몸을 숨기고 싶었다. 그래서 몸을 쭈그리고 앉아 보니 빽빽하던 유채꽃이 줄기만 남게 되어 몸을 숨길 수 없게 되자 나는 얼른 몸을 일으켰다.

철길은 지네의 뼈처럼 생겼는데 그 끝은 흙더미 속에 파묻혔다. 텃밭의 채소들이 시들 무렵에야 비로소 철길의 끝이 보였다. 그때야 내가 좋아했던 것이 철길이 아닌 채소밭이라는 사실을 알게 되었다.

막 돌아서는 순간 나는 샤오바이가 서 있는 걸 발견했다. 그는 바로 철길 끝에 서 있었다. 나를 보자 황급히 뛰어왔는데 흥분을 가라앉히지 못하다 보니 제대로 말을 잇지 못했다.

"어디 간 거야? 여름 내내 찾아다녔어." 그는 드디어 입을 열었다.

“세 번째 문 안에 있었어.”

내가 웃으며 말하자 샤오바이는 “이제 3일 후면 이곳을 떠나게 돼. 나의 친구들도 함께 떠날 거야. 이것은 나의 새 주소야.”라고 이어서 말했다.

샤오바이는 접은 쪽지 하나를 나에게 찔러주고는 처음에 계단을 내려와 나를 배웅하고 되돌아갈 때처럼 다시 돌아섰다. 그는 나에게 웃음과 뒷모습을 남겨주었다. 나는 그를 다시 부르지 않았다. 다시 만나자는 말도 하지 못했다.

사실 “안녕히”라는 말을 잊은 것이 아니라, 정말 다시 만나지 못할 것으로 생각했다.

세 번째 문 안의 거처로 돌아와서 보니, 쪽지는 책상 위에 그대로 놓인 채이다. 나는 저녁이 돼서야 쪽지를 펼쳐본다. 쪽지에 주소 따위는 없다. 그저 글로 몇 줄 적었는데 글자가 작아서인지 잘 보이지 않는다. 그곳을 한 겹 안개가 가리고 있다.

3일 뒤, 나는 우물가에서 미처 채 씻지 못한 난로를 닦고 있었다. 집주인은 여전히 2층에 서 있었는데 그의 딸도 옆에 함께 서 있었다. 임신한 배를 내밀고 있었는데 그 속에는 아기가 들어 있는 게 아니라 어떤 인연이 들어 있는 것 같았다. 비록 처음에는 이런 인연을 좋아하지 않았더라도 차차 익숙해지고 있었다. 그 ‘인연’이 아주 원만하게 되어 보름달처럼 느껴졌다. ‘보름달’을 어루만지고 있는 그녀의 손은 부드러운 구름 같았다.

보름달이 뜨면 나는 집주인보다 더 빨리 뛰쳐나가서 대나무 숲에 의자를 가져다 놓고 그 위에 누워서 바람 소리를 듣고 대나무를 감상하며 달을 구경했다. 집주인도 뒤질세라 내 옆에 누웠는데 눕자마자 코를 골기 시작했다.

피곤기가 느껴져 눈을 돌려보니 대나무 잎에 눈물 같은 이슬이 맺힌 게 보였다. 이슬은 그윽한 달빛 아래서 반짝반짝 빛나고 있었다.

나는 멍해진 채 중얼거렸다. 이것은 이슬이 아니고, 달빛도 아니다. 저것은 한 장의, 또 한 장의 짧은 인연일 뿐이다. 그 인연은 지금 내 옆에 존재하지만 이제 해가 뜨면 사라지게 될 것이다.

여주인의 코골이 소리가 한 줌의 모래알처럼 달빛 속으로 뿌려졌다.

이용원
(理发店)

　　나와 아팡(阿芳)은 또 한 번 이용원에서 해고되었다. 여사장은 엄청 표독스럽고 싹수가 없었다. 그녀는 우리한테 실컷 욕을 퍼붓고도 모자라 우리가 사용하던 세숫대야마저 가게 밖으로 던져서 금 가게 했다. 나와 아팡은 너무 억울한 나머지, 우물 속의 두아(竇娥, 신화 속의 두더지)처럼 가게 앞에 멍하니 서 있었다. 그날따라 햇볕마저 뜨거웠는데 마치 여사장의 사람 잡아먹을 듯한 눈길을 방불케 했다. 여사장은 외지에서 와서, 이곳에 이용원을 차렸는데 자신이 이 자리의 사용권을 가졌다는 걸 증명하듯 나와 아팡을 이용원에서 쫓아낸 다음 우리가 사용하던 대야마저 내던진 것이다.

　　우리는 그 대야를 줍지 않았다. 대야에는 여사장이 욕설을 퍼부을 때 함께 튕겨 나온 침들이 적지 않게 묻었을 테니 말이다.

　　여사장의 남편은 일은 안 하고 아내를 등쳐 먹고 살았다. 그러다 보니 전혀 남자다운 데가 없었고 마치 찌그러진 공처럼 어디에 던져도 튀기지 않을 정도다. 하지만 우리한테는 엄청 못되게 굴었다. 자신이 당한 억울함을 우리한테 푸는 것 같았다. 우리가 이발소를 찾았을 때 이 남자가 면접을 보았는데 그의 표정은 세팅된 헤어스타일처럼 약간의 인간미도 찾아볼 수 없었다. 면접하는 날, 그가 멍하니 앉아 있는 의자 위에 알록달록하게 염색을 한 남자 머리가 매달려 있었다. 여사장은 그 머리를 가리키며 말했다.

"머리를 한 번 감겨 보게나."

우리는 사부님한테서 배운 대로 머리를 감기기 시작했다. 우리는 이제 겨우 기술을 익히고 아직 사부님으로부터 나가서 일을 해도 좋다는 동의를 받지 못한 채 도망 나온 '반역자'였다. 스승님은 그야말로 각박했다. 학도로 일하는 3개월 동안 월급을 받은 게 없었다. 마침내 가지고 있던 돈까지 다 떨어지자 나는 아팡과 모의하여 사부님이 없는 틈을 타서 도망친 것이다. 이제는 자립해야 하니, 실력이 없으면서도 있는 척했다.

여사장은 우리더러 그 머리를 두 차례 감기게 하였고, 그러는 중에 수시로 남자의 의견을 물었다. 남자는 우리 손톱이 너무 길다고 했고, 샴푸를 조절하지 않아 거품이 눈에 들어간다고 했다. 그 밖에도 거울은 보지 않고 쓸데없이 머리만 바라본다고 했다. 여사장은 남편을 한 번 쏘아 보고는 우리더러 짐을 들여다 놓으라고 했다.

이용원은 작은 거리에 있었다. 시내와는 거리가 멀었고 길 양쪽에는 이름 모를 나무들이 심겨 있었다. 큰 것도 있고 작은 것도 있으며, 어떤 것은 굽었고 어떤 것은 곧게 뻗었다. 멀리 산 위에는 소나무 숲이 있고 수동과나무, 산뽕나무 등도 있었는데 역시 높낮이가 제각각이다. 그렇지만 자연스럽게 자란 나무들이라 보기에 좋았다.

여사장은 아주 인색했다. 연탄 사는 것도 아까워서 우리더러 길옆에 떨어진 나뭇가지를 주워다 불을 지피고 물을 데우게 했다. 아침마다 곤하게 자고 있는데 여사장은 사정없이 방문을 두드리며 그날 당번의 이름을 불렀다. 여사장은 저우바피(周扒皮, 중국 현대소설에 나오는 악덕 지주)보다 시간을 더 잘 지켰다. 물을 끓여 보온병에 채운 다음 바로 채소를 사 와야 했는데 하루 반찬값이 10위안을 초과하면 안 되었다. 이용원에서 일하는 사람은 일곱 명이었는데 매번 식사 때면 배를 채우기도 전에 밥과 반찬이 거덜 나곤 했다. 당시 나의 몸매는 아주 날씬해서 걸을 때면 날개라도 달린 것 같았다.

아팡은 조금 거친 편인데, 여자치고도 제법 거칠었다. 그날도 화를 풀 길이 없어서 산에 올라가 실컷 고함을 지르며 여사장을 '냄새나는 늙은 년'이라고 욕했다. 나는 여사장이 '냄새나는 년'이 아니라, 오히려 '요정'처럼 보인다고 생각했다. 그녀는 날마다 조금은 봐줄 만한 자기 얼굴을 요염하게 화장할 뿐만 아니라, 가게의 여자애들에게도 자기처럼 화장하게 했다. 또한 스스로 요정의 왕이 된 것처럼, 일군의 요정들이 자신에게 충성하도록 교육하였다. 그리고 날마다 요정 한 명을 가게 앞에 앉혀놓고 손님을 끌었다. 그날은 아팡의 차례였는데 얼굴을 찡그리고 있어 아무리 화장한다 해도 요정 같기는커녕 여자 귀신 같았다. 염색한 머리는 귀신의 머리카락 같았고 립스틱을 바른 입술도 귀신의 입술 같았다. 아팡은 거울에 비친 자신의 몰골을 보고 놀란 나머지 거울을 던져버리고 나서, 손가락으로 여사장을 가리키며 "이곳이 이용원이냐, 창녀 집이냐!" 하고 소리를 질렀다.

여사장은 나에게도 요정처럼 화장하고 가게 앞 걸상에 꼼짝하지 않

고 앉아 있게 했다. 지나가던 사람들은 목을 빼 들고 안을 들여다보다
가 내가 사람을 잡아먹을 것 같은 표정을 짓고 있는 걸 보더니 다들 놀
라서 물러섰다. 한 여자는 멀리까지 간 다음 다시 고개를 돌려 나를 노
려보면서 침을 뱉었다. 침이 하마터면 얼굴에 맞을 뻔했다. 나도 거울
을 던져버리고 산으로 달려가 아팡과 함께 고함을 지르며, 그 여사장을
'냄새 나는 늙은 년'이라고 욕했다.

여사장은 나와 아팡이 요정이 될 만한 재목이 못 된다고 판단했다.
그 뒤로 여사장은 더 이상 자신의 화장품을 낭비하지 않았다. 그녀는
우리를 미용사가 아닌 허드렛일을 하는 알바 취급을 했다. 손님 머리를
감겨주거나 물을 끓이고 가끔 밥을 짓게 했으며 어쩌다 기분이 좋을 때
면 이용사더러 우리한테 머리 깎는 법을 가르치게 했다. 우리는 이런
삶이 더 좋았다. 적어도 이런 일들은 우리가 싫어하는 일이 아니었기
때문이다.

어느 날 진짜 요정이 나타났다. 요정은 여사장이 공을 들여 키운 제
자였는데 지금은 이발소들을 돌아다니며 게릴라전을 펼치고 있었다.
이렇게 여사장과 그의 제자는 정규적인 이용원을 요정 소굴로 만들려
고 했다.

이 여자는 핑크색 슬리퍼를 신고 있었는데 밑창은 나무로 되어 있어
걸을 때면 딸깍딸깍 소리가 난다. 일본 여자들이 게다를 신고 걸을 때
나는 소리 같다. 눈은 그다지 크지 않았으나 속눈썹을 붙여서 커 보이
게 했고, 얼굴에 분을 두껍게 발랐는데 웃을 때면 분이 떨어질까 봐 특
히 주의를 한다. 그녀는 문으로 들어오며 작은 가방을 들고, 머리를 긁
으며 요염하게 움직였고, 우리를 한 번도 힐끗 쳐다보지 않는다. 그것

은 원로가 입장할 때 보일 듯한 자세였다. 여사장은 너무 반가워서 껴안으며 '딩당(叮当)'이라고 불렀다. '딩당'이라는 이름은 아주 듣기에 좋다. 두 사람은 한참 이야기를 나누었고 나중에 '딩당'이 피곤하다고 하면서 안쪽에 마련된 안마 침대에 누워 휴식을 취했다.

그 뒤로 딩당은 가게에 남게 되었는데 따로 당번을 서지 않았다. 하지만 식사 때면 투정을 많이 했다. 맵거나 짜다고 할 때가 많아 나는 머리 꼭대기까지 화가 치밀어 올랐다. 딩당은 매일 아주 바빴다. 그녀를 찾는 손님들이 특별히 많았는데 문 앞에서 물었다.

"딩당은 지금 있는가?"

딩당은 다양한 마사지 기술을 가지고 있었다. 한식, 태국식, 미국식 마사지를 다 할 줄 알았는데 어떤 종류의 마사지든 우리 앞에서 기교를 드러낸 적은 한 번도 없다. 한 번은 여사장이 나에게 물심부름을 시켰다. 딩당이 지금 손님에게 태국식으로 머리를 감겨준다고 했다. 두 손으로 물을 들고 있어 두드리지 못하고 발로 조용히 문을 밀려고 하는데 어떤 낯선 여자가 내 뒤를 따라오더니 방마다 발로 차며 확인하기 시작했다. 그러다 보니 내 손에 들었던 물이 그 여자와 내 몸에 가득 튕겼다.

여자는 방 안으로 들이닥치더니 쾅 하고 문을 닫아버렸고, 태국식으로 머리를 감고 있던 두 사람의 비명이 새 나왔다. 먼저 남자의 변명하는 소리가 들려왔고, 이어서 따귀 소리가 났다. 따귀 소리가 떨어지자마자 딩당의 울음소리가 터졌다. 다시 문이 열리며 남자가 그 여자의 뒤를 따라 나왔는데 옷차림이 엉망이다. 안에는 딩당이 침상에 앉아 있었고 옷은 반 이상 벗겨져 있다.

딩당은 전혀 부끄러워하지 않았다. 그 뒤로도 여전히 오만하고 거칠었다. 찾는 손님 한두 명쯤 줄어드는 건 전혀 개의치 않는다. 또다시 발각되어 도저히 있기 힘들면 다른 곳에 가서 반년 정도 있다가 다시 돌아온다. 딩당은 남자 손님의 아내들과 이런 방식으로 '우회 전술'을 벌였다.

무슨 일인지 그날은, 아팡과 딩당이 말다툼을 하다가 결국 서로 손찌검까지 하게 되었다. 아팡은 거칠게 행동했다. 어릴 때부터 땔나무를 하고 뽕잎을 메던 힘을 써서 딩당을 땅바닥에 내동댕이쳤다. 딩당도 지려 하지 않았다. 요괴의 발톱 같은 손톱으로 아팡의 얼굴과 목 그리고 손등을 긁어 피까지 났다. 가게 앞에 사람들이 모여들어 뒷짐을 진 채 구경하기 시작했다. 나는 안으로 들어가 아팡과 공용으로 사용하던 세숫대야에 물을 가득 받아서 요괴의 몸에 쏟아버렸다.

물 한 대야를 뿌린 죄로 우리는 여사장으로부터 쫓겨났고 월급도 반 달치를 떼었다. 여사장은 이용원의 규정을 어긴 벌금이라고 했다. 나와 아팡은 땡볕 아래서 넝마주이가 일그러진 세숫대야를 주워가는 걸 물 끄러미 쳐다보았다. 반달치 월급을 받지 못한 우리는 어쩔 수 없는 절 망감을 느꼈다. 아팡은 나를 끌고 주변을 한 바퀴 돌았다. 계속 걷다 보니 발바닥에 물집이 생겼다. 그러나 우리는 돈이 아까워서 버스를 타지 않았다. 난챠오(南桥)에 이르자 도저히 걷기 힘들었던 나는 다리 옆 계 단에 털썩 주저앉아 헐떡거렸다. 아팡은 고개를 돌려 나를 보면서 누가 널 주워갈 때까지 계속 그러고 있을 거냐고 했다. 주인 없는 개처럼 마 음씨 좋은 사람이 주워가기를 기다리는 거냐고 말하면서 내가 웃기도 전에 자기가 먼저 웃어버렸다. 다시 돌아와서 나와 나란히 앉았다. 우 리는 한 쌍의 주인 없는 개처럼 난챠오 옆에 오랫동안 앉아 있었으나 우리를 데려가는 사람은 없었고 그저 바쁜 걸음을 재촉하는 사람들의 조급한 눈길만 느꼈을 뿐이다.

저녁이 되자 석양이 지평선 너머로 미끄러지듯 내려갔고 달이 서서히 솟아올랐다. 나와 아팡은 술 한 병을 사서 작은 여관의 창가에서 마개를 땄다. 그날 밤의 바람은 아주 시원해서 가까운 곳에서 시원하게 목욕이라도 하고 온 것 같았다. 나와 아팡은 둘 다 취하고 말았다. 그날 우리가 울었는지 아닌지는 기억이 잘 나지 않는다.

마음을 감추고 사는 아이
(隐心人)

내가 소학교를 다닐 때, 어떤 마을을 지나야 했다. 그 마을 가운데를 가로질러 가는데, 마을을 지나서 신발 밑창을 보면 돼지 똥이 두껍게 묻어 있는 걸 발견하게 된다.

마을에는 돼지몰이하는 소년이 있었다. 그 애는 나와 같은 반에 다녔던 친구의 동생이고 그 해에 10살이었다. 무릇 마을을 지나면서 돼지 똥을 밟아 본 사람이라면 누구나 그를 알고 있었다. 그는 웃을 때면 어수룩하면서도 사악한 기운을 풍겼다. 그 아이는 지나가는 사람에게 돌을 던지고, 침을 뱉었으며, 욕을 퍼부었다.

그 아이가 세상에서 유일하게 잘할 수 있는 일은 돼지몰이였다.

그 아이의 아버지는 아들이 유일하게 잘하는 일이 돼지를 치는 일이라면서 학교에 다닐 필요가 없다고 했다.

나는 그 아이를 아주 무서워했다. 한번은 그 아이가 뒤에서 갑자기 나를 발로 차는 바람에 앞으로 고꾸라져 얼굴을 흙에 처박았다. 그는 아무렇지도 않다는 표정을 지었다. 그러나 그가 한 짓은 너무도 잘못된

짓이었다.

　사실 그 아이는 돼지도 잘 치지 못했다. 다만 많은 다른 일에 비했을 때 그나마 잘하는 일이었을 뿐이다. 아침이면 그가 돼지들을 몰고 마을을 떠나는 걸 볼 수 있었다. 그런 뒤에 언덕에 도착하면 돼지들과 그 아이는 각자 자기가 놀고 싶은 대로 놀기 시작한다. 그는 절대로 돼지들의 행방을 신경 쓰지 않았다. 신기한 것은 그 아이는 행방이 묘연한 돼지를 찾아오는 재주를 가지고 있었다. 모든 돼지 치는 소년들처럼 하나도 빠짐없이 다 찾아서 우리에 몰아넣었다.

　일요일이면 부모님께서 나더러 소를 방목하라고 내보냈다. 만약 우리 집 소가 실수로라도 그 아이네 돼지 무리에 섞이기라도 하면 자기 돼지들이 어디로 가든 상관없이 심지어는 자기네 돼지들이 그 자리에 꼼짝하지 않고 있더라도 미친 듯이 소를 향해 복수를 하겠다고 난리를 쳤다. 소 때문에 자기네 돼지가 놀라서 클 수 없다는 이유를 댔다. 우리 집 소는 그 아이의 돼지와 절대로 함께 있어서는 안 되었다.

　"그 애는 바보이니, 마주치면 얼른 피하거라." 숙모가 나한테 해준 말이다.

　돼지를 치는 그 아이의 형은 아주 착했다. 누구를 만나든 웃는 얼굴로 대했는데 나도 그의 보호를 여러 번 받았다. 그 덕분에 바닥에 넘어질 뻔했지만 겨우 피했다. 그때마다 나는 앞으로 그 아이의 형에게 시집가려고 마음먹었다.

　하지만 나중에 발생한 일 때문에 나는 이 돼지 치는 소년의 형에게 시집갈 생각을 단념했다. 그의 동생이 너무나 무서웠기 때문이다. 그 아이는 아무런 감정도 없었으며, 확실히 바보였고 아무런 생각도 없어 보였다. 그 아이는 친지가 죽더라도 눈물 한 방울 흘리지 못할 것이다.

맞다. 그 아이가 열한 살이 되던 해에 그의 할머니가 돌아가셨다. 하지만 그 아이는 울지 않았다. 그냥 문 앞에서 욕하고 웃어대기만 했다. 평소처럼 사람을 만나면 침을 뱉고 돌을 던졌다. 물론 그날만은 누구도 그 아이를 탓하지 않았다. 설령 전날에 자기 집 무밭에서 그 아이가 치는 돼지가 무를 파먹었다고 해도 더는 추궁하지 않았다. 돼지 치는 소년은 세 살 때 어머니가 돌아가셨고 이번엔 할머니까지 세상을 뜨자 사람들은 다 그 아이를 동정했다.

그 아이는 울지 않았다. 사람들은 그 아이가 눈물을 흘리는 걸 본 적이 없었다. 그 아이의 형이 우리한테 한 말이다.

돼지몰이 소년은 대부분의 시간을 산기슭에 있는 소가 다니는 길에서 혼자서 보냈다. 그는 길 양쪽에 각각 구덩이를 판 다음 이쪽에서 저쪽으로 오가면서 자기를 구덩이에 묻곤 했다. 우리가 산꼭대기에 있는 학교에서 내려다보면 그 아이는 둔한 큰 새처럼 이리저리 뛰어다니는 게 보인다.

때론 구덩이 속에서 죽은 시늉하고 있었는데 그 모습이 진짜 같다. 그는 이렇게 시체놀이를 할 때면 사람을 공격하지 않는다. 구덩이 옆에까지 다가가서 큰 소리를 질러도 그 속에서 잠자코 있다. 충분한 시간이 흘러 부활할 수 있다고 생각될 때까지 그는 꼼짝하지 않았다.

그는 때론 남을 욕하지 않았다. 하지만 그 시간은 한나절을 넘지 못했다.

우리 집이 그 마을로 이사를 가서 잠깐 지낸 적이 있었다. 그동안 나는 더 가까운 거리에서 그 아이를 볼 수 있었다. 하지만 그 아이는 내가 자기 이웃이라고 해서, 그리고 자기 형의 같은 반 동창이라고 해서 나한테 호의를 베푼 적이 없었다. 오히려 나에게 손찌검하는 횟수만 더 늘었다.

나중에 나는 그의 표정을 관찰하는 법을 익히게 되었다. 어느 날 어느 시간대에 정상이고 어느 시간대에는 정상이 아닌지를 알게 되면서 그가 정상일 때를 골라서 그한테 말을 걸었고 나머지 시간은 멀찌감치 피해 다녔다.

내가 기회를 봐서 그 아이에게 접근한 이유는 그 아이가 해주는 이야기를 듣고 싶었기 때문이다. 그는 절벽에서 뛰어내려 죽은 아이에 대해 이야기했는데, 우리가 다 아는 그 아이는, 죽기 전에 밤새도록 자기와 이야기를 나눴다고 했다.

바보인 그 애한테, 죽을 결심한 아이가 밤새도록 이야기하다니? 나는 이들이 그날 밤 무슨 이야기를 나눴을지가 궁금했다. 왜 죽을 결심을 한 아이가 다른 사람을 찾지 않고 언제 또 미친 짓을 할지 모르는 그 애를 찾아갔을까. 이런 궁금증을 풀려는 나의 계획은 많은 사람들의 반대에 부딪혔는데, 나에게 말하기를, "바보가 하는 말은 바보만 알아들을 수 있단다."

돼지몰이 소년은 제정신일 때면 먼저 찾아와서 우리와 놀기도 했다. 마을 옆에 있는 가파른 비탈길에서 놀았는데 그곳에는 나무가 빼곡히 자라고 있었고 1미터가 넘게 자란 이름 모를 풀들이 가득했다. 우리의 놀이는 단조로웠다. 매일 같은 놀이만 되풀이했는데 풀숲에서 뛰어오르고 뛰어내리는 게 다였다. 비탈길 아래는 백 장 높이의 절벽이다. 우리는 바로 그 절벽 위에서 뛰어다니며 논 것이다. 바로 이 낭떠러지로 인해 우리의 놀이는 스릴이 넘쳤고 재미가 있었다. 물론 이런 놀이는 혼자서는 하지 못했다. 너무 무서웠기 때문이다.

그 죽은 아이는 바로 여기서 절벽 아래로 뛰어내린 것이다. 그가 죽었을 때 나는 다른 마을에 살고 있었다.

"피. 엄청 많은 피." 이들은 투신한 소년의 죽음에 대해 이렇게 묘사했다.

절벽은 내가 등교할 때 꼭 거쳐야 하는 길 아래에 있다. 매일 이곳을 지날 때마다 나는 등골이 오싹해진다. 나는 이런 방식의 죽음을 두려워했다. 그 소년은 나보다 다섯 살 정도 더 많았으니 그때 아마 열여섯 살이 아니면 열일곱 살 정도였을 것이다. 그의 일생은 거기서 종지부를 찍고 말았다.

아마 나도 바보인가 보다. 바보가 하는 이야기를 알아들을 수 있었으니 말이다.

그날 저녁 돼지몰이 소년은 거의 정상이었다. 표정이 순해 보였는데 그의 형과 마찬가지로 온화한 태도를 보이고 있었다. 우리는 죽은 소년이 투신하기 전에 앉아 있었던 자리에 앉았다. 그날 밤 둘은 바로 이 자리에서 밤새도록 이야기를 나누었다고 했다.

돼지몰이 소년은 강아지풀을 꺾어 들고 머리카락을 쓸어 올리다가 귓가에 꽂았다. "너도 그 애를 잘 알면서 왜 나한테 물어봐서 뭐하게?" 그가 나에게 물었다. 나는 확실히 투신한 소년을 알고 있었다. 초등학교 1학년 때 우리는 같은 반이었다. 그는 학교를 늦게 다녔다. 과묵했고 낯을 많이 가렸으며 수줍음을 타는 아이였다. 우리 사이는 그저 상대방의 이름을 부를 수 있는 정도였으니 서로 모른다고 해도 과언이 아니다.

그는 불행한 아이였다. 학교를 다닌 지 2년도 못 돼서 부모가 잇달아 세상을 떠났고 그는 결국 중퇴하고 말았다. 그는 여동생과 함께 자기 삼촌네 집에 얹혀서 살았다.

그는 행복하지 못했다. 학교로 갈 때마다 장작 한 더미를 메고 가는 그 아이를 볼 수 있었는데 내가 먼저 다가가 알은체했으나 그는 모른 척했다. 혹시라도 기분이 좋으면 나를 향해 웃어주는 정도였다. 그는 겨우 열 몇 살밖에 안 되었으나 그 나이에 걸맞지 않은 우울함이 느껴졌다. 후에도 몇 차례 그가 눈 뜬 맹인 혹은 벙어리가 아닌가, 의심스러울 때가 있었다. 그는 누굴 만나든 고개를 숙이고 지나쳤는데 보지도, 묻지도, 대답하지도 않았다.

하지만 그와 이야기를 나누고 싶었던 나는 그의 뒤를 따라다니며 쉴 틈이 없이 말을 걸었다. "형(哥哥, 오빠), 이 꽃의 이름을 알아? 어젯밤 우리 아빠가 잡은 고기가 얼마나 큰지 알아? 오빠 숙부와 숙모가 잘 대해 줘?"

이런 질문에 그는 하나도 대답하지 않았다.

그는 친구가 없었다. 혹시 있었을 수도 있다. 죽기 전날 밤, 그는 돼지몰이 소년을 평생 유일한 친구로 여겼을지도 모른다. 이곳에는 강아지풀이 넓게 자라고 있다. 이전에 사람들이 말했던, 그 많은 핏자국들은 잡초에 가려져서 보이지 않는다. 하늘가에서 쏟아진 마지막 석양이 잠시 이곳을 비추고 지나간다. 나에게 잔잔한 풀꽃 향기가 다가왔다.

바람이 불어오자, 강아지풀이 돼지몰이 소년의 귓가에서 떨어졌다.

나는 어떻게 말을 떼야 할지 몰랐다. 물어봐도 대답이 없을 게 뻔했다. 그가 매일 들려주었던 투신한 소년에 관한 이야기는 다 달랐다. 오늘은 그날 소년이 술을 엄청 많이 마셨다고 했다. 이들은 엄청 많은 이야기를 나누었고 한바탕 싸운 다음 불쾌하게 헤어졌다고 했다가 내일이 되면 둘이서 살찐 닭 한 마리를 훔쳐 한밤중에 구워서 먹었다고 했다. 그동안 둘은 아무 말도 안 했는데 이튿날 소년이 죽었다는 소식을 들었다고 했다. 이야기의 결말은 같으나 그 과정은 변화무쌍했다.

"그 아이가 무슨 말을 했는데?" 이번엔 뭐라고 대답할지 궁금했다.

돼지몰이 소년은 두 손을 펼쳐 보이며 어쩔 수 없다는 표정을 지었다. 그날 밤 두 사람은 술을 많이 마셨는데 서로 말이 없었다고 했다. 나중에 그는 빈 병에다가 오줌을 싼 다음 골짜기에 버리고는 그대로 집에 가서 잤다고 했다. 이것이 사실이라고 했다.

이번에 한 말은 지난번에 비해 사실처럼 느껴졌다. 그는 먼 산 위에 떠 있는 잿빛 구름을 응시하고 있었는데 조금도 멍청해 보이지 않는다. 만약 꾀죄죄한 그의 얼굴을 개의치 않는다면 그의 눈에서는 우리보다 훨씬 지혜로운 빛이 흐르고 있음을 느낄 수 있을 것이다.

그러나 이런 슬기로움은 순간적으로 사라져 버렸다. 내가 뭔가 더 물어보려는 순간 그 애로부터 한 대 얻어맞았다. 이렇게 무슨 영문인지도 모르고 얻어맞곤 했는데 그 아이는 상대를 가리지 않았고 표정은 거칠고 멍청해 보였다. 잿빛 구름 같은 웃음이 다시 그 아이의 얼굴에 드리워졌고 그는 다시 누구도 접근할 수 없는 돼지몰이 소년으로 돌아가고 말았다.

그는 아무렇지도 않은 듯 떠나버렸다. 나는 그 자리에 서서 얻어맞은 어깨를 잡고 헛된 생각에 잠겼다. 아직 어둠은 완전히 내리지 않았다. 절벽 아래로부터 들려오는 바람 소리는 쓸쓸하고 형언하기 어려운 공허감과 함께 나를 짓눌렀다. 나는 투신한 소년의 웃음을 잊지 못한다. 그는 장작 한 더미를 메고 내 앞을 걸어갔는데 마치 어제 있었던 일처럼 생생하다.

돼지몰이 소년으로부터 투신한 소년의 유언이 무엇인지 알아내지 못했다. 그날 밤 이야기는 돼지몰이 소년이 지어낸 이야기라 추측했다.

하지만 돼지몰이 소년의 형이 한 말은 믿을 수 있었다. 애초부터 그에게 물어봐야 했었다. 그날 밤 투신한 소년은 술을 엄청 많이 마셨고, 자기 동생이 다 기억하기 힘들 정도로 말을 많이 했다. 하지만 동생은 우리한테 한 말은 하나하나가 진실이라고 했다. 우리는 함께 추측하면서 다음과 같이 결론을 내렸다. 투신한 소년의 죽음은 혼인과 관련돼 있다. 결혼하려면 많은 돈이 필요한데 삼촌은 그 돈을 부담하려 하지 않았다. 게다가 고아인 그의 처량한 심정을 누구도 이해할 수 없었기에, 마음속에는 절망의 씨앗이 싹트고 있었다.

나는 이 결론을 믿었다. 절망이 극에 달한 사람만이 절벽에서 뛰어내릴 용기가 있었기 때문이다.

지금 이곳은 잡초가 무성하다. 이곳에서 지금도 철이 덜 든 아이들만이 숲속을 오가며 놀고 있다. 나는 모든 일에 호기심을 보일 나이였다. 부모님의 표현에 따르면 나는 말이 없지만 마음이 섬세한 아이였다. 이른바 '마음을 감추고 사는 아이(隱心人)'였던 것이다.

나는 절벽에서 뛰어내린 소년을 안타까워했다. 그와 몇 차례 마주치면서, 그의 조용하고 우울한 감정을 담은 눈빛에 마음이 아팠다. 그의 눈에는 부모를 잃은 아픔과 고아만이 느낄 수 있는 야박한 인심에 대한 원망이 담겨 있었다. 내가 그를 '형(哥哥, 오빠)'이라고 부르면서 보여줬던 활짝 핀 꽃은 그가 즐길 수 있는 풍경이 아니었다. 그는 피난처를 찾는 제비처럼 자신에게 속하지 않은 처마 밑에서 살았다.

나는 결코 구세주가 아니었다. 물론 그도 구세주가 필요치 않았을 것이다. 그는 이제 곧 지게 될 석양을 보기 좋아했고 산등성이에 앉아서 저녁 무렵 점차 사라지는 햇빛을 구경하기 좋아했다. 아직 이 마을에 이사를 오지 않았지만, 하교 시간이면 나는 꼭 이 산등성이를 지나야 했다. 가끔 나는 그와 멀지 않은 곳에 자리한 바위에 앉아 곧 사라져가는 석양을 구경하곤 했는데 특별한 점을 느끼지 못했다. 나는 석양보다는 일출을 더 좋아했다. 항상 새로웠고 그다지 뜨겁지도 않았으며 전날 밤의 정취가 어느 정도 남아 있는 느낌이 좋았기 때문이다. 하루는 낙조를 보면서 흐느끼는 그를 보았는데 두 손으로 무릎을 감싸고 있었고 진흙과 돼지 똥으로 범벅이 된 맨발을 바닥에 늘어뜨린 커다란 나뭇잎 위에 올려놓고 있었다. 발가락으로 나뭇잎을 뚫은 다음 그 밑에 있는 진흙 속에 파묻었다. 그도 나를 발견했지만 못 본 척 얼굴을 돌리고 저물어가는 해만 쳐다보았다.

그로부터 얼마 후, 나는 그가 절벽에서 뛰어내려 죽었다는 소식을 들었다. 나는 그가 좋아하던 낙조가 생각난다. 낙조는 지는 해라서 저물어가는 속도가 엄청 빠르기에 아무도 붙잡을 수 없다. 그는 죽기 전에 하고 싶은 말들을 정신이 들락날락하는 돼지몰이 소년에게 전부 들려줬다. 그가 마지막으로 남긴 말은 말로 표현된 비밀이지만, 그 말 자체로는 완전한 진실을 담아낼 수가 없다. 아무도 그의 가슴속 고통에 이를 수가 없기 때문이다. 오직 죽음만이 사람들의 눈에 보일 뿐이다.

내가 중학교 1학년을 다닐 때까지 돼지몰이 소년은 여전히 돼지를 치고 있었다. 그의 아버지 말대로 그가 평생 잘할 수 있는 유일한 일이 바로 돼지몰이였나 보다. 그는 여전히 돼지를 치고 있었고 앞으로도 계속 그럴 것이다. 나는 더 이상 그에게 투신한 소년에 대한 일을 묻지 않았다. 하지만 그는 그 일을 모두 기억하고 있다. 그렇게 좋은 기억력을 가진 걸 보면 남들이 말하는 바보라는 표현에 의심이 갈 정도였다. 어쩌면 그도 '자기 생각을 감추고 사는 사람'일지도 모른다. 그의 속은 호리병이나 수세미 속처럼 신비롭고 알 수 없는 것을 품고 있다.

"너, 그 사고 난 이야기를 듣고 싶지 않니? 왜?" 우리가 한 번 마주쳤을 때 돼지몰이 소년이 나에게 한 말이다.

절벽 위에 무성하게 자란 잡초와 이름 모를 나무들을 보면서 나는 이 이야기를 다시 파헤치고 싶은 생각이 전혀 없었다. 투신한 소년의 숙모도 이젠 아주 늙어 보였다. 그녀는 가끔 눈물을 흘리면서 다른 사람들과 옛날 일을 이야기하곤 했는데, 많은 경우에 저주를 받은 속 빈 나무처럼 침묵을 지켰다.

그 후에 나도 중퇴하고 말았다. 중학교 1학년 첫 학기 교과서와 짐을 들고 마을에 들어서는 순간 나는 돼지몰이 소년을 또 만났다.

"이젠 너도 나처럼 돼지를 치게 되었네." 그는 하하, 웃으면서 나를 바라봤다. 하지만 그날만은 그의 눈에서 멍청한 느낌을 조금도 찾아볼 수 없었다. 그의 말투에서도 뽐내거나 깔보려는 기색이 전혀 느껴지지 않았다. 어쩌면 그 순간에 그가 제정신으로 돌아왔을 수도 있다.

내가 잘할 수 있는 것은 돼지몰이뿐만 아니다. 나는 돼지를 풀어주는 것처럼 나 자신을 더 넓은 세상으로 내보낼 수 있다. 그리고 마침내 그 소원을 이루었다.

256

여러 해가 지난 뒤에, 바로 지금에 와서야, 나는 그 돼지몰이 소년이 진정한 '마음을 숨긴 사람(隱心人)'이라고 확신한다. 말려서 구부러진 낙엽처럼 겉으로는 세상살이를 모르는 척하지만, 그의 내면에는 우리가 알 수 없는 것들이 꼭꼭 숨겨져 있다. 그 속마음의 이면에서 우리가 미쳤다고 여기는 행동만 골라서 했는데, 바로 남을 향해 침을 뱉고 욕을 퍼붓는 일이었다.

이제 와서 나는, 방랑자처럼 가끔 고향으로 돌아가곤 한다. 하지만 돼지몰이 소년을 더는 본 적이 없다. 그는 나의 시야에서 영원히 사라졌다. 나는 그의 소식을 물어보지 않았고. 물어볼 생각도 없다. 머릿속에서 그의 모습은 점점 희미해졌다. 내 마음속에서 그는 이미 사람의 모습이 아닌 종잡을 수 없는 오래된 빛처럼 평온하게 사라져가는 느낌이 들었다. 그는 절벽에서 사라진 것도 아니고 절벽보다 수천 혹은 수만 장 더 깊은 곳으로 사라진 것도 아니다. 그는 투신한 소년의 이야기와 더 많은 사람들의 이야기를 가지고 세월 속에 숨겨진 듯 사라졌다.

아마 누구의 이야기도 가지고 있지 않을 수도 있다. 그는 절벽 밖에서 살고, 그리고 낙조 밖에서 산다.

셋집 아줌마
(房东太太)

셋집 아줌마는 내 옆방에서 살고 있었다. 키는 작았으나 목소리는 날카로웠다. 곱슬머리에 화장하지 않았으며 눈썹도 다듬은 적이 없다. 하지만 피부가 하얗기에 젊고 활력이 넘쳐 보인다. 정확한 나이는 모르지만 아마 스물여덟 정도 되는 것 같다.

셋집 아줌마는 처음부터 위층에서 지낸 게 아니었다. 처음에는 남편과 함께 10개월 된 아들까지 계단 밑에서 지냈다.

계단 밑은 싱글 침대 하나가 겨우 들어갔고, 남은 공간은 모니터와 본체 그리고 나무 의자로 채워졌다. 컴퓨터는 건물의 인터넷 연결을 책임지는 메인 컴퓨터였다. 셋집 아줌마는 인터넷을 할 줄 몰랐고 그의 남편도 인터넷에 별 관심이 없다. 이들이 컴퓨터를 앞에 두고 앉아 있는 모습을 나는 본 적이 없다. 어쩌다가 계단 아래에서 인터넷에 등록할 때마다 나는 신호음 'KUGOU(酷狗)!'가 들리면 그건 틀림없이 그 집에 찾아온 손님이 인터넷을 사용할 때 나는 소리다. 하지만 찾아오는 손님은 거의 없다.

셋집 아줌마네 가족은 계단 아래에서 산 지 1년 만에 위층으로 이사를 했다. 아들은 이미 걷기 시작했고, 그 나이 때면 할 수 있는 '엄마', '아빠', '걸어', '밥 먹어', '이모, 안녕!', '삼촌, 안녕!' 정도는 말할 수 있었다.

셋집 아줌마는 이 지역 사람이 아니다. 이 건물은 아줌마가 임대한 다음 다시 임대를 나눠 줘서 약간의 차액을 벌었다. 여기서 '차액을 번다'는 말은 내가 지어낸 말이다. 아줌마는 이윤이 전혀 남지 않는다고 하면서 건물을 임대한 것은 순전히 남편의 생각이라고 했다.

"남편은 내 돈뿐만 아니라 우리 언니한테서까지 2만 위안을 빌려 이 건물을 임대했어요. 내가 임대하지 말라는 데도 고집대로 했어요." 셋집 아줌마가 원망조로 말했다.

"남편한테는 돈이 없었나요?"

"있을 리가 없죠."

셋집 아줌마가 아들을 안고 집 앞의 공원 울타리 옆에서 지인을 만나 나눈 대화의 일부이다.

나는 이 셋집에서 가장 먼저 아줌마의 면면을 알게 되었다. 이 왜소한 여성은 나에게 처음부터 자신의 권력을 행사했다. 나의 임대계약서에 '랜선 사용'이라는 용어가 적혀 있지 않자 사정없이 인터넷 연결선을 뽑아버렸다. 나 같은 집 밖으로 나가지 않는 집순이한테 인터넷은 거의 생활의 전부나 다름없었다. 그날도 나는 '농장(인터넷 게임)'에서 바오밥나무 8그루와 펭귄 13마리를 수확해야 했다.

나는 번개같이 계단을 내려갔다. 하지만 정작 계단 밑에 이르러서는 할 말을 잃었다. 내 앞에 서 있는 이 낯선 여자는 야윈 몸매에 눈빛이 흐렸는데, 확연하게 수면 부족 상태였다. 나는 이 건물의 주인이 바뀐 걸 결코 알지 못했다. 처음에 나는 계단 밑에서 아기를 안고 있는 여자를 그냥 놀러 온 것으로 생각했고 그 여자도 나한테는 무관심했다.

"누가, 내 방 인터넷 선을 뽑았소?" 나는 원래 작지 않은 눈을 크게 부릅떴다. 이런 일을 당할 때마다 본능적으로 투계와 같은 기세로 상대방을 압도해야 한다. 그날도 나는 그 기세로 상대방을 압도했고, 사실이 증명하다시피 효과도 괜찮았다.

"모르는 일인데요." 여자의 대답은 아주 자연스럽고 부드러웠다. 하지만 속으로 켕기고 당황해하는 기색이 역력했다.

"저는 인터넷을 할 줄 몰라요. 인터넷 선이 무엇인지는 더 몰라요. 남편한테 어찌된 영문인지 물어보고 알려줄게요." 여자는 얼굴에 미소를 머금고 계속 말했다. 그녀의 웃는 모습이 아름답다는 걸 나는 인정할 수밖에 없었다.

나는 그 자리에 서서 여자가 남편과 연락이 끝나기를 기다렸다. 이때야 나는 그녀의 모습을 자세히 볼 수 있었다.

"뭐래요?" 그녀가 전화기를 내려놓자마자 내가 급히 물었다.

"그가 말하기로는, 집 임대차 계약서에 '인터넷 사용료'라는 말이 씌어 있지 않아서, 그래서……" 그녀는 미안했는지 우물쭈물하며 말했다.

"우리 인터넷 사용료는 임대료에 포함되어 있어요. 지난번 주인이 알려주지 않던가요? 한 번 확인해 보세요."

나는 그녀가 확인할 때까지 기다리지 않았다. 서버에 인터넷 선을 연결한 다음 바로 위층 방으로 돌아왔다.

저녁에, 셋집 아줌마의 남편이 문을 두드렸다. 정말 미안하다고 말하면서, 제대로 묻지 않고 인터넷 선을 뽑은 것은, 어쨌거나 매우 미안하다고 했다.

곰곰이 생각해 보니, 이들이 사실 관계를 확인하기도 전에 나는 인터넷 선을 연결했고, 바오밥나무와 펭귄 13마리를 수확하는 데 지장을 주지 않았다.

"괜찮아요."하고, 나는 대답했다.

셋집 아줌마는 오후면 산책했다. 내 옆방으로 이사 온 뒤 그녀는 매일이다시피 유모차를 밀고 산책하러 나갔다. 하지만 체형이 왜소해서 계단을 오르는 일이 매우 힘들게 보였다. 아기에 유모차까지 끌어안은 그녀는 종종 난감한 상황에 직면한다.

그녀는 아주 부지런한 여자였다. 육아 부담이 있기는 해도, 항상 계단 하나하나를 깨끗하게 청소했다. 청소할 때면 그녀는 아이를 종이박스에 넣고 계단 한쪽에 있는 널찍한 곳에 둔 다음 젖병이나 바람개비 장난감을 아이에게 줘서 놀게 했다. 이런 방법은 노점상들에게서 배운 것들이다. 노점상들은 장사가 한창일 때면 아이를 종이박스에 넣어둔 다음 박스에 구멍을 내고 밧줄로 묶어서 자기 발 옆에 놓곤 했다. 셋집 아줌마는 아이가 종이박스에서 기어 나와 계단에서 놀다가 떨어질까 봐 박스를 아래층에 있는 계단 밑에 내려놓고 철문을 잠가놓았다. 계단 밑의 문은 철책 모양으로 되어 있었다. 아이는 이 철책을 이용하여 걷기를 배웠다. 가끔 나는 아이가 안에서 화를 내는 걸 알아차렸다. 마치 박애병원의 우리에 갇힌 원숭이들처럼, 아이는 철창을 흔들며 덜컹덜컹 소리를 냈다.

나는 오후 4시에만 장을 보러 나갔는데, 가는 길에 연못가를 지나갈 때면 나무 울타리 옆에 앉아 잠시 쉬곤 했다. 우리 건물 앞에 있는 공원에는 창의적인 울타리 몇 개 외에 특별히 언급할 만한 것이 없다. 울타리가 막 세워질 무렵 왁스 칠을 해 광택이 났고, 제법 운치가 있어 보였다.

하루는 장을 보고 돌아오다가 평소처럼 쉬고 있는데 셋집 아줌마를 만났다. 그녀는 아이를 데리고 문장을 길게 이어서 말하는 훈련을 시키고 있었다. 우연히 만나서 우리는 이야기를 나누기 시작했다. 그것이 우리 사이에 진정으로 의미 있는 첫 번째 대화였다.

"고향은 어디예요?"

"쓰촨이에요."

우리는 상대방의 이름을 묻지 않고 "당신(你)"이라는 대명사를 사용했다.

"당신 남편은 참 괜찮은 것 같아요. 매일 출근하려면 힘들 텐데 항상 함께 산책을 나오시잖아요. 내가 보기에 혼자서는 별로 밖에 잘 안 나가시는 것 같아요."

"난 혼자 있는 게 좋아요. 혼자 산책하는 건 재미없잖아요." 내가 말했다.

"남편은 어디 사람이에요?"

"허난(河南) 사람이에요."

일문일답식의 대화가 지루해진 나는 찬거리를 들고 일어서려 했다. 그 순간 그녀가 화제를 바꾸었다.

"우리 남편이 당신 남편의 반만 해도 얼마나 좋겠어요."

그녀의 말에 나는 다시 앉았다. 우리는 마침 신혼이라 다른 사람이 내 남편을 칭찬하는 걸 아주 좋아한다.

"당신 남편도 아주 훌륭해요. 잘 생겼잖아요."

"잘 생기면 뭘 해요. 밥벌이가 되는 것도 아니잖아요. 남편과 결혼한 것만큼 후회되는 일이 없어요." 그녀는 원망하는 눈빛으로 연못을 바라본다. "만약 임신만 하지 않았어도 나는 결혼하지 않았을 거예요. 남편은 정말 가난했어요. 게다가 시어머니는 정신이상이라 손자도 못 돌봐요. 시아버지는 성격이 괴팍한 데다 능력도 없고 가난하죠. 정말 야만인처럼 행동해요. 우리더러 금년에 5만 위안을 내놓으래요. 안 주면 또 욕하면서 죽이려 들어요. 지금부터 욕하기 시작했어요. 연말이 가까워졌잖아요."

"내가 이런 집과 얽히다니 정말 운이 없어요. 아들이 아직 어려서 어쩔 수 없지만 이제 조금만 더 크면 이혼할 거예요. 마음먹었어요. 애가 세 살만 되면 남편과 이혼할 거예요.

내가 이혼할 결심을 한 건 그 집 형편 때문만은 아니에요. 절대 오해하지 마세요. 중요한 건 남편이란 사람이 전혀 배려심이 없어요. 지금 보세요. 애가 딸린 여자라 출근을 못 하잖아요. 그런데도 제가 늦잠을 잔다고 잔소리하죠. 남편은 계단도 깨끗하게 닦지 않고 하루 종일 집에서 빈둥거린다고 욕하죠. 그러면서 저를 여자답지 않다고 나무라죠! 이것도 모자라서 남편은 저한테 놀고먹는 사람이라고까지 말해요. 제기랄. 얼마나 뻔뻔한지. 남편은 애를 키우는 일이 얼마나 힘든지 전혀 몰라요. 밤이면 애를 깨워 소변을 보게 하고 이불도 잘 덮어줘야 해요. 애가 잘 울어서 밤에 제대로 자지도 못하죠. 낮에 잠깐 졸다가 오후가 되면 애가 집에서 답답해할까 봐 데리고 나와서 바람을 쐬어야 해요. 하지만 저는 아이를 너무 사랑해요. 아이를 위해서라면 어떤 고생도 상관없어요. 보세요. 내 눈이 많이 부었죠? 어젯밤도 아이가 아파서 밤새도록 눈을 붙이지 못했어요.

……우리는 거의 매일 싸워요. 어찌 되었든 아들이 세 살만 되면 이혼할 거예요. 두고 보세요. 저는 반드시 이혼하고 말 거예요.” 그녀는 말하며 손으로 맹세하듯이 난간을 치기까지 했다.

후에 그녀는 나한테 언제 아이를 가질 건지, 그리고 몇 명을 낳을 것인지 물었다. 나는 그냥 아이가 생기는 대로 낳겠다고 했다. 그러면서 한 명이면 족하다고 했다. 그녀도 내 말에 찬성한다고 했다. 그러면서 자기도 한 명만 낳겠다고 말했다.

그 뒤로 셋집 아줌마와 이야기할 기회가 거의 없었다. 산책하는 시간이 엇갈리다 보니 좀체 만나기 힘들었다. 가끔 만날 때도 있지만 내 남편이 옆에 있지 않으면 그녀의 남편이 함께 있는 경우가 많아 이야기는 별로 나누지 않았다. 여자들의 수다는 남편이 있는 데서는 불편했기 때문이다.

봄이 지나자 나는 거의 외출하지 않았다. 장 보는 일도 가능하면 남편에게 맡기거나 날이 어두워진 다음 야시장에 가서 대충 사 왔다. 게다가 날이 어두워지면 야시장에서 셋집 아줌마를 만나는 것은 기대하기 어렵다.

곰곰이 생각해 보니 셋집 아줌마와 만나지 못한 지가 몇 달은 넘었다. 월세는 항상 그녀의 남편이 받으러 왔고, 아들도 가끔 “짜르르(삐삐鞋)” 소리가 나는 신발을 신고 따라오곤 했다. 아이는 훌쩍 자라고 담대해져서 별로 낯을 가리지도 않았다. 게다가 긴 문장을 유창하게 구사하고 사람들과 소통하는 데 어려움이 없었다.

264

“몇 살?” 나는 귀엽게 생긴 아이를 보며 물었다. 나는 케케묵은 어른이 되어, 그저 아이에게 순수하고 합당하다 생각하는 질문을 던졌을 뿐이다.

“세 개(살).” 아이는 통통한 손가락 셋을 펴 보이며 대답했다.

“세 살”이라는 말에 나는 아이 엄마가 전에 난간을 치며 했던 맹세가 떠올랐다.

“기한이 다 되었군.” 나는 속으로 적당한 시간을 골라 그녀를 만나야겠다고 다짐했다.

나는 마침내 그녀를 만날 수 있었다. 날이 어두워졌고 가로등 불빛에 비친 그림자가 희미했지만 나는 한눈에 그녀를 알아봤다. 나는 그녀에게 아들이 세 살이 되었다고 말하려다가 결국 말을 거두었다. 셋집 아줌마는 또 배가 부풀어 있다. 얼마 안 지나서 출산할 것 같다. 그녀는 남편의 팔을 끼고 내 옆을 지나며 예의 바르게 인사를 했다.

“외출하세요?”

어리둥절해진 나는 대충 고개를 끄덕였다.

그 뒤로 나는 셋집 아줌마를 또 한 번 만났다. 역시 울타리 옆이었는데 딱 봐도 바로 전에 남편과 싸운 티가 난다.

“저 결심했어요. 애만 낳으면 남편하고 이혼하고 말 거예요! 두고 보세요.”

숨어 사는 쥐
(鼠隱)

가을도 반이나 지났지만 날씨는 여전히 무더웠다. 우리는 숲을 찾아서 더위를 식히고 있었다. 우리는 아침이나 저녁이면 이곳에 오곤 했다. 숲 한쪽에 공동묘지가 있었고 다른 한쪽이 우리가 더위를 식히는 공원 같은 곳이었다. 사람들은 이곳을 시후(西湖)공원이라 불렀다. 하지만 이곳에는 호수가 없다.

우리는 묘지를 등지고 있었지만 아무도 항아리에 담긴 죽은 자에 대해 신경을 쓰지 않는다. 다른 한쪽에 있는 항아리 위에는 이끼가 가득 끼었다. 가끔 우리는 그쪽에서 불어오는 바람이 싣고 온 이끼 냄새를 맡게 된다. 그 냄새는 차가웠지만 아주 시원하게도 느껴졌다. 이 냄새는 우리들로 하여금 정신이 맑아지게 했다. 나뭇잎이 바람에 흔들려 바스락거릴 때면 우리는 고개를 들고 그 냄새에 취하고 만다. 이러한 감각적인 상태는 나에게 어떤 동물을 연상케 한다. 시력은 별로이나 후각 하나만은 뛰어난 동물, 쥐.

쥐는 보지 못하는 사물에는 영원히 관심을 보이지 않는다. 그리고 눈에 보이나 볼 의지가 없는 사물에는 눈길조차 주지 않는다. 이런 동물적 본능 때문에 우리는 원래 정신적으로 느끼고 있던 선천적인 공포를 극복할 수 있다. 평소에 우리는 동굴 같은 방에서만 생활한다. 바로 숲 옆에 있는 연립주택이 우리 생활공간이다. 이 건물에는 나와 다르게 생겼지만, 품종이 쥐와 비슷한 생물들이 모여 산다고 나는 확신한다. 하지만 이들은 이곳으로 오려 하지 않는다. 뒤에 있는 저 이끼 핀 단지에서 나는 냄새 때문이다. 아무나 이 냄새를 가을의 상쾌함이라고 느끼는 것은 아니다. 쥐는 천성적으로 담이 작다. 그래서 굴속에서 지내는 것이 제일 안전하다고 여긴다.

나와 나의 친구 몇 명만이 아직은 용기를 완전히 잃지 않았다. 지금 우리는 더위가 반쯤 물러선 가을 숲속에서 한가하게 이야기를 나누거나 그렇지 않으면 멍을 때리고 있다.

사실 굴 밖은 덜 안전했다. 가끔 거리를 돌아다니며 서로 쫓고 쫓기면서 물어뜯곤 하는데 그건 얼마 안 되는 식량이나마 차지하기 위해서다. 그 외에도 이 거리에서 사는 쥐가 다른 거리에서 사는 쥐가 몰래 타 놓고 간 독약을 먹고 죽으면 동료들은 유전자 변이라도 일으킨 듯 촉각을 곤두세우고 복수심에 불타오른다. 이들은 상대방을 제거하고 이 동네에서 자신들의 존엄을 유지하고자 했다. 비록 타고난 겁쟁이들이나 같은 종류의 생물을 대할 때면 의외의 용기와 힘을 발휘하곤 했다.

이러한 사건들은 자주 발생했다. 먹구름이 많이 몰린 흐린 날씨처럼 진실은 도무지 알 수가 없다. 어쩌면 이곳의 호수도 이런 싸움 때문에 없어졌을지도 모른다. 애초에 쥐들은 깨끗한 호수에 대놓고 돌과 흙, 독약을 던지고 미친 듯이 저주를 퍼부었다. 그런 다음에 큰 쥐는 작은 쥐를 괴롭히고 작은 쥐는 더 작은 쥐를 심판대에 올렸는데 자신들의 행동이 어떤 결과를 가져올지 모르고 행동하다가 지금에야 그 원흉을 찾아내겠다고 날뛴다. 이 때문에 이들이 사는 동굴에서는 신음 소리가 그치지 않는다. 그 소리는 자신을 치료하는 소리, 자신을 위해 변명하는 소리, 상대방을 저주하는 소리처럼 들린다.

다행히 숲속에서는 모든 것은 정상이었다. 어쩌면 이곳만이 정상을 유지하고 있는지도 모른다. 이곳의 어디선가에서 가끔은 아름다운 음악 소리가 들려올 때가 있다. 동굴 속에서 나는 시끌벅적한 소리와는 완전히 다르다. 어쩌면 쥐 떼 사건 너머에 있는 평정이라고 할 수 있다.

이날 오후도 유난히 조용했다. 이런 평정이 영원히 지속될 것 같았다. 우리는 아무도 동굴 속으로 돌아갈 필요가 없었다. 비록 동굴이 안전하다고는 하나 외롭기 짝이 없는 곳이기 때문이다. 희미한 달빛만 겨우 드리워진 동굴 입구는 언제나 사람을 밤새 잠 못 들게 했다. 옆방에서 밤새 잠들지 못하고 서성대는 쥐의 발짝 소리도 수렁에 빠져 겨우 발을 옮기듯 무겁게 들린다. 그를 따르던 애완견도 잠이 안 오는지 나지막한 소리로 으르렁댔다. 동굴에서 발생한 이 모든 것이 최악은 아니더라도 동굴에 대한 공포감과 피로감을 심어주기에는 충분했다. 하지만 쥐들은 동굴에서 벗어나지 못했다. 언제나 날은 밝지 않았고 쥐들은 천성적으로 소심했기 때문이다. 게다가 쥐들은 새끼들을 돌봐야 할 의무도 있기에 달빛이 비춰주는 이 입구를 보면서 온화하고도 잔혹한 그물 같다는 생각을 떠올리게 된다. 아무튼 들고양이의 밥이 될 위험까지 감내하면서 굴 밖으로 나설 용기는 없었다.

밤이 아무리 길다 해도 여명은 찾아오게 마련이다. 이날따라 아침에 눈을 뜨자마자 동굴 밖의 햇살을 볼 수 있었다. 찬란한 햇살이 부겐베리아에 비추는 모습을 보며 아침부터 기분이 들뜬 쥐들은 즐거운 마음으로 숲속 벤치를 향했다.

이날, 청소부 여자가 한 명 더 추가되었다. 그녀는 우리 반대편에서 낙엽을 쓸고 있다. 대나무 빗자루를 좌우로 흔들며 끝이 보이지 않는 굽은 길을 쓸었다. 나는 그녀가 밤마다 나지막하게 짖는 애완견을 데리고 온 밤을 서성대는 이웃일지도 모른다고 생각한다. 하지만 타고난 겁쟁이라 감히 물어보지 못했다. 시골에서 이곳으로 이사를 온 뒤로 이웃을 찾아다니는 습관은 사라진 지 오래다. 자기 일에만 열중할 뿐 다른 사람의 일에는 전혀 신경 쓰지 않는다.

나는 굽은 길을 따라 길을 쓸며 이동하는 환경미화원을 바라본다. 그녀도 가끔 고개를 돌려 날 쳐다보았으나 우리 중 누구도 먼저 인사를 건네지 않는다.

이러한 '이심전심'은 우리한테는 큰 유감이었다. 오래전, 우리가 밭에서 식량을 운반하거나 휴식할 때면 꼭 서로 말을 걸었고, 식량을 운반하는 일을 서로 돕기도 했다. 당시에는 동굴에 서로 소통할 수 있는 길을 남겨둔 것이다. 그리고 한가할 때면 길목에 쥐를 잡는 쥐덫을 놓아 고양이를 막을 방법을 논의하기도 했다.

결국 환경미화원이 먼저 다가와 말을 걸었다. 어제는 길을 청소할 때 공중화장실에서 실오라기 하나 걸치지 않은 총각이 뛰어나오는 바람에 깜짝 놀랐다고 했다. 그러면서 놀란 모습까지 지어 보이며 손가락으로 공중화장실 쪽을 가리켰다. 그곳은 낯선 곳이 아니다. 시골 별장처럼 아름답게 지어졌고 복도 맞은편에는 커다란 거울까지 걸어놓았다. 하지만 별 소용이 없었다. 수도꼭지는 녹이 슬어 물 한 방울 흐르지 않았고 수조에도 낙엽만 수북이 쌓여 있었다. 아무도 화장실을 사용하지 않았기 때문이다. 아이들조차 배가 아프거나 하면 여기서 멀리 떨어진 대로변에서 볼일을 보려 했다.

나는 위로의 말이라도 몇 마디 해주고 싶었으나 사람들과 교류한 지가 너무 오래되어 입꼬리만 실룩대다가 말았다. 게다가 타고난 나의 조심성에 화장실 상황까지 겹치면서 본능적으로 그녀의 진정성이 의심되었다. 지금까지 살면서 심보가 고약한 쥐들을 수없이 많이 봐 왔고 적지 않게 사기와 협박도 당했기에 서로 의심하고 상대방을 대하는 태도가 차가웠다. 그래서 나는 아무 일 없다는 듯이 눈초리를 약간 치켜뜨며 말했다. "혹시 정신병자가 아닐까요?"

내 말에 놀란 표정을 지으며 빗자루를 쳐다보던 환경미화원은 어제 본 남자가 정말 정신병이 있는 게 아닌지를 고민하는 것처럼 보였다. 동굴에서 오래 있다가 미쳐버린 쥐들이 옷을 입는 것조차 잊고 화장실로 뛰어갔을지도 모르기 때문이다. 넋을 잃고 한참을 고민하던 그녀는 드디어 나를 보며 고개를 저었다. "잘 모르겠어요." 그녀가 말했다.

그 뒤로 또 침묵이 이어졌다. 오랫동안 교류하지 않은 탓에 대화할 욕구마저 사라진 것 같았다. 우린 그 상태에서 각자의 길로 나뉘었다. 그녀는 상처 입은 쥐처럼 고개를 숙인 채 계속해서 길 위의 낙엽을 쓸었다.

나와 친구들도 벤치에서 일어났다. 나는 숲 밖에 있는 야시장에 가서 치자꽃 화분을 사서 베란다에 올려놓을 생각이다. 지금 유일하게 믿을 수 있는 건 작은 화분뿐이다.

가뭄 든 땅
(旱地)

이곳은 비가 억수같이 쏟아질 때도 있지만, 땅 이름인 마오포(毛坡)를 떠올리도록 오랜 가뭄이 들 때가 있다. 마오포는 량산(凉山) 깊은 곳에 있다. 우뚝 솟은 산 두 개 사이에 깊은 골짜기가 형성되었고, 산 중턱에 위치하여 있다.

'마오포'라는 이름은 듣기 만해도 물이 부족하다는 느낌이 든다. 실제로도 물이 부족한 곳이다. 작지 않은 마을인 마오포에서 물이 나오는 곳이라곤 사발 크기의 약수터뿐이다.

가뭄이 들지 않았을 땐 마오포도 생기가 가득하다. 산꼭대기와 산기슭에는 철 따라 화초와 과일이 가득 열렸고 울창한 숲은 저녁이면 시원한 바람을 보내주기 때문에 마을 노인들은 처마 밑에 앉아 아이들에게 그다지 무섭지 않은 귀신 이야기를 들려주곤 한다.

하지만 가뭄이 들면 노인들의 자신감은 한계에 이른다. 이러한 상황은 귀신 이야기보다 훨씬 끔찍하다 하겠다. 그러나 오랜 세월을 살아온 그들은 자신의 한계를 이겨냈고 불평과 불만이 있더라도 그 속에는 희망의 불씨를 안고 있었다. 자신들이 이 험준한 산속에서 지금까지 살아올 수 있었던 것은 반은 하늘이 불쌍하게 여겨줬기 때문이라 믿었다.

처음 마오포에 정착한 사람들은 가뭄에 대처하는 방법을 어느 정도 알고 있었다. 하지만 여기에 의지해서 사는 방법이 후손들에게 불편을 가져다주면서 자신들에게 시련을 안겨줄 줄은 생각지 못했다. 이들은 멀리 마오포와 같은 높이에 있는 산으로 가서 제법 큰 샘물을 발견했고 반년이라는 시간을 들여서 도랑을 파서 샘물을 끌어다 땡볕에 거의 말라죽을 지경인 작물들을 구했다. 하지만 때론 샘물이 줄어들거나 심지어 마를 때도 있었고, 비조차 내리지 않으면 도랑이 점차 마르면서 낙엽과 진흙으로 가득 채워졌다. 이같이 속수무책의 경우에, 이들은 무당처럼 굿을 하고 비가 내리기만 기다렸다. 어쨌거나 이들은 자신들이 선택한 이곳을 떠나려 하지 않았다.

그러나 일부 젊은이들은 결국 견디지 못하고 이곳을 떠나 물이 충분한 곳으로 이사를 했다.

사실이 증명하다시피 마오포를 떠난 사람들은 다른 곳에서 훨씬 편하게 살 수 있었다. 비록 같은 가뭄이었지만 새로운 곳에서는 관개할 물이 충분했고 물 걱정을 하지 않아도 되었다. 하지만 이러한 유혹도 마오포에 남아서 살기를 원하는 사람들의 의지를 꺾지 못했다. 처음 이곳에 정착했던 조상들의 강한 의지가 이들의 뼛속에 깃들어 있는 것 같았다.

예전에 사람들은 기우제를 지내는 것이 비를 내리게 하는 가장 효과적인 방법이라 생각했다. 이들이 기우제를 지낸 뒤에 비가 내렸기 때문이다. 그래서 '무당'도 여러 명이나 되었고 나중에는 저마다 무당이 되려 했고, 자기 방법이 하느님을 더 잘 감동시킬 수 있다고 주장했다. 그중에서 비가 내리기 전에 마지막으로 기우제를 지낸 무당이 가장 영험하다고 인정하였고 다음에 가뭄이 들면 계속 역할을 맡아주기를 바랐다.

사람들은 이걸 미신이라 생각하지 않았다. 해마다 지내는 기우제가 다 달랐기 때문이다. 게다가 미신이라고 할 것까지도 없었다. 그저 미신적인 현묘함이 조금 섞였을 뿐이었다. 이를테면 주문을 외운 다음 닭이나 개의 뼈다귀 한 토막을 불더미에 태우는 수준일지라도 기우제라고 용인할 정도였다. 그렇더라도 그 뒤에 비가 내리면 이 볼 것 없는 행동이 마을 사람들의 마음속에는 거룩하게 다가왔고 거기에 자신들의 진정이 더해져 가뭄을 이겨냈다고 여겼다. 그리고 내년에도 이렇게 기우제를 지내야 한다고 승인했지만, 이 방법은 사람들의 머릿속에서 아주 빨리 잊히고 말았다.

무당들을 가장 실망케 하는 것은 비를 내리게 하지 못하는 것이다. 가뭄에 땅이 갈라 터지면 무당들도 덩달아 마음에 상처를 입지만 어찌할 도리가 없다. 이때 노인들이 역할을 발휘했다. 노인들은 말라버린 도랑을 생각해 냈다. 만약 맞은편 산등성이의 샘물이 완전히 마르지 않았다면 어느 정도 가뭄을 해소할 수 있을 거라 했다. 노인들의 말에 깨달음을 얻은 젊은이들은 힘을 모아 도랑의 낙엽과 진흙을 제거하고 다시 물을 끌어들였다.

하지만 별 소용이 없었다. 샘물은 바로 줄어들었고 얼마 안 지나서 완전히 말라버렸다. 도랑 보수공사는 헛수고로 돌아갔다.

땅은 계속 갈라 터졌고 농작물은 불쏘시개처럼 밭에 널려 있어 언제든 불길만 닿으면 활활 타오를 것만 같았다. 맨눈으로도 하얀색으로 된

불꽃 같은 물체를 확인할 수 있었는데 그것은 햇볕에 타버린 먼지에서 나오는 그림자와 같은 것이었다.

개들도 더위가 무서워 주인의 뒤를 따라 햇볕에 바짝 달아오른 밭으로 들어갔다. 기우제를 지내도 효과가 없자 사람들은 뭐라도 해야만 했다. 이들은 나뭇가지를 꺾어 옥수수를 심어놓은 밭 주변에 꽂아놓아 햇볕을 차단했다. 큰 효과는 없었지만 적어도 어느 정도 버틸 수 있었다. 사람들은 '내일이면 비가 내리겠지.'라는 막연한 기대를 하면서 서로를 위안했다.

개들은 주인의 마음을 알지 못했다. 그저 주인이 가는 곳이면 집보다 더 시원할 수 있다고 생각되어 따라갔던 것이다. 하지만 웬걸 주인은 집보다 더 뜨거운 곳으로 가는 게 아닌가. 개들은 혀를 빼물고 있었고 혀끝에선 침이 뚝뚝 떨어졌다. 이때는 낯선 사람이 다가와도 짖지도 못하였다.

식수를 제공하는 샘물터에서 개 한 마리가 죽었다. 더위를 피하려고 그곳에 갔다가 물을 너무 많이 마시고 죽었는지도 모른다. 개는 배가 퉁퉁 부어 있었는데 모든 빗물이 다 그의 배 속에 들어간 것 같았다. 사람들은 죽은 개를 삼 일간 주야로 저주했다. 물이 부족한 시기라 원래 부족했던 물조차도 샘물터를 청소하는 데 많이 써 버렸기 때문이다.

노인 몇 명이 죽은 개를 동정하여 사람들이 제사를 지내는 방법대로 지전을 태우기로 했다. 노인들은 죽은 개도 기우제를 지내고 있을 거라 믿었고, 말라버린 샘물터에서 죽은 개라서 인간성이 통할지도 모른다고 생각했다.

하지만 개가 죽었어도 가뭄을 해결하지 못했다. 콩이나 옥수수를 심은 밭 둘레에 꽂아놓은 나뭇가지도 다 말라버렸다. 사람들은 더 많은 나뭇가지를 꺾어서 밭 주변에 꽂아놓고 병영을 지키는 초병을 교환하듯 나뭇가지를 교체함으로써 땡볕을 막았다.

가뭄이 지속되자 사람들은 식수를 공급받고 있는 유일한 샘물을 관개에 사용해야 할지 고민하기 시작했다. 따라서 최대한 물을 아껴야 했다. 가축들에게 먹이는 물도 최대한 절약했다. 가축들은 사람들이 얼굴을 씻고 버린 물을 마셔야 했는데 가축들은 이를 마셔도 괜찮았다. 그저 맛이 좀 떨어질 뿐이다.

마오포에서 유일하게 식수로 사용하는 샘물도 가뭄이 들면서 양은 줄었지만 완전히 마르지는 않았다. 노인들의 기억에 따르면 조상 대대로 샘물이 말랐다는 말을 들은 적이 없다고 했다. 하지만 사람과 가축들이 마시고 나면 남는 게 없었다. 물이 부족할 때면 샘물은 젓가락만큼의 굵기밖에 안 된다. 이 물이 물웅덩이에 흘러드는데 웅덩이가 다 차기도 전에 사람들은 바로 길어갔기 때문에 물웅덩이에는 물이 반만 차 있었다.

사람들은 절망을 느낄 때면 하늘의 뜻에 맡기는 경향이 있다. 기우제를 포함하여 모든 노력을 다하지만, 여전히 비가 내리지 않으면 사람들은 노력을 포기한다. 그리고 갑자기 삶을 즐기려 한다. 그래서 어느 무더운 여름날 오후에 작년에 절약해 둔 콩을 갈아서 순두부를 만들어 먹었다.

그러나 사람들의 즐거움은 표면적인 것이었고 잠시 스트레스를 풀기 위한 것이었다. 순두부를 먹어도 그다지 즐겁지 않았고 오히려 고민에 빠지고 말았다.

사실 순두부를 만들어 먹는 것도 기우제 중 하나였다. 만약 순두부가 부드럽고 흩어지지 않으면 비가 곧 내릴 징조라 믿었다.

어쩌면 바로 비가 내릴지도 모른다. 가뭄에 뜬 대지에 강풍이 불면서 흙과 나뭇잎들을 하늘로 날려 보냈다. 비는 내리지 않고 바람만 계속 불자 사람들은 인내심을 잃고 말았다. 이들은 다시 기우제를 지냈다. 불더미에 닭털 몇 개를 태운 뒤 그 연기를 문밖으로 내보냈다. 이는 쉬지 않고 불어대는 광풍을 몰아내기 위한 주술 중의 하나였다. 과연 광풍이 가라앉았다. 이번 기우제는 비는 내리게 하지 못했지만 바람이 잦아든 효과를 본 것이다. 그 뒤로 바람을 재우기 위해서 이 방법을 계속 사용해 왔다.

어느 해인가 마오포에 진짜 무당이 찾아왔다. 무당은 긴 망토를 입고 둥근 밀짚모자를 썼는데 세 치나 되는 수염을 기르고 있었고 말주변도 좋았다. 마을 사람들은 '이런 수염은 무당들한테만 있는 것이다.'라고 서로 전하면서 마을에 머물러 달라고 진심으로 간청했다.

무당은 가뭄이 끝날 때까지 마을에 머물렀고 비가 내리자 마을을 떠나려 했다. 그러나 마을 사람들은 '이 비는 무당의 치성 덕분이 아니라 가뭄이 지났기 때문에 내린 것이다.'라는 생각이 들었고, 무당한테 사기당한 느낌이 들었다. 사람들은 무당을 쉽게 떠나지 못하게 했다. 이들은 제일 좋은 음식과 닭고기, 훈제 고기 그리고 조금씩 아껴두었던 가장 귀한 산짐승 고기로 무당을 대접했다. 하지만 무당은 한창 가뭄이 들었을 때 비 한 방울도 내리게 하지 못하면서 매일 재주가 있는 것처럼 흉내만 냈다. 자기가 한때는 태양을 잡아두기도 했는데 지평선을 넘어가려는 태양을 '향이 반 정도 타는 동안(약 30분)' 잡아두었다가 다시 풀어줬다고 했다.

사람들의 '만류'에 무당은 나름대로 이유를 펼쳤다. 그는 만약 자신의 법술과 기도가 아니었다면 금년의 가뭄은 훨씬 길었을 거라고 했다.

그 뒤로 오랫동안 무당은 다시 나타나지 않았다.

마을에 아뉴(阿牛)라는 여자아이가 있었는데 갑자기 비를 내리게 하는 능력이 생겼다. 야뉴는 이제 겨우 예닐곱 살밖에 안 된다. 아뉴의 어머니는 어느 날 밤 아뉴가 문 앞에 성냥 몇 개비를 꽂아놓는 걸 보았는데, 딸이 성냥 앞에 잠깐 있더니 그 또래에 할 수 있는 비를 비는 말을 하고 나서 이튿날 정말 비가 내렸다고 했다. 마을 사람들은 아뉴에게 그들 앞에서 기우제를 지내라고 했고 아뉴가 기우제를 지낸 후 과연 비가 내렸다고 한다.

그러자 사람들은 만장일치로 아뉴를 '용녀'로 인정했다.

하지만 용녀의 어머니는 비를 기원하는 일은 신성하고 정력이 많이 소모되는 일이며 당연히 어른들이 해야 할 일이기 때문에 자기 딸이 그런 일을 하는 것이 내키지 않는다고 했다. 그런 이유로 사람들이 달걀 한 개라도 성의가 있기를 바랐다. 어쨌든 딸이 공짜로 기우제를 지내게는 할 수 없다고 했다. 만약 딸이 계속 기우제만 드리다 보면 많은 일을 배울 수 없게 되어 나중에 시집도 못 갈 수 있다고 했다. 딸이 앞으로 물 자원이 풍부한 곳으로 시집을 가게 되면 기우제를 지낼 필요가 없을 텐데 그렇게 되면 딸의 재주는 아무 소용이 없을 뿐만 아니라 오히려 멸시를 받을 수도 있다고 하였다.

사람들은 그녀의 요구를 들어주기로 했다.

아뉴는 그때 사람들 앞에서 비를 비는 의식을 행한 뒤로 단 한 번도 공개적인 기우제를 지낸 적이 없다. 대신에 아뉴의 어머니가 소식을 전했는데 5일 아니면 10일 이내로 비가 내릴 것이라고 했다. 물론 그 말이 꼭 들어맞는 것은 아니었다.

더 이상 대책이 없었기에 사람들은 아뉴-또는 용녀-라도 믿어야만 했다. 따라서 용녀 어머니의 요구를 들어주는 수밖에 없었다. 그렇게 사람들은 기우제에 의지했고 어린아이의 순수한 말에 대해서는 더욱 그러했다. 이들은 아이가 초능력을 가지고 있어서 무의식적으로 한 말이 묘하게도 사실로 입증될 수 있다고 믿었다.

사람들이 건 기대가 너무 큰 탓인지 아뉴는 부담을 느끼기 시작했다. 그리고 자신이 기우제를 지내고 있다는 사실을 아뉴가 어느 순간 깨닫게 되었는지도 모른다. 이상하게도 인간은 자신이 하는 일의 의미가 무엇인지를 깨닫는 순간 그 일에 희망을 품게 되지만, 그 희망 또한 아주 쉽게 깨진다. 그 뒤로 아뉴의 신통력은 효력을 잃어갔다. 이 일로 누구보다 다급해진 것은 아뉴의 어머니였다. 딸이 비를 비는 능력을 잃게 되면 다른 사람들로부터 공짜로 물건을 받지 못하기 때문이다. 사람들은 예전처럼 달걀이나 소금, 그리고 롄화(蓮花)표 조미료를 주는 일이 없을 테니 말이다.

이 일로 인해, 아뉴의 어머니는 하루 종일 가슴을 치며 울었다. 어쩌면 이미 죽은 남편이 다시 죽은 것처럼 슬퍼할 정도였다.

이젠 사람이 직접 산 아래로 내려가서 물을 길어오는 수밖에 없다. 협곡 아래에 계곡이 있었는데 가뭄이 들 때면 계곡의 물도 따라서 적어진다. 가축들도 가끔 이곳에 와서 물을 마시기 위해 집을 나선 경우도 있었다.

물을 길어 나르는 일은 하루 이틀에 끝낼 수 있는 일이 아니었다. 가뭄이 오래 지속되면서 이들의 어깨에는 항상 물통이 들려 있었다. 이런 일에는 남녀 할 것 없이 다 나서야 했고 아이들까지 함께해야 했다. 무릇 일을 할 수 있는 사람이라면 빠짐없이 다 참여해야 했다.

말이나 소를 키우는 집에서는 힘을 좀 덜 수 있었으나, 그렇지 않은 집에서는 사람이 직접 물을 한 통씩 지어 나르는 수밖에 없었다. 통 안에 물이 많으면 운반하기 힘들었고 적으면 노력에 비해 실속이 없었다.

가뭄이 들 때면 사람들은 술로 근심을 달래곤 했다. 남자들은 물을 나르면서 한편으로는 술을 마셨다. 그러다 보니 저녁에 일을 끝낼 즈음이면 벌써 취해 있다. 이들은 술기운을 빌어 하느님을 욕했다. 평소에는 그럴 용기가 없지만 술에 취하기만 하면 간이 배 밖으로 나왔다.

마오포에서 가장 어린아이도 몇 마디 저주의 말을 할 줄 안다. 아직은 말이 어눌하고 잘 걷지 못해도 저주하는 욕(咒语)은 똑똑하게 했다. 어른들은 이렇게 어린 나이에도 벌써 어른들의 고민을 헤아려 욕도 대신해서 할 정도면 분명 앞으로 복이 많을 거고, 물을 짊어지는 고생 같은 건 하지 않을 거라고 말했다.

나중에 물을 짊어지는 고생을 하지 않더라도 지금은 마오포의 소년으로서 물을 길어 날라야 한다. 5, 6살만 되면 생수병 크기의 물병을 들고 어른들과 함께 물을 나른다. 만약 가뭄이 심할 때면 개미 떼가 이사를 하듯, 지칠 줄 모르고 영원히 멈추지 않을 것 같은 모습이 된다. 우연히도 아이들이 들고 다니는 물병은 흰색이었는데 그 모양은 개미가 이사할 때 지고 다니는 쌀알 같다. 만약 그 '쌀알'을 들지 않을 나이가 되었다면 어른들처럼 커다란 물통을 짊어야 한다.

아이들은 개미 떼가 옮기고 있는 것은 개미알이 아닌 밥이나 물일 것이라고 굳게 믿었다. 소나 말도 힘들긴 마찬가지였다. 소나 말의 사명이 인간의 부담을 줄이는 것이라고는 하지만 지속되는 오르막길은 소나 말에게도 큰 고통이었다. 길이 가파르고 폭도 일정하지 않아서 열기에 달아오른 모래나 자갈을 밟을 때마다 발을 헛딛거나 돌 틈에 발이 빠지는 경우가 많았다. 짐승들은 아파도 아프다는 말도 못 한다. 쉬고 싶을 때면 투레질로 자기 의사를 표현한다. 주인은 가축들이 힘들어하는 모습을 보면서 눈물을 흘릴 정도로 불쌍하게 여긴다. 그러다 보면 가끔 소나 말의 등에 실었던 물통 하나를 덜어내어 본인이 직접 짊어질 때가 있으나 그렇다고 가축들이 자리에 서서 쉬도록 놔두지는 않았다.

아뉴의 어머니처럼 젊은 축에 속하는 과부들은 가뭄이 들 때면 늘 강인한 모습을 보여주곤 했다. 고립무원으로 살아왔던 세월이 이들을 억셈 여자로 만든 것이다. 남자들이 메는 것만큼 큰 물통을 이들도 똑같이 짊어질 수 있었다. 물론 이들의 식사량도 놀랄 만큼 크다. 아무도 이들이 물을 메어 나른 후의 지친 모습을 본 적이 없다. 그 강인한 힘은 이들이 눈물을 흘릴 때처럼, 혹은 아뉴가 기우제를 지내는 모습처럼 신비로웠고 꼭꼭 숨겨져 있다.

아뉴의 어머니는 가뭄이 들 때면 아무런 도움도 받지 못했다. 등잔의 기름은 오래전에 떨어졌고 소금도 거의 다 먹었다. 시내로 장 보러 나가는 사람이 없었기에 다른 사람에게 부탁할 수도 없었다. 아뉴의 어머니는 매일 다른 생각을 할 틈조차 없이 바쁘게 지냈다. 이튿날 돼지에게 먹일 죽을 끓이느라 화덕 옆에 있다가 잠깐 눈을 붙인 후 깨어 보니 얼굴에 재가 가득 묻었다. 한때는 젊고 예쁘다는 소리를 들을 정도였고, 깨끗함을 좋아했던 그런 과부의 모습을 찾아볼 수 없다. 대낮에 남들 앞에서 구호를 외치며 물을 짊어지고 나르던 강인한 여성은 온데 간데없고 딸 아뉴의 눈에 비친 것은 지친 어머니의 안쓰러운 모습이었다. 아뉴는 이런 어머니의 모습을 남들 앞에서 얘기하고 말았다. 아뉴는 그저 남들이 어머니를 도와 물 한 통이라도 짊어지기를 바랐고, 다른 어머니들도 다 자기 어머니처럼 대낮에는 신력을 가진 사람처럼 힘에 넘치다가도, 밤이면 숨어서 지친 몸과 마음을 추스르는지 궁금했기 때문이다.

하지만 아무도 아뉴의 말을 믿지 않았다. 오히려 "너의 어머니는 소처럼 힘센 여자야! 남자들보다도 더 힘이 있단 말이야."하고 말하면서 엄지를 치켜세웠다.

사람들은 아뉴의 어머니는 소처럼 힘센 사람이었기에 도움이 필요 없을 거라 생각했다. 심지어는 재혼조차 필요 없다고 여겼다. 본인도 자신은 부족한 게 없다고 생각했다. 비를 비는 것과 살아가는 데 필요한 식량을 제외하면 다른 건 바라지도 않았다. 비록 몸은 왜소하지만, 마음은 하늘처럼 넓고 명랑했다. 오랫동안 계속되는 가뭄도 그녀의 삶과 본인이 살고 있는 곳에 대한 자신감을 빼앗지는 못했다. 어쩌면 그녀는 과부(夸父, 태양을 쫓아가 가뭄을 해결함)의 딸인지도 모른다.

물을 짊어 나르는 도중에 바람이 불었다. 이번엔 바람을 잠재우기 위해 닭털을 태우지 않았다. 바람은 하느님이 이들을 불쌍히 여겨 보낸 것이라 생각했다. 하느님은 때론 비정했고 때론 자비로웠다. 지금처럼 사람들이 목에서 탄내가 날 지경일 때 시원한 바람이 불면 이보다 더 좋은 일이 어디 있겠는가. 바람이 불면 소나 말도 제자리에 멈춰 잠시 쉬어갈 수 있었다. 주인들은 큰 바람이 갑자기 불어와서 소나 말들이 절벽 아래로 떨어질까 봐 두려워하기 때문이다. 사실 소나 말들도 사람과 마찬가지로 지금은 다리로 걷는 게 아니라 혼(魂)으로 걷는 것이다.

바람을 쫓지 않았더니 초가집 지붕이 날려가 버렸다. 젊은 사람들이 다 물을 짊어지는 일에 동원되다 보니 집에는 노인들만 남았다. 어쩌다 노인이 용기를 내서 지붕에 올라가 돌멩이나 나무토막을 지붕에 올려놓으려 했으나 아무 소용이 없었다. 노인들의 행동이 너무 굼떴기 때문이다. 노인들은 바람과 싸워 이길 수 없었다. 이 싸움에서 바람은 항상 기선제압을 했다. 조금이라도 남은 지붕이 있다면 그건 노인이 지붕이 날아가지 못하도록 자기 몸으로 누르고 있었기 때문이다. 다른 지붕들은 대부분 날려가 버려 햇빛이 엷어진 초가를 뚫고 방 안을 비쳤다.

사람들은 하는 수 없이 저녁에 돼지를 먹인 다음 어둠 속에서 지붕을 수리해야 했다. 풀 베기, 이것이 가장 시급한 일이다. 비록 가뭄이 들어 지붕이 샐 걱정이 없다고 하더라도, 이런 집에서는 마음이 불안하여 지낼 수 없다. 이는 일종의 쇠락, 자연에 의해 무너지는 쇠락의 모습이다. 사람들은 이를 그대로 받아들일 수 없다.

밤에 풀 베러 나가는 사람들도 낮에 물을 짊어진 사람들만큼이나 길게 줄을 섰다. 달빛 아래서, 낮은 소리로 속삭이는 사람들의 목소리가, 낫이 돌덩이와 부딪히며 내는 가벼운 소리가, 밤벌레의 울음소리와 뒤섞였다. 이는 잠을 부르는 소리였으나 누구도 잠들면 안 된다.

어둠 속에서 유령처럼 풀을 짊어지고 돌아오는 여인들은 낮은 소리로 노래를 불렀다. 달빛이 이들이 짊어진 풀잎 위에 떨어졌다. 그 외에도 이들의 발끝도 비쳤는데 사람들은 자기 발끝만 보면서 걸었다. 이들의 얼굴은 풀 더미에 가려 보이지 않는다. 가까이 다가가도 달빛에 물들어 희미해진 땀 몇 방울만 눈에 띈다. 어쩌면 그건 땀이 아닌 이들의 눈물이었을 것이다. 여인들은 밤에 주로 눈물을 흘린다. 이런 눈물은 마음먹기에 따라 참을 수도 있다.

남자들은 항상 술지게미에 빠진 벌레 같았다. 물을 나르기 작업이 시작된 후엔, 남자들한테 술이 더 중요해진다. 이들은 알코올로 대낮의 피로를 쫓아내려 했다. 이들은 독한 술에 의존하여 담대함을 얻었고 그 대가로 자기 위장을 상하게 했다. 술은 남자들의 울적함을 엷은 구름으로 만들어 날려 보냈다. 모든 것이 황홀해지며 대수롭지 않았고 어떤 상황도 다 참고 견디며 기다릴 수 있었다.

술을 마시면 담력은 키울 수 있을지언정 지붕은 수리할 수 없게 된다. 따라서 풀 베는 일을 비롯해서 지붕을 수리하는 일까지 전부 여자들 몫이 되고 만다. 남자들은 술만 마시고 문 앞의 텅 빈 마당에 앉아 하늘만 쳐다보고 있다.

여자가 하늘의 절반을 떠받친다는 말이 있다. 이 논리에 따르면 남자도 기껏해야 하늘을 반밖에 차지하지 못한다. 게다가 수시로 가뭄에 시달리는 이 산 중턱 마을에서는 남자보다 여자가 더 강인하다. 이곳 여자들은 힘든 삶을 감내하는 힘을 가지고 있다. 어쩌면 이들의 감각이 둔감해진 탓인지도 모른다. 이곳 여자들은 항상 문제의 핵심을 늦게서야 인식한다. 이처럼 지각이 늦다는 것은 비가 오고 가뭄이 끝날 기한이 다가오고 있다는 의미이기도 하다. 마치 밤이 아주 길게 느껴져서 시계를 보고 새벽이 머지않았다고 깨닫는 것과 같다. 이것이 심리적인 관점이든 아니든, 남들이 보기에 확실히 감이 떨어져 있다. 산속에서 오랫동안 살아온 탓에 이들은 모든 일에서 느긋해졌으며, 성격도 칼을 가는 숫돌처럼 무던하여 그 어떤 고난도 부드럽게 갈아내듯 다듬어 준다.

집은 그렇게 여자들의 서툰 솜씨에 의해 본 모습을 되찾아갔다. 이때면 공로를 인정받은 여인들은 자신들의 나쁘지 않은 솜씨를 자랑할 수 있었고, 이 기회에 마당에 누워 하늘만 쳐다보던 남편을 상대로 '쓸모없는 놈'이라고 욕도 한마디할 수 있다.

다시 큰 바람이 불어왔을 때 여자들은 아주 능숙하게 집을 수리할 수 있게 되었다. 흥이 고조된 여자들은 저녁에 함께 백주(老白干)를 마셨다. 이들은 지붕 위에서 술을 마시면서 이웃집 지붕에 나온 여자들과 밤중이 될 때까지 이야기를 나누었다.

시간은 또 흘렀다. 며칠 뒤엔 훠바제(火把节, 횃불축제)기 얼린다. 그동안의 노력을 통해 구조된 농작물의 상태도 조금 나아졌다. 여자들은 함께 모여 마른풀을 마련할 계획을 했다. 훠바제 때 마른풀로 횃불을 피워 밭에 있는 해충을 쫓기 위해서다. 훠바제는 조상 때부터 전해 내려온 전통 축제였는데, 사람들은 이날 횃불을 지피면 농작물에 낀 해충을 쫓을 수 있다고 믿었다.

여자들이 집수리가 끝나고 나서 물을 져 나르는 일에 전념할 수 있다. 그런데 이번에는 아이들에게 설사병이 생겼다. 아이들 사이에서 쉽게 전염이 될 수 있으므로 아주 큰 병은 아니지만 결코 소홀히 대응해서는 안 된다. 여자들은 어쩔 수 없이 물을 짊어지는 일을 그만두게 되었다.

어쨌거나, 가뭄이 들면 많은 일들이 생기곤 했다. 특히 무슨 일이든 잘 마무리 지으려고 노력하면 할수록, 뜻대로 되지 않는 더 많은 일들이 생겨난다. 여자들의 인내심은 이러한 시련을 겪으면서 형성되었다. 옛날에도 가뭄이 들었을 때 아이들이 설사하는 것보다 먼저 가축들이 병든 적이 있었다. 하느님은 인간의 한계를 시험하기 좋아한다. 특히 마오포의 여자들을 시험하기 좋아했다. 그리고 시험에 통과되면 아무나 쉽게 얻을 수 없는 행운을 안겨준다고, 마오포의 여자들은 굳게 믿었다. 그러니 무한한 인내와 기다림만이 이들이 행운을 얻을 수 있는 유일한 길이다.

아이들의 병간호를 하는 동안 물을 짊어 나르는 부담은 고스란히 남자들의 몫이 되었다. 열흘이나 보름을 못 견디고 남자들은 이곳 마오포를 당장 떠나고 싶은 충동을 느꼈다. 저주, 이들의 저주는 마당에 가득했다. 아무리 기우제를 많이 지내도 효과가 없자 남아 있는 힘은 물을 짊어지고 나르거나 욕을 퍼붓는 데 쓰고 말았다.

더 많은 작물을 수확하기 위해 사람들은 산에서 많은 농지를 개간했다. 하지만 지금은 이 많은 농지에 관개를 하려면 용왕님의 도움이 없이는 절대 불가능하다. 이들은 물을 짊어 나르는 일을 포기하고 싶었다. 더 많은 나뭇가지를 주워다 작물의 주위에 꽂아서 물을 나르는 고생을 조금이나마 덜고 싶었다. 하지만 밭 주변에 있는 원시림의 나무는 해를 가린다고 다 잘라버렸기에 눈에 보이는 것은 맨땅뿐이다. 그것도 갈증에 목마른 바짝 말라버린 땅이었고, 저주라도 받은 것 같은 땅이었다.

아마도 날이 갈수록 빈번하게 가뭄과 고온이 지속되는 것은, 그리고 건기 후에 폭우로 인한 산사태는, 대규모 삼림 벌채에서 오는 것일지도 모른다. 산사태는 마오포가 아닌 강변 지역이나 주변 지역에서 발생했고, 폭염도 마오포만의 문제가 아니었다. 게다가 주변 마을도 마찬가지로 나무를 베어내고 폭염의 피해를 받았기에 마오포 사람들은 아무렇지도 않게 여겼다. 하물며 산사태가 꼭 나무를 베어냈기 때문이라 할 수도 없잖은가.

"나무는 베어도 다시 자랄 것이다." 그들은 이렇게 서로를 위로했다.

하지만 나무들이 자라는 데 시간이 필요하다. 어떤 나무는 수십 년이 걸리고 잣나무는 더 오래 걸린다. 게다가 사람들이 제일 많이 자른 것도 잣나무였고, 미처 다 자라기도 전에 베어버렸다. 설사 제대로 자라서 열매를 맺는다 해도 열매가 땅에 떨어지기도 전에 다람쥐가 벌써 물어간다. 하지만 인간이 다람쥐보다 더 부지런한 게 문제였다. 노인들은 잣나무가 자라는 데 다람쥐의 도움이 필요하다는 것을 잘 알고 있었다. 다람쥐는 잣을 물어다가 여기저기 숨겨놓는다. 그런데 다람쥐가 혹숨겨놓은 곳을 잊어버리면 잣은 그곳에서 싹을 틔운다. 노인들의 이야기가 맞는지는 알 수 없으나 젊은이들은 주변의 잣나무가 점점 줄어드는 걸 느꼈지만 효과가 없었다. 이들은 잣나무가 줄어드는 이유와 상관없이 필요할 때마다 베어냈다. 아무도 뒷일을 생각하지 않았다. 이들은 땔감이 필요했고 더 많은 토지가 필요했다. 감쪽같이 주변으로 땅을 넓히면서 이렇게 하면 작물을 더 많이 수확할 수 있을 것이라 단순하게 생각했다. 가뭄에 말라죽은 작물을 이런 식으로 보충하려 했다.

혹시라도 마을에 공부하는 학생이 있어 나무를 마음대로 베면 안 된다고 하면서 그 위해성을 설명한다고 치자. 그러면 부모는 노래 한 곡을 가르쳐 주면서 목청이나 잘 다듬으라고 그 연습을 독려할 것이다. 어쩌면 나중에 가수가 될 수도 있지 않겠는가.

나중에 상황이 심각해졌는데, 나무도 거의 다 베었고 산불도 몇 번 발생한 후 상급 기관에서 사태의 엄중성을 느끼고 벌목을 금지했다. "나무를 베면 감옥에 갈 수 있다."는 말에 사람들은 공포를 느꼈다. 하지만 서 있는 나무는 못 베지만 쓰러져 있거나 말라서 고목이 된 나무는 베어도 되지 않는가. 산속에서 살려면 땔나무는 필수였기에 쓰러져 있거나 말라버린 고목은 벨 수 있도록 했다. 어차피 이런 나무는 오래 살 수 없기에 베어도 되었다.

사람들이 자주 나무를 베던 산비탈 아래 위치한 깊은 골짜기 부근에 험준한 벼랑이 드러났다. 누구한테서 고소장이라도 받은 듯 분하고 화가 난 것처럼 보였다. 가끔 바윗돌이 계곡 아래로 굴러떨어지면서 내는 굉음이 들렸는데 그 소리는 천둥소리 같았다.

하지만 아무도 바위 한두 개쯤 계곡 아래로 떨어지는 것에 신경 쓰지 않았다.

이러한 무관심은 곧 불행으로 이어지고 말았다. 누군가 바위에 깔려 목숨을 잃는 일이 발생한 것이다. 그냥 걷다가 갑자기 굴러온 거대한 바위에 깔려 죽었는데 피와 살이 바위에 엉켜 있었고 조각난 옷이 바위가 구르던 자리에 널려 있었다. 사람들은 불행한 사건을 두고 오랫동안 슬퍼하면서 울었다. "바위는 정말 눈이 없군 그래. 죽은 사람만 불쌍하지. 하필이면 바위가 구를 때 그곳을 지날 게 뭐람!"

드디어 바위는 사람들의 뜻대로 길에 아무도 없을 때 굴러떨어지곤 했다. 하지만 날이 밝기도 전에 거대한 바위가 마을을 덮친 적이 있었는데 어떤 민가의 지붕에 그대로 꽂히고 말았다. 산림 속에서 부화된 거대한 계란처럼 바위는 지붕에 커다란 구멍을 내고는 그대로 집 안에 떨어지고 말았다. 집이 그나마 튼튼하게 지어졌고, 돌도 꽤 멀리서 굴러왔으니 망정이지 집에 있던 사람들은 하마터면 염라대왕을 만나러 갈 뻔했다.

사람들이 합세하여 겨우 바위를 들어내고 지붕을 보수했다. "시련을 이겨내면 훗날 복이 온다."라는 말이 있다. 이 사건은 한동안 사람들의 입에 오르내렸다.

사람들은 뒷소리를 들으면서도 그럭저럭 잘 지냈다. 어차피 때가 되면 가뭄은 오게 되어 있었다. 그래서인지 사람들은 비를 비는 일에 너무 집착하지 않았다. 특히 남자들이 더 그랬다. 이들은 앞으로 가뭄이 든다고 해도 그리 상심하지 않을 것이다. 하지만 여자들은 평생 걱정에서 벗어나지 못했다. 여자들은 여전히 가뭄 때문에 걱정하고 괴로워했다.

이들 중 한 명이 갑자기 좋은 생각이 떠올랐다. 그녀는 마오포에 뽕나무를 심은 다음 산 아래서 사는 한족들한테서 양잠 기술을 배워 돈을 벌자고 했다. "누에는 하얀 실을 토해내는데 그 실은 팔 수 있다."고 하면서 양잠의 좋은 점과 뽕나무를 심어야 하는 이유를 설명했다. 이를테면 누에가 미처 다 먹지 못하고 남긴 뽕잎은 돼지에게 먹여도 된다. 그녀의 말에 따르면 잘 알고 지내는 산 아래서 사는 한족이 알려준 건데 뽕잎을 먹인 돼지는 건강하게 잘 클 뿐만 아니라 털도 윤기가 흐른다고 했다.

다른 여자들도 괜찮다고 생각했다. 뽕잎을 돼지에게 먹이면 살이 찔 수 있어 좋고 자기들은 돼지 풀을 뜯는 수고를 조금이나마 덜 수 있어 좋았다. 양잠을 못 하게 되더라도 돼지라도 키울 수 있다는 생각에 다들 찬성했다. 물론 아직 해 보지 않은 일이라 뽕나무를 대량으로 심을 수 없었다. 게다가 아직은 경작지에 벼를 심지 않고 뽕나무만 심을 수 있는 상황도 아니었기 때문이다. 여자들은 면밀한 논의를 거친 다음 경작지 한쪽 구석에 자그마한 공지를 마련하고 뽕나무 몇 그루를 심기로 했다. 이들은 바로 행동에 옮겼다. 뽕나무 몇 그루를 사서 심었는데 얼마 안 지나서 뽕나무가 과연 자라났다. 하지만 그 모양은 가련하기 짝이 없었다. 돼지가 잎을 먹기만 해도 살이 찌고 통통해진다는 나무가 정작 자신은 병에 든 것처럼 시들시들했다. 그러자 사람들은 실망하고 말았다. 뽕잎도 산 아래 한족들이 키우는 뽕잎만큼 넓고 푸르지 못했다. 오히려 누렇게 시들어 말라죽을 것 같았다.

뽕나무는 가물에 잘 견딘다. 그렇다고 전혀 수분이 필요하지 않은 것은 아니다. 나무를 심자마자 비가 내려 흠뻑 적셔주면 좋다. 그리고 가뭄이 지속되는 경우에는 어떻게든 물을 줄 방법을 찾아야 했다.

당초에 뽕나무를 심자고 주장했던 여자는 한 가지 문제를 생각지 못했다. 산 아래 한족들은 뽕나무를 밭둑이나 수원지 부근에 심었다. 습윤하고 비옥한 토지야말로 뽕나무가 자라는 데 가장 적합한 환경이었기 때문이다.

이렇게 뽕나무를 심는 일은 실패로 끝나고 말았다.

일이 이렇게 끝난 것을 두고 여자들은 원망하였다. 그 이유는 뽕나무를 심었던 자투리땅을 낭비한 것보다 남편 앞에서 자신의 권리를 쟁취했던 일이 실패로 돌아가게 되어 체면을 구겼다고 생각했기 때문이다.

"그 땅에 옥수수 열 몇 대는 충분히 심었어!" 여자들은 이 제안을 한 '총명한 여자'와는 사이가 틀어질 뻔했고 심지어 서로 절교까지 할 뻔했다.

'총명한 여자'는 아뉴의 어머니였다. 그녀가 영감을 얻게 된 이유는 간단했다. 나무는 농작물보다는 물이 덜 필요할 거라 생각했다.

뽕나무를 심는 일이 실패하게 되자 아뉴의 어머니는 난감했다. 다행히 큰비가 내리면서 오랫동안 사람들을 괴롭혔던 가뭄도 드디어 끝났다.

비가 내리자 이를 경축하기 위해 남자들은 마음껏 술을 마셨고 여자들도 덩달아 술에 취했다. 하지만 이번 비는 주요 작물의 성장에 별 도움이 안 되었다. 이를테면 옥수수는 건기에 벌써 열매를 맺기 시작했는데 알이 제대로 박히지 않은 것이 대부분이었다. 모양이 정해지면 더 이상 옥수수 알이 맺히지 않기에 비가 내려도 아무 소용이 없었다.

하지만 비는 여전히 중요했다. 이제 콩이 열매를 맺으려면 비가 몇 차례 더 내려야 했다. 하지만 한 번 내리기 시작한 비는 끝이 보이지 않는다. 이번에는 결코 달가운 소식이 아니다. 사람들은 바람을 쫓아내는 재주는 있어도 비를 쫓는 일을 아직 해 본 적이 없다. 아무도 비를 쫓을 생각을 하지 않았다. 고달픈 기다림 끝에 내린 단비라 조금 거세고 무섭게 내려도 비를 고대하던 사람들의 눈에는 더할 나위 없이 아름다웠고 쉽게 얻을 수 있는 게 아니니 기뻐했다. 그러나 계속되는 비 때문에 드디어 산사태가 발생하게 되었다. 그제야 기쁨에 빠져 있던 사람들은 가슴이 덜컹 내려앉았다. 산사태와 같은 사고는 다른 마을에서만 발생했었다. 마오포 아래쪽에 나무를 베어 절벽이 드러난 지역에 처음으로 산사태가 발생했다. 땅이 갈라지고 바위가 굴러 떨어졌는데 굉장히 무서웠다. 그러나 이번 산사태는 마오포 사람들의 예상을 완전히 빗나갔다.

경험 많은 노인들은 이번 산사태가 나무를 마음대로 베어버린 것과 관련이 있다고 생각했다. 이들은 지팡이로 땅을 두드리며 하늘이 무너질 정도로 큰 사고라도 난 것처럼 격한 목소리로 이 며칠 동안 자신들의 관찰한 결과를 털어놓았다. 이들은 동쪽의 나무가 확연히 줄어든 숲과 북쪽 비탈의 원래 나무에 의해 가려졌으나 지금은 모습을 그대로 드러낸 절벽을 가리키면서 사태의 엄중성을 피력했다. 이족 비모(毕摩, 무당)들 특유의 신비로운 어투로 어리둥절해 있던 젊은이들을 향해 "토지신의 금기를 건드렸어! 믿거나 말거나 이건 사실이야!"라고 말했다.

노인들은 할 말을 다 했다. 하지만 그 말의 뜻을 아무도 이해하지 못했다. 신비로운 말투 뒤에 어떤 진실이 담겨 있는지를 짐작할 수 있는 사람이 이 세상에 몇 명 안 되었기 때문이다. 특히 평소에는 흐리멍덩한 상태로 세상일에는 관심이 없던 노인들 입에서 나온 말이라 그 말을 믿는 사람은 더 없었다.

생태환경이 파괴되어 산사태가 일어났다는 것이 진실이란 말인가? 그럴 리가 있는가? 아무도 이 사실을 인정하고 싶지 않다.

숲속의 나무를 베는 것이 환경을 해친다는 것을 인정하는 사람도 있지만 생태적 균형이 무엇인지는 알지 못했다. 이들은 그저 자신들이 살고 있는 마을의 환경을 소중히 여기며 마을 주변의 무성한 숲이 유지되기를 바랄 뿐이다.

함부로 나무를 베지 않는 사람은 자연에 대한 깨달음과 선량한 심성을 지녔고 식물을 감지할 수 있는 능력이 있으며 세상 만물은 생존의 어려움이 따른다는 걸 알고 있다. 하지만 사람들은 이들을 인정하지 않고 바보 취급을 했다. 그렇지만 이런 취급도 자연을 사랑하는 사람들에게 큰 영향을 미치지 못했다. 만약 자신을 드러내지 않고 조용히 산다면 이들은 주변 사람들과 원만하게 잘 지낼 수 있다. 하지만 '바보'들은 그런 인내심이 없다. 다른 사람들도 자신들처럼 좀 더 먼 곳으로 가 땅에 떨어진 나뭇가지를 줍자고 했다. 그런 곳에는 분명 땅에 떨어진 마른 나뭇가지들이 있을 것이며 새로 나무를 자르지 않아도 된다고 한다. 그 말인즉 마을 주변의 나무가 드물게 자란 숲은 자기들과는 상관없는 일이며 산사태도 자기들 때문이 아니라는 것이다. 이들은 자신들의 주장을 피력한 후 생각이 같은 몇몇 촌민들과 함께 축원 기도를 올렸는데 비를 구할 때처럼 대충 의식까지 치렀다. 비모 노인의 말대로, 숲을 파괴하면 언젠가는 토지신이 내린 벌을 받게 되므로, 함부로 나무를 베지 않은 사람들은 그전에 용서를 받아야 한다고 생각했기 때문이다. 이들은 토지신이 자신들을 보호해주고 용서해주기를 바랐다.

　토지신이 지켜준 탓인지 마을에 산사태가 일어나긴 했어도 다른 지역보다는 그 피해가 덜했다. 특히 가뭄이 들었을 때 물을 퍼 나르던 작은 계곡이 크게 범람하면서 원래 넓지 않던 협곡이 후에는 기다란 모양의 고비사막으로 바뀌고 말았다. 그 모양은 장관을 이루긴 했으나 상상 이상으로 무서웠다. 나무다리는 거의 다 강물에 떠내려갔고 커다란 교각마저 간데온데없이 사라지고 말았다. 사람들이 힘들게 개간한 다른 마을의 농토도 누런 흙모래가 섞인 황무지가 되었고 감나무는 한 그루도 남지 않았으며 집채 같은 바위들도 곳곳에 널려 있었다. 사람들은 평소에 온순하고 안정된 모습으로 흐르던 개울이 갑자기 이렇게 세차게 변할 거라곤 상상도 못 했다. 게다가 이곳에 굴러올 리가 없는 바위마저 제멋대로 움직일 줄은 더욱 예상치 못했다. 사람들은 줄곧 비가 내리기를 바랐으나 이런 결과가 찾아올 줄은 꿈에도 생각지 못했다. 비는 이들에게 기쁨을 가져다준 대신 더 큰 재앙을 가져온 것이다. 비는 생명을 구하기 위해 내린 비가 아니라 저주받은 파괴적인 힘이었다.

또 몇 집이 이사를 했다. 이들은 전에 떠났던 사람들보다 더 결연했다. 이들은 다른 성(城)으로 이사를 떠났는데 다시는 돌아오지 않고 이곳에 대한 기억마저 지우고 싶어 했다. 평생을 마오포에서 살았던 노인도 이들을 따라 떠났다. 만약 이를 악물고 이곳에서 버텼다면 평생을 원만하게 마무리할 수도 있겠지만 이제는 타향에서 죽는 수밖에 도리가 없었다. 몇 년 뒤에 노인이 죽었다는 소식이 들렸다. 진실 여부를 떠나 사람들은 다음과 같은 사실을 믿고 있다. 노인은 타향에서 향수병에 걸렸는데 그 외에도 자질구레한 일들을 많이 겪으면서 그걸 견디지 못하고 실망한 나머지 독약을 마시고 쓸쓸하게 생을 마감했다. 후손들이 노인의 유골을 고향으로 모시지 않다 보니 노인은 죽어서나마 슬픈 추억이 가득한 이 땅을 벗어나게 되었다. 하지만 아무도 노인의 마음을 제대로 알진 못한다. 노인은 정말 죽어서도 고향에 돌아오기 싫었기에 타향에서 영혼으로 떠돌고 싶었을까? 고인의 심정을 제대로 알지 못한다고는 하지만 마오포 사람들은 노인의 마음속에는 항상 고향이 있었기에 그의 영혼은 이미 고향으로 돌아왔을 거라고 믿었다. 마을 사람들은, 조상들에게 제사를 지내는 청명절을 기해서 노인이 생전에 자주 앉아 쉬던 샛길에서 노인을 위해 따로 지전 몇 장을 태우곤 했다.

재난을 이겨내고 곤경에 빠져도 독약을 먹지 않고 살아온 사람들은, 얼마 동안의 심리적 회복기를 거친 후 점차 협곡의 상황에 적응하기 시작했다. 산사태도 사람들이 식후에 나누는 이야기가 되고 말았다. 협곡은 예전부터 이런 모습이었을지도 모른다고 생각했다. 산사태는 원래

부터 없었고 경작지와 감나무도 없었으며 곳곳에는 돌멩이만 있었다고
생각했다.

어느새 몇 년이 훌쩍 지났다. 사람들은 농사를 짓느라 바삐 보내다
보니 산사태는 잊은 지 오래되었고 아무도 입에 올리지 않게 되었다.
계곡물에 휩쓸려 간 계곡 건너편 있던 강변의 그 집은, 그 산사태 속에
서 구사일생으로 살아난 그 집 사람들은, 이제는 다른 곳에 새로 집을
지어 이사를 했다.

마오포의 여자들은 섣달부터 땅을 갈아엎었다. 파종을 앞두고 준비
를 마쳐야 했기 때문이다. 소나 말을 키우는 집에서는 여전히 일을 쉽
게 할 수 있었다. 이들 농지는 가장 짧은 시간에 비교적 수월하게 개간
되었다. 그런 후에 여자들은 시간을 내어 설에 쓸 땔감을 준비했다.

아무리 노래를 못하는 귀뚜라미조차도 뛰어 오르려는 본능과 목청
을 돋우고 싶은 충동이 있듯이, 마오포는 일 년 내내 사람들의 얼굴에
서 수심을 거두지 않지만, 고생 속에서 낙을 찾는 마음은 누구에게나
잠재돼 있다. 이런 즐거운 마음을 유지하는 것은, 마오포의 젊은 세대
에게 소위 생의 강인함, 즉 "한쪽 눈은 뜨고 한쪽 눈은 감아라."와 같은
삶의 태도를 가르치기 위함이리라. 그들이 굳게 믿는 것은 이렇다. 재
난이 불가피하게 눈앞에 닥쳤을 때, 이를테면 깊은 계곡의 홍수가 씻겨
간 후 남겨진 형편없는 모래와 돌처럼 바꿀 수 없으며, 사람이 할 수 있
는 일이란 눈을 감거나 무시하고 지나는 것이다. 그래야 마음이 편해지
면서 새로운 하루를 맞이할 수 있다. 홍수가 가져다준 재앙을 가능한
한 시시하고 평범하게 보이려고, 이들은 온화하고 긍정적인 어투로 "기
다려라, 얘들아, 모든 재난은 지나갈 것이다. 다 지나갈 것이다."라고

말한다.

마오포에서 반평생을 살아온 여자들은 또 다른 걱정을 해야 한다. 자녀들의 짝을 맞추어 주어야 하는 것이다. 이런 땅에서 혼자 외롭게 산다면 가련하기 짝이 없을 것이다. 아뉴의 어머니처럼 살 수 있는 사람은 많지 않으며, 누구도 그녀처럼 살려고 하지 않을 것이다. 아무리 착한 소라고 해도 지금은 힘에 부칠 수밖에 없다. 그녀도 여느 아낙네들과 마찬가지로 얼굴에 주름이 가득하고 기억이 감퇴되었으며 쓸데없는 말까지 중얼거릴 때가 있다.

하지만 아뉴의 어머니는 뼛속까지 고집으로 가득 차 있었다. 가뭄이 닥쳤을 때 물을 짊어 나를 때면 그녀는 여전히 여장부다운 위력을 발휘했다.

아뉴 어머니 외의 다른 여자들은 걱정이 태산이다. 이들은 자기 아들에게 짝을 찾아주려고 무척 애를 썼다. 이 가운데 한 집에서 드디어 혼담이 오가게 되었다. 여자의 부모는 직접 마오포로 찾아와 가정 조건을 확인하겠다고 했다. 남자 집에서는 모든 것을 깔끔하게 준비하고 기다렸다. 하지만 길이 하도 험난하여 여자의 부모는 두려움이 점차 커지면서 두 발이 말을 듣지 않았다. 그러다가 마오포 아래쪽의 산사태로 드러난 절벽까지 와서는 과감히 발길을 되돌렸다. 그렇게 해서 혼사는 무산되고 말았다.

아들의 혼사가 무산되자 그 집 여자는 보는 사람마다 붙잡고 눈물 지었다. 마오포에 대한 그녀의 모든 사랑과 인내는 무한한 원망으로 바뀌었다. 그녀는 이곳을 떠나려 했다. 산 밖으로 나갈 수만 있다면 어디서 살든 넝마주이를 하면서 살더라도 상관없다고 생각했다. 하지만 나중에는 마음을 바꿔 계속 마오포에서 살기로 했다. 그녀도 아뉴의 어머니처럼 예전보다 더 부지런해졌다. 밭갈이는 원래 남자들의 몫이었지만 그녀는 직접 다른 집에서 소를 빌려 밭을 갈았다. 비록 남자들보다 쟁기를 잘 사용하지 못했지만 힘은 전혀 뒤지지 않았다. 그녀는 아뉴의 어머니를 비롯한 다른 사람들 앞에서 열심히 일해서 돈을 많이 벌어 꼭 아들을 장가보내겠노라 장담했다. 하지만 돈을 많이 벌기도 전에 그녀는 너무 지친 나머지 병에 걸려 죽고 말았다. 그녀가 죽기 전에 사람들은 마을의 '맨발의 의사'를 불러다 치료하게 했다. '신의'라고 불리던 의사의 치료를 받았지만 낫지 않자, 가족들은 전에 태양을 반 시간이나 묶어두었다던 그 무당을 불렀다. 마오포를 위해 비를 빌었던 그 주술사를 다시 부르기로 한 것이다. 이번에는 기적이 일어나길 바랐으나 역시 기적은 일어나지 않았고 무당은 말재주만 부리고 돈 몇 위안을 챙겨 떠났다.

어쩌다 몇 년 동안 마오포에는 가뭄이 없었고 강수량도 풍부하여 농사가 잘 지어졌다. 예전에 가난해서 장가를 못 갔던 젊은이들도 이미 마음에 드는 짝을 찾았다. 아뉴도 어른이 되어 시집을 가게 되었다. 어머니의 소원대로 물이 부족하지 않은 마을로 시집을 가지 못하고, 마오포보다 더 가난한 마을로 시집을 가게 되었다. 마오포는 아무리 가물어도 마실 물은 걱정하지 않아도 되었다. 하지만 아뉴가 시집을 간 마을에서는 노천 연못에 예전의 빗물을 모아둔 것과 먼 곳에서 끌어온 샘물을 마셔야 했는데, 그 샘물은 자주 끊기기까지 했다. 샘물의 물줄기는 실처럼 약한 데다 마을 여러 개를 지나오면서 개와 닭들도 물속에서 뛰어다니다 보니 아뉴가 사는 마을에 도착했을 때는 혼탁하기 그지없고 이상한 냄새까지 났다.

"운이 나쁜 건 어쩔 수 없어." 아뉴의 어머니는 친구들을 만날 때마다 이 말을 하곤 했다. 그녀도 이젠 옛날처럼 열심히 일하지 않았고 아뉴한테 가서 한가하게 노후를 보내려 하지도 않았다. 지금은 체면도 돌보지 않은 채 만나는 사람마다 자신의 겪은 고통과 불행에 대해 하소연했다. 그녀는 자신은 불행한 사람이라고 굳게 믿었다. 그리고 그 불행이 딸에게까지 전해졌다고 생각했다. 아뉴의 어머니는 딸이 그렇게 고집을 피우며 사랑하는 남자를 따라 가난한 마을로 시집을 간 것은 자신의 운명 속에 감춰진 불행의 작간(作祟)이라고 생각했다. 하지만 후에 아뉴의 어머니는 새로운 걸 깨달았다고 하면서 친구들 앞에서 울면서 하소연했다. 만약 일찍 이사를 갔거나 자기가 조건이 괜찮은 남자한테 재가했더라도 아뉴도 좀 더 좋은 환경에서 살 수 있었을 것이고 지금처럼 나쁜 환경에서 감각이 무뎌진 '돌덩어리'가 되지는 않았을 것이라고 했다. 그랬더라면 지금처럼 형편없는 곳에 가서 더러운 물을 마실 용기를 내지 못했을 것이라고 했다.

아뉴 어머니가 아무리 울며 하소연해도 현실은 바뀌지 않았다. 그녀는 지금 늙었고 외로웠다. 그녀와 비슷한 나이의 여자들은 벌써 할머니가 된 지 오래다. 친구들과 다시 만났을 때 그녀는 더 이상 슬퍼하지 않았다. 외손주를 보고 싶은 마음이 점차 그녀의 걱정을 대체하고 있었다. 외롭게 반평생을 지켜온 곳에서, 그녀도 마침내 딸 아뉴가 가지를 뻗고 잎을 내는 때를 맞이한 것이다. — 그녀의 딸은 바로 한 그루 성숙한 꽃나무였다. 이제 그 꽃나무가 어디에 뿌리를 내리고 새로운 싹을 틔울 것인지는 스스로가 결정할 몫이었다.

마오포에서 농사가 잘되던 몇 년 동안은 아뉴의 어머니도 그나마 편하게 지냈다. 그런데 더 큰 수확을 얻기 위해 마오포와 다른 마을들에서 대량으로 잎담배를 재배하기 시작했다. 잎담배는 돈을 벌 수 있어 인기가 많았다. 잎담배를 재배한 적이 없었기에 가뭄에 얼마나 잘 견딜지 알지 못했다. 다만, 최근에 가뭄이 점차 줄었고 이 몇 년 동안은 가뭄이 없었기에 사람들은 오랫동안 가뭄 피해를 입어 왔던 이 땅에서 잎담배 농사를 지을 때가 왔다고 생각했고 마을 사람들도 운이 트여 많은 돈을 벌게 할 거라고 여겼다.

세상에 돈을 싫어하는 사람은 없을 것이다. 사람들은 앞다투어 잎담배를 재배하는 일에 참여하기 시작했다.

하지만 잎담배를 재배하는 데는 많은 땔감이 필요하다. 이 일은 아이들의 소꿉장난처럼 강아지풀 한 줌을 베서 해결할 수준이 아니다. 말라 떨어진 나뭇가지만 주워서는 수요를 충당할 수 없었다.

인간은 언제나 최고의 지혜를 발휘했다. 이들은 땔감이 부족한 문제를 바로 해결했다. 어떤 젊은이가 도시에서 정원 가꾸는 걸 배웠는데 그걸 이용하여 이 문제를 해결하고자 했다. 젊은이는 마을 주변의 나무들을 가지치기했고, 그렇게 잘려 나온 나뭇가지들은 땔감으로 쓰기에 알맞았다. 그렇지만 이 젊은이의 기술은 형편없었고 그가 손질한 뒤의 나무는 모자 테두리 같은 것 하나만 남게 되었다.

아뉴의 어머니도 잎담배 몇 그루를 심었다. 그녀는 잎담배 재배에 타고난 재능을 가진 것 같았다. 그와 동시에 담배에도 맛을 들이게 되었다. 이는 보기 드문 일도 아니었다. 산에서 사는 여자들은 이 나이가 되면 다들 담배를 피웠다. 어쩌면 이들이 쉰 살이 될 때쯤 하느님이 담뱃대를 준비해준 것처럼 여자들은 잎담배를 말고 불을 붙인 다음 연기를 내뿜었는데, 그 모습을 보면 제법 인이 박혀 있다.

하지만 담배를 피우는 여자를 남자들은 별로 좋아하지 않는다. 하물며 아뉴의 어머니처럼 아직 그리 늙지 않은 과부라면 더더욱 그랬다. 사람들은 그녀가 한창 젊었을 때의 희고 말끔한 치아에 익숙해 있었다. 그때 그녀가 말할 때는 담배 냄새도 나지 않았다. 비록 억척스러움 때문에 여성스러움이 조금 덜해 보이긴 했지만, 그녀는 어디까지나 여자였고, 그 강한 기질 아래에서 가끔은 여성스러운 온화함도 드러나곤 했다. 그러나 지금은, 그저 담배를 피우는 미망인을 마주하게 되었다. 그녀 스스로는 가볍고 한가로운 모습이라 여겼겠지만, 다른 이들의 눈에는 그것이 초라하고 추한 모습으로 비쳤다. 한 여자가 완전히 무너져버린 듯한 그 굳세던 기운. ― 그녀가 예전 지녔던 모습은, 그녀가 담뱃대를 들게 된 그 무심한 순간들 속에서 서서히 깎여 나가고 있었다.

하지만 정작 본인은 조금도 눈치채지 못했고 사람들의 시선에 뭐가 잘못되었는지도 발견하지 못했다. 이 땅은 이미 그녀의 예리함을 다 소진시켜 버렸다. 그녀한테는 둔감한 반응과 기억상실만 남은 것 같았다. 그것은 여느 늙은 여자가 잠겨 드는 침울한 모습과 다르지 않았다. 마치 연기와 같이 흐릿해지고 무관심해지는 느낌처럼 말이다.

이유는 알 수 없으나 아뉴 어머니의 잎담배는 항상 다른 집 잎담배보다 무성하게 잘 자랐고, 수확 철 때 그녀가 졸면서 구워낸 잎담배는 언제나 황금빛을 띠었다.

가끔 그녀는 담배 건조실 앞에 앉아 이상한 말을 중얼거렸는데, 그 잎담배 잎들이 가뭄 때 땅에 떨어지는 햇살처럼 뜨겁다고 했다. 이글이

글 뜨겁다고. 며칠 학교도 다니지 못했고 책을 읽은 적이 없는 이 여자는 잎담배에 대해 말할 때면 전생의 기억으로 말하는 듯했고, 아니면 영혼의 소리를 들려주는 것 같았다.

갑자기 아뉴 어머니는 말수가 적어졌다. 사람들이 그녀와 이야기하고자 할 때면 그녀는 다른 어떤 사람과도 말하고 싶지 않다고 표현했다. 설사 그녀와 말을 나누었다고 해도 그저 요즘은 기분이 매우 안 좋다고 말하거나 말할 상대가 별안간 다 죽은 것을 알게 되었다고 말했다. 이 일은 그녀 자신을 당혹스럽게 했다. 그녀는 죽음을 두려워하지 않았다. 대신에 갑자기 외로움을 느끼게 되었다. 수십 년 동안 그녀는 처음으로 자신이 불쌍하게 여겨졌다. 평생의 고된 노동을 이 땅에 바쳤다. 이곳을 사랑하면서도 미워했고, 그럼에도 떠날 수 없었다. 그녀는 자신이 이 땅 위의 모래 자갈 한 알 같다고 말했다. 협곡으로 몰아닥치는 홍수가 데려온, 그런 모래 자갈처럼.

아뉴 어머니는 정말로 커다란 고통 속에 빠져 있음이 분명해졌다. 봄철에 보슬비가 내리는 날을 선택하여 잎담배를 심었다. 그녀는 마오포 주변의 나무를 바라보다 갑자기 눈물을 훔쳤다. 아무도 그녀를 말릴 수 없었다. 그녀는 이제 사람들을 이끌고 가뭄에 대항하던 용감한 여자가 아니라 우둔하고 무능한 여자처럼 보였다. 그녀의 눈물은 누구든 가까이서 볼 수 있었다.

아뉴의 어머니가 먼저 떠난 옛친구들을 그리워해서인지 또 가뭄이 들었다. 정신이 온전치 못한 노인들은 마지막으로 무당의 말투를 흉내 내어 이번 가뭄이 젊은이가 나뭇가지를 친 것과 관련이 있다고 했다.

비록 나무가 모자를 쓰고 있는 것처럼 보이긴 하나 그렇다고 나무가 정말 살아 있는 것일까? 사람은 어디가 불편하면 졸거나 정신이 혼미해지는데, 남들이 보기에는 살아 있는 것처럼 보이나, 실제로는 죽음과 멀지 않은 그런 상태일 수도 있지 않겠는가.

이번 가뭄은 예년보다 더 심각했다. 잎담배도 많이 말라 죽었다. 사람들이 담배를 살리기 위해 나뭇잎으로 그늘을 아무리 많이 만들어줘도 소용이 없었다.

가뭄이 가장 심할 때 아뉴의 어머니는 기우제를 지내는 무당을 자처했다. 하루는 이곳을 지나는 마방(말 행렬)을 보게 되었는데 말의 목에 달린 혼을 부르는 것 같은 방울 소리를 들은 뒤로 비를 비는 주문을 얻었다고 했다. 사람들은 그녀의 말을 믿지 않을 수 없다. 이 나이가 되면 무당이 될 가능성이 매우 높았기 때문이다. 게다가 아뉴의 어머니는 예전에 비해 많이 달라졌다. 예전에는 딸이 기우제를 지내면 그녀가 나서서 대가를 요구했지만, 지금은 자비를 베풀어 계란 한 알의 사례조차 받지 않았다. 그녀는 평생을 이 땅을 위해 헌신하였기에 하느님이 그녀의 성의를 봐서 그녀의 소원을 꼭 들어줄 것이라고 했다.

사람들은 모든 희망을 아뉴의 어머니한테 걸었다. 아뉴의 어머니가 비를 내리게 할 수 있기만 바랐다. 사람들은 계곡 아래로 내려가 물을 짊어 나를 여력이 없었다. 예전에 물을 지고 나르던 젊은이들은 이젠 다 늙었고, 지금의 젊은이들은 문제를 해결하는 가장 지혜로운 방법으로 산 밖 도시로 가서 돈을 버는 길을 선택했기 때문이다.

마오포의 젊은 축들이 산 밖에서 일해서 번 돈은 확실히 잎담배 농사를 지은 것보다 더 많았다. 그들은 가끔 집에 돈을 보내서 삼십 리 밖

진에 가서 영양제를 사드시라고 했다. 하지만, "먹으면 살이 찌고, 걸으면 또 살이 빠지겠지." 하였다. 아무도 영양제를 사기 위해 삼십 리 길을 걸으려 하지 않았다.

마오포는 썰렁해졌다. 다른 마을들도 마찬가지다. 젊은이들은 무조건 밖으로 나가려 했다. 평생을 산속에서 지내는 것보다 도시 삶이 훨씬 다채로웠다. 대다수의 젊은이들은 산을 떠날 꿈을 꾼다. 하지만 도시는 강호의 전설과 같은 곳이라 강호에 뛰어들어 본 사람만이 강호의 삶이 만만치 않다는 걸 곧 깨닫게 된다. 사람들이 모두 다 도시에서 돈을 벌 수 있는 것도 아니다. 이곳에서도 산악 지역의 건기와 같은 불행을 겪을 수 있다. 때론 도시에서 지내는 시골 사람들은 소속감을 잃고 만다. 이들이 느끼는 스트레스와 울적함은 산사태처럼 무섭게 다가올 수 있다. 이들은 항상 일자리를 잃을까 걱정해야 한다. 하지만 걱정이 무색하게 갑자기 직장을 잃는 일이 생기게 마련이다. 도시에서 살아도 마찬가지로 늙게 되고, 정신이 흐릿해지며 기력이 못 미칠 수 있다. 그렇게 되면 젊은 사람들이 그를 재빨리 대체하고 만다. 아무도 그를 아주 중요하고 없어서는 안 될 존재라고 생각하지 않는다. 그저 단계적으로 건설 현장에 젊은 철근공이나 미장공 한 명이 부족할 뿐이다.

대략 이와 같은 이치는, 하룻밤 사이에도 깨달을 수 있다. 여러 해 동안 도시에 진출했던 마오포의 젊은이들이 다시 마을로 돌아오기 시작했다. 물론 이들 중 몇몇은 더 이상 젊은 사람이 아니었다. 게다가 이전 삶으로 돌아가는 것도 엄청난 용기가 필요하다. 소속감이 없이 살았던 마음은 고향에 대한 새로운 인식과 함께 다시 정을 쌓아가는 심리적 과정을 거쳐야 한다.

고향에 돌아온 젊은이들은 조상들이 비를 기원하는 본능을 따랐다. 심지어 기우제를 지내는 걸 배운 사람도 있었다. 비록 그들의 열정이 마오포의 땅에 완전히 귀속될 수는 없지만 점차 마오포를 받아들였다. 이들은 어떤 작물이 가뭄에 잘 견디는지를 관찰하였다.

아뉴 어머니의 이야기로 돌아가면, 그녀의 치성은 결코 하느님을 감동시키지 못했다. 결국 그녀는 고향으로 돌아온 젊은이들더러 스스로 방법을 찾으라고 하면서 손을 놓고 말았다. 어쩌면 자신이 결코 우둔하거나 무능하지 않음을 보여주기 위해 아직은 마음이 불안한 젊은이들에게 "산속에서는 하늘을 믿고 살아야 하고, 하늘을 믿는 사람은 하늘이 돌봐줄 것이다."라고 위안의 말을 해주었다. 그녀가 지금까지 살고 있는 것은 절대 기적이 아니었다. 이 땅에는 가뭄도 들지만 비도 내리기 때문이다.

은자 혹은 음자
(隐者或饮者)

저녁이면 우리는 공단 옆 정원에서 산책하기를 좋아했다. 이곳은 아직 광장무(广场舞)를 추는 사람들이 없었고 그때까지는 젊은이들이 많았다. 애완견을 데리고 산책하는 사람이 있는가 하면 아이를 데리고 산책하러 나온 사람도 있었다. 정원에는 그다지 깊지 않은 연못이 있었는데, 옆에 잡초가 많아서인지 물속에 비낀 달빛도 푸른색을 띠었다. 연못 속의 달은 시인 이백이 던져 넣었거나 아니면 연못가에 앉은 취객이 던져 넣었을지도 모른다. 취객은 자주 이곳에 와서 술을 마셨는데 그때마다 근래에 옮겨 심어 앙상한 가지만 남은 나무 아래에 앉아 있었다. 취객은 자신을 은자(隐者)이면서 이백(李白, 당나라 시인)을 닮았다고 여기는 것 같다. 남을 상대하는 법이 없었고 오만과 고독으로 자신을 나무 의자에 꽁꽁 묶어두었다. 다만 술잔을 들어 밤하늘의 회색 달을 향해 권할 때면 은자나 이백 같은 풍모가 드러났다. 우리는 멀찌감치 서서 그를 바라봤다. 다른 사람들도 원숭이를 구경하듯 그를 쳐다보고 있었다. 취객은 자신을 은자라고 생각하지만, 사람들은 그가 원숭이를 더 닮았다고 여겼다.

어쩌면 그는 진짜 원숭이일지도 모른다. 정원 주변에는 이상한 행동으로 하루아침에 원숭이로 전락한 사람들이 많았으니 전혀 이상할 게 없다. 몇 달 전 육교 밑에서 원숭이가 재주를 부리는 걸 본 적이 있다. 원숭이는 쉬지 않고 뜀박질했다. 달을 따기 위해 뛰는 것 같았다-바로 취객이 술을 마실 때 손을 흔드는 모습과 닮았다-. 한참을 뛰다가 지친 원숭이는 쭈그리고 앉아서 주인이 물 한 그릇을 주기만 기다렸다. 원숭이는 그릇 속에 담긴 물을 쳐다보았다. 그 물속에도 물론 달 한 조각이 비켜 있었다. 순간 주인이 "달을 건져!"라고 명령을 내렸다. 원숭이는 슬픈 표정을 지었다. 아마도 원숭이는 그 달을 건져낼 수 없다는 사실을 알고 있는 듯했다. 때론 원숭이가 인간보다 똑똑하고 머리가 명석하다. 하지만 재주를 부려야 살 수 있었기에 원숭이는 인간을 능가하는 재주를 표현해야 했고 또 인간을 기쁘게 해줘야 했다.

주인은 원숭이의 감정 기복을 허용하지 않았다. 주인은 가죽 채찍으로 파닥-, 원숭이를 때리고는 구경꾼들을 쳐다보며 웃었다. 그 표정은 아주 의기양양해 보였다. 그 웃음에서 무한한 영광과 자신감이 느껴졌다. 주인은 구경꾼들을 보며 말했다. "걱정 말아요. 이 녀석은 이미 잘 길들어 있어요. 전에는 숲속에서 날뛰었지만 지금은 내가 달을 건지라고 하면 건져야죠."

그러자 구경꾼들은 박수를 보냈다. 그리고 원숭이가 달을 건지는 걸 지켜보기로 했다. 어떻게든 원숭이가 달을 건져내는 걸 보고 싶었다. 왜냐하면 이 일을 성공시킨 인간은 아직 한 명도 없었기 때문이다.

원숭이는 그릇에서 물을 한 방울씩 떠냈다. 한 방울, 또 방울을, 물은 술 빛깔을 띠었는데 슬픈 달을 연상케 했다. 그렇더라도 한 방울의 물에 지나지 않았다. 하지만 사람들은 박수를 보내줬다. 사람들은 그저 달을 건지는 공연을 보고 싶었다. 이런 공연을 보면서 삶의 무료함을 달랠 수 있었기 때문이다.

취객은 은자의 기질을 가지고 있으나 앉은 자리와 회색 달빛 때문에 옛 상처가 재발한 것 같아 비참하게 느껴졌다. 특히 취객이 마시는 술은 원숭이가 들어 올린 물처럼 느껴졌다. 여기까지 생각이 미치자 우리는 취객이 바로 그 원숭이라고 확신했다. 낮에는 육교 아래에서 재주를 부리고 저녁이면 이곳에 와서 휴식을 취하는 것이다. 몸에 아직도 가죽 채찍이 남긴 상처 때문에 고통스럽고 기운이 없어 보였다.

아마도 원숭이는 밤이 되어서야 비로소 가벼움을 느끼는 것일지도 모른다, 가벼움 때문에, 가죽 채찍을 맞은 자리의 통증이 솟는다. 통증 때문에 원숭이는 떨고 있다. 달이 물속에서 떨고 있듯이 말이다. 바람이 왔다가 가기를 반복하자 술에서 흙냄새가 났다. 그때야 원숭이는 재주만 파는 게 아니라 체력 노동도 하고 있음을 알게 되었다. 그의 옷에서는 건축 현장 인부한테서 나는 흙냄새가 났고, 신발의 밑창에는 시멘트가 붙어 있다.

우리는 멀리서 그가 술을 마시는 걸 바라볼 뿐이다. 반년 넘게 우리는 줄곧 이 거리감을 유지해 왔다. 아무도 나서서 말을 걸지 않았다.

어쩌면 우리는 그에게 말을 걸어야 했다. 만약 그가 원숭이도 아니고 건설 현장의 인부도 아니라면, 그리고 그가 정말 이백의 열성팬이라면 내 사랑하는 이는 촛불 아래서 그와 밤새 이야기를 나누었을 것이다. 이 정원에서 시를 이야기할 사람을 만나는 건 쉬운 일이 아니다. 상대가 취객이라고 해도 상당히 드물었기 때문이다. 하지만 우린 용기를 내지 못

306

했다. 매일 저녁 우리는 말을 걸어야 할지에 대해 논의하다가 드디어 결심을 내렸다 싶으면 취객은 이미 술을 다 마시고 나서 바로 자리를 떴다.

그날도 평소와 마찬가지로 취객은 술을 마시고 나서 자리를 뜨려고 했다. 그가 자전거에 막 오르려는 순간 어디선가 사람이 튀어나왔다. 그 사람은 나이가 들어 보였고 약간 쇠잔한 모습이었다. 아마도 방금 남들과 대판 싸웠는지 분노를 조절하지 못한 초조함이 느껴졌다. 그래서인지 아주 빠른 걸음으로 다가오다가 자전거와 부딪치며 쓰러졌다. 자전거도 함께 넘어졌고 그 사람은 땅바닥에 누운 그대로 일어나지 않는다. 이 모습을 어디선가 본 적이 있다. 그때도 이렇게 넘어졌는데 달을 건지려다가 넘어졌기에 달을 건져내지 못하니 일어설 수 없었던 것처럼. 경험과 직감으로 느끼건대 넘어진 이 사람도 원숭이의 고집과 천진함을 가졌다. 그러니 이 사람을 방해해서는 안 된다.

최근에 많은 사람들이 그곳에 누워 있는 걸 보게 된다. 늙은이도 젊은이도, 남자도 여자도, 진짜로 달을 건지려는 자도 가짜로 달을 건지려는 자도, 누구도 그들을 방해하지 않았다. 사람들은 혹시라도 덤터기를 쓸까 봐 피해 다녔다. 이런 경계심이 원숭이 공연에 대한 호기심을 넘어섰다. 사람들은 멀리 길가 쪽에 붙어서 걸었다. 그 모습은 육합당랑권(六合螳螂拳)을 연마할 때의 닭이 걷는 모습을 흉내 내듯이 조심스럽다.

하지만 우리 모두 알고 있다. 사람들이 모두 달을 건지기 위해 누워 있는 것은 아니다. 정말 체력이 떨어졌거나, 병이 발작하여 입에 거품을 물고 정신이 흐릿할 수도 있다. 안타깝게도 달을 건지듯 그들을 일으켜 세우는 사람은 없다. 눈에 보이는 것이 꼭 사실이라고 단언할 수 없기 때문이다. 오래도록 원숭이가 달을 건지는 것을 보다 보면, 진짜와 가짜를 구분하기 어려운 후유증이 남게 된다. 무엇을 봐도 원숭이가 재주를 부리는 것처럼 보이기 시작하고, 점차 분별력을 잃고, 대세에 따라 물결처럼 밀리며, 쥐처럼 겁이 많아진다. 믿어야 할지 말아야 할지를 놓고, 모두에 대해 경계심을 갖게 된다. 심지어는 육교 아래서 원숭이가 재주를 부리는 걸 구경할 때도 출연자와 일정하게 거리를 두었다. 특히 주인이 세숫대야를 두드리며 "자, 자, 여러분, 즐거우셨다면 동전 몇 푼, 던져 주세요."라고 할 때면 사람들은 겁을 내고 주머니를 움켜쥐며 슬그머니 도망을 쳤다. 사실 이들은 대부분 주머니에 돈이 없었다.

그래서 우리가 짐작하기로, 길을 에돌아 든 사람도 방금 어느 길목에서 마지못해 은전 몇 푼을 주었을지도 모른다는 생각이 들었다. 주머니가 가볍다 보니, 이렇게 추궁하는 소리는 더 두렵게 들린다. "자, 자, 여러분, 재밌게 보셨다면 은전 몇 푼 던져 주세요!"

지금 이 취객도 아마 은전 몇 푼을 줘야 할 것 같다.

"망했어." 누군가가 말했다. 사람들은 원숭이 공연을 구경할 때처럼 욕망이 생겼다. 그들은 바로 취객을 에워쌌다. 우리도 이들을 따라 행동했다. 이럴 때면 성대한 공연이 시작될 때처럼 왠지 마음마저 조금 설렌다. 취객은 다시 의자에 앉았다. 누워 있던 사람이 일어나기를 기다리는 것 같았다.

밤은 깊어졌고 잿빛 달마저 사라져가고 있다. 가로등 불빛이 나뭇잎을 뚫고 발아래를 비춘다. 그때까지 땅바닥에 누운 사람은 미동도 하지 않는다.

취객이 원숭이였다면 이 순간 그의 역할이 달라진다. 인간이 달을 건지고 원숭이가 옆에서 감시하는 꼴이 되고 만 것이다. 하지만 원숭이

308

는 가죽 채찍으로 사람을 때리지 않는다. 그의 손에는 방금 다 마시고 난 빈 술병이 들려 있다.

"빨리 일어나세요. 어르신, 바닥이 차가워요." 원숭이가 말했다.

모여 있던 사람들이 큰소리로 웃었다. 물론 사람들은 땅바닥이 차갑다는 걸 모른다. 오직 원숭이만이 그걸 알고 있다.

"다들 비키란 말이야. 이 어른이 술을 좀 깨게." 그 사람이 드디어 입을 열었다. 순간 구경꾼들은 자리를 뜨기 시작했다. 원숭이가 공연을 한 게 아니라 어떤 취객이 다른 취객과 만난 것일 뿐이다. 볼만한 구경거리가 아니다.

취객도 얼른 자리를 뜨지 않고 의자에 기대어 술을 깨고 있었다. 우리는 재빨리 그 옆의 비어 있는 의자에 앉는다. 마치 술 취한 뒤에 깨려고 하는 사람처럼.

어쩌면 원숭이일지도 모를 네 명 중, 세 마리는 의자에 앉았고 한 마리는 바닥에 드러누워 있다. 이곳에는 나무숲이 없기에 원숭이의 천성은 제약되고 만다. 닭을 잡을 힘조차 없어지고 말하기도 싫어진다. 그리고 이 순간은 매우 조용하다. 비로소 은자가 가진 조용함에 이르렀다. 우리는 사람들을 향해 구걸하지도 않았고 달을 건지려고도 하지 않았다. 그저 닭 걸음을 흉내 내며 걷는 사람들을 바라볼 뿐이다. 바닥에 누워 있는 늙은 취객이 일어나지 않는 한 이런 걸음걸이는 꽤 오래 지속될 것이다.

하지만 늙은 취객은 여전히 일어나지 않고 있다. 아직도 누워서 술을 깨고 있다. 어쩌면 정말 술에 취했을지도 모른다. 좀 있다가 우리도 떠날 때가 되면 마찬가지로 닭 걸음을 흉내 낼지도 모른다. 전염된 것처럼, 이 장면에서는 바꿀 수 없는 그런 걸음으로.

모험가
(冒险家)

　　산골짜기에서 다시 깨끗한 샘물이 흐르기 시작하는 시절에, 모험가는 드디어 그곳에서 걸어 나왔다. 옛 모습은 이제 온데간데없다. 아마도 그녀가 이 도시에서 허송한 세월이 적지 않은 듯하다. 얼굴은 꾀죄죄했고 머리에는 흰 서리가 내렸다. 길목에서 마주쳤을 때 손에 상표가 그대로 붙어 있는 알록달록한 생수병 여러 개를 들고 있는 것이 눈에 띄었다. 초점을 잃은 눈길에는 그나마 한 가닥의 도도함과 차가움은 남아 있다. 그녀는 빨간 신호등을 무시한 채 길을 건넜다. 그리고 내 뒤편에서 나를 향한 채 꼼짝하지 않는다. 그녀가 향한 쪽엔 마침 푸른 신호등이 켜져 많은 사람들이 거침없이 통행하고 있는데도 말이다. 어쩌면 교통 규칙을 준수하기 위해 신호등이 바뀌기를 기다리는 사람처럼 보이기까지 했다. 그제야 나는 깨달았다. 그녀는 교통 규칙을 반대로 이해하고 있었다. 신호등이 붉은색으로 바뀐 뒤에야 그녀는 보란 듯이 힘찬 발걸음을 옮겼다. 그 모습은 모험가 같았다. 물론 그녀에게 적용되는 개념은 아니다.

처음에 나는 새로운 발견이라도 한 듯 흥분을 감추지 못했다. 바로 동행에게 "저 여자 좀 봐. 푸른 신호등인데 건너지 않고 서서 붉은색으로 바뀌기를 기다리고 있잖아!"하고 바쁘게 말했다. 하지만 이내 흥분을 가라앉히고 말았다. 사실 그녀를 처음 보는 순간 이미 이러한 '모험정신'이 직관적으로 내게 다가와 있었다. ― 내가 말하는 건, 산골짝에서 맑은 샘물이 솟아 흐를 때 '모험가'는 그곳을 걸어 나온다-그녀를 처음 본 순간 나는 직관적으로 친숙함을 느꼈고, 그 느낌은 그녀가 산골에서 왔다는 것과 이곳 토박이가 아니라는 거였다-. 처음 도시로 와서 붉은 신호등을 무시하고 우리 쪽으로 건너왔다가 푸른 신호등으로 바뀌어도 그 자리에서 붉은 신호등으로 바뀌기를 기다리는 그녀를 발견한 것인데, ― 이는 그다지 놀랄 만한 일이 아니라고 생각했기 때문이다.

그녀에 대한 호기심이 발동한 나는 다시 그녀를 훔쳐보았다. 여전히 태연한 자태로 그 자리에 박힌 듯 서서 나를 포함한 그 누구도 거들떠보지 않고 있었다. 고개를 돌려 푸른 신호등을 힐끗 쳐다본 나는 그녀 때문에 조바심마저 느꼈다. 마치 지금 길을 건너지 않으면 평생을 못 건널 것 같은 느낌이 앞섰기 때문이다.

그녀의 등 뒤에 업힌 아기는 저 하늘 끝에서 막 솟아오른 태양 같았다. 아기의 눈에서 뿜어내는 따뜻하고 천진한 눈빛이 그대로 나를 감싸는 듯했다. 졸지에 무안함을 느낀 나는 바로 시선을 피했다. 어쩌면 아기의 할머니 즉 그녀를 바라보는 나의 시선에는, 볼품없는 작물이 자라고 있는 척박한 땅을 볼 때처럼, 나도 몰래 느꼈던 불쌍함과 무관심이 묻어 있을지도 모른다는 생각이 들어서였다.

다시 생각해 보니 정말 그런 것 같다. 갈라 터진 밭처럼 깊게 팬 주름살 사이로 온갖 풍상고초를 다 겪은 그녀의 모습을 보고 마음속에서 왠지 모를 자비심이 우러났으나 나는 이내 평정심을 되찾았다. 그러했기에 그녀의 눈빛이 내 몸에 떨어지는 순간 나는 부끄럽고 불안했다.

아이의 눈길이 더는 나를 향하지 않고 멀리 높이 솟은 건물을 향하고 있음을 느낀 나는 말없이 그의 눈길이 향한 고층 건물을 바라보았다. 한창 건설 중이라 아직은 골조뿐인 건물 꼭대기에는 검정색 옷차림을 한 사람이 무료함을 달래기라도 하듯 어딘가를 보면서 휘파람을 불고 있는 게 보였다. "저건 새가 맞아요?" 아이가 그 사람을 가리키며 물었다. 질문은 이 자리에 서 있는 우리 모두를 향했으나 굳이 우리 중 누구를 향한 것도 아니었고, 게다가 어린아이가 던진 질문이었기에 아무도 대꾸하지 않았다. "저건 새가 아닌가요?" 질문하는 톤이 약간 높아진 것을 보니 우리의 무관심에 약간 불쾌감을 느낀 듯했다. "그래. 새야." 그의 할머니, 즉 우리 모험가는 무덤덤한 눈길로 고층 건물의 꼭대기를 힐끗 쳐다보며 대답했다. 순간 우리 앞에 볼거리가 펼쳐졌다. 아이는 허리를 굽혀 할머니 손에 들고 있는 생수병을 잡아채서 저 멀리 보이는 '새'를 떨어뜨리겠노라 보채기 시작한 것이다.

이 장면을 보면서도 "얘야. 할머니가 거짓말을 한 거란다. 저건 새가 아니라 우리와 같은 사람이란다. 높은 곳에 있어서 제대로 보이지 않아서 그런 거야."라는 설명을 해주지 못했다. 우리 역시 '거짓말'을 하고 싶어졌기 때문이다. "땅 위에서 걷기만 하는 우리에게 하늘을 자유롭게 날고 싶은 욕망이 생기게 되고, 그 때문에 이렇게 속이 텅 빈 건물을 한 채씩 올리고는 그 꼭대기에서 새와 같은 기분을 느끼는 거지."라고 말이다.

만약 진짜로 이렇게 설명했다면 이는 분명 모험가의 정신에 어긋날 것이다. 그녀가 높은 곳에 서 있는 사람을 새라고 말할 때는 분명 그 이유가 있었을 것이다. 어쩌면 최근 몇 년간을 그녀는 도시에서 그런 상상에 의지하면서 살아왔는지도 모른다.

등에 업힌 아이는 잠잠해졌고, 그녀도 손에 빈 생수병 몇 개를 든 채 조용히 신호등이 빨간색으로 바뀌기를 기다리고 있었다. 나는 마르고 갈라진 그녀의 입술과 손에 꼭 잡은 빈 생수병을 번갈아 쳐다보았다.

나는 무의식중에 머릿속에서 또다시 그 산골짜기를 굽이굽이 에돌아 흐르는 계곡이 떠올랐다. 그리고 수면에 떠 있는 나뭇잎은 햇빛이 반사되어 반짝반짝 빛나고 있었다……. 그러나 그러한 화면은 바로 머릿속에서 사라지고 말았다. 지금 내 눈앞에는 세월의 흔적이 역력한 늙은 여인만이 서 있을 뿐이었다. 나에게는 과거의 계곡물을 떠다 갈증으로 갈라 터진 여인의 입술을 적셔줄 수 있는 능력이 없다. 이러한 무력감이 마치 나를 누런 풀더미 속에 집어넣고 꼼짝 못 하게 만드는 듯했다.

정신을 차리려던 바로 그때, 그녀가 손으로 이마에 솟은 땀을 닦는 것이 내 눈에 띄었다. 그녀의 손에는 흉터 자국이 있었는데 이미 땀에 흥건히 젖어 있다. 나는 바로 다가가서 당신의 손에 난 흉터 자국은 내 손의 것과 닮았다고 말하고 싶다. 하지만 부끄러움이 앞서 감히 나서지 못했다. 나는 모험가의 과거가 나만큼 힘들었다는 사실을 가려주고 싶기도 하다. 그녀가 최소한의 존엄을 지킬 수 있게 해주기 위해서다. 비록 그녀가 자신의 빈궁한 삶을 있는 그대로 다 드러내고 있었지만 말이다.

하지만 내 마음은 이미 하늘이 무너지듯 무겁게 가라앉아 있다. 심지어 나는 우리가 서로 부둥켜안고 통곡하는 모습까지 상상해 봤다. "오래 살다 보면 눈물을 흘릴 때도 종종 있겠지요."라고 서로에게 말해 준 다음 계속해서 그녀가 "나와 나이가 비슷한 사람들은 이미 여러 명이 죽었을 것"이라고 하면 나도 "나와 나이가 비슷한 사람도 이미 여러 명이 죽었을 것"이라고 대답한다. 그것도 아니면 "나는 한눈에 당신이 나랑 같은 부류라는 걸 알아봤어요. 비록 당신처럼 다른 사람들이 버린 빈 페트병을 줍지는 않지만, 항상 다른 사람들이 하기 싫어서 버린 일을 찾아서 하죠."라고 말해줬을 것이다. 그러나 결국 어떤 이유와 힘 때문에 우리는 갑자기 신처럼 일어나, 낯선 사람처럼 행동해야만 한다. 지금처럼 신호등을 기다리며, 서로 등을 맞대고 각자 오만하고 무심한 표정을 유지한 채 길을 달리하는 것처럼.

그녀는 바람에 옷이 번쩍 들리자, 똑바로 서 있을 수가 없는 듯 뒤로 한 발짝 물러섰다. 어쩌면 이 통제할 수 없는 동작이 그녀를 약간 당황하게 했기 때문에 그녀는 엉겁결에 어색한 눈빛으로 나를 쳐다보았다. 어쨌든 그녀 혼자서는 늘 차가운 태도를 유지하며 꼿꼿이 서 있다가 갑자기 요까짓 바람에 넘어질 뻔했으니, 난감한 기색을 보이는 것도 이상할 일이 아니다.

이때 나는 이미 그녀를 약점이 하나도 없는 모험가로 생각하고 싶지 않았다. 그러므로 그녀에게 고개를 끄덕였다. 호의를 표시하기 위해 나는 손가락을 들어 뒤쪽 푸른 신호등을 가리키며 그녀에게 말했다. "지금은 푸른 신호등이라 지나가셔도 됩니다."

그녀는 나의 호의에 아무런 반응이 없었고, 눈도 다른 곳을 바라보았다. 방금 그 난처한 기색이 사라지자, 처음에 보였던 도도함이 다시 그녀의 얼굴 위로 떠올랐다.

언젠가 나도 늙으면 이 모험가처럼 될 것이다. 그때쯤이면 내 손자를 등에 업은 채, 이런 쓸모없는 병을 손에 들고, 입술이 갈라져도 젊은 시절의 도도함과 차가움을 갖고 있는 모험가처럼 당당하게 여기 서서 붉은신호등을 기다릴 것이라고 상상했다.

"미쳤어!" 이 소리와 함께 길모퉁이 교차로에서 한 젊은 여자가 나타났다. 그때 내 뒤쪽의 신호등이 붉은색으로 바뀌었다. 모험가는 손자를 업고 차를 한 대씩 한 대씩 세워 놓으며 여유 있게 걸어갔다. 그리고 길 저편으로 가면서 뒤를 돌아보았다. 나는 그녀가 나를 보고 있다고 생각했지만, 사실은 내가 감히 건널 수 없는 그녀의 붉은 신호등을 보고 있었다. 내 옆에 서 있던 젊은 여자가 멀어져가는 그녀의 뒷모습을 놀란 눈으로 바라보았다. 나는 대신해서 이런 말을 들려주고 싶다. "그녀가 방금 길을 건너지 못했다면, 그녀의 일생은 바로 과거형이 됐을 거요."*

---

* 붉은 신호등(통행금지, 不过去)을 건너는 일은 그녀의 생(生)을 지나간 시간(过去)에 넘겨주지 않겠다는 의지라는 뜻. 언어유희(pun).

야맹증

(夜盲症)

오랫동안 연락이 끊겼던 친구가 찾아왔다. 첸(陳)씨 성을 가진 그를 만난 것은 아래층의 집 입구였다.

집에 들어온 그는 집 안의 유일한 가구인 낡은 의자에 걸터앉았다. 걱정을 안고 있는 듯한 그의 표정을 보면서 나는 "이렇게까지 궁색하게 살 줄은 몰랐어……"라고 말할 것이라 짐작했다. 하지만 그는 아무 말도 하지 않았고 방금 계단을 오르면서 몸에 붙었던 거미줄을 털어내기에 바빴다. 마치 결백증이 있는 사람처럼, 귀찮은 표정을 짓는다. 전에 그는 나를 '네눈박이'라고 놀렸다. 하지만 지금은 자신도 안경을 쓰고 있다.

아마도 안경을 썼기 때문인가 보다. 그는 내가 알고 있는 첸 씨 친구와 조금 닮은 데가 있을 뿐 전혀 모르는 사람이었다. 나는 불안해지기 시작했다. 그를 위층으로 안내한 것은 나였고 집 안의 유일한 의자를 그에게 권한 것도 나였다. 그러니 이 모든 것은 되돌릴 수는 없게 되었다. 나는 얼마간 후회가 되었다.

그를 바로 집에서 나가게 하는 것도 그리 힘든 일이 아니다. 다만 적당한 이유를 찾으려면 생각할 시간이 필요하다. 이 건물에 친구 한 명 두지 못한 나를 비롯한 세입자 몇 명만이 드나드는 복도 한쪽에는 거미줄이 가득했다. 이렇게 썰렁한 이유는 이곳에 사는 사람들이 친구를 별로 좋아하지 않기 때문이다. 간혹 예외가 있는데 바로 오늘 같은 상황이 유일하다. 하지만 낯선 사람을 오랫동안 연락이 끊겼던 친구로 착각하고 방으로 데려왔으니 방법을 찾아 다시 내보내야 한다. 그런 다음에야 예전으로 돌아갈 것이다.

하지만 나는 당장 적당한 이유를 찾지 못했다. 그가 내 친구가 아님을 알게 된 후, 말할 주제를 찾지 못한 채 나는 잠자코 있었다. 물 마시는 것조차 까먹었는데 세상에 이보다 더 어색한 일은 없을 것이다. 날이 점점 저물어 가건만 그는 전혀 일어설 생각이 없어 보였다. 나의 마음은 초조해졌다.

아마도 분위기를 누그러뜨리려는 의도였는지, 그는 나에게 산책을 제안했다. 이 제안에 나는 날듯이 기뻤다. 산책하는 것처럼 하다가 말 몇 마디 나누고 헤어지면 그만이 아닌가.

우리는 겨울바람을 맞으며 걸었고, 앞에서 개 한 마리가 우리 길을 열어주고 있었다. 그 개는 길고양이처럼 떠돌이 개였는데, 평소에 내가 산책할 때 한참 동안 나를 따라다니곤 했다. 하루는 집주인이 뛰어와서 말했다. "그 개는 네 개야. 네가 버렸는데, 개는 널 떠나지 않았어. 너는 양심 없는 사람이야." 하지만 나는 이를 기억하지 못한다. 아마도 내 기억의 일부를 잃어버린 것 같다. 그렇다고 심각하게 받아들일 필요는 없다. 필경 인간은 많은 일을 잊어버리니 말이다. 이 낯선 손님도 친구라고 찾아왔지만 나는 그를 기억하지 못한다.

정말 그렇다면 나는 확실히 양심 없는 사람이라고 할 수 있다. 아니, 그보다 더 심각한 것은 내가 야맹증에 걸렸다는 사실이다. 그때가 언제 인지 기억나지 않는다. 아마 10년 전이 아니면 8년 전 즈음이었는데, 한동안 나는 고개를 들고 하늘을 쳐다보면 작은 구덩이만큼밖에 보이 지 않았고, 고개를 숙여 손을 뻗으면 다섯 손가락도 보이지 않았다. 그 저 감각에 의지해서 세상을 살아가고 있을 뿐이다.

다행인 것은 최근 들어 빛이 조금씩 보인다는 것이다. 비록 희미하 긴 하나 지금 내 앞에 서 있는 낯선 이의 모습을 대충이나마 확인할 수 는 있다. 게다가 여성의 경우 눈을 감고 있으면 마음의 눈이 열린다고 하지 않던가. 그렇게 되면 잠재된 기능도 더 잘 발휘되어 내 앞에 서 있 는 이 사람의 정서적 변화를 나는 하나도 놓치지 않게 된다.

내 옆에서 걷던 그는 수시로 허리를 굽혔다. 그 모습이 어쩐지 내 친 구 첸 씨를 빼닮아 보였다.

이어서 그가 꺼낸 이야기에 나는 그가 나의 오랜 친구라는 확신이 들기 시작했다. 그는 나에게 10년 전 어느 날 밤 있었던 일을 기억하냐 고 물었다. 그날 밤 우리는 이미 수확을 끝낸 연못가에서 뭔가를 계획 했는데, 만약 그 일이 성공했다면 오늘같이 몰락한 삶을 살지 않았을 거고 야맹증에도 걸리지 않았을 거라고 했다. 이제 보니 그 역시 야맹 증을 앓는 환자인 것이다. 나는 너무 슬퍼하지 말라고 그를 위로했다. 야맹증 환자가 어디 우리 둘뿐이겠는가. 내가 지금 세 들어 사는 이 집 에도, 그리고 이 집 외의 다른 집들에도 야맹증 환자들이 살고 있다. 우 리가 친구를 사귀지 못하는 것은 야맹증 때문에 상대를 제대로 알아보

318

지 못하기 때문이 아니겠는가. 어쩌면 우리에게는 흐릿하게 보이는 이 세상이 더 안전하게 느껴지기도 한다.

나의 말을 들은 그는 더는 슬픈 표정을 짓지 않았다. 그런데 그는 굽혔던 허리를 곧게 폈다가 다시 굽히는 것이었다.

10년 전 그 일이 아직도 마음에 걸리는 듯했다. 그때의 일을 이곳 집 주인에게 이야기했더라면 기절해 나자빠지거나 날 이 집에서 내쫓았을 것이다.

사실은 이랬다. 10년 전 어느 저녁, 우리는 수확을 마친 연못가에 앉아 조상의 무덤을 파헤칠 계획을 세웠다. 바로 여러분들이 생각하는 '도굴꾼'이 되고자 한 것이다. 잘못 들은 게 아니다. 십 년 전 그 밤, 나와 성이 첸(陳)인 친구는 도굴범이 되려 했던 것이다. 하지만, 겁쟁이였던 우리는 혹시라도 귀신을 만날까 봐 두려웠다. 특히 '들 귀신'-우리는 조상 귀신을 집 귀신이라 불렀고, 낯선 사람이 죽어서 변한 귀신을 들 귀신이라 불렀다-은 더 무서웠다. 한참을 논의한 결과 우리는 자기 조상님 무덤을 파는 게 그나마 제일 안전하다고 생각했다. 그래서 먼저 나의 조상님 무덤을 파기로 결정했다. 무덤에 묻힌 조상은 살아 계셨을 때 우리를 사랑해주셨으니 죽어서도 우리를 사랑하실 거라 믿었다. 우리가 이렇게 가난하게 사는 걸 아신다면 눈감아 주실 거라는 믿음이 들었다-그들이 벌벌 떠는 우리를 발견하고 놀라서 눈을 찔끔 떴다가 다시 감는다면 말이다-. 어쨌거나 자기 조상의 무덤을 파는 일은 그나마 쉽게 용서받을 수 있다고 생각했다. 어차피, 자기 집 물건을 훔치는 게 가장 쉽게 용서받는 법이니까.

하지만 우린 머뭇거리기만 하면서 계획을 실행하지 못했다. 조상의 입에 물려 있는 은덩이가 가짜일까 봐 두려웠다. 특히 거리의 대장간 아저씨가 양은으로 '말굽은(銀)'을 만드는 것을 본 뒤로 이 계획을 실행하는 일의 가능성은 더 적어졌다. 나의 첸 씨 친구는 자기 부모님의 두 손은 굳은살이 가득하여 젓가락도 제대로 잡지 못한다고 했다. 만약 조상의 입에 물릴 은덩이가 있었다면, 그들의 손은 달빛처럼 부드럽고 희었을 것이지, 거칠고 누르스름하지 않을 거라고 했다. 정말 그렇다면 우리가 하는 일이 헛수고가 아닌가, 우리 계획은 모두 물거품이 되지 않겠는가. 우리 조상들은 굳은살이 가득한 손으로 자식들-우리의 부모-을 키우셨다. 모든 사실이 보여주다시피, 이러한 굳은살 손이 대대로 이어져 왔다는 것을.

그는 허리를 굽혔다가 다시 펴고는 다음과 같은 사실을 알려줬다. 그때 계획이 무산된 후, 혼자서 자기 집 조상 무덤을 팠다고 한다. 달빛에 의지해서 한밤중까지 계속 무덤을 팠는데, 바로 은덩이를 얻을 수 있다는 생각에 흥분을 감추지 못하고 흥얼흥얼 노래까지 불렀다. 하지만 깊숙하고 컴컴한 동굴 바닥에서 그는 자신이 '해충'처럼 느껴졌다고 한다. 또한 부산한 마음 때문에 곡괭이로 자기 발등까지 찍게 되자 그는 무덤을 빠져나와 내빼듯 도망쳤다. 그 뒤로 그는 야맹증 환자가 되었다. 다행인 것은 두 눈이 잘 보이지 않는 대신 마음의 문이 열렸다고 한다. 심지어는 고요한 어둠 속에서 평소에는 보이지 않던 것이 보인다고 했다.

며칠 전부터는 빛이 보이기 시작했고 일부 사물들도 식별할 수 있게 되었다고 했다. 방금 복도 모퉁이에서 달고 들어온 거미줄을 그는 한 오리도 남기지 않고 깨끗이 치웠다.

우리는 어느새 숲길 어귀에 도착했다. 그는 줄곧 허리를 굽힌 채 먼

320

지를 일구며 내 앞에서 걷고 있다. 나는 다시 우리 사이를 의심하게 되었다. 심지어는 조금 전에 함께 회상했던 10년 전 추억조차도 가짜가 아니었을까 하는 의심마저 들었다. 떠돌이 삶을 사는 야맹증 환자 두 명이 공통의 화제를 찾아낸 것일 뿐, 기괴한 옛이야기에 가까운 허구일 수도 있으니 말이다. 그가 나에게 설명해준 조상 무덤의 컴컴한 동굴은 우물에 지나지 않을 수도 있다. 그리고 구부정하게 허리를 굽히고 걷는 그의 모습은 남들이 말하는 고향을 등에 지고 세상을 떠돌아다니는 사람과 너무 닮아 있다.

실종자

(失踪者)

창턱 위에 놓인 화분의 치자나무가 봉오리 하나를 맺었다. 나는 이웃에 사는 여성에게 이 기적 같은 사실을 전하고 싶은 충동을 느꼈다. 거의 죽은 거나 다름없던 식물이 다시 살아났다는 희소식을 알리고 싶은 것이다.

하지만 그녀는 집에 없었다. 그녀가 행방불명되었다는 사실을 나에게 알려준 것은 내 남편이었다. 남편은 근시안이었다. 그래서 나는 그의 말을 별로 믿지 않았다. 나는 여전히 그녀가 방 안에 있을 거라 여겼다. 방 안에서 인기척을 내지 않고 지내는 것도 이상할 게 없지 않은가. 게다가 그녀는 싱글이니 말이다.

물론 그녀는 싱글이 아닐 수도 있다.

나는 그녀가 혼자가 아닌 걸 본 적이 있다. 어떤 남자와 함께 개를 데리고 있었는데 남자는 그녀의 남편일 수도 있고 아닐 수도 있다. 그녀는 보통 저녁 식사 후에 가로수 길에서 산책했다. 그녀는 개의 비위를 맞추려고 연신 "귀염둥이, 귀염둥이!"하고 불렀다. 우리가 마주쳤을 때 그녀의 시선은 오직 개와 남자에게만 가 있었다. 물론 남자가 옆에 있는 경우에만 그랬다. 가느다란 허리에 미니스커트를 입고 사뿐사뿐 걷는 모습은 물뱀 같았다.

사실, 우리는 만날 때마다 말없이 그저 고개만 까닥했을 뿐이다. 하지만 그녀의 목소리는 자주 들을 수 있다. "귀염둥이, 엄마가 왔어…… 귀염둥이, 엄마가 왔어." 목소리가 맑고 깨끗했다.

한 사람이 복도에서 그녀에 대해 조소하자, 나도 덩달아서 그녀를 비웃었다. 이 아파트에 사는 사람들은 평소에는 입에 올릴 만한 일들이 별로 없었기에 새로운 일이 생기면 복도에 모여 의논하기 좋아한다. 하지만 남편은 이런 일에 동참하기 싫어했다. 그 이유로 나는 남편의 말을 별로 믿지 않았다.

한동안 이웃에 사는 여자가 "귀염둥이"를 부르는 소리를 듣지 못했다. 그리고 한밤중이면 찾아오던 유령 같은 남자도 보이지 않았다. 우리는 그 남자가 개를 데리고 갔을 거라 짐작했다.

그녀는 분명 외로움을 느꼈을 것이다. 혼자서 빈방에 있다 보면 말할 힘조차 없어지는 법이다. 그녀는 오로지 "쾅–"하고 문을 세게 닫는 것으로 자신의 불만을 토로했다. 그녀가 틀림없이 억울한 일을 당했을 거라는 생각이 들었다. 그녀는 밤 열두 시가 다 되어 퇴근해서 집에 돌아오는데, 문을 닫을 때마다 천둥소리처럼 요란했다. 내 남편은 그녀한테 혹시 자물쇠가 녹이 슬었으면 유채 기름으로 닦아 보라고 권했다. 그러자 그녀는 뜻밖에도 크게 화를 내며, 성을 내어 문을 더 세게 쾅 닫았다. 그 뒤로 우리는 그녀가 돌아올 즈음이면 귀를 막을 준비부터 했다.

사실상 전에는, 그녀가 지금처럼 시끄럽지는 않았다. 한밤중에 나는 잠에서 깨어 그녀의 노랫소리를 듣게 되었다. 외로운 사람들만이 할 수 있는 특유의 처량한 음조였는데, 그녀가 끝없이 넓은 보리밭 한가운데 서 있는 듯한 느낌이었다. 그때 마침 창문 위에 휘어진 초승달이 떠 있었다. 달빛은 더없이 썰렁했다. 순간 나는 그녀를 찾아가 속마음을 나누고 싶었다. 이런 날은 특별히 고민을 털어놓기 좋았기 때문이다. 우리는 좋은 친구도 될 수 있을 것 같았다. 하지만 나는 끝내 미루기만 하였다. 문을 닫는 소리가 하도 커서 매일같이 그녀에게 화가 나 있었기 때문이다.

남자와 개가 그녀를 떠난 후 우리 중 누군가가 그녀를 보러 가자고 제안했다. 같은 건물에 사는 이웃인 데다 우리는 쪽수도 많아 그녀는 결코 거부하지 못할 거라고 했다. 하지만 아무도 용기를 내서 문을 두드리지 않았다. 그녀에게 진정으로 관심을 둔 게 아니었고 처지를 동정해서도 아니었기 때문이다. 게다가 문을 닫을 때 큰 소리를 내는 악질적인 행위로 인해 화가 나 있었다. 기분이 나쁜데 어떻게 표정이 좋을 수 있겠는가?

우리는 복도에서 한참을 서성이고 있었다. 남편이 그녀가 실종되었다고 알려준 뒤로 우리는 문에 난 작은 구멍으로 그녀의 집 안을 살펴보았다. 그러다 보니 우리는 평소에도 한쪽은 뜨고 한쪽은 감은 듯한 모양이 되었다. 다행히도 이 건물에 사는 사람들은 전부 그런 모습이 되었으니, 아무렇지도 않았다. 우리는 순서를 정하고 식사도 거른 채 차례대로 관찰했다. 차차 시간이 지나자 다들 영양실조에 걸린 콩나물처럼 됐지만 끝까지 견디기로 했다. 우리는 그녀가 언제까지 버티는지 확인하려 했다.

복도 입구에 머문 시간이 너무 길어서인지 그 집에 정이 든 것 같다. 오랜 시간 녹슨 자물쇠는 쓸모가 없었고, 문 옆에 놓인 뒤축이 닳아 떨어진 슬리퍼 한 짝이 눈에 들어왔다. 이 모든 것이 그녀가 여기까지 오면서 겪은 처량함을 보여준다. 밤중에 부르던 노래도 나그네의 서러움을 담고 있어 우리 마음을 사로잡았었다. 지금 그녀는 애인과 귀염둥이마저 잃고 혼자만 남게 되었다.

우리는 마침내 '그녀의 마음을 따뜻하게 해주는 일'을 하고자 했다. 비좁은 복도에 하트 모양으로 촛불을 켜고 눈을 감은 채 소원을 빌었는데 그 모습은 경건해 보였다. 이렇게 하는 것이 효과가 있을지는 모르나 적어도 이곳에는 달빛과는 전혀 다른 빛이 있는 것만은 확실했다. 누군가 '당신의 실종은 우리 모두의 실종을 의미합니다.'라는 문구를 적어놓자고 제안했다. 이 제안에 다들 동의했다. 건물 밖 사람들도 다 이렇게 했기 때문이다.

우리 생각은 온통 실종자에게 집중되어 있다. 하지만 진정 그녀에게 해줄 수 있는 것은 없다. 시간을 하루하루 흘러가지만 우리 마음속에는 이 일밖에 없었다. 아니 모든 일들이 다 이 일과 연관되어 있다. 다들 이 일에 너무 집착한 나머지 이 며칠 동안 부쩍 늙어 보였다. 더 큰 일이 생기지 않는 한 우리는 이 일로 자기 삶을 소모할지도 모른다. 이상하게도 우린 여전히 실종자를 향한 관심에서 벗어나지 못하고 있다. 그리고 또한 우리는 항상 자기 일보다 남의 일에 더 집착한다.

그러던 어느 날 저녁, 우리는 더는 참을 수 없을 만큼 지치고 말았다. 복도의 작은 센서 등은 우리가 끊임없이 시끄럽게 구는 바람에 망가졌다. 그 순간 갑자기 이런 생각이 들었다. 그동안 가장 외롭고 불쌍한 사람은 실종자가 아닌 우리였다. 우리야말로 집이 있어도 안 들어가는 진짜 실종자였던 셈이다. 비록 남의 일에 참견하기 좋아하고 구경거리가 생기면 빼놓지 않고 찾아가지만 사실 우리보다 더 외로운 사람은 없었다. 사실 우리는 잘할 수 있는 일이 없다. 그저 복도에 모여 허송세월할 일거리를 찾고 있었을 뿐이다. 이 복도에서는 날마다 갑자기 연락이 끊기는 사람이 생긴다. 아직 그 사람이 방에 있을 거라고 짐작하지만 아무도 목청을 돋워 부르지 않는다. 왜냐하면, 우린 그저 하릴없이 시간을 보내고 있을 따름이기 때문이다. 우리는 설령 자신이 무엇을 추구하고 있는지 명확하더라도 입 밖으로 내지 않는다. 다들 그렇게 지내고 있으니까.

때로는 우리도 자신을 방에 가두고 싶어 한다. 나쁘지 않은 생각일지도 모른다. 집 밖은 길이 점점 더 험난하고 폭우가 쏟아지는 날이면 빗물이 골목에 가득 차서 사람들이 걷다가 자기가 만들어 놓은 맨홀에 빠질 수 있다. 하지만 집에 오래 있어 보면, 나쁜 점을 알게 된다. 비유하여 말하면, 달빛과 같은 것이다. 달빛이 오랫동안 사람 몸 위에 비추면, 특히 벽 구석에 웅크리고 앉아 있을 때, 날이 오래 지나고 시간이 흘러서, 일어나 걸으려고 하면, 이미 자신이 달빛 색깔의 쥐로 변신한 것을 알아차리게 된다.

"세상에! 하얀 쥐로 변신한 게 틀림없어요, 더 기다릴 필요가 없겠네요. 자기 집으로 돌아갑시다!" 마침내 우리 중에서 이 복도를 벗어나 다른 일을 찾으려는 사람과 이 일에서 물러서고 싶은 마음이 생겼다.

하지만 오랜 시간에 걸쳐 형성된 복도에서 서성대던 습관은 고쳐지지 않았다. 우리는 계속 복도에 모이곤 했는데 정말 지루할 때면 어둠을 틈타 다른 층으로 돌아다니며 집 안을 들여다보기 시작했다. 우리는 한쪽 눈을 감은 채 현관문에 난 작은 구멍으로 들여다본다. 어떤 사람은 창가에 오랫동안 서 있었고, 어떤 사람은 공연복을 입고 눈물을 흘리며 춤을 추고 있었다. 모든 층의 상황은 거의 비슷했다. 그리고 많은 방이 우리가 지키고 있던 그 방과 다름이 없이, 사람의 그림자도 보이지 않았다.

그 후로, 우리는 마침내 지치고 말았다. 자기 방으로 돌아왔을 때, 치자나무 꽃은 벌써 시들어 떨어졌다. 나는 복도에 너무 오래 머물렀고 남편은 방 청소를 하지 않다 보니 방 안에서는 곰팡내가 진동했다. 남편이 산책하러 나갔거나 아직 퇴근하지 않아서인지 집 안은 텅 비어 있다. 나는 화분에 물을 주려고 다가갔다가 나무 아래에 털 색깔이 달빛 같은 쥐가 누워 있는 걸 발견했다. 무엇 때문인지 남편의 안경이 그 옆에 놓여 있었고 안경알은 이미 긁혀서 흐릿해졌다. 만약 이 렌즈를 통해 밖을 보려 한다면, 어떤 것도 선명하게 볼 수 없을 것이다.

라이더
(骑手)

1

　산맥 속의 작은 마을들은 대부분 완만한 협곡에 조성되다 보니 사방은 높은 산으로 둘러싸여 있다. 길 한 갈래가 한쪽은 시가지로 통했고, 다른 쪽 끝은 더 외진 현성(县城)이나 작은 진(镇)으로 향했다.

　내가 사는 작은 진은 긴 강과 높은 산 사이의 좁은 지대에 있었는데 그 모양은 먹다 남은 사오빙(烧饼, 전병) 반 조각처럼 생겼다. 이 때문에 길을 확장할 수도 없고 집들도 나지막하게 지을 수밖에 없다. 장사꾼의 노점은 시내로 통하는 도로 옆에 펼쳐졌고 사람들은 먼지가 날리는 길가에서 흥정하고 있다…….

　이런 모습은 다른 사람이 쓴 책에서 본 적이 있다. 외국 작가의 소설이나 수필에는 낙후된 변경 지역의 작은 마을에 대한 묘사가 나온다. 그 책에서 묘사된 낙후된 마을의 전경이나 풍기는 냄새가 바로 우리 마을과 비슷하다.

이곳에서 살면 돈이 많을 필요는 없다. 하지만 너무 가난하게 살다 보면 삶이 그대의 살가죽을 벗기거나 한 줌의 재로 만들어 버린다. 그렇게 되지 않으려면 차이빙(菜饼, 야채 전병) 선생처럼 라이더(骑手, 배달기수)로 살아야 한다.

차이빙 선생은 우리가 지어준 별명이고, 그에게 따로 이름이 있었지만 잘 기억나지 않는다.

그 시절의 산간 지역에는 「건배! 친구여(干杯, 朋友)」라는 노래가 유행했다(1995~2001). 차이빙 선생은 트릴(trill)을 쓸 줄 알았는데 예술적 감각이 뛰어나서 천재적인 유랑 가수처럼 느껴졌다. 20대 중반의 나이에 피부는 검었고 귓가에서 긴 머리카락이 날릴 때면 이족 특유의 귀걸이가 눈에 띄었다. 외지에서 지내다 온 지 얼마 안 되었기에 안정적인 기질과 사람을 끄는 특유의 우울함이 느껴졌다. 세상 물정을 모르는 젊은 소녀들은 차이빙 선생을 둘러싸고 그가 부르는 노래를 들었고, 또 그가 산 밖 세상에서 보고 들은 이야기에 귀를 기울였다.

하지만 얼마 안 돼서 차이빙 선생은 산속의 여느 사람들같이 됐다. 산 밖의 이야기도 돌고 돌아서 그 몇 가지뿐이라 소녀들도 곧 싫증을 느꼈다. 그 뒤로 협곡의 먼지가 가득한 읍내의 거리에서 사람들과 흥정했다. 오토바이 뒷좌석에는 맥주 상자나 양배추 몇 개가 실려 있고 그의 등에는 먼지가 내려 있다. 그가 헤벌쭉하게 웃을 때는 입안으로 흙먼지가 날아들었다.

산속에서 오래 살다 보면 다른 사람보다는 자신과의 싸움에서 이겨야 한다. 산은 영원히 우리보다 높고, 우리 조상들도 이곳에 묻혀 있기 때문에, 우리는 산을 볼 때마다 경외하지 않을 수 없다. 따라서 이곳에서는 영원한 약자이면서도 강해지지 않을 수 없다. 산속에서 살다 보면 날마다 솟아오르는 태양을 보면서 바라는 건 딱 한 가지다. 살아남는 것(活着).

차이빙 선생이 산 밖으로 떠날 때 우리는 이렇게 말했다. "잘 됐어. 드디어 산 밖으로 나가서 다른 삶을 사는 젊은이가 생겼군. 할 수 있다면, 돌아오지 않았으면 좋겠어."

하지만 차이빙 선생이 밖에서 무슨 일을 하면서 살았는지 아무도 모른다. 누구나 듣게 되는 소문에 의하면, 주머니에 돈 한 푼도 없이 집을 떠날 때 입었던 청바지를 그대로 입고 돌아오자, 시골 교사였던 그의 아버지는 문 앞에 앉아 기다란 담뱃대를 물고 인생의 도리에 대해 한나절이나 이야기했다고 한다.

한동안 우리는 거리에서 자주 차이빙 선생을 보았다. 오토바이 뒷좌석에는 맥주 상자와 양배추 대신 너무 읽어서 너덜너덜해진 책 두 권이 놓여 있었다. 서른이 다 된 나이에 중학교를 다시 다니게 된 것도 그의 아버지 덕분이었다. 그의 아버지는 자식이 바른길에 들어서기를 바랐고 아들도 자기처럼 시골 교사가 되기를 바랐다. 그의 아버지는 자신의 직업에 대해 신성한 감정을 가지고 있었다.

차이빙 선생도 물론 자기만의 의지를 지니고 있었으나, 그 무렵에는 막 외지에서 돌아온 참이라 많은 일들이 생각을 따라주지 못했다.

머리칼을 짧게 자르고 학생다운 모습으로 거리와 학교 근처를 돌아다니는 모습은 사람들로 하여금 허탈감을 자아내게 하였다. "저런 인재는 응당 다른 곳에서 살아야 하는데, 산속이 아닌 다른 곳……, 아주 먼

곳에서 살아야 하는데……”

　나이 서른에 중학교를 다시 다니게 된 것은 분명 본인 생각이 아니었을 것이다. 그는 여러 차례 그 말을 우리에게 했다. 교실 맨 뒷자리에 앉아 있는 그는 수염이 곧 칠판 앞으로 휘날릴 것 같고, 나이로 보아서는 선생보다 몇 살은 더 많아 보였는데, 머리를 잘라버린 탓에 귀 옆의 몇 가닥 흰머리는 숨기려 해도 숨길 수 없었다. 쉬는 시간만 되면 반 친구들이 괴상한 목소리로 그를 불렀다. “하이, 노(老)형!”

　차이빙 선생은 학교에 거의 출석하지 않았다. 이 비밀은 우리만이 알고 있었다. 하지만 그의 아버지는 지금도 몇 년이 지나면 아들이 고등학교를 거쳐 대학교까지 졸업한 다음 자기와 직장 동료가 되는 꿈을 꾸고 있을 것이다.

　우리는 차이빙 선생이 수업을 빼먹는 게 더 좋았다. 그렇게 되면 함께 강가에서 새우를 잡다가 그가 부르는 「재회수(再回首)」(1990년대 유행)를 들을 수 있다. 그가 노래를 부를 때면 고개를 위로 젖히고 목젖이 돌덩이를 삼킨 듯 부풀어 올랐다. 그는 분명 추억에 빠졌을 것이다. 바위에 앉은 수척한 물새처럼 젖혔던 고개를 숙였을 때 눈가에 눈물이 맺혀 있었다.

　우리는 걱정거리라도 있으면 말하라고 했다.

　그가 말하기를, “아니야.”

　우리는 진흙과 모래를 가지고 놀다가 강둑에서 새우를 구웠다. 그는 바위 뒤에 기대어 앉았기에 물고기만이 그의 모습을 볼 수 있다. 그의 비밀도 물 위의 그림자처럼 비꼈다. 그쪽에서 타오르는 불꽃은 그의 맞은편 검은 가마우지만이 알아볼 수 있다. 가마우지는 남자가 하얀 가루를 흡입하는 걸 보았을지도 모른다. 이런 가루는 어느 날 갑자기 산속으로 흘러들어와, 이 가루를 얻기 위해 사람들은 도둑질과 강도질을 했고, 심지어 목숨을 잃기도 했다.

우리는 그에게 그걸 끊고 잘 살라고 권했다.

그가 말하기를, "나는 지금 제대로 살고 있어."

그는 바위 뒤에 쭈그려 앉은 채 우리가 가까이에 오지 못하게 하고 하늘을 바라보았다. 우리는 옛 추억에 잠겼을 거라 짐작했다. 머리를 기르고 흰 셔츠에 연한 꽃무늬 넥타이를 맸다. 그는 사람들이 알지 못하는 외지로 나가서 그 흰 가루를 끊으려 했다. 그러나 다른 사람들은 그가 산 밖으로 나가서 이곳과는 다른, 이상적인 삶을 살고 있을 거라고 믿었고 산속을 벗어난 봉황이라고 말했다.

소문이 어떻게 퍼졌는지는 모르겠으나, 진실을 알게 된 사람들은 차이빙 선생을 '푸른색을 띠고 있는 사람'으로 보았다. 그 유래는 이랬다. 사람들이 차이빙 선생의 머리를 보다가 발견한 것인데 그의 눈까풀에 푸른 이끼가 끼어 있었고 간신히 눈꺼풀을 치켜들고 그 작은 틈으로 바깥세상을 내다보면서 가냘픈 소리로 '요(哟)!'하고 신음을 토했다. 처음에는 머리칼이 길어서 특이하다고 생각했는데, 실제로 보니 자신의 모습을 가리기 위함이었다! 차이빙 선생이 노래를 부를 때면, 사람들은 마치 초록 바나나잎으로 때려야 날 법한 커다란 박수 소리를 내며 눈썹을 치켜뜨고 쏘아붙였다. "귀신이 우는 소리 같네, 귀신이 울어!"

소녀들도 차이빙선생을 멀리했다. 그들은 모여서 수치심과 함께 불만을 터뜨렸다. "세상에! 이런 사기꾼, 모든 게 이 사기꾼이 지어낸 이야기라니."

그는 더 이상 책을 읽을 필요가 없게 되었다.

차이빙 선생은 오히려 해방된 느낌이었다. 그 뒤로 그는 어디로 가든 숨길 게 없었다. 학교에 가는 척해야 할 필요도, 오토바이 뒷좌석에 책을 두 권을 묶어놓을 일도 없게 되었다.

하루는 저녁에, 차이빙 선생이 우리를 데리고 인근 현성으로 놀러 갔다. 산속에서 차가 있는 젊은이들은 이곳에 가서 한가하게 시간을 보낸다. 현성에는 북적대는 바비큐 가게가 있었고, 맥주 냄새에는 여자들이 튕긴 침방울이 공기 속에 가득했으며 길에는 취객들이 아무렇게나 쓰러져 있다. 이런 곳일수록 차이빙 선생의 괴상한 병은 치유가 잘 되었다. 그는 원래 이런 곳에서 살아야 하는 사람이다. 오토바이 뒷좌석에 앉은 우리는 날리는 그의 긴 머리카락 때문에 눈을 뜰 수가 없었다.

이곳이 바로 차이빙 선생이 말한 '먼 곳'이다.

사실 차이빙 선생은 매우 감성적인 사람이었다. 그래서 한때 작가가 되고 싶었고 진짜로 문학도의 삶을 살기도 했다. 아주 멀리까지 다녀왔다는 그의 말은 확실하다. 그러나 그곳의 삶을 견디지 못했다. 그 도시는 너무 크고 공허했으며 차이빙 선생은 차량과 인파에 파묻혀 숨을 쉴 수 없을 정도로 답답했다. 차이빙 선생은 좁은 월세방에서 다른 사람과 함께 지냈다. 함께 지내는 룸메이트도 문학도로서 차이빙 선생보다는 괜찮게 지냈는데 일 년에 몇 번은 100위안짜리 원고료를 자랑할 때도 있었다. 그러나, 그 나머지 시간에는 둘이 함께 아무리 잡아도 없어지지 않는 바퀴벌레나 모기를 원망하면서 지냈다. 이러한 환경 속에서 그는 어떤 글도 쓰고 싶지 않았다. 대신에 머리를 길게 기르고 왼쪽 귀에 귀걸이를 한 차이빙 선생은 날마다 야채 전병을 하나씩 만들어 먹었다-그때 차이빙이란 별명이 생겼다-.

　그가 산간 지역의 라이더가 되는 것은 운명이다. 이 지역에서 사는 청년들이 나가서 일하고 싶지 않다면 오토바이 한 대를 사서 사나흘 간격으로 산지 산물을 싣고 현성에 가서 팔곤 했다.

　차이빙 선생이 다녀온 먼 곳이 바로 이곳 현성이다. 그는 이곳에 와서야 자신의 방랑자다운 본색을 드러냈는데 호기롭고 고독한 모습과 함께 원대한 이상과 광란의 본능을 유감없이 보여주었다. 그날 밤 우리는 그의 진실한 삶의 모습을 발견하게 되었다. 어쩌면 우리도 뼛속부터 같은 기질을 가지고 있을지도 모른다. 우리도 마찬가지로 방랑자다운 본색을 드러내게 되었다. 그리고 돌아오는 길에 우리는 차이빙 선생의 오토바이 뒷좌석에 앉아 노래를 불렀다. 우리 두 눈은 흠뻑 젖어 있다.

　차이빙 선생은 우리를 태우고 산기슭을 따라 질주했다. 미친 지렁이마냥, 산을 벗어나려 하고, 바닷속으로 뛰어들려 하고, 바람을 타고 파도라도 가를 기세였다.

　그런데, 달리던 오토바이는 중간 지점에서 넘어졌다. 우리는 겨우 아픔을 참으면서 잡초가 가득 자란 길옆에 쪼그리고 앉아 휴식했다. 차이빙 선생은 달을 쳐다보더니 조금 실망한 어투로 말했다. "나중에 내가 한 거짓말을 알게 되더라도, 나를 탓하지 마." 그날 밤 달빛이 우리 얼굴을 비추는 순간, 한 겹의 보호막이라도 씌운 것 같았다. 어스름한 달밤에 우리는 그 어떤 거짓말도 다 용서할 거라고 대답했다.

　우리한테서 용서를 받게 된 차이빙 선생은 잡초 더미에서 일어서더니, 오토바이를 타고 다시 현성으로 돌아갔다. 그의 뒷모습은 어둑어둑한 달빛 아래에서 길게 늘어졌다. 그 모습은 방랑자 같기도 하고 도망자 같기도 했다. 그가 탄 오토바이는 먼지를 일구며 달렸다. 발아래서 바퀴가 돌아가는 모습은 보이지 않았고 대신 차이빙 선생이 검정말을 타고 달리는 모습이 눈앞에 그려졌다. 이상하게도 우리 중 아무도 그한 테 어디로 돌아가는지를 묻지 않았고, 그가 우리를 썩은 계란 버리듯 잡초 더미에 팽개친 것도 탓하지 않았다.

그날 밤 우리는 먼 길을 걸어서 돌아가야 했다. 걸으면서 차이빙 선생은 결코 라이더가 되고 싶지 않았을 거라고 짐작했다. 그리고 그가 간 곳은 현성이 아닌 더 먼 곳일 거라고도 했다. 아니라면 되돌아갈 필요가 없지 않은가? 이 길에는 매일 그 현성을 떠나오는 사람들이 여럿이 있었는데 절반까지 왔다가 되돌아가는 사람은 한 명도 없었다. 이런 생각을 하며 우리는 나뭇잎을 뜯으며 「대량산을 떠나다(走出大凉山, 이족 전통 노래)」라는 노래를 계속 불렀다.

"지금쯤엔 그는 시내에 도착했겠지…… 내일이면 성도(省城)에 도착할 거야…… 모레 저녁이면 그는 성도 바깥 어딘가에서, 마음 가는 곳에서 햇볕을 쬘 거야. 그곳의 햇볕은 산지의 햇볕처럼 그렇게 눈을 찌르지 않을 거야, 사람을 굽지도 않을 거야."

우리는 말하면 말할수록 복받쳤다. 평생의 소원이 곧 이루어질 듯했다.

하지만 이튿날 오전에 차이빙 선생은 집으로 돌아왔고, 그 다음날은 머리에 수건을 쓴 아가씨가 말에 앉은 채 협곡의 오솔길을 따라 차이빙 선생네 집 쪽으로 가고 있다. 그 뒤에는 많은 사람들이 따르고 있었다.

차이빙 선생이 드디어 결혼했다.

결혼 후의 차이빙 선생은 길가에 가게를 열었다. 어떤 사람은 그의 집 뒤에서 흰 가루와 은박지를 발견했다는 사람도 있고, 언젠가 차이빙 선생이 화장실 옆에 자라처럼 쭈그리고 앉아 은박지를 들고 있는 걸 봤다고 확신하는 사람도 있었다. 그러면서 차이빙 선생이 아주 열심히 은박지 안에 있는 흰 가루를 입에 털어 넣으며 입꼬리가 실룩거리는 것까지 봤다고 했다. 사람들은 그의 검게 빛나는 이마를 함께 떠올리며, 경험에 비추어 말하기를, 이런 가루를 흡입하는 사람만이 이마를 이렇게 그을리게 한다고 했다. 이러한 상황에서는 가게도 어느 정도 영향을 받을 수밖에 없다. 그는 하는 수 없이 진짜 기수, 즉 오토바이 택시 기사가 되었다. 그는 아들이 태어날 때까지 꽤 오랫동안 이 일을 했다.

아버지가 된 후 그의 모습은 점점 초라해졌다. 옷에는 아들의 발자국이 지저분하게 찍혔는데 그가 오토바이를 몰고 다닐 때면 발자국이 찍힌 자국이 깃발처럼 휘날렸다. 그는 노래도 부르지 않았다. 「재회수」, 「대량산을 떠나다」나 「싱글 러브 송」과 같은 노래는 모두가 먼 과거의 일이 되고 말았다. 물론 현성에도 더는 가지 않았다.

차이빙 선생이 어떻게 큰 화물차 바퀴 밑으로 굴러갔는지는 아무도 모른다. 누군가는 그의 오토바이가 번개처럼 번쩍하며 들어가는 것을 보았다고 했고, 어떤 이는 비틀대며 타고 가는 모습이 마치 술에 취한 것 같았다고 했다. 사람들이 바퀴 밑에서 그를 끌어냈을 때는 이미 숨이 끊어진 뒤였다. 등에서 흐른 피가 땅바닥에 흥건했다.

우리는 서둘러 그의 곁을 둘러싸고 불행한 사람을 지켜보았다. 그의 웃옷 주머니에서 은박지 조각이 조금 나와 있다. 아마 그날 밤 우리보고 자기가 거짓말을 하더라도 용서하라던 그 거짓말을 호주머니에 넣고 다녔던 것 같다. 반쯤 뜬 눈은 초점을 잃은 채 허공을 바라보고 있다.

넘어지기 전에 무슨 좋은 일이라도 떠올랐는지 입가에 피었던 웃음은 아직도 흔적이 남아 있다. 날은 어느새 옆 사람도 보이지 않을 만큼 어두워졌다. 그의 곁을 둘러싼 우리는 허공에 떠 있는 것 같았다. 그는 두 발을 반원 모양으로 오므리고 있었는데 마치 자신의 몸에서 핏물이 흐르는 소리를 듣고 있는 듯했다.

우리가 물었다. "아직도 이루지 못한 소원이 있어?"

그리고 우리가 대답했다. "됐어. 물어봐도 못 듣잖아."

달이 떴다. 달은 어두움을 거두어들일 수 있지만 차이빙 선생의 몸에서 흐르는 피를 되돌려주지는 못한다. 그러나 이 산속에서 아무나 차이빙 선생처럼 달빛 아래서 인생의 마지막 순간을 맞이할 수 있는 것도 아니다. 이는 아마도 하늘이 방랑자를 위해 베풀 수 있는 마지막 자비로써, 달빛이 내려와 그를 제도(济度)하는 것이다.

우리는 그를 들어 병원까지 상징적으로 옮겼다. 어쩌면 이것이 그가 먼 곳으로 떠나는 진짜 여정이며, 산악 라이더가 탈피를 마치고 변신하는 과정이라고 생각했다.

2

산초가 무르익을 무렵이면 도로에는 오토바이를 타는 사람들이 많아진다. 이들은 개미가 집을 옮기듯 산초를 싣고 산기슭에 있는 진에 가져다 팔았다. 그때면 이들의 손은 산초 빛깔로 물들고 얼굴에 흐르는 땀에서도 톡 쏘는 마향(麻香)이 배어났다.

나의 동급생인 얼부(尔布)네는 산초를 아주 많이 심었다. 우리가 아직 초등학생일 때 오토바이는 그다지 보편화되지 않았다. 이런 신식 교통수단은 집집이 모두 가진 것은 아니었다. 얼부네 산초는 처음에는 조랑말로 산 아래로 실어 날랐다. 그러다가 얼부가 열여덟 살이 되었을 때 일찍 세상을 떠난 차이빙 선생처럼 라이더가 되어, 조랑말 대신 산초를 운반하는 일을 담당하게 되었다.

물론, 얼부는 그의 형인 차이빙 선생이 타던 모터차(摩托车)를 물려받았다.

"이 오토바이는 새것보다 더 값이 나가는 거야!" 얼부는 오토바이 뒷좌석을 툭툭 치면서 우리한테 말했다.

부득이한 경우가 아니면, 사람들은 얼부의 차를 타고 싶어 하지 않았다. 얼부가 형의 목숨을 타고 달린다고 생각했기 때문이다.

얼부도 산 밖의 생활에 대해 동경했지만 어디도 갈 수 없었다. 부모님이 연세가 많았고 지어야 할 농사일도 많았다. 게다가 하나뿐인 형의 아들도 대신 키워야 했고, 본인도 조만간에 애 아빠가 되기 때문이다.

얼부는 돈을 많이 벌기 위해 산초를 더 많이 심었고, 산초나무 아래서 푸른색 거인 헐크처럼 바쁘게 보냈다. 키가 큰 그는 아무렇게나 뻗은 산초나무 가지와 가시 때문에 어쩔 수 없이 허리를 굽히고 다녔다.

언젠가 한 번은, 얼부가 술 취했는지 산초나무 몇 그루를 찍어내고는 도끼를 든 채 길가에 앉아 껄껄 웃었다.

우리가 말했다. "안 되겠으면, 밖으로 나가 모험을 해 보자."

그가 대답했다. "공 굴러가는 것, 어디나 똑같아."

그는 술을 좋아했다. 술을 좋아하는 건 문제가 되지 않는다. 산에서 사는 남자 중에 술을 안 마시는 사람이 거의 없다. 특히 얼부 또래의 청년이라면 술에 취해서 길 위를 뛰어다녀야 사는 맛을 느낀다. 그 외에도, 얼부에게는 남들이 모르는 비밀이 있었다. 얼부는 남몰래 산 아래에 있는 유곽을 자주 드나들었다. 유곽에서 몸을 파는 여자들은 전부 외지인들이다. 이들은 자신의 신분을 속였고 성격이 개방적이었으며 얼부와 함께 술을 마셔댔고, 그뿐만 아니라 산속 여자들이 부끄러워 입에 담지도 못할 육담도 제법 잘했다. 싸구려 향수 냄새가 물씬 풍기는 유곽에서 얼부는 자기 형처럼 얼토당토않은 이야기를 스스럼없이 할 수 있었다.

얼부는 술에 취하면 아버지 이름을 대거나 아버지 명의로 매음녀를 찾았고, 아버지 명의로 다른 사람과 싸우기까지 했다. 물론 아버지 명의로 선행을 베풀기도 했다. 이렇게 아버지 이름을 팔고 다니는 이 젊은이는 진에서 꽤 유명해졌다. 다만, 이 비밀을 알고 있는 사람들은 입밖에 내지 않았다. 이런 일이 하도 드물었기에 아직은 삶 속에 이런 웃음거리가 필요했을 것이다.

진에 사는 일부 아가씨들은 은근히 그를 사모했다. 얼부의 씀씀이가 컸기 때문이다. 얼부는 돈을 쓸 때면 산초를 딸 때처럼 분주하지 않았다. 그렇기에 아가씨들도 돈을 잘 쓰는 젊은이가 산초를 재배하는 농민일 거라고는 생각지도 못했다. 얼부는 매번 유곽으로 갈 때면 진의 가장 좋은 이발소에 들러 한차례 치장을 했다. 먼저 머리를 올백으로 빗어 넘기고 헤어오일을 바른 다음 수염을 깎고 코털을 정리했다. 그리고 이발소 사장님 향수를 빌려서 겨드랑이에 뿌린 후에야 드라마 속의 기름기 자르르한 도련님 행세를 하면서 유곽을 찾았다. 그때마다 그는 아버지 이름으로 행세했다. 물론 유곽을 찾는 손님 중에서 그는 말솜씨가 가장 나았다.

하지만 가끔씩 웃음거리를 만들 때도 있었다. 결국 한 푼 한 푼이 산초 나무에서 나온 것이기 때문이다. 하루는 아가씨가 자신의 등에서 산초 가시 하나를 뽑고는 너무 놀라서 무슨 일인지 설명하라고 앙탈을 부렸다. 아가씨는 너무 억울했다. 얼부를 교사로 알고 있었는데 어떻게 교사의 몸에 산초 가시가 달려 있을 수 있단 말인가? 얼부는 가는 곳마다 이 사건에 대해 떠벌렸지만 얼마 못 가서 본인은 잊어버렸다. 사람들은 길에서 그 아가씨를 보면 "이봐, 가시 박힌 아가씨!"하고 손가락으로 가리켰다. 그때면 문득 생각이 나는지 얼부는 웃어넘겼다.

산초 따는 계절이 아니어도 얼부는 자주 진에서 돌아다녔다. 이미 습관이 된 듯했다. 만약 아내가 오토바이 뒤에 앉아 함께 진으로 갈 때면 얼부는 이발소에 가지 않았고 될수록 자주 만나던 여자들을 피해 다녔다. 그리고는, 다리 옆에서 값싼 2위안짜리 묵 한 그릇을 먹곤 했다.

얼부도 상처를 받을 때가 있다. 이를테면 아가씨가 작별 인사를 남기지 않고 홀연 떠나버리는 것처럼. 원래 그런 것이다. 이들은 누구에게도 출신을 밝히지 않고, 또 누구에게도 가는 길을 알려주지 않는다. 아가씨들은 얼부의 가짜 이름을 안고 떠났고, 얼부도 그들의 진심을 붙잡지 못했다.

이런 생활에 권태와 싫증을 느꼈는지, 얼부는 언제부턴가 가까이 지내던 여자들과의 관계를 끊어버렸다. 산꼭대기에 있는 자기 집 경사진

밭에 메밀씨를 가득 뿌렸다. 그 뒤로 해마다 메밀꽃이 필 무렵이면 혼자 오토바이를 타고 산꼭대기로 가서 꽃밭 옆에 앉아 시원한 바람을 쐬었다. 이제 겨우 서른을 넘긴 나이지만 산속의 바람이 하도 강해서 그의 눈가에는 이미 주름이 패기 시작했다.

서른(而立)이 된 얼부가 산꼭대기에 서 있다. 그는 태양과는 더 가까워졌고, 우리에게는 멀리 떨어져 있다. 그는 수도승이 아니면 구걸하는 사람처럼 평소에는 말수가 적었다. 산꼭대기에 이르러 그와 함께 바위 위에 앉으면 당신 또한 말 잃은 검은 새가 되고 만다. 그리고 다시 산 중턱으로 내려와서야 허리를 구부정히 하고 입을 연다.

"찬밥이 남았으면, 한 그릇 주구려."

우리는 이런 말을 다시 꺼낼 수가 없었다. "산꼭대기에서 내려오게. 그곳은 공기가 희박하고, 바위 위에 서 있으면 잡초 더미 같아."

하지만 얼부의 조카와 자식들 그리고 아내와 부모는 매우 기뻐했다. 얼부가 산꼭대기에 서 있는 모습이 든든한 기둥처럼 느껴졌기 때문이다.

3

어느 날 오후, 지즈(吉芝) 아줌마는 오양(五羊)표 오토바이를 타고 진에 가서 기름을 넣기로 했다. 면허증이 없었기에 감히 거리를 돌아다니지 못하고 그저 주유소 위쪽에 있는 도로변에 세워 놓고, 햇볕을 가리려고 건초 몇 대를 뽑아 그 위에 덮었다.

"젠장. 다시는 이 밥통 같은 오토바이를 타고 장에 가지 않을 거야."
지즈 아줌마는 이런 식으로 자기 오토바이를 자랑했다.

사실 그녀는 오토바이를 몰고 진에 가기를 좋아했다.

지즈 아줌마는 65세가 된 늙은 라이더였다. 이 산속에는 지즈 아줌마 나이에 오토바이를 타는 사람은 많지 않다.

지즈 아줌마가 왜 65세의 나이에 라이더가 되었는지는, 그녀의 아들들에 대한 이야기부터 시작해야 한다.

지즈 아줌마의 큰아들인 차이빙 선생은 30대에 교통사고로 죽었다. 사람들은 그녀가 상심할까 봐, 처음에는 이 소식을 계속 숨겼다. 차이빙 선생의 유골은 길옆에 있는 동굴에 안치되었고 지즈 아줌마는 큰아들이 먼 곳으로 일하러 갔다가 몇 년 후에야 돌아올 거라고 믿었다.

그러나 이런 일은 오래 숨기지 못한다. 사실을 알게 된 지즈 아줌마는 한 달이나 울었다. 자식을 먼저 보낸 어머니한테 한 달은 긴 시간이 아니었지만, 큰아들이 남긴 자식 때문에 그녀는 정신을 차려야만 했다. 어린 손자는 자기 아버지가 죽었다는 사실을 알지 못한다. 손자가 눈을 크게 뜨고 할머니 눈에서 흐르는 눈물을 쳐다보다가 고사리손을 내밀어 할머니 어깨를 토닥토닥 두드리며 말한다. "아프지 마."

후에 차이빙 선생의 유골은 소나무 숲에 뿌려졌다. 차이빙 선생은 자신의 문학도 기질을 그 땅에 묻혀서야 드러내는 듯했다. 그 땅에서 핀 꽃은 향기가 멀리까지 퍼졌고 그 땅의 소나무도 잘 자랐다. 하지만 그의 모친인 지즈 아줌마는 좀처럼 그쪽으로 가지 않았다. 숲속에서 불어오는 바람 때문에 눈이 아프다고 했다. 하지만 사람들은 밤중이면 숲 속에서 슬프게 우는 울음소리를 자주 들었는데 지즈 아줌마의 울음소리 같았다고 했다. 그녀만이 그렇게 구슬픈 울음소리를 낼 수 있었다. 하지만 아무도 단정해서 말하지는 못했다. 왜냐하면 지즈 아줌마는 항상 기분이 좋아 보였고, 가끔 큰아들을 입에 올리면서 큰아들이 어릴 때 있었던 우스운 일들에 대해 말했기 때문이다.

지즈 아줌마가 눈물을 흘리는 모습을 볼 수 있는 경우는 단 하나였다. 그것은 장례식장에서다. 고인이 어른이든 어린 사람이든 상관하지 않고 구슬프게 울었는데 울 때마다 목이 쉬고 두 눈이 퉁퉁 부었다.

하지만 자기 남편이 죽었을 때는 오히려 울지 않았다. 처음부터 끝까지 울지 않았다. 심지어는 여유로운 모습까지 보였는데 그녀 집 뒤에 있는 무덤 위에 앉아 기다란 담뱃대를 꼬나물었다. 그 무덤은 많은 사람들이 앉다 보니 대머리처럼 되어 햇볕이 비출 때면 반들반들 윤기가 났다. 골초인 지즈 아줌마가 제일 많이 앉았는데 가끔 무덤의 경사면에 멍석을 끌어다 놓고 그 위에 누워 해를 쬐었다.

"지즈 아줌마, 빨리 내려와요. 남편이 돌아갔는데 왜 슬퍼하지도 않으세요?" 우리가 물었다.

그러자 지즈 아줌마는, "나는 충분히 슬퍼했어."라고 말했다.

그녀의 남편은 생전에 술주정을 많이 부렸고, 걸핏하면 손찌검했는데 지즈 아줌마의 머리에는 아직도 그때 맞은 상처가 남아 있다. 남편이 돌아가기 사흘 전에도 벌떡 일어나서 사람을 때릴 기세였는데 그렇게 빨리 죽을 줄은 몰랐다. 지즈 아줌마가 말했다. "나는 정말 생각지도 못했어. 그래서 그를 위해 눈물을 준비할 틈도 없었지."

지즈 아줌마가 오토바이를 타는 걸 배우기로 결심한 것은, 막내아들이 집을 떠난 후였다. 매번 산 아래의 장터까지 걸어서 다닐 수는 없다. 지즈 아줌마는 큰마음을 먹고 오토바이를 샀다. 막내아들 얘기가 나오기만 하면 지즈 아줌마는 고개를 절레절레 저었다. 갑자기 집을 떠난 후로 아무 소식이 없다. 후에 막내며느리까지 집을 나가게 되면서 지즈 아줌마는 혼자서 손자 셋을 키워야 했기에 막내아들을 걱정할 시간조차 없었다.

그날 오후, 지즈 아줌마는 산초를 오토바이에 싣고 진에 가져다 파는 김에 오토바이에 기름을 넣으려 했다. 우리를 만났을 때 산초는 이미 다 팔린 상태였다. 그녀가 손에 빈 플라스틱 통 두 개를 든 채 휘청거리며 걸어오자 우리는 오토바이 운전을 배우고 있는 줄도 모르고 태워주려 했다. 그러자 손을 흔들며 흥분된 목소리로 "오토바이를 타고 내리막길을 내려갈 때 두 발을 어떻게 놔야 몸이 앞으로 솟구치지 않는지 알려줘 봐. 목이 아파 죽겠단 말이야."

지즈 아줌마가 오토바이를 타는 모습은 마치 기린 같았다. 키도 크고 목도 긴데 내리막길에서 몸을 제대로 가누지 못하고 목만 길게 빼고 앞을 향해 달리니 그의 뒤를 따라가는 우리는 식은땀이 났다. 이 나이 많은 라이더는 두 발로 페달을 밟을 줄도 몰랐다. 한 발은 브레이크에 걸친 채 다른 한 발은 땅 위를 질질 끌며 진까지 갔던 것이다. 집으로 돌아갈 때 급커브 길에서는 오토바이를 미는 수밖에 없었다. 마치 건설 현장에서 일하는 사람이 허리를 구부정한 채 한숨 돌리며 땀을 닦을 겨를도 없이 바쁘게 몰아치는 것과 비슷했다.

사실 지즈 아줌마는 아들들이 남겨놓은 낡은 오토바이로 익숙할 때까지 연습하고 도로에 나가도 될 텐데. 낡은 오토바이는 꽃무늬 천에 가려진 채 안채 귀퉁이에 처박혀 있었다. 누군가 죽은 사람이 타던 오토바이를 안채에 놔두는 건 불길하니 해체해서 고철로 팔라고 했다. 지즈 아줌마는 상심해하며 세상에 어찌 이런 몰인정한 사람이 있냐며 오토바이는 자기 목숨과도 같은 존재라고 했다.

산꼭대기에 메밀꽃이 필 무렵이면 지즈 아줌마는 잠깐 올라가 쉬기도 하는데 나이가 들어서인지 쉬다가 잠이 들기도 했다. 바위가 집 뒤에 있는 무덤과 비슷해서 그 위에 앉으면 마치 나무 그루터기에 앉았을 때처럼 편했다.

지즈 아줌마는 산꼭대기까지 오토바이를 몰고 가지는 못 하지만 사력을 다해 산 중턱까지 끌고 갈 수는 있었다. 아무래도 방향 조절이 안 된다 싶으면 말을 길들이듯 “내 말 좀 들어…… 왼쪽, 왼쪽으로 가란 말이야.”라는 말이 자연스럽게 튀어나왔다.

지즈 아줌마에게는 오토바이보다 조랑말이 더 나았다. 육체가 있는 동물이고 크는 과정을 봐 왔기에 서로가 통하는 바가 있을 것이다. 그녀는 조랑말이 무척이나 보고 싶다. 그러나 애석하게도 이미 넘어져 죽고 없다.

지금은 오양표 오토바이를 끌고 다니지만 떨어져 땅 위로 넘어지기 일쑤였고 제일 큰 문제는 시동을 거는 일이다. 전자 시동이 고장 나기라도 하면 아들들처럼 발로 페달을 세게 밟아야 할 텐데 이도 몇 개 안 남고 한 끼 식사라고 해 봤자 밥 반 공기밖에 못 먹는 65세의 늙은이의 기력으로 그건 전혀 불가능한 일이었다.

눈 오는 날은, 지즈 아줌마에게 가장 큰 고민거리였다. 한 발에 의지해서 겨우 오토바이를 타는 형편없는 기술로 산 중턱으로 가서 장작 한 다발을 싣는 것은 너무 어려운 일이었다.

어쩔 수 없이 걸어서 산으로 올라야 했다. 그녀는 젊었을 때처럼 수건으로 머리를 두르고 그 위에 장작을 얹었다. 어쩌면 이런 운명을 타고났기에 목이 그처럼 길었는지도 모른다.

봄이면 겨울보다는 좀 더 편하게 보낼 수 있다. 지즈 아줌마처럼 나이 많은 라이더들은 날씨가 따뜻해지면 오토바이를 타는 연습을 좀 더 할 수 있다. 하지만 안타깝게도 그녀를 가르칠 사람을 찾지 못했다. 아무도 그녀처럼 나이 많은 라이더를 가르치려 하지 않았다.

사실상, 그녀의 주변에는 오토바이를 잘 타는 사람이 거의 없었다. 다들 말을 길들이듯이 오토바이를 탔는데 지즈 아줌마보다 크게 나은 것이 없었다.

처음부터 그녀가 오토바이를 타는 걸 반대하는 사람이 있었다. 그들은 그녀를 가련하게 생각하면서도 비아냥거리는 어조로 닭 몇 마리 더 키우지 왜 그런 일에 시간을 낭비하느냐고 했다.

그날 밤 우리도 지즈 아줌마를 찾아가서 말리려고 들었다. 곧 겨울이 다가오지만 그녀의 운전 실력은 전혀 나아지지 않았다. 아직도 두 발로 능숙하게 페달을 밟지 못했기 때문에 어딜 가든 한쪽 발로 땅을 질질 끌다 보니 신발창에서 사박사박하고 마찰음이 났다. 그 소리는 지즈 아줌마가 천군만마를 거느리고 돌진하는 함성 같았고, 한편으로 그녀가 목구멍 속에 눌러둔 어두운 울음소리 같았다.

우리가 입을 열기도 전에 그녀는 우리가 찾아간 목적을 알아채고는 웃으면서 우리에게 술을 따라주었다. 지금 그녀가 우리를 대접할 수 있는 것은 술밖에 없었다.

사발에 따른 술을 다 비운 지즈 아줌마는 자기 생각을 털어놓았다. 그녀는 두 다리의 힘이 절대 젊은이들보다 못하지 않다고 생각했다. 그러면서 믿기지 않는다면 내기를 하자고 했다. 자기는 한 발로 오토바이 페달을 밟아도 뒤지지 않을 자신이 있다고 했다. 그러면서 우리를 납득시키기 위해 밖에 나가 오토바이를 타고 한 바퀴 돌기까지 했다.

그 뒤로 지즈 아줌마는 공터에서 혼자서 그녀의 오양표 오토바이로 연습했다. 사실 그녀는 산 아래에 있는 딸네 집에 가서 지낼 수 있었다. 딸네는 조건도 괜찮았다. 게다가 그곳은 오토바이를 타기에 훨씬 편했다. 어쩌면 두 발로 동시에 페달을 밟을 수 있을지도 모른다. 하지만 그녀는 딸네 집에 가지 않았다. 산 생활에 익숙해진 사람한테는 산 아래의 삶은 자유를 잃은 것처럼 느껴지기 때문이다. 혹시 침이라도 잘못 뱉으면 깨끗하던 마룻바닥은 바로 더러워졌고 밖에 나가서 돌다가 집에 돌아오면 마룻바닥은 발자국 흔적으로 지저분해진다. 이런 삶은 자유롭지 못할 뿐만 아니라 다른 사람의 생활을 방해하는 것이라 여겼다. 그녀를 더욱 괴롭힌 것은 자기는 말이 점점 많아지고 딸은 말수가 적을 뿐만 아니라 나눌 얘기가 별로 없다는 점이다. 서로 멀어지는 것은 숙명인지도 모른다. 그녀가 낳은 것은 딸이 아니라, 멀리까지 이어질 운명의 길 한 줄이었다. 딸은 멀리 뻗어 있는 길인 반면에, 그녀 자신은 이 나이가 되어, 마치 오래된 낡은 집처럼 온통 불평과 끝없이 이어지는 기억들로 가득 차 있다.

그녀는 우리한테 이런 이야기를 해주면서 한숨을 내쉬었다. 하지만 아무도 그녀를 도와줄 뾰족한 방법을 찾지 못했다. 어차피 산 아래서 살지 않기로 한 그녀의 결심은 바뀔 수 없다.

지즈 아줌마네 딸은 날씨가 좋을 때면 산에 올라오곤 했다. 어머니를 도와 장작을 줍거나 돼지 풀을 베고 큰오빠의 유골이 뿌려진 소나무 밭에서 한참씩 울기도 했다. 그리고 집을 떠난 둘째 오빠의 산초나무와 메밀밭을 찾아 구경하기도 했다. 집에서 막내였기에 딸은 어머니 마음을 다 이해하지는 못했다. 안채의 한구석에 놓인 낡은 오토바이를 보면서 딸은 슬퍼했다. 그녀는 오토바이를 해체해서 팔아버리라고 수없이 말했으나 어머니가 동의하지 않아 여러 번이나 다투었다. 딸은 낡은 오토바이가 오빠의 목숨 같은 존재가 아니라 목숨을 앗아간 저승사자라고 생각했다.

물론 딸은 나이가 65세인 어머니한테 새로운 오양표 오토바이가 있다는 사실을 몰랐다. 그녀가 산에 오르기 전에 지즈 아줌마는 벌써 오토바이를 이웃집에 숨겨놓았다. 딸은 이 산속에서 처음으로 늙은 여자 라이더가 탄생하는 중이라는 사실을 모르고 있다.

우리는 이 비밀을 폭로할 자신이 없었다. 지즈 아줌마는 손을 떨었기에 기어도 고르게 넣지 못했다. 그녀가 길에서 오토바이를 질주할 때면 귓가에서 바람 소리가 윙윙거린다. 어쩌면 너무 울어서 목이 쉰 사람이 산 이쪽에서 저쪽으로 뛰어가면서 고함을 지르는 듯하다.

유목민
(游牧者)

몇 년간 나는 줄곧 떠돌이로 살아왔다. 그래서 스스로에게 유목민이라는 이름을 붙였고, 가는 곳마다 그곳을 나 자신이 머물게 될 새로운 천막이라고 생각했다. 나는 조용히 천막에서 살다가 삶에 새로운 변화가 생기게 되면 또 다른 곳으로 옮겨 다니면서 계속해서 새로운 천막에서 머물게 될 것이다.

내가 보기에, '방랑'은 '걸어 다니는 나무' 같다. 내가 일찍이 도달한 무리(木里)현에서 보았던, 하다(哈达, 손님맞이용 흰 스카프)를 가득 걸어놓은 나무와 같다. 이 나무는 내 마음속에 한 알의 씨앗으로 뿌리를 내렸다. 그리고 나를 따라 곳곳을 떠돌았다. 마치 바닷새가 해역 위를 해마다 맴돌아 한순간도 떠나지 않는 것과 같다. 내가 이렇게 비유하는 것은 바로 당신에게 다음을 이야기하고 싶어서다. ― 내가 도착한 곳의 천막 모습은 사실 내 마음속에 노거수(老巨树)와 같다. 나무에는 잎이 있고 꽃이 있고 열매가 있다. 내가 천 리 먼 길을 마다하지 않는 이유는 바로 그 열매를 얻기 위해서다. 가끔 일찍 와서 미처 익지 않은 열매를 보게 되면 나는 열매가 익을 때까지 참고 기다린다. 반대로 조금 늦게 와서 열매가 상했으면 그 씨를 땅에 묻고 이듬해에는 꼭 일찍 오리라 다짐한다. 이러한 기다림과 희망은 마치 한 차례의 수행과도 같다.

삶은 지속적으로 열매를 수확하는 과정과도 같은 것이다. 열매는 항상 적당하게 숙성되어 당신이 오기만 기다리는 법도 없고 그렇다고 당신이 찾기도 전에 벌써 썩어 문드러지지도 않는다.

내가 지금 있는 곳은 스룽전(石龙镇)이란 곳인데, 뜨거운 열기가 많이 느껴진다. 이곳에서 달콤한 열매를 수확할 수 있었다. 이 기억은 오랫동안 내 가슴속에 남아 있을 것이다.

이곳에서 살면서 나 자신의 귀와 마음을 항상 열어놓는다. 나는 젊은 육체를 가지고 있으며 우매한 영혼의 소유자도 아니다. 이곳에 살기 시작한 이듬해부터 많은 글을 썼다. 이 글들이 다른 사람들에게는 아무런 가치가 없을지 모르지만, 내게는 삶의 여정이었으며 반평생을 유목하며 남기는 발자취이다. 이곳에서 쓴 글들은 내가 거둔 가장 달콤하고 알찬 열매가 될 것이다.

나는 이곳에서 지내면서 자주 추억에 빠지곤 한다. 나이가 많은 늙은 할머니가 의자에 앉아 황혼을 감상하면서 자신이 살아온 삶을 회상하듯이 말이다. 나의 반평생을 되돌아보면 공장의 작업 라인과 이용원 그리고 니트 공장의 풀기 어려운 실타래 앞에서 많은 시간을 보냈다. 나는 퉁샹(桐乡), 우전(乌镇), 푸양(富阳), 저우치왠(洲泉) 등을 종종 머릿속에 떠올려 본다. 그 지역은 다른 사람들의 고향이었다. 그럼에도 나는 타인의 고향을 자주 그리워한다. 내가 떠나기 아쉬워했던 곳들이 타인들의 고향이었으니, 곧 타향이 나의 고향이었던 셈이다. 사람들은 내가 떠나온 그곳을 왜 그리워하는지를 이해하지 못한다. 나의 고향이 아니니 그곳의 삶을 괴로워할 필요가 없고, 간직할 필요도 없다고 한다. 나는 이들에게 그곳이 바로 나의 천막라고 말해주고 싶다. 그 천막은 나에게 비바람을 피하고, 열매를 따고, 종자를 뿌릴 수 있게 했으니 말이다. 사람들은 얼굴에 가벼운 웃음을 지으며 살던 곳을 떠나버린다. 이들에게는 생존을 위한 노력 외에 추억을 위해 시간을 낭비할 겨를이 없으며, 그렇다고 나의 해석을 들을 여유도 없다.

아마도, 생존을 구하는 사람은 반드시 한 자루의 강철 칼처럼 인생의 길목에 곧게 서 있어야 한다. 그래야 운명 앞에서 쓰러지지 않을 것이다. 이때, 그리움은 당신의 마음이 아프게 하고 정서를 불안하게 한다. 그렇게 되면 당신은 두 눈에 눈물을 머금을 것이고, 당신은 단지 한 마리의 부드럽고 힘이 빠진 온순한 동물처럼 될 것이다.

내가 바로 그렇게 부드럽고 힘없는 '동물'이었다. 나는 이곳에서 3년을 살았다. 그동안 제일 멀리 가 본 곳이라야 동관문학원(东莞文学院)뿐이다. 그곳에 갔다가 하마터면 길을 잃을 뻔했다. 나에게 익숙한 곳은 주변의 채소를 파는 재래시장 정도이다. 그래서 적지 않은 사람들이 나에게 동정의 시선을 보낸다. 그들은 성공한 여성은 재래시장 같은 곳은 찾지 않을 것이라 여긴다.

이곳의 나에 대해서 다음과 같은 인식표를 붙일 수 있겠다. '가족이 없고, 친구도 없고, 소식 없이 지내는 자'이다.

사실 전에 알고 지내던 사람조차 지금은 연락이 끊겼다고 하면, '소식 없음'이란 꼬리표는 나에게 명백한 것이다.

나의 남편은 이곳에서 10년을 살았다. 10년이라는 세월은 한 인간을 청년에서 반 중년으로 옮겨놓기에 족한 시간이다. 그 가운데 7년 동안 그는 한 공장에서 일했다. 7년 전 직장동료가 지금의 직장동료이고, 7년 전 팀장이 지금의 팀장이다. 그리고 7년 전 일반 사원으로 입사한 내 남편은 지금도 일반 사원이다.

십 년, 10년 동안 그는 정착민처럼 이곳에서 살았다. 그러니 그에게 이런 꼬리표를 붙여줄 수 있다. '친척 한 명, 친구도 없으며, 소식을 서로 전하는 지인도 없는 사람.'

내가 만약 우리 같은 경우를 유목민의 사랑이라고 한다면, 당신은 전적으로 믿고 동의할 것이다.

언젠가 한 번은 나와 남편은 산속으로 돌아가 은둔 생활을 할 것인지 말 것인지에 대해 진지하게 논의한 적이 있다. 당시 남편은, 지친 눈빛과 우울한 표정, 심하게 타격을 입은 초라한 시인의 모습이었다. 그런데 내가 '산림'에 대해서 말하는 순간 그의 눈에는 고향에 대한 향수와 동경이 가득 차올랐다. 그는 이 천막이 싫증이 난다고 했다. 아니다, 더 정확하게 말하면 그는 모든 천막에 대해 싫증을 냈다. 그가 말하기를, "유목민에게 초원이 없고, 초원에 물이 없으면, 결국 소와 양은 굶어 죽겠지."

"여러 해 동안, 나는 이곳에서 살아왔는데……" 그는 말을 잇지 못했다.

"오늘도 컨테이너가 24개나 들어왔어. 힘들어서 죽는 줄 알았어." 날마다 퇴근해서 집에 들어오자마자, 가장 먼저 이렇게 한마디 짧은 소식을 말한다.

"작년에 병을 앓던 과장이 또 재발했대. 작년에도 병 치료 때문에 몇

십만 위안이나 쓰고 가산도 전부 탕진했다는데 이번에는 어떻게 해결할지." 그는 걱정 가득한 표정을 짓고 있다.

"공장 직원 중 비염을 앓는 사람이 90%가 넘는대! 어떤 동료들은 치료하는 데 만 위안이나 쓰고도 해결하지 못했대. 당신은 모를 거야. 우린 요즘 마스크를 쓰고 일한단 말이야. 먼지가 하도 많아서 견딜 수 없거든." 그는 화장실로 뛰어가 코를 풀었다. 나와서는 비염을 억제하는 데 좋다고 하는 꿀물 한 잔을 탔다.

그의 이야기는 항상 직장과 관련된 것들이었다. 그는 언제나 힘들다고 했다. 심지어는 잠꼬대할 때조차 힘들다고 했다. 하지만 그는 일을 계속했다. 농부가 과수원에서 과일나무가 병충해로 병들었다고 불평을 늘어놓으면서도 계속해서 벌레를 잡아주고, 김매며 비료를 주고, 신선한 토양을 덮어주는 일을 계속하듯 말이다.

그는 항상 쇠붙이를 덧댄 검은 구두를 신고 다닌다. 파란색 작업복을 입은 그의 모습은 때론 수염이 더부룩했고 때론 봉두난발에 때 묻은 얼굴을 하고 있다. 매번 퇴근해서 들어올 때면 그의 몸은 항상 땀과 먼지로 범벅이 되어 있다.

나는 때론 자신에게 묻곤 했다. 유목민의 모습은 이런 모습일까? 답은 간단했다. 나 자신에게 내린 결론은 "그렇다"였다. 유목민들의 삶은 다 마찬가지다. 유목민들이 살고 있는 곳은 맑게 갰다가도 폭우가 내린다. 이처럼 기후 변화가 심하기에 과일나무에도 정성을 쏟아야 한다. 그리고 열매를 수확하기 위해서는 기다림이 필요하다.

그는 이미 이러한 기다림에 익숙해졌다. 기다리면서 그는 시고 떫은 열매를 맛보기도 했다. 하지만 세월이 흐르고 나서 보니 호기롭게 느껴진다고 했다. 그러면서 자신이 겪은 일화들을 이야기해 주었다. 한 번은 친구와 함께 육교에서 바둑으로 두어 사람을 격파했고, 불법으로 운영하는 지하 공장에서 일하고 월급을 받지 못하게 되자 사람들과 함께 삽을 들고 사장을 찾아 월급을 내놓으라고 한 적도 있다. 제일 재밌는 이야기는 다음과 같다. 한 번은 이사를 하게 되었는데, 돼지기름 두 근이 아까워 그 기름으로 국수를 끓여 먹고 삼 일간 설사를 한 적이 있다. 그러다 보니 원래 집을 내놓아야 할 기한을 일주일이나 미룬 뒤에 집을 비웠다고 했다.

이러한 추억은 지금에 와서는 우스갯소리로 여길 수 있게 되었다. 2003년에 광둥(广东)에 온 뒤로 그의 천막은 오랫동안 자리를 옮기지 않았다.

하루는 인터넷에서 어떤 사람이 옥상에서 염소를 키운다는 뉴스를 보고는 흥분해서 나에게 말했다. "우리도 염소를 사서 옥상에서 키우는 게 어때? 신선한 염소젖을 마실 수 있잖아. 도시에서 염소를 키우려면 옥상 빼고는 다른 곳이 없잖아."

나 역시 옥상을 빼고는 다른 곳이 생각나지 않는다. 물론 내 마음속에는 이미 답이 정해져 있다. 소와 양을 내 마음속에서 키우면 된다고 말이다. 이 말을 들으면 나를 미치광이라고 웃을지도 모르나 나는 그게 정답이라고 생각한다.

내가 기르는 소와 양 그리고 과일나무는 어떤 곳에서도 다 자랄 수 있고, 어떤 환경에서도 살아남을 것이다.

되돌아가는 길
(回头路)

나의 친구는 활활 타오를 것 같은 붉은색으로 머리를 자주 염색했다. 뛰어다닐 때면 발에 닿을 듯한 회색 장삼-그는 장삼 입기를 좋아했다-은, 발치에서 바다의 음침한 파도처럼 출렁대다 치솟아, 언제든 그의 머리 위 불꽃을 삼켜 버릴 것만 같았다. 나는 그가 바로 전설 속에 등장하는 인물처럼, 스스로 생겨나서 스스로 소멸하는 사람이라고 추측했다.

이 친구와 친해진 지는 꽤 오래됐다. 젊었을 때 우리는 남방의 자그마한 마을을 떠돌아다녔다. 친구도 몇 명 사귀어 보았지만, 시간이 지나면서 연락이 끊겼다. 남은 사람은 결국 우리 둘뿐이다. 다시 말하면, 우리는 새로운 친구를 사귀려고 시도했지만, 결과는…… 독자분께서도 아시는 바와 같이 앞에서 말한 대로이다.

당연한 일이지만, 각자의 갈 길을 가기로 하던 날에, 우리는 확실히 각자의 독립적인 생활공간을 얻었다. 이로써 다시는 '두 사람은 그림자처럼 붙어 다닌다.'와 같은 구경꾼의 뒷소리를 듣지 않게 되었다.

우리가 갈라진 후 이 친구는 틀림없이 나에 대해 나쁜 말을 많이 했을 것이다. 좋은 말 나오기가 어렵지 않겠는가. 기존 환경에서 벗어나려면 충분한 이유를 찾아야 하는데, 과거를 부정하는 것만큼 좋은 방법이 없다. 그렇지 않으면, 보나 마나 "왜, 서로 헤어진 거야?"하면서 모여들어 화제를 삼을 것이다.

물론, 나 역시 뒷소리를 적지 않게 했다. '정신병자', '영혼이 없는 자', '영원히 옛날로 다시 돌아가지 않을 것'과 같은 말을 했던 것 같다.

헤어진 후 우리는 서로 연락한 적이 없었다. 심지어는 어느 진 혹은 현에서 사는지도 몰랐다. 가끔 다른 사람한테서 소식을 얻어들을 뿐이었다. '술에 취했다', '그가 결혼했다', '애를 낳았다', '이혼했다', '취했다', '늙었다', '죽었다'…… 등등.

이 소식들은 반은 진실이고 반은 거짓이었다. 적어도 그는 죽지 않았다.

하지만 한동안 나는 이 친구가 정말 죽은 줄 알았다. 소식을 전해준 사람은 감정에 복받쳐 있었고, 하늘에 맹세한다고까지 하면서 직접 친구의 장례식에 참석했다고까지 했다. 나에게 믿음을 주기 위해 그 사람은 당시 상황을 자세히 묘사했다.

— 가랑비가 추적대던 어느 가을이었다. 친구는 수확을 끝낸 밭에서 볏짚 한 단을 들고나왔다. 그 볏짚은 전에 새들이 얼씬하지 못하게 하려고 세워놓은 허수아비였는데 아직도 친구의 낡은 옷이 입혀진 대로였다. 그 모습이 친구가 자신을 밭에서 메고 나오는 것 같았다고 했다. 친구는 볏짚을 마당에 내려놓고 열쇠를 꺼내 집 문을 연 다음 다시 볏짚이 있는 쪽으로 가다가 변을 당했다고 한다. 친구는 두 다리가 풀리

면서 그대로 쓰러졌다. 볏짚이 무너지며 땅바닥에 흩어지는 것 같았는데, 붉은색으로 염색한 머리도 화염이 사그라지듯 생기를 잃었다. 처음에는 볏짚이 무너진 것인지 아니면 내 친구가 쓰러진 것인지 구분하지 못하고 있다가 뭔가 심상치 않다고 느꼈을 때는 이미 숨이 멎었다고 했다. 사람들의 눈에 먼저 들어온 것은 비에 흠뻑 젖은 허수아비였다. 허수아비에서 나온 빗물이 쓰러진 친구 몸에 떨어지고 있었다. 이를 본 사람들은 다음과 같은 슬픈 결론으로 그의 죽음을 애도했다.

그 눈물은 자신의 죽음 위에 떨어져서,
너무 많이 울어서, 너무 많이 울어서,
온몸이 눈물 구멍이 되어버린 것이라네.

나한테 소식을 전해준 사람도 목격자였기 때문에 도의적 책임을 지기 위해 시신을 수습하는 일을 도왔다고 한다. 이들은 내 친구를 문짝 위에 올려놓은 다음 초를 켜놓고 시신을 지켰다. 그날 밤 내 친구는 생전과 다를 바 없었다. 시원한 날씨로 인해 냉동실에 있는 것과 같았기 때문이다. 날이 밝으면서 햇살이 그의 얼굴에 비추자 살아 있는 것처럼 보이다가 이내 시체의 썩은 냄새가 나기 시작했다고 한다. 화염 같은 빨간 머리에서 아직도 물방울이 떨어지고 있었다. 그렇다, 물방울이 똑똑 떨어졌다. 어쩌면 전날 쓰러졌던 볏짚 허수아비가 보이지 않는 높은 곳에서 흘리는 눈물 같았다. 그 눈물은 친구가 생전에 미처 흘리지 못했던 눈물처럼 느껴졌다. 그게 정말 친구가 흘린 눈물이라면-잠시 눈물이라 부르자-, 죽은 다음에 세상 사람들에게 숨겨왔던 제 모습을 남김없이 드러낸 것이니, 죽은 자의 추한 모습이 되어버렸다고 했다.

나는 물론, 나 자신을 속이고 싶었다. 나는 친구가 그렇게 갑자기 말끔하게 죽었다는 사실을 믿을 수 없었다.

친구가 다시 찾아온 날 나는 그 충격에서 벗어나지 못한 상태였다. 그래서 그날 오후 우리는 아무도 먼저 입을 열지 않고 있었다. 그러다가 나중에 겨우 이상한 말 몇 마디, 사람인지 귀신인지 모를 말을 주고받았을 뿐이다.

너 죽었다고 들었어.

우리 사진 찍으러 가자. 나무에 꽃이 핀 정원을 알고 있어.

너는 이미 죽었다고 들었어.

우리 그 동산에 가서 사진 찍자……

우리는 조작이 간편한 흑백 카메라를 사서 필름을 넣은 후 내 목에 걸었다. 그리고 다른 사람들처럼 몸을 가볍게 흔들며 정원으로 들어갔다. 앞에서 걷고 있는 친구는 걸음걸이가 급해서인지 아니면 무슨 병에 걸린 것처럼 숨소리가 다급하고 안색도 안 좋다. 게다가 비처럼 쏟아지는 땀 때문에 머리는 다 젖어버렸다. 순간 소름 끼치는 장면이 뇌리를 스쳤다. 이 친구는 이미 죽었고 인간 세상에 남은 미련 때문에 내 앞에 나타났다. 그런 까닭에 햇빛 아래서 걷다 보니 이승에서의 참기 어려운 고통이 현현(显现)되고 있다고 추측했다.

이렇게 추측하면서 다시 친구를 보니, 그는 두 발로 걷는 게 아니라 땅에 누운 채 미끄러지듯 움직이는 것처럼 보였다. 이런 생각을 해서인지 나의 걸음걸이도 이상해졌다. 나는 일부러 잔디가 있는 쪽으로 피해서 걷다가 하필이면 개미한테 물리고 말았다.

내 생각을 짐작이라도 한 것인지 그는 약간 불쾌한 표정을 지었지만, 그의 기분을 입 밖으로 꺼내지는 않았다.

우리는 정원에서 사진을 찍었다. 그 사진 중에 함께 찍은 사진도 많았다. 그는 낮은 곳에서 있어 매우 작았고, 나더러 돌 위에 서라고 하는 바람에 키 차이가 머리 몇 개 정도 됐다. 그리고 자기가 입었던 얇은 옷을 벗어 나한테 걸쳐주었는데 소매 쪽에서 불어오는 바람에는 오래된 볏짚 냄새와 해바라기 냄새가 묻어 있다. 순간 나는 가만히 그를 훔쳐보았다. 친구는 눈치채지 못했다. 초조한 모습으로 움츠리고 서 있는 친구의 붉은색 머리는 퇴색하기 시작했고 많이 헝클어져 볼품이 없었다. 바람이 머리칼을 헤치자 희끄무레한 두피 위에 마치 서리가 내린 것 같았다.

사진을 다 찍은 후 나는 남들처럼 정원의 뒷문으로 나가려고 했다. 하지만 친구는 기어코 왔던 길을 되돌아가자고 했다. 친구는 귀신 들린 사람처럼 우리가 걸어왔던 길에 집착하니, 내가 어떻게 할 수 있겠는가? 나는 그대로 따르기로 했다. 찜찜한 기분이 든 나는 우연히 카메라 덮개를 열어 보았다. 웬걸, 안에 있어야 할 필름이 보이지 않는다. 누가 훔쳐 가지 않았다면 아예 사지 않고 그저 필름을 넣는 동작만 했을 수 있다. 결국 우리가 감상했던 풍경과 즐겁게 웃는 모습은 하나도 담지 못하고 말았다. 모든 게 헛수고였지만 짜증을 내지 않았다. 나는 왔던 길을 다시 걷고 싶지 않았다. 되돌아서 방금 감상한 경치를 다시 보며 걷는 일은 지루할 것이기 때문이다.

하지만 친구는 왔던 길을 되돌아가는 걸 고집했다. 마치 미혼탕(迷魂湯, 정신을 혼미하게 하는 탕)을 마신 것처럼 기어이 같은 길을 되돌아가겠다고 했다. 그는 아주 천천히 걸었는데, 마치 이번이 이 길을 걷는 마지막 시간이어서 다시는 올 수 없다는 듯한 걸음이었다. 나는 따라갈 수밖에 없었다. 나는 하는 수 없이 그 뒤를 따랐다. 걷다가 뒤를 돌아보니 우리 뒤를 따르는 사람들이 꽤 많았다. 심지어는 새치기를 하는 사람도 있었고 부주의로 다른 사람의 발꿈치를 밟는 사람도 있었다. 나처럼 이들도 더 좋은 방법을 찾지 못했을 것이다. 마치 미혼탕을 마신 것처럼 행동한다. 어쩌면 추억을 남길 필름도 없는 카메라를 들고 있을지도 모른다.

그네 위의 낙엽
〈秋千上的落叶〉

어머니는 젊었을 때 훌륭한 장사꾼이 되고 싶었다. 어려서 노점상을 했던 어머니는 앞으로 자기를 도울 사람이 필요했기에 나를 수학 천재로 키우려고 결심했다. 그렇게 되면 앞으로 돈을 떼일 걱정이 없다고 생각했기 때문이다. 그래서인지 자주 나를 데리고 다녔다.

지금 생각해 보면 나는 확실히 천재 기질이 있었다. 수학을 28점 맞고는 몰래 선생님의 빨간 펜을 훔쳐 2를 8로 고친 후 88점이라는 높은 점수로 집에 가서 상을 받았으니 말이다.

이 일로 어머니한테 호되게 맞았다. 놀랄 일도 아니다. 당시 우리 마을에는 애를 때리는 어머니들이 많았다. 이들은 자식을 어떻게 혼내야 할지를 함께 의논이라도 했는지, 때리면서 고통 속에서도 웃게 만드는 방법을 찾아냈다. 어머니는 장사의 신이 되고 싶어 했다. 그런 어머니는 자신이 장사의 천재인 나를 죽이고 있다는 걸 알아채지 못했다. 만약 어머니가 다양한 속셈 구구법(三盘清、六盘清、九盘清)을 가르치지 않았다면 나는 수학을 그토록 못하진 않았을 것이다. 그때 내가 숫자 8을 쓸 줄 몰라서 교묘하게 동그라미 두 개를 겹치는 방법으로 숫자 8을 쓰고는 또 한 번 어머니한테 매를 맞았다. 어머니는 교묘한 수단이나 부리고 쓸데없이 총명한 척하는 걸 제일 싫어했다.

지금도 나는 숫자 2와 8을 잘 쓰지 못한다. 심지어 이 숫자를 쓸 때면 운명의 부호를 쓰고 있는 느낌마저 들 정도로 극도의 공포감을 느낄 때가 있다.

오랜 시간이 지나서야 나는 어머니를 이해할 수 있었다. 어머니는 그저 착실하게 일구는 사람, 발을 땅에 단단히 딛고 사는…… 인생의 농민이 되고자 했다. 다만 농민이 목표였던 어머니는 젊었을 때 능력을 넘어선 많은 일들을 계획했지만, 결국엔 하나도 실현하지 못했다.

솔직히 말하면 이 글 역시 분발하여 노력하는 사람의 이야기를 담은 것이다. 이 이야기의 핵심 줄거리는, 어떻게 해서 뛰어난 상인으로부터 한 명의 성공한 농민으로 단련되어 온 것인가를 독자 여러분께 전달하는 데 있다.

내가 말하고자 하는 내용은 집과 관련된 옛이야기다. 나는 아직 내 명의로 된 집이 없다. 최근에 떠돌이로 살면서 많은 사람들로부터 동정을 받았다. 그렇지만 사실 나는 지금의 삶에 대해 아주 만족할 뿐만 아니라 안정감도 느끼고 있다.

우리는 처음에 산 중턱에서 살았다. 그곳은 네 개의 산맥이 서로 밀어 올려 형성된 협곡이었다. 나는 이 깊은 '우물' 같은 곳에서 자랐다. 열여섯 살 이전까지 나는 불규칙하게 키가 높은 하늘만 보며 지냈다. 그래서 하늘에 떠 있는 구름은 우리 동네 상공에서만 빙빙 돌 뿐 다른 곳은 갈 수 없을 거라 단정했다.

이 깊은 우물 속에서 우리 부모는 다른 부모들과 마찬가지로 다투고 싸웠으며 심지어는 머리가 깨지고 피까지 흘렸다. 게다가 여자들은 목을 매고 독약을 먹는 '연극'을 연출할 때가 있었다. 이를 두고 '연극'이라고 하게 된 이유는 이들의 행동이 비극으로 번지지 않았고 아직 살아 있기 때문이다. 나이는 비록 어렸지만 나는 아주 민감했다. 나는 이들-어머니 포함-과 이야기할 때면 항상 이들의 목을 쳐다보았다. 독약을 머금었던 이 목에서 어떤 목소리를 내는지 알고 싶었고 코를 찌르는 고약한 냄새는 안 나는지 궁금했다.

어머니가 장사를 하려고 다짐했던 것은 그곳의 자연조건과 연관이 있었다. 어머니는 그 '깊은 우물'에서 벗어나려 했다.

— 갑자기 떠오른 장면 하나 : 가죽 벨트를 묶은 중년의 원숭이가 작은 새끼들 셋을 발밑에 매달고, 줄에 꿰인 것처럼 "깊은 우물"에서 뛰쳐나오려 하고 있다. 그녀는 달을 건져 올리는 것이 아니다. 하지만 또 마치 달을 건져 올리는 것 같다. 달은 키 높이밖에 안 되는 하늘에서 희미하게 빛나면서, 마치 응원 구호를 이렇게 외치는 듯 : 너의 두각을 나타내어라! 너의 집안을 일으켜 세워라! 너는 장차 덕망 높은 사람이 될지어다!

내가 중학교에 입학하던 해에 우리 부모님은 살던 집을 팔기로 했다. 어머니는 안색이 굳어 있었다. 당시 어머니 마음을 난 이해할 수 있었다. 자기 집까지 팔아버린 사람이 장사할 마음이 생기겠는가.

당시 아버지는 다른 마을에서 빌려온 TV와 VCD를 들고 다니며 「바보 사령관(傻儿司令)」이라는 드라마를 방영하였다. 드라마 속 주인공이 나중에 결국 '외톨이 사령'이 되고 마는 내용을 다룬 드라마였다. 집을 판 다음 부모님은 '작은 졸병' 둘을 데리고 윈난(云南)으로 돈 벌러 떠났고, 나는 현성에 남아 공부했다. 등록금을 납부하는 날이면 나는 어깨에 집 한 채를 메고 있는 것 같았다. 내가 메고 있는 것은 대문짝과 그 위에 붙인 문신(神) 두 폭, 대들보와 아직도 잡곡 냄새가 남아 있는 맷돌, 밥을 짓는 연기가 피어오르는 주방과 일을 볼 때 자신을 가려주는 화장실, 밥을 지을 때 사용하는 검은 솥이나 땔감용 칼 한 자루 등이다. 그 외에도 패배자의 시선을 하고 있거나 몸에서는 '깊은 우물'에 비춘 달빛의 냄새가 날 수도 있다. 이런 모습 때문에 친구들은 나를 냉담하거나 속마음을 짐작할 수 없는 사람으로 여겼다.

먼 훗날 누군가 부모님이 작은 졸병 둘을 데리고 떠날 때 울지 않았냐고 물었다. 나는 울지 않았다고 대답했다.

먼 훗날 어머니도 그날 왜 안 울었냐고 물었다. 나는 울기 싫어서라고 대답했다.

어머니는 상심한 표정을 지으며 한숨을 쉬었다. 그러면서 나에게 마음이 독하다고 했다.

'깊은 우물' 속에서 지낼 때 우리는 사면으로 둘러싸인 비탈을 따라 네 번이나 이사를 했다. 마치 개구리가 우물 벽을 따라 뛰어다니듯이 말이다. 후에 개구리는 습관적으로 뛰어다니길 좋아했고 밖에서도 '깊은 우물' 안에 있을 때의 심정으로 모든 걸 대했다.

이모네 집에 얹혀살 때 나는 이 집의 딸로 살려고 무진 애를 썼다. 이모네는 딸이 없기 때문이다. 그동안 우린 정말 모녀처럼 지냈다. 이모는 장 보러 갈 때도 나를 데리고 다녔다. 그리고는 삐죽이 나온 내 입술을 만지면서 "나온 입에 기름병을 걸어줄까?" 아니면 "누가 돈을 빌리기라도 했니?"라고 말을 걸기도 했다.

이모는 뜨개질을 할 줄 알았다. 하루는 이모가 떠준 스웨터를 입고 기다란 골목길을 걸었는데, 손에는 아침밥을 이틀이나 거르면서 모은 1위안 5지아오를 쥐고 있었다. 나는 이 돈으로 사진을 찍고 싶었다. 당시 현성에는 사진관이 많지 않다 보니 한참을 찾았다. 겨우 개인사진관을 찾아 꼭대기 층으로 올라갔다. 계단은 아주 어두웠다. 구룽(古龙, 홍콩의 무협소설 작가)의 소설에서 나오는 흑점(黑店) 같은 계단을 올라갔다. 옆쪽에 아주 잘 자란 덩굴이 있었고 개나리꽃이 가득 피어 있었다. 나는 이 덩굴 아래서 사진을 찍었다. 오른손 검지로 볼을 찌르는 포즈를 취했는데 그렇게 나는 바보 같은 모습을 하고 인생의 첫 사진을 찍었다.

하지만 나는 진정 즐거운 것은 아니었다. 이모네 집은 아주 깨끗했는데 벽은 하얗게 도배를 했고 화장실에는 타일도 붙였다. 한밤중에 천장에서 모래가 떨어져 눈에 들어가는 일도 없었고 잘 때 쥐가 발가락을 무는 일도 없었으나 기분은 여전히 별로였다.

그때는 멀리 윈난에 계신 어머니가 조금 그리웠다. 장사를 해야 한다고 다짐하던 어머니였다.

어느 오후, 학교를 마치고 집에 돌아온 나는 이모네 집 마당에 앉아 햇볕을 쬐고 있었다. 오후의 태양이 춥지도 덥지도 않은 날이었다. 나는 이미 도시 생활에 어느 정도 적응된 사람처럼 식후에 산책하거나 노래를 들었고 마당에서 햇볕을 쬐기도 했다. 이때 이모가 나를 부르면서, 어머니가 오셨는데 인사도 안 하냐고 했다.

입구에 낡은 옷에 망가진 고무신을 신고 바짓가랑이에 시멘트가 가득 묻은 사람이 서 있었다. 어머니였다. 나는 어머니를 보고도 인사를 하지 않았다. 이튿날 나는 어머니를 따라 30위안짜리 월세 집으로 이사했다. 단칸방이었는데 침대나 의자가 없었고 베란다도 없었다. 방은 텅텅 비어 있었다. 어머니는 평생 처음으로 자기 집을 가져본 사람처럼 즐거운 표정을 지으며 말했다. "정말 좋구나!" 때는 이미 겨울이었고 밖에서 부는 찬바람이 창문 틈으로 새어들었다. 우리는 근교에 가서 짚으로 엮은 깔개를 사 왔다. 그 위에 윈난에서 가져온 시트와 이불을 펴 놓았는데 그곳에서 시멘트 냄새가 났다. 이렇게 우리 모녀는 함께 생활을 시작했다. 어머니는 아버지와 다투고 홧김에 나온 것이다. 넝마를 버리듯 그곳에 버리고 왔는데 얼마 안 지나서 '넝마'들도 돌아왔다. 그러나 아직 화가 풀리지 않았는지 어머니를 찾지 않고 직접 '깊은 우물'로 돌아갔다. 어떤 마음씨 착한 사람이 이들이 머물 수 있게 헛간 하나를 무료로 제공해 주었다-나중에 그 헛간을 사서 새로 집을 지었다-.

현성(县城)에서 며칠을 지낸 어머니는 다시 돈을 벌고 싶은 욕심이 생겼다. 어머니는 현성에는 돈 벌 기회가 도처에 널려 있다고 했다. 그 며칠은 저녁만 되면 돈을 벌어서 어디에 집을 지을 것인지를 계획했고, 나를 어떤 고등학교에 보낼지에 대해서도 고민했다. 그리고 내가 시집가는 날 어머니는 비단옷을 차려입고 눈이 부실 정도로 아름다운 금목걸이를 걸겠다고 했다. 그러면서 어머니는 돈을 세고 있었다. 본인이 직접 바느질한 낡은 손수건을 펼치고 그 속에 든 지폐를 세었는데 합해서 십 위안이 좀 더 되었다. 어머니는 그것을 몇십만 위안을 세듯이 돈을 셌는데 너무 힘들어서 손끝에 바람이 일 정도였다-흥분한 바람에 손이 떨렸다-.

가끔씩 우리 모녀는 말다툼할 때가 있다. 그럴 때도 현성에는 따로 갈 곳이 없다. 나한테도 어머니한테도 다 낯선 곳이었기 때문이다. 저녁이면 현성은 얼음처럼 차가운 달과 구름에 속해 있다. 달과 구름은 키 높이만큼밖에 안 되는 하늘을 벗어나 창문 밖의 하늘 쪽으로 멀리 가버렸다. 그때야 나는 세상에 그 어떤 것도 다 갈라질 수 있다는 걸 알게 되었다. 이런 이별은 그 어떤 시적(詩的)인 느낌도 없다. 그저 우리 모녀처럼 이 작은 방에서 구름과 달빛이 멀리 가듯이 현실과 멀어지는 꿈을 꾸는 것과 같다. 이 꿈은 가볍고 습기가 많았는데 마치 우리가 자고 나면 허리가 시큰거리게 만드는 짚으로 엮은 깔개처럼 느껴졌다.

하지만 창문으로 햇빛이 들어올 때도 있었다. 그럴 때면 우리는 조용히 가부좌를 하고 바닥에 앉는다. 햇빛은 어머니의 다리를 비추다가 건너와서 내 다리를 비춘다. 아주 온화했다. 그때 나는 서른 몇 살밖에 안 된 어머니 얼굴을 쳐다보았다. 그 얼굴에서 하늘의 바탕에 흘러내린 구름무늬를 보았다. 당시 나는 어떤 시인의 감성적인 시를 읽으면서 어머니가 내 다리 쪽으로 움직이는 햇빛을 보면서 "이제 됐어. 내일 우리 집으로 돌아가서 농사를 짓자꾸나."라고 말씀하시기를 기대했다.

하지만 어머니는 그 말을 하지 않았다. 매일 새벽 다섯 시면 깨어나서 나를 위해 식사를 준비한 다음 근교에 가서 귤이나 견과류를 도매로 사서, 현성의 아무 길가에나 노점을 차리고 팔았다. 어머니 손에 들려 있는 저울은 내가 애초에 짐을 등에 짊어진 것처럼 전혀 어울리지 않았다. 하지만 어느 순간 다시 힘을 얻은 것처럼 허리를 펴고 꼿꼿하게 버틸지도 모른다.

저녁에 집으로 올 때면 반드시 창문 밖 통로를 지나야 했다. 가끔 나는 그 모습을 훔쳐볼 수 있었는데 왼손에는 저울을 쥐고 오른손에는 광주리를 들고 있는 모습이 마치 넝마 장수 같았다.

일요일이면 나는 어머니를 도와야 했다. 이 일은 생각만 해도 머리가 곤두설 지경이다. 나무에 무수히 엉겨 있는 개미처럼 자잘한 숫자들, 계산의 달인쯤 되어야 할 법하다. 나는 물건 사러 온 사람들을 향해 "제발 사지 말라."고 애걸하고 싶었다.

훌륭한 장사꾼이 되는 길이 이 정도로 험난할 줄은 생각지 못했다. 어머니가 바라던 천재 조수가 되기 위해서 나는 저녁마다 등불 아래서 어머니가 숫자를 읽는 소리를 들어야 했다. 1쿠아이 7마오5, 지아, 1쿠아이 3마오3, 또, 7마오4……

아마도 내가 장사꾼 기질이 있는지 확인하고 싶으셨던 것 같다. 하루는 아침에 어머니가 "내일은 네가 나가서 물건을 팔렴. 애들이라서 운도 좋을 거야."라고 하셨다. 그러면서 미소까지 지어 보였다. 어머니는 이렇게 기분이 좋을 때가 거의 없었다.

이튿날은 비가 내린 뒤의 흐릿한 날씨였다. 나는 저울과 귤이 반쯤 들어 있는 광주리를 들고 어머니가 자주 나가던 곳에 쪼그리고 앉았다. 그곳 행인들의 눈빛이 좀 이상했다. 어쩌면 내가 귤을 파는 게 아니라 자신을 파는 것처럼 생각하는 것 같았다. 나는 그런 시선이 싫어 광주리에서 몇 발짝 떨어진 곳에 서 있었다. 행인들은 광주리 임자가 내가 아니라고 생각했는지 더는 이상한 눈길로 나를 쳐다보지 않았다. 내가 바라던 바였다. 그렇게 서 있다 보니 귤 몇 개가 없어졌다. 나보다 더 어린아이들이 훔쳐 갔기 때문이다. 귤을 훔칠 때 아이들은 무표정한 얼굴을 하고 조각상을 보듯 나를 쳐다보았다. 그 눈빛은 "내가 이렇게 훔쳐 갈 테니 올 테면 와 봐. 그리고 화를 낼 테면 내 보란 말이야."라고 말하는 듯했다.

어머니는 분명 어딘가에서 이 모습을 지켜보고 있었다. 그렇지 않으면 어떻게 갑자기 내 앞에 나타날 수 있었겠는가.

어머니는 실망 대신 여전히 나를 데리고 여기저기 돌아다니면서 귤을 팔았다. 그러면서 어떻게 귤을 자랑하고 홍보하는지를 알려주었고 방금 익힌 장사꾼들이 하는 상업적인 말들을 가르쳤다. 기분이 좋을 때면 나는 곧잘 따라 하곤 했다. 그리고 광주리 옆에서 오고 가는 행인들을 향해 "귤 사세요. 맛 좋은 귤을 사세요."라고 말을 건네기도 했다. 만약 교과서에 나오는 성냥 파는 처녀애가 이 겨울을 무사히 난다면 중학교에 진학한 후 우리 어머니를 도와 귤을 팔아도 될 것 같았다.

어머니는 작은 접의자에 앉아 있었고 나는 그 옆에 서 있었다. 우리는 그다지 꽃도 안 피는 가로수 밑에서 귤을 팔았다. 나무 아래에 그네가 설치되어 있었는데 나는 잠시 쉬면서 그네를 타고 싶었다. 하지만 어머니는 그게 무슨 재미냐고 하면서 말렸다. 고향의 산에 놀 만한 것들이 훨씬 더 많다고 하면서 굵은 등나무 덩굴가지 하나를 흔들며 다녀도 그네를 타는 것보다 훨씬 낫다고 했다.

그런데……

그네 위에 떨어졌던 낙엽이 다시 내 발밑에 날려 왔다. 나는 낙엽이 지기 전에 머물렀던 그네 쪽을 바라보았다. 사실 그 옆에 많은 아이들이 줄을 서서 기다리고 있다. 내가 가 보아도 타기 어려웠다. 하지만 나는 방법을 생각해 냈다. 누구든 그네를 탈 때면 나는 나 자신을 그 아이로 상상했고, 그 눈에 비춘 장면을 상상했다. 그러면 내 눈에는 이 현성 너머의 것이 보였고, 이 나무보다 더 높은 나무가 보였으며, 더 넓은 하늘이 보였다. 너무 기뻐서 깔깔대며 웃기라도 하면, 어머니는 내 옷자락을 잡아당기며 "너 미쳤니?"하고 말했다.

그 일은 생각만 해도 기분이 잡친다.

그 일, 더 재수 없는 일이 생기기 전까지 나는 어머니가 건네준 못생긴 귤을 먹고 있었다. 난전을 차리고 과일 장수로 살다 보면 항상 썩거나 못난 과일만 먹게 된다.

갑자기 우리 앞에 사람들이 나타났다. 이들은 어머니의 저울을 빼앗고 광주리도 뒤엎어버렸다. 쏟아져 땅바닥에 굴러다니는 귤은 마치 '깊은 우물(深井)' 속에 이따금 내리는 우박 같았다. 어머니도 나처럼 처음 겪는 일이었다. "너무 무서워!"라고 말하는 어머니 눈길은 분노로 차 있었다. 하지만 그 속에서 비천하게 용서를 구하는 걸 느낄 수 있었다. 이런 표정은 가끔 절에서만 볼 수 있었다. 어머니는 절대 무릎을 꿇고 사정하지 않을 것이다. 하지만 상대방이 저울을 돌려 주기를 바랐다. 그녀의 가련한 표정이 먹혀들었는지 이들은 저울은 놔두고 저울추만 빼서 들고 갔다.

그날 우리는 저울추가 빠진 저울과 껍질이 상해버린 귤 반 광주리를 들고 골목으로 들어가 숨었다. 어머니는 "심장이 다 튀어나올 것 같아. 빨리 도망가자."라고 했다. 잠깐 있다가 골목을 빠져나온 다음 어머니는 그 사람들의 행방을 사전에 알기 위해서 나더러 그네를 타고 노는 척하면서 잘 살피라고 했다. 그렇게 나더러 보초를 서게 한 다음 어머니는 골목 깊숙한 곳에서 상한 귤들을 계속 팔기 시작했다. 아무라도 그 귤을 사겠다고 하면 어머니는 돈 몇 푼에 전부 다 가져가게 할 거라고 나는 단언할 수 있었다.

그네에 올라타니 갑자기 몸이 한결 가벼워진 것 같았다. 바람 때문에 낙엽이 의자 위에서 맴돌고 있었다. 그 사람들은 이미 멀리 가고 없었다. 하지만 나는 일부러 그들이 가까이에 있는 것처럼, 내 속눈썹 위에서 푸드득푸드득 발걸음을 내딛는 것처럼 꾸몄다. 목구멍으로 진흙과 모래 맛이 밀려 올라왔다. 분명 골목에 숨을 때 너무 빨리 걷다 보니 입을 벌리고 있어 바람이 우리 입속으로 흙모래를 가득 떠 넣은 게 분명했다.

어머니는 골목 안에 서 있었다. 그곳은 햇빛이 전혀 들지 않아서 어머니는 연신 두 손을 비볐다. 그렇게라도 추위를 이겨내려 했다. 나는 그네에 너무 오래 앉아 있는 탓인지 머리가 어지러웠다. 빨리 어머니한테 가서 말하고 싶다. "됐어요, 집에 돌아가서 농사나 지읍시다." 감히 입을 열지 못했다.

그날 저녁 비좁은 집으로 돌아온 우리는 밥도 먹지 않고 있었다. 밤중에 어머니 배에서 꼬르륵, 하는 소리를 들었다. 내 배에서도 따라서 꼬르륵, 하고 소리가 났다. 나는 용기를 내서 말했다. "어머니, 우리 고향으로 돌아가서 농사를 지어요. 이런 말도 귀신놀이 같은 장사는 더 이상 하지 말아요."

어머니는 대답이 없었다. 그저 몸을 돌리고 베개 밑에서 마른 쏸차이를 한 조각 찾아서 입에 넣고 씹기 시작했다.

그날 밤 창밖에서는 찬바람이 세차게 불었다. 우리 모녀는 추위를 덜기 위해 머리를 마른 쏸차이 냄새가 가득한 이불 속에 파묻었다. 순간 나는 '깊은 우물' 안에서 살 때가 그리워졌다. 그곳에서는 비록 넓은 하늘과 번화한 도시를 볼 수 없지만 산에 오를 수 있었다. 산꼭대기에 있는 설송(雪松)나무숲 맞은편에 자잘한 야생화가 피어 있는 덩굴이 청강(靑冈)나무에 얽혀 있었는데 그곳은 천연적인 그네 터였다. 높은 곳에 서서 우리가 살던 곳을 내려다보면, 그것은 불규칙한 반원형으로, 마치 둥지 같았다. 나는 어머니가 농사짓던 밭을 상상해 보았다. 지금쯤이면 다른 사람들이 그 밭에 밀을 가득 심었을 것이고 얼마 지나지 않아 밀이 익을 즈음이면 다른 집 어머니가 그 밭에서 허리를 굽히고 황혼빛 속에서 밀 이삭을 줍고 있을 것이다.

이튿날 어머니는 또 노점에서 과일을 팔러 나갔다. 그러면서 길은 자신이 만들어 내는 것이라고 했다.

나는 어머니가 나를 데리고 나가지 않은 것에 대해 무척 고맙게 생각했다. 어머니는 매일 혼자서 저울과 광주리를 들고 과일을 팔러 나갔다. 한동안 어머니는 혹시라도 마루가 부서질까 봐 아주 조심스럽게 걸어 다닌다. 나중에 알고 보니 어머니는 집주인이 모르게 다니려고 애를 쓴 거였다. 집세가 한 달이나 밀려 있었기 때문이다.

빚쟁이로 산다는 건 괴로운 일이었다. 나도 따라서 조심스럽게 걸었고 집에 들어서자마자 신발부터 벗었다. 나는 아래층에도 주위에도 사람이 살지 않고 현성 전체가 텅 비었다고 여기고 싶다. 나와 어머니 그리고 내가 앉았던 그네와 잎이 떨어져 버린 나무뿐이고 그날 아무 일도 발생한 적이 없었다고 믿고 싶다. 비록 머릿속에는 골목에 숨은 어머니가 온몸을 움츠렸던 모습이 자꾸 떠올라도, 껍질이 벗겨져 못 팔게 된 귤이 내 위에서 달콤한 냄새를 풍긴다고 가정했다. 내가 수돗물에서 흐르는 생수를 마실 때, 녹슨 맛이 혀끝에서 달콤하게 퍼졌다. 이런 상상 속에서 나는 우리가 조용히 모녀로서 살아갈 수 있다고 느꼈다. 이런 상상은 우리 모녀가 평온한 삶을 이어갈 수 있게 한다. 혹시라도 창문을 뚫고 햇볕이 비추면 어머니는 나의 맞은편에 가부좌를 하고 나도 같은 자세로 반대편에 앉는다. 그리고 우리가 앉아 있는 곳을 이모네 넓은 마당이라고 생각하고 그 스웨터도 엄마가 떠준 것으로 가정한다…….

이제 나의 이야기도 끝날 때가 되었다. 왜냐하면 빚으로 쪼들리던 뛰어난 장사꾼은 드디어 자신이 뼛속부터 농민이었다는 걸 깨달았기 때문이다. 어머니가 저울을 메고 있는 모습은 마치 땅을 파는 호미를 메고 있는 것 같았고 의외로 저울추를 빼앗겼을 때는 들고 있던 호미가 단단한 돌에 부딪히면서 부러진 것 같았으며 그리고 팔지 못한 귤은 가뭄으로 말라빠진 농작물 같았기 때문이다.

어머니가 현성을 떠나던 날 동창생 친구가 물었다. "네 어머닌, 귤 장사를 그만두었니?" 나는 사진 한 장을 꺼내 들었다. 제 얼굴을 검지로 가리키며 찍은 사진 속 녀석을 보여주면서 말했다. "이 사진은 어머니가 귤을 팔아서 찍어준 사진이야, 알겠니?"

인간에 대한 애정과 세대를 이어가는 삶의 숨결

염창권_ 시인, 문학평론가

『처마에 걸린 달(檐上的月亮)』(광서사범대학출판사, 2019)은 아웨이무이뤄(阿微木依萝)의 대표적인 산문집으로 에세이를 비롯하여 장르적 성격이 혼재된 글 32편이 수록되어 있다. 작가는 이 산문집으로 중국의 4대 문학상 중 하나인 제12회(2016 – 2019년 출판) 전국소수민족문학창작 준마상(骏马奖) 산문 부문에서 수상하였다(2020년). 이로써 그는 지역 작가에서 일약 중국의 중견작가 작가의 반열에 오르게 된다. 중국의 4대 문학상에는 마오둔 문학상(茅盾文学奖), 루쉰 문학상(鲁迅文学奖), 라오서문학상(老舍文学奖), 그리고 준마상(骏马奖) 등이 있다. 이 가운데 라오서문학상(老舍文学奖)은 2년 주기로, 나머지는 4년 주기로 출판된 작품집을 대상으로 수상작을 결정한다. 준마상은 중국 소수민족문학의 가장 높은 수준을 대표하는 상으로, 아웨이무이뤄의 작품들이 소수민족의 정체성을 가감 없이 문학적 형상화의 바탕이자 원형으로 삼아온 것에 대한 보답이라 하겠다.

유년과 성장기의 기억과 서사
-「처마에 걸린 달(檐上的月亮)」

표제로 내걸린 작품「처마에 걸린 달(檐上的月亮)」은 유년기의 기억을 향토적 서정과 상징으로 풀어낸 기억의 서사이다. 시적 산문이라 불릴 만큼 함축적이며, 치밀한 묘사를 통한 극사실적인 풍경이 압권이다. 시간적 순서에 따른 기억의 서사이지만, 긴밀한 압축과 플롯을 통과하면서 한 편의 성장소설이나 사소설을 읽는 것처럼 흥미진진하다. 전체적으로 신체적 상징을 나타내는 일곱 개의 단어를 중심으로 자의식이 강한 소녀를 둘러싼 유년기의 주변 인물들을 불러낸다. 인물들을 대표하는 단어들을 정리하면 다음과 같다. "머리카락(发)-할머니, 눈(眼)-큰어머니, 코(鼻)-셋째 숙모, 입(嘴)-진 씨네 할머니, 귀(耳)-큰아버지, 허리(腰)-비투네 어머니, 어깨(肩)-어머니" 등이다.

이와 관련된 옛일은 다 할머니가 알려주신 것이다. 할머니는 이야기할 때마다 그 사람들의 몸짓과 말투를 생생하게 흉내를 냈다. 셋째 숙모의 일을 묻는 사람들도, 할머니의 흉내와 똑같이 몸짓과 말투를 따라서 했다. (「처마에 걸린 달」)

위의 인용은, 구비전승(口碑传承)을 통해 이루어지는 구어적 기억의 재생산 방식을 나타낸다.[*] 이로써 개인적인 기억이 공동체의 기억에 편

---

[*] 일본 작가, 오에 겐자부로의 『MT와 숲의 이상한 이야기』에도 이와는 다르나 특수한 구비전승의 방식이 보인다. 이들의 배경에는 글을 모른다는 공통점에 바탕을 둔 공동체적 삶이 자리하고 있다.

입되면서, 이족의 문화가 되고 더 나아가 통합된 정체성의 바탕을 이루게 된다.

각 인물의 신체성을 드러내는 단어를 상징으로 하여, 개인적인 신체적 결함을 비롯하여 생활의 끈기, 지참금·도피혼·납치혼 등 이족 결혼 풍습, 그리고 가족 관계에서 오는 갈등을 비롯한 생활사의 풍속들이 파노라마처럼 펼쳐진다.

산골 공동체 마을에서 한 소녀가 자의식에 눈을 뜨면서 성장기를 거쳐온 내력이 정감적인 문체에 실려 있다. 이 시절은 생계의 고통에 직면하기 이전의 동화적인 세계에 해당한다. 즉 그의 유년기는 공동체 주변 인물들의 말과 평판을 통해서 내면화되어 가는데, 그 자체로 강력한 정체성을 형성하는 원형적 바탕을 이룬다. 여기까지는 한 소녀가 소(초등)학교에 입학하기 전까지 내·외적 성장을 이루어가는 과정이 기술되어 있다.

뒤에 이어지는 「낙엽」은 최초의 마을 이주자인 넷째 삼촌의 가계를 통해 회고하는 '떠도는 이족들'의 현재이자 자화상이다.

넷째 삼촌은 아버지의 막냇동생이다. 그는 촌민들 중 처음으로 마을을 떠난 사람이다. …… 내 나이 31살이 된 지금까지 그는 약속을 지키지 못한 상태이다. 어쨌거나 당시 약속을 나는 지금까지 기억하고 있으니. 넷째 삼촌이 나한테 만년필 한 개의 빚이 있다고 생각해 온 것이다. (「낙엽」)

위의 인용으로 미루어 작가가 31세인 2012년경에 이 글을 쓴 것으로 추산된다. 16세 이후에 보부상이나 농민공으로 10여 년을 떠돌다가 글쓰기를 시작하여, 공장 노동자이자 시를 쓰는 남편과 만나 결혼을 한 이후로 온전히 전업 작가의 길에 들어선 것으로 보인다. 그러므로 작가의 실제 체험에서 비롯된 생생한 경험적 현실이 『처마에 걸린 달(檐上的月亮)』의 신빙성 있는 바탕이 된다고 하겠다.

> "분수에 맞게 농사를 짓는 게 아니라 밖에서 양아치 노릇이나 하니 망나니가 따로 없군! 어느 다리 밑에서 넝마를 주워서 살고 있는데, 정신이 이상한 여자와 함께 지낸다고 하더군." (「낙엽」)

이와 같이, 작가는 농촌공동체 사회와 풍습이 허물어져 가는 출발점에서 가족사적인 애환을 겪는다. 1990년 전후로 진행된 개혁개방의 파고와 이주에 따른 두려움과 호기심 등이 공동체 사회의 곳곳에 스며들어 있다. 이들의 '떠난 자'에 대한 비난은 결국 위축된 자아에 대한 방어기제가 아니었을까. 그 이후로 30여 년이 지난 오늘의 중국은 생산 체계의 변혁과 함께 그 이전에는 상상할 수조차 없는 수준으로 사회적, 개인적 생활의 변모를 가져온 것으로 보인다.

이 책에 수록된 나머지 30편의 작품들은 앞의 두 편 글(유년기~결혼) 사이에 삽화처럼 끼워진 것으로, 작가의 초등학교 시절부터 고향을 떠난 뒤의 보부상 및 편직 공장 시절, 그리고 결혼 생활 전후에 전업 작가로서 생활하기까지 삶의 내력들이 구체적 질감을 동반한 채 생생하게 기술된다.

산골 마을 인물들의 일대기

– 「가뭄 든 땅(旱地)」, 「라이더(骑手)」, 「파오마산(跑马山)」

산골 마을의 공동체적 삶에서 탈출하고자 하는 욕망은 모두 척박한 자연환경에서 오는 고통과 이에서 비롯된 인간적 불화에서 기인한다. 산골 마을의 삶에서 가뭄과 홍수는 하늘이 내리는 재앙과도 같은 것이다. 특히 가뭄은 생의 에너지를 고갈시키고, 인간적 조건마저 땅바닥에 내려놓게 하는 혹독한 노동을 강요한다. 산맥을 따라 산 중턱에 띠를 이루며 조성된 마을들의 형편은 대략 비슷한 생존 환경에 놓여 있다.

이곳은 비가 억수같이 쏟아질 때도 있지만, 땅 이름인 마오포(毛坡)를 떠올리도록 오랜 가뭄이 들 때가 있다. 마오포는 량산(涼山) 깊은 곳에 있다. 우뚝 솟은 산 두 개 사이에 깊은 골짜기가 형성되었고, 산 중턱에 위치하여 있다. (「가뭄 든 땅」)

산맥 속의 작은 마을들은 대부분 완만한 협곡에 조성되다 보니 사방은 높은 산으로 둘러싸여 있다. 길 한 갈래가 한쪽은 시가지로 통했고, 다른 쪽 끝은 더 외진 현성(县城)이나 작은 진(镇)으로 향했다.

내가 사는 작은 진은 긴 강과 높은 산 사이의 좁은 지대에 있었는데 그 모양은 먹다 남은 사오빙(烧饼, 전병) 반 조각처럼 생겼다. (「라이더」)

'파오마산(跑马山)'의 지세는 매우 흥미롭다. 해발은 약 이천삼백 미터, 산꼭대기는 자연스럽게 움푹 패어 소용돌이 같은 깊은 골짜기를 이루고 있다. 이 골짜기에 작은 마을이 자리 잡고 있다. 산에 오르려면 먼저 산에서 내려가야 골짜기 안으로 들어갈 수 있고, 산에서 내려오려면 먼저 산을 올라야만 골짜기에서 나올 수 있다. (「파오마산」)

비투네 어머니는 젊었을 때 라오까오산(老高山)에서 살았다. 그곳 여자들은 모두 물을 머리에 이고 날랐는데 소처럼 머리에 멜빵 줄을 걸었고 그 뒤에 물통이 달려 있었다. 산길이 험하고 미끄러워 걸을 때면 발가락으로 땅을 꼭 잡아야 했기에 그녀의 발가락은 목수가 처마도리에 박는 고리못처럼 변형되어 있었다. (「처마에 걸린 달」)

위의 인용에는 마오포, 파오마산 두 개의 지명이 나온다. 이 가운데 「가뭄 든 땅」과 「라이더」에는 산골 마을에서 생을 이어가는 인간 군상들의 모습이 적나라하게 드러난다. 작가의 고향으로 유추되는 공간 중에서 마오포는 가장 구체적인 지명으로, "처마에 걸린 달"과 같은 고산지대(高山地帶) 생존 환경에서의 노동과 생활상을 묘파하고 있다. 이에 비해 「파오마산」은 상인 친구를 따라 비슷한 산골에 자리 잡은 또 다른 이족 마을을 방문했던 기록이다.

「가뭄 든 땅」에는 척박한 산골 마을에 살아가는 인간군상들의 생활이 "아뉴(阿牛) 어머니"의 일대기를 중심으로 펼쳐진다.

밤에 풀 베러 나가는 사람들도 낮에 물을 짊어진 사람들만큼이나 길게 줄을 섰다. …… 어둠 속에서 유령처럼 풀을 짊어지고 돌아오는 여인들은 낮은 소리로 노래를 불렀다. 달빛이 이들이 짊어진 풀잎 위에 떨어졌다.

또 몇 집이 이사를 했다. 이들은 전에 떠났던 사람들보다 더 결연
했다. (「가뭄 든 땅」)

이와 같은 환경적 조건 속에서도, 이곳에 남아 살기를 원하는 사람
들의 의지를 꺾지 못했다. "처음 이곳에 정착했던 조상들의 강한 의지
가 이들의 뼛속에 깃들어 있는 것 같다." 이들은, 산골의 공중에 불어온
바람을 타고 운명적으로 이곳에 뿌려진 씨앗과도 같다. 세대를 거듭하
며 종족의 삶을 이어온 것은, 조상에 대한 존중이며 그 자체로서 삶의
가치를 누리거나 증명하는 일이었을 것이다. 만약 외부 세계의 침투가
없었다면, 이들의 삶은 그 자체로 풍족한 상태일 수 있다.
「라이더」에는 별명이 "차이빙(菜饼) 선생"인 재능 있는 청년과 그의
동생이자 "나의 동급생인 얼부(尔布)", 그리고 그들의 어머니인 "지즈(吉
芝) 아줌마"로 이어지는 오토바이 "기수(骑手)"에 관한 인물들의 일대기
가 등장한다. 여기서 제목으로 내세운 "기수(骑手)"는 생존 조건과도 관
련된 상징적 매개물이다. 이와 같은 제목의 중의적인 장치는 다른 작품
에서도 동일하게 은유나 상징적인 의미로 사용된다.

이곳에서 살면 돈이 많을 필요는 없다. 하지만 너무 가난하게 살
다 보면 삶이 그대의 살가죽을 벗기거나 한 줌의 재로 만들어 버린다.
그렇게 되지 않으려면 차이빙(菜饼, 야채 전병) 선생처럼 라이더(骑手,
배달기수)로 살아야 한다.

차이빙 선생은 트릴(trill)을 쓸 줄 알았는데 예술적 감각이 뛰어나서 천재적인 유랑 가수처럼 느껴졌다.

그가 노래를 부를 때면 고개를 위로 젖히고 목젖이 돌덩이를 삼킨 듯 부풀어 올랐다.

머리칼을 짧게 자르고 학생다운 모습으로 거리와 학교 근처를 돌아다니는 모습은 사람들로 하여금 허탈감을 자아내게 하였다. "저런 인재는 응당 다른 곳에서 살아야 하는데, 산속이 아닌 다른 곳……, 아주 먼 곳에서 살아야 하는데……" (「라이더」)

주변 인물들은 특출한 인물이 외지 공간에서 성공하기를 바란다. 이는 자신의 한계를 스스로 인정하고, 공동체적 사회에서 자신이 품고 있는 삶의 가치를 다른 사람이 실현시켜 주기를 바라기 때문이다. 즉 정신 승리법으로서 대타적(对他的) 자기실현이다. 그러나 "차이빙(菜饼) 선생"이 진출한 곳은 고작 "인근 현성(近的县城)"의 범주에 국한되었다. 그는 그곳에서 외래문화 중 대중문화의 일부를 수용하였을 뿐 그 이상의 진전이 없었다. 그러니 그의 귀향은 필연적이었고 그 이상의 진전이 없는 상태로 생을 마감한다. 이에 비해 그의 동생 얼부(尔布)는 생활의 조건을 바탕으로 외부 세계로 진입하지만, 그 이후는 독자로서는 알 수 없다.

이 책에 수록된 작품 중에서, 「가뭄 든 땅」 「라이더」는 중국의 소수민족인 이족의 생활상을 엿보는 백미(白眉)에 가까운 작품들이다.

노마드 : 떠도는 이족들
– 「보부상 삼인(走族 三章)」, 「이용원(理发店)」, 「떠도는 이족들(浪漫的彝人)」, 「유
목민(游牧者)」

여기서 노마드(유목민)가 갖는 의미는 한정적이다. 이들은 생계형 방
랑자들이다. 즉, 떠돎을 업으로 하는 진정한 유목민이다. 위의 네 작품
에는 작가가 차례대로 거쳐온 삶의 역정을 보여준다.

먼저 자본금이 없는 상태에서 가장 쉽게 생계에 접근하는 방법은
노점상이다. 다음은 비숙련공으로서 보조공[흔히 말하는 시다바리
(shidabari)]의 역할이고, 이 과정에서 어깨 너머의 배움을 통해 숙련공
으로 발전되어 간다. 그러나 이는 정규 교육의 일환이 아니라, 직업 세
계에 진입함으로써 개인적인 역량에 따라 거쳐 가는 과정일 따름이다.
이러한 사회화의 과정에서 중요한 것은 문식성(literacy)의 힘이다. 즉
사태를 이해하고 문자적 기억/기록을 통해 실천에 이르는 과정에서, 도
구로써 기초적인 문식성이 필요한 것이다. 우리나라에서는 이를 초등
학교 3학년까지의 성취 기준으로 설정한다. 중국에서는 말이 통하지
않는 소수민족의 언어 및 지역 방언, 한자어 표기를 통한 보통화(普通话,
표준어) 학습 등을 고려하면 적어도 초등학교 졸업 수준은 되어야 할 것
이다. 기초적 문식성이 획득된 이후부터는 스스로 글을 읽고 사태를 이
해하여 판단하고 행동하는 것이 가능해진다.

이 글에 나오는 중국 사회에서, 직업 진출의 기회가 학력의 요구 사항에 따라 받아들여지거나 좌절되는 경우가 생기는 까닭이다. 글의 내용에서는 아직 무상의 의무 교육이 일반화되지 못한 상태이다. 이는 거대한 중국의 영토 내에서 지역사회의 역량에 따라 달라질 수 있는 환경적 요소임이 분명하다. 특히 소수민족의 산골 마을에까지 국가적 영향력이 고르게 파급되기에는 어려움이 있을 것이다.

16살은 하나의 문턱과도 같다. 그 문턱에서 우린 서로 엇갈렸다. 모녀의 정은 그 이후로 공백기였다. (「어머니(母亲)」)

「보부상 삼인」에 나오는 주변 인물은 작가 또래의 "배를 파는 샤오훙", 시앤위샹 거리의 "왕 아주머니"와 "장 씨", 사리분별력이 부족한 "스물아홉 살 수메이메이" 등이다. 작가의 자전적 체험인 만큼 보부상 거리와 생활상들이 핍진하게 그려진다.

라오위가 한 해에 신발을 몇 컬레를 신는지 물어보니 수메이메이가 손가락을 세워가며 계산하더니 열다섯 짝이라고 대답했다.
왜 한 짝이 부족하지? 그녀의 해석은 이랬다. 한 짝을 잃어버리거나 해어지거나 쥐가 물고 가 버리면 새로 한 컬레를 사서 짝을 맞춰 신는다. 그러다 보면 점차 비슷해져 낡은 신발처럼 보이기 때문에 신발 세 짝을 바꿔가면서 신을 수 있다. 물론 번갈아 신는 쪽은 한 짝, 즉 한쪽 발뿐이다. (「보부상 삼인」)

「떠도는 이족들」은 불시에 찾아든 고향 친구인 "즈가(子嘎)"와 신혼인 그의 아내 이뉴(依妞)가 직장을 찾고 도시에 정착하기 위해 고군분투하는 내용이다.

나는 그런 이뉴를 바라보며 많은 생각에 잠겼다. 그녀는 마치 높은 산 위의 괴로운 메밀꽃처럼, 이 여름밤의 산들바람 속에서, 낯선 땅 남의 집 방 안에서, 마음속에 수다한 고민을 안고 있는 것 같다.

"나도 말하고 싶어. 하지만 나는 한어를 모르고, 보통(东/通)화도 못 한단 말이야." 이뉴는 이족 말로 나한테 설명했다.
나는 그녀를 탓할 생각이 없었다.

편직기를 다루는 일은 육체노동이었다. 하지만 힘만 있다고 할 수 있는 일도 아니다. 도면도 볼 줄 알아야 하고, 바늘의 개수도 알아야 하며, 표기할 줄도 알아야 했다. 하지만 이뉴는 이런 걸 몰랐다. 산수 실력이라 해 봤자 머릿수건 안에 보관하고 있는 153위안 2지아오를 셀 수 있는 정도였다. (「떠도는 이족들」)

소통되지 않는 슬픔은, 이들을 궁지에 몰고 사회적 적응을 더욱 어렵게 만든다. 준비되지 않은 상태로의 노동력은 값싼 일거리로 몰릴 수밖에 없다. 작가인 "나" 또한 비숙련공으로 노점상이나 벽돌 나르기 등의 일을 했으며, 나중에는 숙련공으로 편직기를 다루는 일을 한다. 여기까지는 작가가 타지를 떠돌면서 친구를 사귀고, 이웃들과 협력하며 자신의 인생을 개척해 가는 생활 및 생존으로서의 서사에 해당한다.

「유목민」은 떠돌이 생활을 회고하는 지점에서, 인간인 이상 모두가 "유목민"이라는 보편적 진리를 들추어낸다. 아마도 작가의 나이 30대 초·중반쯤으로 보이는 이 시기에, 남편은 수시로 귀향에 대한 원망(願望)을 내비쳐 보이며, 나의 내부에도 본향에 대한 향수가 드리워져 있다.

이곳에 살기 시작한 이듬해부터 많은 글을 썼다. 이 글들이 다른 사람들에게는 아무런 가치가 없을지 모르지만, 내게는 삶의 여정이었으며 반평생을 유목하며 남기는 발자취이다.

나의 반평생을 되돌아보면 공장의 작업 라인과 이용원 그리고 니트 공장의 풀기 어려운 실타래 앞에서 많은 시간을 보냈다. 나는 퉁샹(桐乡), 우전(乌镇), 푸양(富阳), 저우치왠(洲泉) 등을 종종 머릿속에 떠올려 본다.

나는 이곳에서 3년을 살았다. 그동안 제일 멀리 가 본 곳이라야 동관문학원(东莞文学院)뿐이다. 그곳에 갔다가 하마터면 길을 잃을 뻔했다. 나에게 익숙한 곳은 주변의 채소를 파는 재래시장 정도이다. (「유목민」)

작가가 위치한 곳은 동관(东莞)이라는 거대 산업도시이다. 이곳에서 작가는 3년을 더 일하다가 전업 작가의 길에 들어선 것으로 보인다. 작가가 글을 통해 보여주는 농민공(农民工) 시절은 여기에서 끝난다. 글에 보이는 "동관문학원(东莞文学院)"은 작가가 이곳에서 수업을 받았는지 아닌지는 알 수 없으나, 작가가 의지하고 연대할 만한 프로그램을 운영하고 있음이 분명하다. 우리와 비교하면, 대학부설 교육기관으로 '평생(사회)교육원'과 같은 기능을 가진 것으로 추정된다.

이 밖에도 「인연(缘分)」에서 자기 또래 청년들과의 순수한 교우와 이별, 「파란 모자(蓝帽子)」, 「견마잡이(马前卒)」에서 공장 노동자인 남편이 집단에 소속된 모습, 그의 꿈, 그리고 현실적 한계 상황 등을 냉철하게 서술한다.

한편으로, 작가와 동등한 환경에서 성장한 주변인들, 그들의 허위와 어리숙함은 쉽게 발각된다. 그럼에도 작가는 그들을 조롱하고 논평하기보다는 그들이 가진 어쩔 수 없는 현실을 수긍하고 애정 어린 시선으로 어루만진다. "세상의 마을들은 다 비슷한 일을 겪는 것 같다. 그 사람, 그 사건들은 계속 반복되는데 그저 마을만 바꾸어 나타날 뿐이다."(「기차 안의 남자」) 이는 다민족 사회에서 소수민족이 유구한 역사적 시련 속에서 다져온 생명력과 작가의 폭넓은 세계관이 어우러져 발현된 것이 아닐까.

주술적(咒术的) 리얼리즘 : 일상 속의 환몽(幻梦)
- 「야맹증(夜盲症)」, 「실종자(失踪者)」

라틴아메리카문학의 특징 중 하나를 마술적 리얼리즘이라 했을 때, 이를 동양적 세계관의 입장에서 해석한다면 주술적 리얼리즘이라는 용어가 적합하겠다. 작가의 작품 속에 헤르만 헤세, 프란츠 카프카 등의 독서 흔적이 보이는데, 이 부분에서는 카프카의 영향이 크다고 볼 수 있다.

우선 유럽의 '그로테스크'가 괴기스러움으로 일상에 충격을 주고 그 틈을 벌린다면, 라틴아메리카의 마술적 리얼리즘이나 동양의 주술적 리얼리즘은 초자연적, 초현실적인 사건들이 일상성 속에 자연스럽게 섞여 있다. 전자인 마술적 리얼리즘이 종족의 기억과 반복에 관한 서사라면, 후자인 주술적 리얼리즘은 '기묘함'의 방식으로 개인 혹은 공동체의 일상적 삶의 배면에 그림자처럼 스며들어 있다.

그렇다면, 동양적인 주술적 리얼리즘, 혹은 기묘함은 어떻게 발생하는가. 이론적으로, '이야기가 전달하는 섬뜩함(프로이드), 어두운 본능적 충동의 표현과 상상적 참여를 통한 사회적 금기의 심리적 일탈(존더겔트), 자연적인 해석과 초자연적인 해석 사이의 망설임(토도로프)' 등과 같이 현실계와 다른 질서를 갖는 상상계를 인정하고 그 규칙에 순응하는 독자의 태도를 통해서 그 '기묘함'의 분위기는 전달되거나 동참할 수 있게 된다. 오른쪽 거울에 비친 흰 얼굴이 현실의 투영이라면, 왼쪽 거울에 투영된 어두운 그림자는 환(幻)이거나 운명이거나 저승과 같은 무의식적인 그림자이다. 그러므로 이 기묘함의 그림자는 일상적 사건과 분리되어 있지 않다. 다음을 보자.

인형들은 손을 흔들 수 있었고, 그럴 때마다 찰랑찰랑 소리가 났다. 그는 여전히 곤충과 장미꽃 모형 뒤에 앉아 혼을 부르기라도 하듯이 쉴 틈 없이 손을 움직였다. 그 모습은 자기가 엮은 인형들의 손 같았다.

그는 장인이 아니라 '혼을 부르는 자'일 수도 있다. (「장인」)

울고 있던 남자의 어깨는 어느새 차창에 가려진 그림자에 묻혔다. 그 몸의 반은 등불에 노출되었고, 다른 반쪽은 차창에 바짝 붙이고 있었는데 그 부분이 검은 사막처럼 느껴진다. 그 검은색은 창밖의 어두움과 뒤엉켜 하나가 되면서 마치 근친(近親) 사이처럼 보인다. (「기차 안의 남자」)

나는 물론, 나 자신을 속이고 싶었다. 나는 친구가 그렇게 갑자기 말끔하게 죽었다는 사실을 믿을 수 없었다. …… 다시 친구를 보니, 그는 두 발로 걷는 게 아니라 땅에 누운 채 미끄러지듯 움직이는 것처럼 보였다. (「되돌아가는 길」)

일상의 기묘하고 섬뜩한 장면들이다. 인형의 손은 수공예인의 손일 수도 있고 죽음을 부르는 자의 손일 수도 있다. "울고 있던 남자"는 반쯤 정신이 나간 사람이자 이미 죽은 사람일 수 있다. 「되돌아가는 길」에서는 죽었다고 들었던 그가 찾아왔다. 살아 있는 그가 온 것인지, 죽은 뒤에 그의 혼이 찾아온 것인지 알 수 없다. 우리는 환몽 속에 살면서 일상이라 여기는지, 일상 자체가 환몽인지 알 수 없다.

「야맹증(夜盲症)」, 「실종자(失踪者)」는 극적(劇的)인 플롯을 가지고 있다. 연극 무대처럼 거미줄이 처진 어두운 복도를 지나서 다시 만난 야맹증을 앓는 두 남녀, 연립 주택의 복도에서 열쇠 구멍으로 들여다보는 시선과 실종자 그리고 스스로가 실종 상태인 줄을 모르는 복도에 모여 있는 사람들, 작가는 우의(寓意)적인 방법으로 고독한 실존자들이 야기하는 기묘한 상황을 극화하여 보여준다. 「실종자」에 나오는 남편의 기묘한 모습은 아웨이무이뤄 버전으로 또 다른 모습의 '그레고르 잠자'이다.

이 책은 중국 이족(彝族) 출신 여성작가 아웨이무이뤄(阿微木依夢)의 준마상(骏马奖) 산문 부문 수상 작품집이다. 우리의 장르 구분에 의하면 수필로 분류할 수 있는데, 압축적인 기억의 서사와 긴밀한 플롯을 통과하면서 자의식이 강한 소녀의 자전적 성장기, 혹은 사소설과 같은 장르적 성격을 겹쳐 입게 된다. 시적 문체로 평가받는 그의 작품들은 전체 작품을 지배하는 상징적 단어와 은유적인 표현, 그리고 일상을 넘어선 환몽(幻梦) 등이 개입하면서 복합적인 의미망을 구축한다.

개혁개방기에 도시로 이주한 청년 군상들의 애환과 고투가 한국의 도시화 시기와 20여 년의 시차를 두고 전개된다. 극사실적인 묘사의 치밀함, 은유, 주술적 세계와 환영, 인간에 대한 애정을 바탕으로 폭넓게 조망하는 역사관 등은 작가의 세계관이 일상의 사실성에 기반하면서도, 생명력의 추동과 삶의 긍정에 닿아 있음을 보여준다. 척박한 환경 속에서도 세대를 이어온 소수민족이 가진 인내심과 문화적 원형들, 그리고 생의 지난함을 극복하는 낙천성 등이 이 책에서 모두 읽힌다고 하겠다.

에필로그

지난해(2025) 봄에, 나는 광시(广西)사범대학에서 외국인 교수로 두

학기째 강의 중이었다. 그러던 4월에, 아웨이무이뤄(阿微木依萝)의 『처마에 걸린 달(檐上的月亮)』의 한국어 번역본 초고가 나에게 전달되었다. 요청받은 일은 교정과 윤문 작업이다. 이 책에 수록된 32편의 글은 극사실적인 묘사와 함께 비유와 상징을 비롯하여 일상과 환(幻)의 서사가 격자무늬처럼 짜여 있다. 글의 원문이 가진 문체의 효과가 손상되지 않도록 유의하며, 언어의 국경을 넘는 일은 양국 번역자의 협력적 작업을 통해 진행될 수밖에 없다. 더구나 중국어는 고립어이고 한국어는 교착어로 어종(语种)이 다르다. 맥락을 고려하여 채워 넣거나 삭제해야 할 부분이 많다. 1차 교정 이후에 번역자의 중국문화에 대한 보완 작업이 추가 되었고, 제2차 윤문 작업은 12월 말이 돼서야 완료되었다.

이전에도 나는 중국 옌타이(烟台)대학에서 1년간 한국어를 가르친 적이 있는데(2005년), 학습자는 이 책의 저자인 아웨이무이뤄(阿微木依萝)와 비슷하거나 동생 또래의 학생들이다. 이들은 개혁개방기에 청년기를 보내고 지금은 40대에 접어들었다. 우리보다 20여 년가량 시차를 두고 시작된 중국의 개혁개방 시기를 거쳐온 중국 청년들의 성장기는, 한국의 산골에서 성장한 나와 그리고 내 밑의 누이들이 공장에서 경험했던 노동자의 생활과 일정 부분 오버랩되며 지나갔다.

나는 이 책의 한국어판 출간을 권장하면서, 번역자와 출판사에 이런 내용의 메일을 보냈다. "한국의 독자 중에서 작가나 작가 지망생들에게 인기가 있을 것 같습니다. 이 글들의 소재는 독특한 중국의 서민 생활에서 출발하지만, 글쓰기 혹은 글의 형태 면에서도 독특한 아우라를 형성하고 있습니다."

이영남 번역자

　중국 연변대학과 충북대 문학박사(공동수여). 한국학중앙연구원, 서울대, 한국외국어대 방문학자와 경희대 외국인 초빙교수 역임. 현, 광시(广西)사범대학 외국어학원 조선어(한국어)과 정교수. 활동 : 광시(广西)사범대 중·한, 한·중 번역팀의 핵심책임자로서, 다수의 학술서와 문학서를 번역·출간하는 대형 프로젝트를 총괄해 왔다. 해당 번역팀은 지금까지 수십 종의 도서를 번역하며, 중국과 한국을 잇는 학술, 문화 교류의 실질적 기반을 구축해 왔다. 이러한 공로로 그는 2024년 중국 '우수 중·청년 번역가'로 선정되었다. 대표 번역서 『육유의 향촌 세계』(학고방, 2024), 『속세기인』(글항아리, 2024) 외. 수상 : 중국 국가급 프로젝트 선정 4회.

염창권 감수·해설

　한국교원대 교육학박사(문학교육). 광주교육대 명예교수(한국), 옌타이대학 외국어학원 명예교수(중국). 활동 : 신춘 문예에 당선되어 시·시조·동시 등을 쓰는 시인이자 평론가. 시집 : 『한밤의 우편취급소』, 『오후의 시차』 외. 평론집 : 『존재의 기적』 외. 학술서 『어린이 문학과 교육』 외. 수상 : 중앙시조대상, 노산시조문학상 외.

처마에 걸린 달 檐上的月亮

초판1쇄 찍은 날 | 2026년 2월 13일
초판1쇄 펴낸 날 | 2026년 2월 25일

지은이 | 아웨이무이뤄
역자 | 이영남
펴낸이 | 송광룡
펴낸곳 | 문학들
등록 | 2005년 8월 24일 제 2005 1-2호
주소 | 61489 광주광역시 동구 천변우로 487(학동) 2층
전화 | 062-651-6968
팩스 | 062-651-9690
전자우편 | munhakdle@daum.net
블로그 | blog.naver.com/munhakdlesimmian
값 18,000원

ISBN 979-11-94544-28-9 03820